insel taschenbuch 5017
Fiona Lucas
Die Sammlerin der Erinnerungen

Fiona Lucas

DIE SAMMLERIN DER ERINNERUNGEN

Roman

Aus dem Englischen von Claudia Feldmann

INSEL VERLAG

Die englische Originalausgabe erschien 2018 unter dem Titel
The Memory Collector bei HarperCollins Publishers.

Erste Auflage 2024
insel taschenbuch 5017
Deutsche Erstausgabe
© der deutschsprachigen Ausgabe Insel Verlag
Anton Kippenberg GmbH & Co. KG, Berlin, 2024
First published in Great Britain by HQ, an imprint of
HarperCollins Publishers Ltd 2018 under the title THE MEMORY COLLECTOR.
Copyright © Fiona Harper 2018. Translation © Insel Verlag 2024,
translated under licence from HarperCollins Publishers Ltd.
Alle Rechte vorbehalten. Wir behalten uns auch eine Nutzung des Werks
für Text und Data Mining im Sinne von § 44b UrhG vor.
Umschlaggestaltung: Designbüro Lübbeke Naumann Thoben, Köln
Umschlagabbildungen: Emily Green Studio, Preston;
iStock by Getty Images, München
Satz: Satz-Offizin Hümmer GmbH, Waldbüttelbrunn
Druck: CPI books GmbH, Leck
Printed in Germany
ISBN 978-3-458-68317-9

www.insel-verlag.de

Für Siân und Rose

PROLOG

Der Mantel ist nicht signalrot wie die Briefkästen, sondern purpurrot wie der Lippenstift eines Filmstars. Er hat eckige Schultern, wird zur Taille hin schmaler, weitet sich dann wieder und endet über einem Paar wohlgeformter Waden. Selbst nach all den Jahren halte ich jedes Mal, wenn ich ans Meer fahre, Ausschau nach einem solchen roten Mantel. Ich glaube, ich habe nie wieder einen wie diesen gesehen.

Die Frau im roten Mantel lacht. Sie blickt lächelnd zu dem kleinen Mädchen hinunter, das neben ihr steht. Es ist windig, und der Strand ist nahezu verlassen, aber das kümmert sie beide nicht. Sie laufen um die Wette über die Pier, ihre übermütigen Schreie verlieren sich in der Weite des Meeres. Als das breite Geländer sie daran hindert, auf die steingrauen Wellen zu springen und bis zum Horizont zu rennen, bleiben sie keuchend stehen. Dann holt die Frau ihnen beiden ein Eis.

Das Mädchen denkt, das ist vielleicht das leckerste Eis, das es je gegessen hat, spricht es aber nicht aus, weil es ja sein könnte, dass es sich irrt. Ihre Mummy hat ein sehr schlechtes Gedächtnis, und manchmal fragt sie sich, ob das bei ihr genauso ist. Es gibt nämlich so viele Dinge, die sie im Kopf behalten muss. So viele Geheimnisse. Da ist es nicht leicht, auch noch all die Erinnerungen und die Sachen für die Schule darin unterzubringen. Vielleicht ist Pfefferminz-Schoko doch nicht ihre Lieblingssorte. Vielleicht mag sie eine andere noch lieber. Sie kann sich einfach nicht erinnern.

An das Geländer gelehnt schauen sie Eis essend hinaus aufs Meer; ihre Haare flattern wie Bänder im Wind.

»Ich glaube, das ist mein liebster Ort auf der ganzen Welt«, sagt das Mädchen.

Die Frau nickt. »Meiner auch. Immer wenn ich ans Meer komme, laufe ich als Allererstes ans Ende der Pier. Da gehen Land und Meer ineinander über, und man hat das Gefühl, alles ist möglich.«

»Sogar fliegen?«, fragt das Mädchen ehrfürchtig.

»Sogar fliegen«, sagt die Frau lächelnd. »Aber vielleicht nicht heute, hm? Ich glaube, dafür ist es ein bisschen zu windig.«

»Können wir dann morgen wieder hierherkommen?«

»Natürlich«, sagt die Frau und wendet den Blick zum Meer. »Wir sind bisher jeden Tag hierhergekommen, und wenn du willst, können wir das auch weiterhin jeden Tag machen.«

Das kleine Mädchen denkt eine Weile darüber nach, während es sein Eis isst. Wohin könnten sie fliegen? Nach Frankreich oder Spanien, oder vielleicht sogar nach Afrika? Aber sie weiß nicht, ob sie die richtigen Sachen für warmes Wetter dabeihat, deshalb wendet sie den Kopf, um die Frau zu fragen, was sie anziehen soll. Doch da merkt sie, dass die Frau nicht mehr lächelt.

Sie steht so reglos da, und ihr Blick ist so leer, dass das Mädchen an die Schaufensterpuppen bei C&A denken muss.

»Was ist?«, fragt sie. »Bist du traurig?«

Ganz lange rührt sich die Frau nicht, doch dann dreht sie sich zu ihr um. Ihre Mundwinkel biegen sich nach oben, aber in ihren Augen ist immer noch derselbe abwesende Blick, mit dem sie auf die grauen, unruhigen Wellen gestarrt hat.

»Ein bisschen«, sagt sie, und ihre Augen schimmern auf einmal ganz feucht.

Das Mädchen leckt ausgiebig an seinem Eis, dann nimmt

es die freie Hand der Frau. Sie hat sehr hübsche Hände. Ganz sauber und immer mit glänzendem Nagellack. An diesem Tag ist er purpurrot, passend zum Mantel. »Warum bist du traurig?«

Die Frau geht in die Hocke, damit sie dem Mädchen in die Augen sehen kann. »Nur weil ich weiß, dass dieser schöne Urlaub bald zu Ende geht«, sagt sie. »Aber es macht mir solchen Spaß mit dir, dass ich das gar nicht will.«

Das Mädchen strahlt. »Ich auch nicht! Können wir nicht einfach für immer hierbleiben? Bitte, bitte, *bitte*?«

Hier am Meer ist es viel, viel besser als zu Hause. Hier gibt es kein Gebrüll und keine verschlossenen Türen, und hier ist Platz. Platz zum Laufen und zum Atmen. Manchmal, wenn das kleine Mädchen und die Frau draußen sind, saugt es immer wieder ganz tief die Luft ein, um das Salz hinten auf der Zunge zu schmecken und die kühle Frische in seiner Brust zu fühlen.

Bevor die Frau antworten kann, rutscht ihr die Eiskugel von der Waffel und fällt auf die rauen Planken der Pier. »So ein Pech! Dabei ist Himbeer meine Lieblingssorte!« Sie kramt in ihrer glänzenden schwarzen Handtasche, holt ein Taschentuch heraus und wischt sich die klebrigen Finger ab.

»Nicht weinen!«, sagt das Mädchen, als eine Träne über das Gesicht der Frau rinnt, und hält ihr sein Eis hin. »Meins ist nur Pfefferminz-Schoko, aber du kannst was davon abhaben.«

Da lächelt die Frau wieder richtig, aber aus irgendeinem Grund kommen nun noch mehr Tränen. Sie leckt einmal kurz daran und gibt dem Mädchen das Eis zurück. »Danke, Heather«, sagt sie, und das Mädchen findet, dass noch nie jemand seinen Namen so schön ausgesprochen hat, ganz weich und samtig, mit Augen voller Sonnenschein.

Das Mädchen umarmt die Frau, wobei es aufpasst, dass

nichts von dem hellgrünen Eis auf dem schicken roten Mantel landet. »Ich hab dich lieb«, sagt sie und schmiegt das Gesicht an den kratzigen Ärmel.

»Ich hab dich auch lieb.«

Sie halten sich lange im Arm, dann gehen sie Hand in Hand über die Pier zurück. Als sie am Ende ankommen, biegt das Mädchen nach rechts ab, wo es zum Minigolf geht. Die Frau folgt ihr, doch plötzlich bleibt sie stehen. Das Mädchen zieht an ihrer Hand, aber sie rührt sich nicht, sondern starrt auf etwas an der gegenüberliegenden Straßenseite. Das Mädchen kann nicht sehen, was es ist, weil ein dicker Mann mit einem Donut in der Hand im Weg steht, doch dann ruft sein Freund nach ihm, und er eilt davon. Die Frau läuft mit schnellen Schritten los.

»Das ist der falsche Weg!«, protestiert das Mädchen. »Wir wollen doch zum Minigolf!«

»Nicht heute«, erwidert die Frau. Sie blickt stur geradeaus, und ihre Stimme klingt angespannt. »Wir gehen zurück zur Pension und spielen Karten und essen deine Lieblingschips mit Käse und Zwiebeln. Was hältst du davon?«

Das Mädchen nickt, obwohl es nicht das ist, was es will. Es ist sehr nett von der Frau, dass sie sie hierhin mitgenommen hat, und sie will nicht undankbar erscheinen, aber sie versteht nicht, was los ist. Die Frau sieht besorgt aus, dabei hat sie sich wegen Minigolf bisher noch nie Sorgen gemacht. Das einzige Mal, dass sie bei ihrem Urlaub bisher ängstlich ausgesehen hat, war, als der Spezialzug, der die Klippen raufführt, beim Losfahren geruckelt hat. Da hat sie sich am Geländer festgehalten und nicht nach unten geschaut, als das Mädchen ihr zeigen wollte, wie klein die Menschen wurden.

Das Mädchen muss laufen, um auf dem Weg zur Pension mit der Frau Schritt zu halten. Es ist nicht leicht, über die Schulter zu blicken, weil ihr Kopf so auf und ab hüpft, aber schließlich gelingt es ihr. Doch hinter ihnen ist nichts Beunruhigendes. Nur ein Polizist, der einem alten, weißhaarigen Paar den Weg erklärt. Er sieht nicht einmal in ihre Richtung.

1

Ich greife nach einem vergilbten, modrig riechenden Atlas. Da steckt etwas zwischen den Seiten, das mich neugierig macht. Wahrscheinlich ein Lesezeichen. Ich könnte eigensinnig sein und den Atlas an einer anderen Stelle aufschlagen, aber ich lasse ihn aufklappen, wo er will. Es ist kein Lesezeichen, sondern ein Kranz aus Blumen, plattgedrückt und papierdünn. Gänseblümchen. Wenn ich sie berühre, zerbröseln sie vermutlich. Ich habe nicht viele Erinnerungen an meine Kindheit, aber ich weiß noch, wie ich die Blumen hier hineingelegt habe. Meine erste Gänseblümchenkette. Faith hat mir gezeigt, wie man so etwas macht. Sie hat mir beigebracht, dass man dafür die Gänseblümchen mit den dicksten, haarigsten Stängeln nehmen und dann vorsichtig mit dem Daumennagel einen Halbmond in das saftige grüne Fleisch drücken muss. Man musste immer aufpassen, dass man sie nicht aus Versehen kaputtmachte.

Heather sollte nicht hier sein. Alles in ihr drängt sie, sich umzudrehen, das Geschäft sofort zu verlassen und zu ihrem Auto zurückzulaufen, aber sie tut es nicht. Stattdessen bleibt sie vor einem Regal mit Schuhen stehen. Sie stellt sich die Füße vor, die dort hineinschlüpfen werden – rosig und pummelig, mit unvorstellbar winzigen Zehen, die man unbedingt küssen möchte.

Wie kann etwas so Unschuldiges so gefährlich sein?

Ein Paar fällt ihr ins Auge. Sie sind nicht laut und bunt und übertrieben fröhlich wie die meisten anderen, sondern klein und zart, aus cremefarbenem Cord mit aufgestickten Gänseblümchen über den Zehen und einem Perlmuttknopf statt einer Schnalle. Vielleicht streckt sie deshalb die Hand aus und berührt sie, obwohl sie weiß, dass sie es nicht sollte.

Vielleicht streicht sie deshalb über die winzigen, samtigen Rillen des Stoffs.

Damit ist die Grenze überschritten. Das war's. Obwohl sie sich einredet, dass sie sich diesmal im Griff hat, ist ihr klar, dass sie es tun wird. Sie weiß, die hier sind es.

Sie zieht ihre Hand zurück und steckt sie in ihre Jackentasche, verankert sie dort, indem sie eine Faust macht, und wendet sich zum nächsten Regal: weiche Sonnenhüte für puppengroße Köpfe, hübsche, pastellfarbene Söckchen, ordentlich in Paaren aufgereiht. Sie versucht, die Schuhe zu vergessen.

Sie schlendert durch das Erdgeschoss der Mothercare-Filiale in Bromley – ein Weg, den sie schon so oft gegangen ist, dass sie gar nicht mehr darüber nachdenken muss. Seit Jahren kommt sie schon hierher und schaut sich um, betrachtet die winzigen Kleidungsstücke – alle so sauber und bunt und nach Hoffnung duftend –, obwohl sie gar kein Kind hat. Aber irgendetwas hat sich verändert. Es ist kein müßiger Zeitvertreib mehr, sondern ein Zwang.

Während sie umhergeht, sieht sie, dass die blonde Verkäuferin – die herrische mit dem scharfen Blick – mehrere Leute an der Kasse bedient. Die andere, die Neue, versucht, einer hochschwangeren Frau vorzuführen, wie man einen der Kinderwagen zusammenklappt, doch weiß sie offenbar selbst nicht, wie es geht. Zusammen mit der Kundin sucht sie nach dem entscheidenden Knopf oder Riegel. Sonst kann Heather niemanden sehen.

Da tut sie es.

Sie dreht sich um und geht zurück zum Schuhregal. Ihre Schritte sind auf dem PVC kaum zu hören. Wie ferngesteuert greifen ihre Hände nach dem Plastikbügel mit den Gänseblümchenschuhen und stopfen ihn in ihre Handtasche.

Sie blickt sich um. Die beiden Verkäuferinnen sind immer noch beschäftigt und schauen nicht in ihre Richtung. Niemand ruft. Niemand läuft auf sie zu. Mit wild pochendem Herzen steuert sie auf den Ausgang zu, bemüht, so zu tun, als wäre dies ein ganz normaler Samstagnachmittag.

Als sie durch die Tür in die warme Frühlingsluft tritt, ist ihr so übel, dass sie sich fast übergeben muss. Heftig blinzelnd geht sie die Fußgängerzone der High Street hinunter, ohne Plan, ohne Ziel.

Eine leise Stimme in ihrem Kopf drängt sie, umzukehren und das Ganze rückgängig zu machen, die Schuhe wieder an ihren Platz zurückzubringen – niemand wird je davon erfahren! – oder, noch besser, die Schuhe unauffällig aus ihrer Handtasche zu holen, sobald sie wieder im Geschäft ist, und sie an der Kasse zu bezahlen.

Da beginnt Heather zu laufen, angetrieben von Scham, Reue und Selbstekel, und sie hört erst auf, als sie in der obersten Ebene des Parkhauses angekommen ist und vor ihrem Auto steht. Sie erinnert sich nicht daran, wie sie auf den Knopf des Aufzugs gedrückt oder das Ticket in den Automaten gesteckt und wieder herausgezogen hat, während das Wechselgeld in das Ausgabefach klirrte. Aber es ist ihr egal. Sie springt in ihr Auto und knallt die Tür zu, um die Welt auszusperren und das, was sie gerade getan hat.

Sie wirft ihre Handtasche auf den Beifahrersitz und packt mit beiden Händen das Lenkrad. Nur so kann sie das Zittern unterbinden.

2

Heather ist versucht, ein Stück entfernt von ihrer Wohnung zu parken, obwohl sie weiß, dass es idiotisch ist. Die Polizei wird sie trotzdem finden. Vielleicht sind sie ihr schon von der High Street aus gefolgt. Oder sie fragen einfach ihr Kennzeichen ab, dann wissen sie, wo sie wohnt. Die haben mittlerweile Computer in ihren Autos, die so was können. Das weiß sie aus dem Fernsehen.

Sie parkt in der Einfahrt, so nah wie möglich an der Tür, dann schnappt sie sich ihre Handtasche und hastet in das große viktorianische Haus. Früher hat wahrscheinlich eine wohlhabende Familie aus der Mittelschicht dort gewohnt, aber jetzt ist es in drei Wohnungen aufgeteilt, hübsch, aber nicht besonders edel. Heather hält den Kopf gesenkt, als sie den Flur betritt, und geht, so schnell sie kann, zu ihrer Wohnungstür. Erst als sie ein Paar abgewetzte braune Wanderstiefel in ihrem Sichtfeld bemerkt, bleibt sie stehen und blickt auf.

»Ah«, sagt der Besitzer der Stiefel. »Ich habe gehofft, dass ich Sie treffe.«

Heather will etwas sagen, aber ihr Mund ist auf einmal ganz trocken. »W-wirklich?«, stottert sie.

Er nickt lächelnd. Diese kleine Geste genügt – ihr Magen macht einen olympiareifen Salto. Eine glatte Zehn von sämtlichen Wertungsrichtern.

Er fährt sich durch das Haar, das mal geschnitten werden müsste. »Ja … Ich habe nämlich ein Problem mit den Rohren. Es ist jemand dagewesen, der sich das Ganze angesehen hat, und fürs Erste funktioniert alles wieder, aber er hat Carlton gesagt, dass möglicherweise das ganze Haus betroffen ist, also wundern Sie sich nicht, falls der sich bei Ihnen meldet.«

Heather nickt. Sie mag Carlton, ihren Vermieter, nicht besonders – er ist neugierig und sucht ständig nach einem Vorwand, um in ihre Wohnung zu kommen und dort herumzuschnüffeln –, aber sie hat bisher kein Problem mit den Rohren, ist also wohl erst einmal sicher vor ihm. »Danke für die Info«, sagt sie leise.

Jason tritt auf die unterste Treppenstufe, um in seine Wohnung im ersten Stock zurückzukehren. Die Bewegung durchbricht Heathers Trance, und sie erinnert sich wieder, warum sie es so eilig hat, zu ihrer Tür zu gelangen, warum die Handtasche so unter ihrem Arm brennt. Gerade als sie weitergehen will, dreht er sich um und lächelt sie erneut an. Sie muss sich zusammenreißen, um sich nicht an der kühlen Flurwand festzuhalten.

»Irgendwie ist aus dem Kaffee nie was geworden«, sagt er und sieht sie unverwandt an. Meist fällt es ihr schwer, anderen Leuten in die Augen zu sehen, aber bei Jason ist es ein wenig leichter. »Meine Schwestern haben zusammengeworfen und mir eine von diesen schicken neuen Kaffeemaschinen zum Geburtstag geschenkt. Hätten Sie vielleicht Lust, sie zusammen mit mir einzuweihen?«

Sie spürt, wie alles in ihr zu ihm hindrängt, obwohl sie die Handtasche mit dem Ellbogen noch fester an den Körper drückt. Offenbar bemerkt er ihr Zögern, denn er fügt hinzu: »Oder lieber einen Instantkaffee? Ich bin berühmt für meinen Instantkaffee, wenn ich das mal ganz unbescheiden sagen darf.«

Der Inhalt ihrer Handtasche brennt noch heißer an ihren Rippen, und sie sieht ihn hilflos an. »Tut mir leid«, murmelt sie, »aber ich kann heute nicht …« Und bevor er ihre lahme Ausrede auseinanderpflücken kann, wendet sie sich ab und eilt zu ihrer Tür. Erst als sie sie von innen zugedrückt hat und sich dagegen lehnt, beruhigt sich ihr Herzschlag allmählich.

Sie atmet laut aus. Jason Blake. Er ist vor ein paar Monaten hier eingezogen, und jedes Mal, wenn sie ihm begegnet, fühlt sie sich so. Sie hat gedacht, es würde nach einer Weile aufhören, aber es wird eher noch schlimmer.

Sie schüttelt den Kopf, um das Bild von ihm loszuwerden – die große, lässige Gestalt und diese braunen Augen, die sie anlächeln –, dann öffnet sie die Augen, stößt sich von der Tür ab und geht durch den Flur in ihr Wohnzimmer.

Allein hier drinnen zu sein, macht das Atmen wieder leicht.

Ihr Wohnzimmer liegt an der Rückseite des Hauses und geht auf einen langen, schmalen Garten hinaus, den sie mit den anderen Mietern teilt. Sie tritt an das große Erkerfenster mit der Terrassentür und blickt nach draußen. Jason findet, dass der Garten in den Fünfzigerjahren steckengeblieben ist. Er hasst die beiden schmalen Beete rechts und links am Zaun und den geraden Weg aus Betonplatten, der auf der einen Seite entlangführt, aber Heather mag es so. Es ist beruhigend.

Auch dieses Zimmer ist beruhigend, eine regelrechte Oase. Es steht nur das Nötigste darin: ein Sofa, ein Sessel und ein Bücherregal, ein Fernseher und ein kleiner Schreibtisch mit einer Vase darauf. Sie hält nichts davon, Dinge zu besitzen, die nicht regelmäßig benutzt werden. Sie sind eine Verschwendung von Raum, Energie und Gefühl.

Es gefällt ihr, dass sie mit geschlossenen Augen mitten im Zimmer stehen kann und weiß, wenn sie die Arme ausstreckt, ist um sie herum nur freier Raum. Genau das tut sie jetzt, und das Gefühl von Platz, das Wissen, dass die Wände weiß und leer sind, dass die Bücher im Regal perfekt aufgereiht stehen und dass die unechte Hortensie in der Vase auf dem Tisch niemals ein trockenes, totes Blatt fallen lassen wird, hilft ihr, mehr sie selbst zu sein.

Doch dann beginnt die Handtasche unter ihrem Arm wieder zu brennen, und ihr fällt ein, dass sie noch etwas tun muss. Sie geht durch den Flur zurück (auch hier weiße Wände ohne Fotos oder Bilder), vorbei an der Küche (makellos saubere Arbeitsfläche, alle Teelöffel in der Besteckschublade aneinandergeschmiegt) und bleibt vor einer Tür stehen.

Für Heather liegt dahinter nicht das Gästezimmer, obwohl es als solches gedacht ist, sondern ein fremdes Gebiet in ihrem kleinen Reich. Sie starrt auf den Türknauf aus Messing. Sie spürt, wie die Ruhe, die sich eben erst im Wohnzimmer in ihr ausgebreitet hat, wieder zu schwinden beginnt, aber sie weiß, was sie jetzt tun muss. Anders geht es nicht.

Der lange Schlüssel steckt wartend im Schloss, und während sie ihn umdreht, wappnet sie sich für das, was sie dort erwartet und was sie so wenig wie nur möglich ansehen will. Dann legt sich ihre Hand um den glatten, kalten Knauf und öffnet die Tür.

Es fühlt sich an, als würde der Inhalt des Raums auf sie zustürzen, als würde alles kämpfen, drängeln, schubsen, um zuerst bei ihr zu sein. Sie braucht ihre ganze Willenskraft, um nicht zurückzuweichen und wegzulaufen.

Vom Boden bis zur Decke ist alles voller Zeug. Das Zeug ihrer Mutter, in schwankenden Stapeln hineingepfercht. Zeug aus ihrem früheren Zuhause, das Heather seit Jahren nicht mehr betreten durfte und in das sie ohnehin keinen Fuß mehr setzen wollte. Dieser ganze Krempel gehört jetzt ihr, laut einem Testament, von dem sie nichts gewusst und dessen Auffinden geradezu an ein Wunder gegrenzt hat. Die Kartons, die alten Koffer, die Plastikkisten und die Tragetaschen. Alles gefüllt mit Zeug, das sie nicht will und das sie nicht interessiert. Allein bei dem Anblick verspürt sie den Drang, in die Dusche zu steigen.

Sie blickt auf den Rand der Ansammlung, wo ein etwa zwei Quadratmeter großes Stück Teppich sich wie ein kleiner Strand tapfer gegen die Flut stemmt, die ihn zu überschwemmen droht. Auf der einen Seite steht eine kleine Kommode. Stapel von alten Zeitungen und Zeitschriften wanken bedrohlich, als sie die mittlere Schublade aufzieht, aber sie tut es rasch und versucht sich einzureden, dass sie all das überhaupt nicht wahrnimmt.

Die Schublade ist angefüllt mit ihrer Schuld. Hastig nimmt sie die kleinen Cordschuhe aus ihrer Handtasche und stopft sie zwischen diverse Babyhüte, Strampler, Plüschtiere und Decken, alle noch mit dem Preisschild daran. Dann drückt sie die Schublade wieder zu, weicht zurück in den Flur und knallt die Tür so heftig zu, dass ihre Schlafzimmertür ebenfalls klappert.

Da lässt es allmählich nach, dieses juckende, quälende Gefühl, das sie den ganzen Tag begleitet und sie überhaupt erst dazu getrieben hat, in das Geschäft zu gehen. Den Rücken an die Wand gelehnt, lässt sie sich zu Boden gleiten und starrt auf das makellose Weiß der Tür, die sie gerade geschlossen hat, in der verzweifelten Hoffnung, es möge das Wissen darum auslöschen, was dahinterliegt.

3

Heather hat ein zweischneidiges Gefühl, als sie am Sonntagmorgen ihre Wohnung verlässt und sich auf den Weg zu ihrer Schwester nach Westerham macht. Einerseits ist sie erleichtert. Obwohl sie sich nach Kräften bemüht, es zu ignorieren, ist da stets ein blinkendes rotes Lämpchen in ihr – das Wissen um all das Zeug, das hinter der gesichtslosen Tür ihres Gästezimmers lauert –; aber das Blinken wird langsamer und weniger grell, als sie auf die A21 Richtung Kent fährt. Andererseits ist sie draußen. Ungeschützt. Und die Schlösser an ihren Türen, die dafür sorgen, dass all das Zeug an seinem Platz und geheim bleibt, erscheinen ihr mit jedem Kilometer, den sie sich davon entfernt, unzuverlässiger.

Sie braucht nur eine halbe Stunde bis zu Faith. Bromleys viktorianische Backsteinvillen, Vorkriegsreihenhäuser und Mietblocks gehen nach und nach über in Felder und Knicks, ländliche Pubs und Cottages aus Naturstein. Laut Faith sind Mum und Dad früher mit ihnen oft in das hübsche Pendlerdorf gefahren, als sie noch klein waren. Das war natürlich vor der Scheidung. Bevor in Mums Kopf alles so durcheinanderging. Aber daran erinnert sich Heather nicht. Sie erinnert sich an fast gar nichts aus ihrer Kindheit.

Früher dachte sie, das ginge allen so und vor dem dreizehnten Geburtstag bestünde die Erinnerung nur aus Fetzen von Klang, Duft und Farbe, wie die verschwommenen Überreste eines Traums. Aber mittlerweile weiß sie, dass manche Leute sich sehr deutlich an ihre frühen Jahre erinnern: daran, wer ihre erste Lehrerin war, was für einen Kuchen es bei ihrem allerschönsten Geburtstag gab oder welche Gutenachtgeschichten ihre Eltern ihnen immer erzählt haben.

Aber das kümmert sie nicht. Vor allem weil sie sich gar nicht erinnern will. Die winzigen Schnipsel, die manchmal durch den Nebel zu dringen versuchen, sind nicht sonderlich angenehm.

Bis auf einen. Der Urlaub am Meer mit Tante Kathy. Die wunderbare Tante Kathy mit ihren dunklen Locken und ihrem roten Mantel. Die Erinnerung daran stört Heather nicht.

Als sie vor Faiths Haus anhält, denkt sie an Zuckerwatte, hochgekrempelte Jeans über blassen Waden und eisiges Wasser an ihren Zehen, daran, wie sie mit den Wellen Fangen gespielt hat.

Faiths Haustür geht auf, bevor Heather richtig ausgestiegen ist, und ihre Schwester steht wartend da. Sie lächelt nicht, aber sie sieht auch nicht verärgert aus. Einfach neutral, weil wieder einmal der allmonatliche Besuch ansteht.

Faith ist drei Jahre älter als Heather. Sie hat das gleiche allmählich dunkler werdende blonde Haar, in dem keine Welle hält, ganz gleich, was sie mit dem Lockenstab anstellt, und die gleichen grauen Augen. Obwohl sie genau gleich groß sind, ist ihr ihre Schwester immer größer vorgekommen. Heather hat nie herausbekommen, warum das so ist.

Sie folgt Faith ins Haus. Ihr Schwager Matthew tritt aus der Küche in den Flur, wischt sich die Hände an einem Geschirrtuch ab und zwinkert Heather zu. »Ich will schon seit Ewigkeiten einen richtigen Sonntagsbraten machen, aber nach der Kirche ist nie genug Zeit dafür, deshalb musst du wieder mal mit einem Schmortopf vorliebnehmen.«

Heather nickt lächelnd. Sie mag Matthew. Er behandelt sie immer, als wäre sie einfach ein weiteres Familienmitglied, sprich: normal. Viele würden sich gegen diese Bezeichnung wehren, weil sie sie für langweilig halten, aber Heather wäre nichts lieber als das. Und für ein paar Stunden im Monat gibt Matthew ihr das Gefühl, sie könnte es tatsächlich sein.

Doch dann denkt Heather an die Kommode in ihrem Gästezimmer, mit all ihren schmutzigen Geheimnissen in Pastelltönen, und sie beginnt wieder an sich zu zweifeln. Aber das zeigt sie Faith und Matthew nicht. Sie lächelt weiter, sagt die richtigen Dinge zur Begrüßung und fragt nach den Kindern, die sie irgendwo im Haus herumtoben hört. Sie sind der einzige Grund, warum sie dieses monatliche Treffen mit ihrer Schwester aufrechterhält. Ihr Herz pocht bereits voller Vorfreude.

Wie aufs Stichwort kommen die beiden die Treppe heruntergepoltert, weil sie eine fremde Stimme im Flur gehört haben, halten dann jedoch abrupt inne und sehen sie schüchtern an, wie jedes Mal zu Beginn. Alice ist sechs und Barney drei. Wie gerne würde sie die beiden umarmen. Sie sehnt sich danach, ihre kleinen Arme um sich zu spüren. Sie möchte das Kinn auf ihr weiches Haar legen und einfach nur ihren Duft einatmen, doch jetzt stehen alle steif da und starren einander an, und der Moment für eine natürliche Umarmung ist vorbei.

Zum Glück rettet Alice Heather mit einer ihrer typischen direkten Fragen. »Hast du uns was mitgebracht? Tante Sarah bringt uns immer was mit.«

Barney nickt ernst.

»Barney will wissen, ob du Schokolade mitgebracht hast«, übersetzt Alice seine Geste.

Heather schüttelt den Kopf und ärgert sich im Stillen über Matthews wohltätige Schwester. »Tut mir leid, heute gibt's keine Schokolade und auch keine Spielsachen.« Sie sieht zu Faith hinüber. »Mummy sagt, ihr habt schon jede Menge Spielsachen.«

Da passiert es – einer dieser seltenen Momente zwischen den beiden. Genau wie Alice kann Heather den Blick ihrer Schwester übersetzen, den Ausdruck auf Faiths Gesicht, der ausnahmsweise ihre gemeinsame Vergangenheit anerkennt, ihre gemeinsame Abneigung gegen überflüssiges Zeug.

»Aber nach dem Essen spiele ich mit euch, was ihr wollt«, fügt Heather in der Hoffnung hinzu, dass das Geschenk gemeinsam verbrachter Zeit – für das sie als Kind alles gegeben hätte – in dieser Ära leuchtend bunter elektronischer Welten nicht völlig uninteressant geworden ist.

Barney sieht sie verständnislos an, aber Alice wird sofort munter. »Darf ich das Spiel aussuchen?«, fragt sie mit Unschuldsmiene, und Heather nickt. Die Antwort scheint Alice zu gefallen. Leise in sich hineinlächelnd hüpft sie Richtung Wohnzimmer davon, sodass Heather sich fragt, was die Kleine wohl im Schilde führt.

Heather folgt ihrer Schwester und ihrem Schwager in die Küche, wo mehrere Töpfe auf dem Herd stehen, aus denen es köstlich duftet. Sie sieht zu, wie die beiden umeinander herumtanzen, um dem Essen den letzten Schliff zu geben. Als Matthew die Hand auf Faiths Hüfte legt, während er nach einem Holzlöffel greift, wendet Heather den Blick ab. Die Geste ist ihr zu intim. Das letzte Mal, dass ein Mann sie berührt hat, ist so lange her, dass sie sich nicht erinnern kann, ob überhaupt schon mal die Hand eines Mannes so auf ihrer Hüfte gelegen hat.

Faith scheint die zärtliche Berührung gar nicht zu bemerken, was Heather traurig macht. Und ein bisschen wütend. Sie muss an ihre Mutter denken, die so viel Zeug angehäuft hatte, dass selbst ihre Schätze darin untergingen. Bei Faith ist das ähnlich, nur hat sie keine Dinge angesammelt, sondern Liebe und Menschen – solche Momente, die für Heather überaus kostbar wären, gehen in Faiths Leben wohl einfach unter.

Wieder einmal fragt Heather sich, wie es kommt, dass sie so verschieden sind. Liegt es daran, dass sie auf eine Weise kaputt ist, beschädigt, wie Faith es nie war? Aber wie könnte das sein, nachdem sie doch beide dieselbe schreckliche Kindheit hatten?

Sie wartet darauf, dass Faiths Maske verrutscht, prüft das Lächeln ihrer Schwester jedes Mal auf seine Widerstandskraft. Doch entweder beherrscht Faith dieses Spiel sehr viel besser als Heather, oder ihrer Schwester ist das gelungen, woran sie selbst ihr Leben lang gescheitert ist: Sie hat all das hinter sich gelassen. Sie ist darüber hinweg.

Falls es so ist, weiß Heather nicht, ob sie sie dafür bewundern oder hassen soll. Denn Faith weiß Bescheid. Sie weiß, was hinter Heathers Fassade steckt. Sie hat ein Verständnis, das man nicht von außen erlangen kann, durch Beobachtung und logische Analyse. Es ist ein Wissen, das aus der Erfahrung kommt, das nur besitzt, wer in Elend und Chaos geworfen wurde und es überstanden hat. Obwohl sie beide häufig versucht sind, die Bande zu kappen, damit sie sich nicht länger damit beschäftigen müssen, ist es gerade dieser gemeinsame Kampf, der die beiden Schwestern aneinanderbindet. Noch etwas, woran ihre Mutter schuld ist.

Der Duft des schmorenden Hähnchens erfüllt nun die ganze Landhausküche, und Faith ruft ihre Truppen zum Appell. »Los, alle Mann Tisch decken!« Sie gehorchen sofort und machen sich an die Arbeit. Matthew holt das Geschirr aus dem Schrank, und Alice legt das Besteck auf den Tisch, allerdings muss Matthew alles in die richtige Reihenfolge bringen, als sie fertig ist. Sogar Barney hat seine Aufgabe, er legt vorsichtig einen Untersetzer neben jedes Gedeck.

Der Tisch sieht bezaubernd aus mit Faiths blau-weißem Blümchengeschirr und dem Krug mit Gartenblumen in der Mitte. Auch Faiths Familie ist bezaubernd – die Kinder sind noch so niedlich, dass man es ihnen nicht verübelt, wenn sie maulen, weil in dem Schmortopf Champignons sind, und ihre Erbsen nicht essen wollen, und Matthew sieht ab und zu seine Frau an und lächelt ihr zu. Einfach so, ohne erkennbaren Grund.

Bei dem Anblick hat Heather das Gefühl, sie hätte ein klaffendes Loch in der Brust, das von ihrer Sommerbluse nur notdürftig verdeckt wird, und während sie das buttrige Kartoffelpüree mit der Sahnesauce isst, stellt sie sich vor, wie es wohl wäre, wenn das ihr Esstisch wäre und ihr Ehemann, der ihr gegenübersitzt und sie anlächelt. Die Sehnsucht danach ist so stark, dass sie nur mit Mühe ein Stöhnen unterdrückt.

Plötzlich taucht Jason vor ihrem inneren Auge auf. Sie will das Bild wegschieben, weil es ihr unpassend erscheint, ihn hier zu haben, obwohl ja außer ihr niemand etwas davon mitbekommt, aber sie bringt es nicht fertig. Doch als es darum geht, die Plätze von Alice und Barney zu füllen, lässt ihre Vorstellungskraft sie im Stich. Schlagartig landet sie wieder im Hier und Jetzt. Sie merkt, dass Faith sie ansieht, auf diese abwägende Weise, und schon wächst in ihr wieder der Groll auf ihre Schwester.

Wie hast du das gemacht?, würde sie sie am liebsten anbrüllen. *Wie hast du es geschafft, das alles zu kriegen? Es ist so ungerecht.*

Und warum hat sie Heather nie ihre Geheimnisse zugeflüstert? Warum hat sie sie so sorgsam für sich behalten? Schwestern teilen doch alles miteinander, oder? *Vielleicht auch nicht*, denkt Heather verbittert, *wenn sie in einem Zuhause aufwachsen, in dem es immer nur darum geht, wer was besitzt.*

Als sie mit dem Hauptgang fertig sind, erbietet sich Heather, die Teller abzuräumen und in die Küche zu bringen. Dieser Teil des Rituals geht ihr immer auf die Nerven. Wenn sie ihre Hilfe nicht anbietet, ist Faith sauer, aber wenn sie es tut, scheucht Faith sie zurück ins Wohnzimmer.

Alice zeigt stolz ein Armband aus neonfarbenen Plastikperlen, das sie bei dem Fest einer Freundin gebastelt hat, und da sie darauf besteht, dass ihre Tante es sich genauer ansieht, setzt Heather sich auf den Stuhl ihrer Schwester. Es gefällt ihr hier, Barney auf der einen Seite, Alice auf der anderen und Matthew gegenüber, und während sie dem Geplapper ihrer Nichte lauscht, breitet sich ein warmes Gefühl in ihrer Brust aus.

Doch in dem Moment kommt Faith mit dem Apple Crumble herein. Sie bleibt abrupt stehen und wirft ihrer Schwester einen strengen Blick zu. Sofort steht Heather auf und huscht zurück auf ihren Platz neben Barney, sodass Faith wieder ihren in Shabby Chic gestylten Eichenthron einnehmen kann.

Nach dem Dessert stapfen alle pflichtschuldigst ins Arbeitszimmer, denn nun ist Faiths wöchentliches Skype-Gespräch mit ihrem Vater dran, der zurzeit in Spanien lebt, und wenn Heather da ist, wird erwartet, dass sie ein wenig Familienbewusstsein zeigt und mitmacht.

Heather hasst es. Es ist nicht so, dass sie ihren Vater nicht liebt – das tut sie –, aber es kommt ihr so vor, als würde sie für den kleinen schwarzen Punkt oben im Bildschirmrand Theater spielen. Und jetzt alle fröhlich gucken. Tut so, als wärt ihr eine große, glückliche Familie!

Matthew stellt die Verbindung her, und Sekunden später sieht Heather das strahlende Gesicht ihres Vaters, während Shirley, seit über fünfzehn Jahren ihre Stiefmutter, im

Hintergrund herumwerkelt. Sie winkt kurz, zieht sich dann jedoch diskret zurück. Wahrscheinlich um irgendwas abzustauben. *Meister Proper lässt grüßen*, denkt Heather, obwohl sie versteht, warum ihr Vater Shirleys militärische Sauberkeit vermutlich wohltuend findet.

»Hallöchen!«, sagt ihr Vater, und Faith bringt die Kinder dazu, ihm zu erzählen, was sie in der Grundschule beziehungsweise im Kindergarten gemacht haben. Ein paar Fingermalbilder und Schreibübungen, die sie ihm zeigen können, liegen schon bereit. Danach berichtet Faith von den Wundern ihres häuslichen Lebens, was Heather die Vanillesoße, die es zum Apple Crumble gab, ein wenig sauer aufstoßen lässt, und dann, bevor sie sich irgendwas zurechtlegen oder eine Ausflucht überlegen kann, ist Heather plötzlich an der Reihe. Sie lächelt schwach in die Kamera.

»Hi, Dad«, sagt sie und spürt, wie ihre Schwester sie beobachtet und ihr Noten für ihren familiären Einsatz gibt.

»Hallo, Mäuschen«, erwidert er. Den Kosenamen hat er ihr schon als Kind gegeben, und niemand sonst hat sie so genannt. »Was macht die Arbeit?«

Heather atmet aus. Die Arbeit ist ein ungefährliches Thema.

»Alles gut. Allerdings läuft mein derzeitiger Vertrag nur noch vier Monate, deshalb bin ich auf der Suche nach etwas Neuem.«

»Und, zeichnet sich schon was ab?«

Sie zuckt die Achseln. »In Eltham suchen sie eine Leitende Archivarin, das würde mich interessieren, aber ich weiß nicht, ob ich dafür genug Erfahrung habe. Wir werden sehen. Aber die Arbeit in Sandwood Park macht mir wirklich Spaß.«

»Ah.« Ihr Vater nickt, dann zitiert er den ersten Satz eines Romans. »Das ist von ihm, nicht?«

Heather nickt. Sandwood Park war das Haus des berühmten Autors Cameron Linford. Seine Witwe ist vor Kurzem gestorben und hat das Haus einer privaten Stiftung vermacht. In ein, zwei Monaten soll es für das Publikum geöffnet werden, und Heather hat die Aufgabe, den umfangreichen Nachlass des Paares zu sichten und zu katalogisieren: Tagebücher, Briefe, Finanzunterlagen und Fotografien.

»Und, schon irgendwelche unveröffentlichten Meisterwerke gefunden?«, fragt ihr Vater mit einem Zwinkern. Den Scherz macht er jedes Mal, und Heather gibt ihm jedes Mal dieselbe Antwort.

»Noch nicht. Aber ich halte weiter Ausschau.«

Doch der Versuch, über diesen Running Gag eine Verbindung herzustellen, schlägt fehl. Anstatt Vater und Tochter einander näherzubringen, hebt er die Distanz zwischen ihnen nur noch deutlicher hervor. Vielleicht wäre es besser, wenn Heather allein mit ihm skypen würde, im Schutz ihrer eigenen Wohnung und ohne Faith, die jedes Wort aufmerksam verfolgt. Sie hat die App schon ein paarmal auf ihrem iPad geöffnet, schafft es aber nie, auf das Hörersymbol zu tippen.

Zum Glück können die Kinder es kaum erwarten, ihrem Grandpa noch etwas zu zeigen, und so kann Heather die Bühne verlassen. Alice dirigiert, während ihr kleiner Bruder »Twinkle, Twinkle, Little Star« singt, und mit diesem beeindruckenden Finale endet der Anruf.

Als der Bildschirm abgeschaltet ist, geht Matthew mit den Kindern ins Wohnzimmer, wo sie fernsehen wollen, doch Faith bleibt im Arbeitszimmer.

»Gehen wir nicht zu den anderen?«, fragt Heather. Obwohl sie jeden Monat hierherkommt, weiß sie nie, was sie tun soll, was das Richtige oder Natürliche ist.

»Wenn ich mir noch eine einzige Folge von *Peppa Pig* ansehen muss, erschieße ich mich«, entgegnet Faith trocken, doch dann sieht sie Heather an. »Wir gehen gleich rüber. Aber vorher muss ich noch was mit dir besprechen …«

Heather sackt der Magen in die Knie. Sie und Faith »besprechen« nie etwas. Sie gehen höflich, freundlich und sachlich miteinander um, aber sie reden nie über etwas Tiefschürfendes. Nach all dem Streit, den sie vor und nach dem Tod ihrer Mutter miteinander hatten, hat sich eine Schutzschicht aus zivilisierter Distanz über ihre Beziehung gebreitet, und das ist beiden auch ganz recht so. »O-kay …«, sagt sie vorsichtig.

»Hast du immer noch Mums Sachen?«

Ein kalter Blitz durchzuckt Heather, als wäre sie gerade in ein Eisloch gefallen. Faith hat sie überrumpelt, und nun, da sie gezwungen ist, sich ohne ihre sorgfältig konstruierten inneren Abwehrmechanismen mit »dem Zimmer« zu befassen, wird ihr ganz eng in der Brust, und sie bekommt kaum noch die Zähne auseinander. »W-was?«

»Mums Sachen«, wiederholt Faith mit leicht gerunzelter Stirn. »Du hast doch bestimmt ein paar alte Familienfotos, oder?«

Heather bringt keinen Ton heraus. Ihr Mund ist ganz trocken – wie immer, wenn sie an den Inhalt ihres Gästezimmers denken muss. Sie nickt.

»Alice hat ein Schulprojekt. Sie braucht Fotos von mir und Matthew als Kind, und ich dachte, du kannst mir vielleicht eins raussuchen?«

Für die meisten Menschen wäre es seltsam, keine Fotos von sich als Kind zu haben, denn in der Regel bekommt man welche von seinen Eltern, zum Beispiel wenn man von zu Hause auszieht oder seine eigene Familie gründet. Heather wünschte, sie könnte diese Karte jetzt ausspielen und ihrer Schwester sagen, sie soll doch mal in den Kartons auf ihrem riesigen Dachboden nachschauen, aber das kann sie nicht. Es ist nicht so, dass es keine Fotos gibt, sie sind bloß verschollen. Vergraben. Das nimmt sie zumindest an.

»Ich … ich weiß gar nicht, ob ich die habe«, stammelt sie in der verzweifelten Hoffnung, dass Faith nicht weiter nachbohrt.

Faith wirft ihr einen Seitenblick zu. Einen »Heather stellt sich wieder an«-Blick, wie ihn nur eine ältere Schwester beherrscht. »Na ja, du kannst dich doch wenigstens mal umsehen, ob du was findest, oder? Schließlich hat Mum alles *dir* vermacht.«

Ah, da ist er wieder. Der Stachel. Sie wusste, dass das kommen würde. Den holt Faith jedes Mal heraus, wenn sie Heather ein schlechtes Gewissen machen will, obwohl beiden klar ist, dass es ein Segen war, nicht als Miterbin bestimmt worden zu sein. Wenn überhaupt, müsste Heather es als Druckmittel gegen Faith einsetzen.

Bei der Vorstellung, die Sachen ihrer Mutter durchzusehen, wird Heather buchstäblich übel. Am liebsten würde sie Faith anschreien, dass sie doch selbst danach suchen soll, aber sie kann Faith auf keinen Fall in das Zimmer lassen. Sie wäre noch enttäuschter von Heather als ohnehin schon. Aber sie selbst kann auch nicht darin herumwühlen (allein bei dem Wort bricht ihr der kalte Schweiß aus). Eine Pattsituation.

Faith sieht den Kampf, der sich hinter Heathers stets so beherrschten Zügen abspielt, und schnaubt. »Warum machst du immer so ein Theater um Mums Sachen? So kostbar sind die doch nicht!«

Heather zuckt innerlich zusammen. *Nicht kostbar*, denkt

sie, *ganz im Gegenteil*. Eher würde sie wassermelonengroße Wollmäuse unter ihrem Sofa ertragen, als in das Zimmer zu gehen und sich *wirklich* darin umzusehen. Darin sind zu viele Geheimnisse. Zu viele furchtbare, grauenvolle Dinge.

Faith stemmt die Hände in die Hüften. »Es ist für Alice!«, sagt sie genervt. »Ich weiß, es ist nahezu unmöglich, dich dazu zu kriegen, etwas für *mich* zu tun, aber ich dachte, da es für deine angeblich so heiß geliebte Nichte ist, würdest du wenigstens einmal so tun, als wärst du ein Teil dieser Familie, und ein wenig Loyalität zeigen.«

Ihre Worte treffen Heather mitten ins Herz. Sie liebt Alice wirklich, obwohl die Sechsjährige schon fast genauso missbilligend dreinschaut wie ihre Mutter, sobald ihre Tante das Haus betritt. Sie sehnt sich so sehr danach, von den Kindern geliebt zu werden und sie bei sich zu Besuch zu haben, sogar über Nacht, aber auch da steht ihr dieses verdammte Zimmer im Weg.

»Du verstehst nicht«, murmelt sie.

»Nein, natürlich nicht«, erwidert Faith mit honigsüßer Stimme. »Wie könnte ich auch? Schließlich ist Heather etwas Besonderes, Heather ist anders, niemand versteht sie.« Sie schüttelt den Kopf. »Wahrscheinlich bin ich selbst schuld«, sagt sie, mehr zu sich selbst als zu ihrer Schwester. »Ich hätte strenger sein müssen, hätte dir nicht erlauben sollen, so lange das Opfer zu spielen, aber ich …« Sie verstummt und schüttelt erneut den Kopf.

Heather starrt ihre Schwester wütend an. Sie hat immer gewusst, dass die Schuld bei ihr liegt. Daran braucht Faith sie nicht zu erinnern.

Faith atmet aus und sammelt sich. Es ist untypisch für sie, so heftig zu werden und den Groll, von dem Heather weiß, dass er unter der Oberfläche schwelt, tatsächlich in Worte zu fassen. Meistens beschränkt sie sich, wenn es um ihre jüngere Schwester geht, auf vielsagende Blicke und eine »Das war ja wieder klar«-Haltung.

»Hör mal«, sagt sie ein wenig sanfter. »Ich weiß, du hast … Probleme. Aber du musst dir davon doch nicht das ganze Leben bestimmen lassen. Sieh dir mich an! Ich habe mir Hilfe geholt und mit Leuten geredet. Bei uns in der Kirche ist eine wirklich tolle Frau. Sie nimmt sich bestimmt Zeit für dich, wenn ich sie nett frage.«

»Nein.« Heathers Stimme ist leise, aber entschieden.

Faith sieht sie nur an. »Also gut«, sagt sie schließlich, und ihre Augen verengen sich. »Aber allmählich glaube ich, du genießt es, so seltsam zu sein, weil du dir weder Hilfe suchst noch irgendwen an dich ranlässt.«

Da sie keine Veränderung an Heathers verschlossener Miene wahrnimmt, gibt Faith auf und geht ins Wohnzimmer; offensichtlich ist ihr die Gesellschaft der verhassten *Peppa Pig* immer noch lieber als die ihrer einzigen Schwester. »Aber such gefälligst ein Foto für Alice raus«, sagt sie im Hinausgehen über die Schulter. »Denn wenn nicht, komme ich vorbei und kümmere mich selbst darum. Das ist ja wohl das Mindeste, was du für diese Familie tun kannst.«

Heather zittert und schlingt die Arme um sich. *So weit darf es nicht kommen*, denkt sie. *Auf keinen Fall.* Ihr wird irgendwas einfallen, um Faith loszuwerden, zur Not wird sie im Internet nach alten Fotos suchen, auf denen ein Mädchen ist, das Faith gewesen sein *könnte*, als sie klein war, und die ausdrucken.

Leise geht sie ins Wohnzimmer und setzt sich auf einen Stuhl in der Ecke, der eher zu Dekorationszwecken dort steht, als weil er bequem wäre. Faith ignoriert sie konsequent, während die Kinder auf und ab hüpfen und Teile von Peppas Geschichte, die bunt über den Bildschirm läuft, nachspielen. In dem Zeichentrickfilm sieht man eine erfundene Welt, in der jeder dazugehört, in der jede Geschichte ein glückliches Ende hat und in der jedes Kind einen Gutenachtkuss bekommt, bevor es selig in seinem Bett einschläft.

Nach vier Folgen schaltet Matthew den Fernseher aus. Die Kinder maulen unisono, dann dreht Alice sich um und entdeckt ihre Tante. Heather hat sich bemüht, möglichst unauffällig dazusitzen, und die Minuten gezählt, bis sie verschwinden kann, ohne dass Faith gleich den nächsten Wutanfall bekommt.

»Tante Heather, du hast versprochen, dass du mit uns spielst!«

Heather nickt. Gott sei Dank. Wenigstens ein Lichtblick in diesem elenden Nachmittag. So muss sie nicht länger auf Faiths Hinterkopf starren, während ihre Schwester dasitzt und vor sich hin kocht. Sie strahlt, als Alice angelaufen kommt, gefolgt von ihrem kleinen Bruder.

»Was wollt ihr denn spielen? Snap? Oder das Prinzessinnen-Spiel, das ich dir zu Weihnachten geschenkt habe?«

Alice schüttelt den Kopf und sieht zu Barney, der breit grinst. Die beiden stecken offensichtlich unter einer Decke.

»Wir wollen Verstecken spielen«, sagt sie entschieden.

Das Lächeln auf Heathers Gesicht erstarrt. »Was?«

Alice verdreht die Augen, eine perfekte Kopie ihrer Mutter. »Verstecken! Du weißt schon, einer zählt, und die anderen verstecken sich. Und dann musst du uns suchen. Aber ich will zuerst zählen, weil es war meine Idee, und dann entscheide ich.«

Heather schüttelt den Kopf, aber ihr Nacken ist so angespannt, dass die Bewegung kaum zu sehen ist. »Ich kann nicht Verstecken spielen«, flüstert sie.

Alice verschränkt die Arme. »Du hast es versprochen«, sagt sie, als würde sie eine Trumpfkarte ziehen.

Heather schüttelt erneut den Kopf. »Tut mir leid, Liebes. Es ist nur so, ich hasse … Ich kann einfach nicht …« Hilflos sieht sie zu Faith hinüber, die sich umgedreht hat und das Gespräch mit gerunzelter Stirn verfolgt. Aber ihre Schwester beißt nur die Zähne zusammen und schweigt. »Ich spiele mit euch alles andere, egal was«, setzt Heather nach. »Und so oft ihr wollt. Stundenlang!«

Da füllen sich Alice' Augen mit Tränen, und ihre Unterlippe bebt eindrucksvoll. »Aber du hast es *versprochen*!«

Auch Heathers Augen werden feucht, aber es gelingt ihr, die Tränen wegzublinzeln. Wer weiß, was Faith sagen würde, wenn sie jetzt auch noch einen Heulanfall bekäme. »Es tut mir leid«, flüstert sie.

Alice rennt weinend davon, und Barney folgt ihr mit verwirrter Miene. »Alles muss immer nach deiner Nase laufen, nicht?«, sagt Faith leise, aber schneidend. »Nach deinen Regeln und innerhalb deiner Grenzen.«

»Das ist nicht wahr!«, protestiert Heather zu ihrer eigenen Überraschung.

»Dann geh und sag dem kleinen Mädchen, das weinend auf seinem Bett liegt, dass du deine Meinung geändert hast.«

Heather starrt sie nur stumm an.

Mit einem Schnauben steht Faith auf. »Genau wie ich gesagt habe: Nach deinen Regeln oder gar nicht. Ich weiß echt nicht, warum du überhaupt hierherkommst, wenn du dich so benimmst.«

Nun läuft doch eine Träne über Heathers Gesicht, aber sie kann Faiths eisigen Gesichtsausdruck nicht zum Schmelzen bringen. Ihre Schwester geht zur Tür. Kurz bevor sie den

Raum verlässt, dreht sie sich noch einmal um und schüttelt mit einer Mischung aus Abscheu und Mitleid den Kopf. »Weißt du, manchmal bist du genau wie Mum.«

4

Die Puppe ist die Königin dieses Hauses. Sie steht auf der Ecke des höchsten Regals und blickt über ihr Reich. Das Zeug strebt ihr entgegen wie ein Gläubiger seinem Gott. Cassandras Augen sind klar, blau und hochmütig, ihr glänzendes braunes Haar ringelt sich in perfekten Locken, und das rosa Rüschenkleid im viktorianischen Stil ist makellos. Wer könnte mit der kalten Porzellanhaut von Gesicht und Armen mithalten? Wer mit diesen rosigen Wangen und korallenfarbigen Lippen?

»Eins ... zwei ... drei ... vier ...«

Mit pochendem Herzen läuft Heather los, als Faith zu zählen beginnt. Diesmal muss sie das beste Versteck finden, eines, auf das ihre Schwester nie kommt, denn Faith gewinnt immer beim Verstecken. Jedes Mal findet sie Heather ganz schnell und sagt kopfschüttelnd, sie sei eine »Amateurin«, obwohl Heather gar nicht so genau weiß, was das ist. Vermutlich jemand, der beim Versteckenspielen richtig schlecht ist. Sie hofft nur, wenn sie zehn ist, kennt sie genauso viele schwierige Wörter wie ihre Schwester.

Im Laufen überlegt Heather, wo sie sich verstecken könnte. Auf jeden Fall darf sie nicht kichern wie beim letzten Mal. Sie zwingt sich zu einem langsameren Tempo. Was nicht allzu schwierig ist, denn in ihrem Haus kann man gar nicht richtig schnell laufen. Dafür steht zu viel herum.

Sobald Faith mit dem Zählen begonnen hat, ist Heather einem der »Kaninchenpfade« gefolgt. Sie weiß nicht, warum ihre Schwester sie so nennt – sie hat im Haus noch nie ein Kaninchen gesehen.

Diese Pfade führen zwischen den Sachen hindurch. Sie

haben viele Sachen. Bücher und Papiere und Plastikkisten mit allen möglichen Dingen, von denen ihre Mummy nicht will, dass sie sie anfasst. Und Kleider, ganz viele Kleider. Sie liegen in großen Haufen auf dem Sessel und auf dem Tisch, an dem sie früher gegessen haben. Es gibt auch Spielsachen, manche davon alt und kaputt, aber ihre Mummy sagt, sie will sie irgendwann reparieren, und manche ganz neu, sogar noch mit dem Preisschild daran, aber mit denen könnte Heather nicht spielen, selbst wenn sie es wollte, weil sie zu weit oben liegen. Einige Haufen sind so riesig, dass sie manchmal beim Hochgucken das Gefühl hat, sie beugen sich vor und schauen zu ihr herunter, als überlegten sie, ob sie auf sie drauffallen sollen oder nicht. Das mag Heather gar nicht.

Es gibt auch viele Sachen, von denen ihre Mummy sagt, sie wird sie bald aussortieren und wegschmeißen, wenn sie nicht mehr so müde ist. Vielleicht tut sie das, wenn ihr Daddy nicht mehr so viel arbeitet und öfter zu Hause ist. Neulich Abend hat sie gehört, wie ihre Eltern darüber gestritten haben. Sie hat auch mal gehört, wie Tante Kathy gesagt hat, ihr Haus sei wie Aladins Höhle, nur dass sie nicht voller Schätze ist, sondern voller Scheiße.

Das Wort darf Heather nicht sagen. Patrick Hull hat es mal in der Schule gesagt, und da hat Miss Perrins ihn zur Strafe in der Ecke sitzen lassen, und als seine Mum kam, um ihn abzuholen, hat sie sie für ein kurzes Gespräch beiseitegenommen.

Mit ihrer Mummy hatte Miss Perrins auch schon öfter kurze Gespräche, aber nicht, weil Heather etwas Böses gesagt hat. Heather weiß nicht, worüber sie geredet haben, weil Mummy und Miss Perrins dabei im Flur waren, aber es sah wichtig aus, und Miss Perrins hat nicht wie sonst gelächelt.

Einmal ging es wohl um ihre Schuluniform (Mummy

hat sie zwischen all den Kleidern im Haus nicht wieder-
gefunden, und Heather musste in ihrem blauen Trägerkleid
zur Schule gehen), und ein anderes Mal juckte es Heather
ganz schlimm, weil die kleinen Insekten von ihrer Katze
Fluffy sie in den Bauch gebissen haben, sodass sie sich immerzu kratzen musste und nicht buchstabieren üben konnte.
Manchmal haben sie sich in ihrem Pulli versteckt und sind
mit in die Schule gekommen, und dann haben sie die anderen Kinder auch gebissen. Faith hat sie »verdammte kleine
Trittbrettfahrer« genannt, aber das hat ihre Lehrerin nicht
gehört, sodass Faith nicht in der Ecke sitzen musste. Danach
gab es noch mehr kurze Gespräche, weil die Jungs sie in der
Pause »Penner-Heather« genannt und sie immer geärgert haben.

Aber ihre Mummy ist deswegen nie böse auf sie gewesen.
Hinterher, wenn sie wieder zu Hause sind, legt sie sich jedes
Mal aufs Sofa vor dem Fernseher und weint. Sie umarmt Hea-
ther und sagt, sie ist ein braves Mädchen, und es ist nicht ihre
Schuld, und sie wird es in Zukunft besser machen.

Heather bemüht sich, möglichst lautlos durchs Esszimmer zu schleichen, als sie hört, dass Faith zu Ende gezählt hat.
Es ist schwierig, vollkommen leise zu sein, weil überall auf
dem Boden alte Plastikbehälter und knisternde Zellophanfet-
zen herumliegen und sie auf Papierstücken und Kleidern aus-
rutscht, die von den Haufen heruntergefallen sind.

»Hea-ther!«, ruft Faith in einem Singsang, »jetzt komme
ich und *hole* dich!«

Heather bewegt sich wieder schneller. Jetzt ist ihr gar
nicht mehr nach Kichern zumute, und ihr Herz pocht noch
lauter. Sie muss ein Versteck finden, ein ganz kleines, auf das
Faith nicht kommt.

Sie dreht sich um und geht die Treppe hinauf. Ihre Füße

sind kleiner als die von Faith, und sie findet die Lücken zwischen den Bücher- und Papierstapeln, die auf jeder Stufe liegen, ohne sie umzuwerfen. Als sie das kleine Stück freien Teppichs auf dem Treppenabsatz erreicht, wendet sie sich nach links und huscht in das Zimmer, das ihres war, bevor die Sachen sich darin breitgemacht haben. Früher waren die Sachen nur unten und im Zimmer ihrer Eltern, aber sie wandern immer weiter, und irgendwie werden die Haufen immer größer. Heather fragt sich, ob die Haufen Babys kriegen. Das hat sie Faith mal gefragt, und die hat nur gemeint, sie soll keinen Schwachsinn reden, aber Heather leuchtet das ein. Woher sollten die neuen denn sonst kommen?

Sie sieht sich in dem Zimmer nach einer guten Stelle um. Ihr fällt ein, dass Daddy seine Gitarre unter dem Bett hervorgeholt und sie an einen Mann unten an der Straße verkauft hat. Da, wo sie gelegen hat, ist eine Lücke, gerade groß genug, um sich hineinzuschieben. Sobald sie drinnen ist, zieht sie die Decke vom Bett ein Stück herunter, damit man sie nicht sieht.

Doch irgendetwas, das auf der Decke gelegen hat, fällt krachend herunter, und Heather erstarrt. Sie hört Schritte, die sich nähern. Faith kommt die Treppe herauf! Heather hält den Atem an und kneift die Augen zu. Wenn sie sich doch nur unsichtbar machen könnte!

»Hea-ther«, singt Faith erneut. »Du weißt doch, ich finde dich!«

Heather spürt, wie ein Kichern in ihr aufsteigt. Sie presst die Hand auf den Mund. Da sind Faiths Füße – sie kann sie unter dem Rand der Decke hinweg sehen. Ihre Schwester steht in der Tür.

Geh weg, geh weg, geh weg, betet sie.

Gerade als sie denkt, Faith würde die Decke hochziehen und sagen: »Ha! Hab ich dich!«, machen die Füße ihrer

Schwester kehrt und verschwinden. Heather ist so überrascht, dass sie vergisst auszuatmen, bis ihr ganz komisch wird.
Dann schnappt sie gierig nach Luft.

Sie hört, wie Faith umhergeht und ihren Namen ruft,
aber jetzt klingt ihre Stimme anders. Nicht mehr so selbstge-
fällig. Eher genervt. Heather grinst in sich hinein und schiebt
sich noch ein Stück weiter unter das Bett. Heute wird sie das
Versteckspiel gewinnen, und dann ist Faith die Amateurin!

Heather bleibt sehr lange dort. Faith schaut in alle anderen Zimmer, dann geht sie wieder nach unten. Selbst als
Mummy ruft, dass das Essen fertig ist, rührt sich Heather
nicht. Es könnte ein Trick sein, und selbst wenn nicht, sie will
nicht, dass Faith sagt, sie hätte aufgegeben. Sie kommt erst
heraus, wenn Faith das tut, was Heather sonst immer tun
muss, wenn sie sie nicht findet: sich in die Mitte des Hauses
stellen und rufen, dass Heather die Königin des Versteckspiels
ist und Faith die Verliererin. Das will Heather viel mehr als ein
Schinkensandwich, auch wenn ihr allmählich der Magen
knurrt.

Nach einer ganzen Weile wird Heather kalt, und sie öffnet
die Augen. Ist sie eingeschlafen? Allmählich kommen die
Geräusche zurück. Sie lauscht angestrengt. Irgendwo unten
weint jemand, und jemand anders ruft.

»Heather! Heather? Wo bist du?« Faiths Stimme klingt
gar nicht mehr herausfordernd. Ob das ein Trick ist, um sie
herauszulocken?

»O Gott, o Gott!«, schluchzt ihre Mummy. »Meine Kleine ist weg! Meine Kleine ist weg! Nicht noch mal, bitte nicht
noch mal!« Eine kurze Pause, dann hört sie, wie ihre Mutter
Faith anschreit. »Du solltest doch auf sie aufpassen!«

Ein lautes Krachen auf der Treppe, dann noch mehr Geschrei. Heather bekommt es mit der Angst zu tun. Irgendet-

was sagt ihr, dass das kein Spiel mehr ist, dass sie rauskommen muss, aber sie ist vor Angst wie gelähmt. Sie kann nicht mal den Mund aufmachen, um zu rufen.

Schließlich schafft sie es, zumindest ein Stück nach vorn zu rücken, und hinter der Decke tauchen Füße auf. Sie versucht, »Ich bin hier!« zu sagen, aber ihre Stimme ist ganz leise und kratzig, als hätte Heather vergessen, wie man sie benutzt.

Das Getrappel und Geschrei verstummt. Es wird ganz still.

»Hier«, krächzt sie, dann wird die Decke weggezogen, und im selben Moment kracht alles, was sonst noch auf dem Bett gelegen hat, zu Boden und schließt sie ein. Da bekommt sie Panik. Sie schlägt und tritt mit aller Kraft gegen die Sachen und ruft immer wieder: »Mummy! Mummy!«

Wieder kracht und poltert es ohrenbetäubend, aber schließlich hört sie ihre Mutter rufen: »Stopp! Heather! Hör auf!«

Heather rührt sich nicht mehr.

Kurz darauf dringt Luft in ihr Versteck, und sie sieht das Gesicht ihrer Mutter. »Alles in Ordnung?«, fragt sie mit zitternder Stimme.

Heather nickt, aber ihre Mutter sieht ganz besorgt aus, und da begreift sie, dass es unter dem Bett zu dunkel ist, um etwas sehen zu können, also sagt sie: »Mir geht's gut. Das ist mein Versteck. Hab ich gewonnen?«

Hinter ihrer Mutter ertönt ein Schnauben. Ein typisches Faith-Schnauben. Heather lächelt in sich hinein.

Ihre Mutter lacht, aber als sie spricht, klingt ihre Stimme so, wie wenn sie geweint hat. »Ja, Liebes. Ich glaube, du hast gewonnen. Und du hast uns beiden einen ganz schönen Schreck eingejagt. Bist du sicher, dass alles in Ordnung ist?«

Ihre Mutter streckt die Arme aus, und endlich kriecht Heather unter dem Bett hervor. Sie blickt sich im Zimmer um. Es sieht schlimmer aus als je zuvor. Die Lawine vom Bett hat den Pfad verschüttet. Nicht mal ein ganz kleines Kaninchen könnte da jetzt entlanghoppeln.

»Dein Fuß!«, sagt Faith, und Heather schaut nach unten. Auf ihrem Socken ist Blut. Sie muss sich verletzt haben, als sie gegen die Sachen getreten hat.

Ihre Mummy gibt ein Geräusch von sich wie Fluffy, wenn er Hunger hat. Erst denkt Heather, sie ist wütend wegen dem Blut – nun, da Heather es gesehen hat, fängt ihr Zeh an wehzutun –, doch dann merkt sie, dass ihre Mutter gar nicht sie ansieht, sondern etwas auf dem Fußboden. »O nein, o nein, o nein …«, sagt sie und kniet sich hin, um es aufzuheben. »Cassandra!«, wimmert sie, und dann fängt sie richtig an zu weinen.

Heather ignoriert den Schmerz in ihrem Zeh und steht auf. Sie legt die Arme um den Hals ihrer Mutter und flüstert: »Es tut mir leid«, aber ihre Mummy hört sie offenbar nicht, sie schaut nur auf die Puppe in ihrer Hand. Sie hat lockiges Haar, ein hübsches rosafarbenes Kleid und ein ganz glattes Gesicht. Zwei von ihren winzigen kalten Fingern sind abgebrochen. Ihre Mutter hält sie in der anderen Hand.

Heather spürt, wie sich ein großes, dunkles Loch in ihr auftut. Das ist ihre Schuld. *Sie* hat ihre Mummy traurig gemacht.

Anscheinend denkt ihre Mutter das auch, denn sie sieht Heather nicht an und fragt sie auch nicht, was mit ihrem Fuß ist. Sie starrt nur die Puppe an und weint und sagt, dass das ihre Lieblingspuppe ist, ihr ganz besonderes kleines Mädchen.

Heather spürt eine Hand auf ihrer Schulter, und als sie den Kopf wendet, sieht sie Faith, die sie anschaut. Ihre Schwester scheint nicht mehr böse zu sein, dass sie das Versteckspiel verloren hat. »Komm«, sagt sie. »Wir gehen nach unten, und dann mache ich dir ein Pflaster auf den Fuß.«

5

Heather knallt die Tür zu, als sie in ihre Wohnung kommt. Beim Abschied von ihrer Schwester und deren Familie hat sie sich nichts anmerken lassen, aber sie ist stocksauer. Faith konnte es sich nicht verkneifen, ihr noch einen Vortrag zu halten, nachdem sie statt Verstecken schließlich Mikado gespielt hatten.

»Es wird Zeit, dass du aufhörst, nur als Gast in der Familie aufzukreuzen, und dich wirklich engagierst«, sagte sie gereizt, als sie Heather zum Auto brachte. »Ich weiß wirklich nicht, warum du überhaupt herkommst. Es ist doch offensichtlich, dass du gar nicht hier sein willst.«

Heather murmelte, das sei nicht wahr.

Faith lachte schnaubend. »Echt jetzt? Glaubst du das wirklich?« Sie zählte Heathers Unzulänglichkeiten auf – sie hatte die Kinder enttäuscht und die ganze Zeit über kaum den Mund aufgemacht –, um dann auf das Thema zurückzukommen, das Heather unbedingt vermeiden wollte: die Sache mit dem Foto.

»Da bitte ich dich *einmal* um etwas, und es ist noch nicht mal eine große Sache. Ich bitte dich nicht darum, dir einen Therapeuten zu suchen oder mich ab und zu anzurufen, um ein bisschen zu plaudern oder zu fragen, wie es mir geht. Ich bitte dich nicht mal darum, uns zur Abwechslung mal zu dir einzuladen. Ich bitte dich lediglich um ein Foto. Ist das wirklich zu viel verlangt?«

Ja, hätte Heather am liebsten erwidert. *Ist es. Weil du nicht weißt, was du da verlangst.*

Faith hat einfach kein Recht, sie deswegen so in die Ecke zu drängen.

Heather rennt sofort ins Wohnzimmer, um ihr Ritual zu vollziehen: sich in die Mitte stellen, die Arme ausstrecken und die Augen schließen. Erst da lässt der Zorn auf ihre Schwester allmählich nach. Doch gerade als sie wieder halbwegs ruhig atmet, klopft jemand laut an die Scheibe ihrer Terrassentür. Ihre Augen springen auf, und ihr Herz beginnt zu galoppieren. Und nicht nur weil Jason sie von draußen anlächelt.

Was denkt er sich wohl, wenn er sie da stehen sieht wie eine Mischung aus Vogelscheuche und Zombie? Sie lächelt schwach zurück.

Er bedeutet ihr mit einer Handbewegung, sie solle die Tür aufmachen. Heather muss erst den Schlüssel holen. Sie sieht sich den ordentlich gepflegten Garten zwar gerne an, aber sie geht nicht oft hinaus. Es könnten Insekten und Grasschnipsel hereinkommen. Sie würde sich sorgen, dass sie etwas übersehen hat, das unters Sofa geflogen ist, und dann würde es tagelang unbemerkt dort liegen und langsam alles verseuchen.

Mit pochendem Herzen öffnet sie die Tür, tritt hinaus und schließt sie sofort wieder, nicht nur wegen der Insekten und Pusteblumen, sondern auch wegen Jason. Niemand hat ihre Wohnung betreten (außer Carlton, dem alten Schnüffler), seit sie vor drei Jahren hier eingezogen ist.

Davor hat sie lange Zeit anderswo gewohnt, aber weil es ihrer Mutter immer schlechter ging und Heather dort nur eine befristete Stelle hatte, war sie wieder nach Bromley zurückgekehrt. Sie hatte Glück, dass sie anschließend einen Job fand, der es ihr ermöglichte hierzubleiben. In der Branche gab es viel Konkurrenz, und in ihrem Alter war es nicht leicht, eine dauerhafte Anstellung zu finden. Meistens hangelte sie sich von Projekt zu Projekt und musste dahin gehen, wohin die Arbeit sie führte.

»Ja?«, sagt sie zu Jason, und wegen des miesen Nachmittags klingt ihre Stimme schärfer als beabsichtigt. Auch das ist Faiths Schuld.

»Ich dachte mir, ich mähe mal den Rasen und zupfe ein bisschen das Unkraut aus den Beeten«, erwidert er gut gelaunt. »Jetzt, wo das Wetter besser geworden ist, hätte ich Lust auf eine Grillparty, wissen Sie, ein paar Freunde einladen und Bier und Würsten und so.«

Heather nickt. Ach so, darum geht's. Es ist zwar ein Gemeinschaftsgarten, und Jason könnte dort nach Lust und Laune mähen, grillen oder radschlagen, aber er will höflich sein. Er will wissen, ob es sie stört. »Nur zu«, sagt sie. »Aber es wäre nett, wenn Sie mir Datum und Uhrzeit mitteilen.« Dann kann sie sich zu der Zeit in Küche und Schlafzimmer aufhalten, damit sie nicht wieder für eine untote Vogelscheuche gehalten wird oder fremde Leute in ihre Wohnung starren, als wäre sie ein seltenes Reptil im Londoner Zoo. Oder sie geht weg.

Sein Lächeln wird breiter. »Na ja, vielleicht haben Sie ja Lust dazuzukommen? Ich fände es ziemlich unhöflich, Sie nicht einzuladen, zumal wir direkt vor Ihrem Wohnzimmer hocken.«

Heather sucht in seiner Miene nach den verräterischen Anzeichen einer Mitleidseinladung: angespannter Mund, zusammengezogene Pupillen und starrer Unterkiefer (sie denkt dabei an Faith), findet aber keine. Dennoch kann sie nicht glauben, dass er sie tatsächlich dabeihaben will, und so steht sie da im Garten, fragt sich besorgt, ob die Blattläuse von den Rosen sich womöglich in ihr Haar verirren, und weiß nicht, was sie tun soll.

»Okay?«, fragt er, als wäre es das Normalste der Welt, Fremde einzuladen und sie in sein Leben zu lassen.

Ihr fällt keine Ausrede ein. Jedenfalls noch nicht. Also nickt sie. »Okay.« Dann dreht sie sich um und kehrt in ihre Wohnung zurück, ohne sich noch einmal umzublicken. Obwohl sie es wahnsinnig gerne tun würde. Sie will wissen, ob er immer noch lächelt, oder ob er verwirrt die Stirn runzelt.

Heather steuert auf ihr Schlafzimmer zu, doch als sie am Gästezimmer vorbeikommt, bleibt sie stehen.

Es ist da drin. Das Foto, das Faith haben will. Sie weiß nicht genau wo, aber irgendwo da ist es. Wahrscheinlich. Heather starrt eine ganze Minute lang die Tür an, dann sagt sie sich: *Nicht heute. Für heute reicht's mir. Aber bald. Vielleicht morgen.*

6

»Sie ist in Tränen aufgelöst, Heather! Alle anderen in ihrer Klasse haben ihre Projekte zur Familiengeschichte schon mitgebracht. Die Lehrerin hat ihr noch bis Montag gegeben, aber das ist ihre letzte Chance! Ich komme Sonntagnachmittag bei dir vorbei und hole mir verdammt noch mal ein Foto. Hast du das verstanden?«

Irgendwie war aus dem Vorsatz »morgen« nach einem Foto zu suchen, übermorgen geworden und aus übermorgen nächste Woche, und dann waren aus der einen Woche zwei geworden. Ihre Schwester hat ihr Nachrichten geschickt, harte, herrische kleine Fragen, die sie wie Geschosse aus ihrem Handy abgefeuert hat. Heather hat sie zwar nicht ignoriert – wie denn auch, wenn jede einzelne davon in ihr eine Woge aus Scham und Schuldgefühlen ausgelöst hat –, aber sie hat auch nicht darauf geantwortet. Und jetzt ist es Freitagabend, fast zwei Wochen später, und Faith ist auf dem Kriegspfad.

»Ja, hab ich«, flüstert Heather zerknirscht. Was soll sie sonst tun?

Am anderen Ende ist ein erleichterter Seufzer zu hören.

»Okay.« Mama-Bär Faith zieht die Krallen ein. Nun atmet auch Heather aus.

Es gibt so viel, was Heather ihr sagen möchte: dass sie Alice und Barney wirklich liebt; dass sie weiß, dass ihre Schwester ihr das nicht glaubt, weil sie es nicht schafft, sich ihnen gegenüber normal zu verhalten. Aber dass sie sich jedes Wort und jede Bewegung dreimal überlegt, liegt nur daran, dass sie sich so verzweifelt danach sehnt, dieselbe Liebe in ihren Augen zu sehen. Sie würde Faith gerne sagen, wie furchtbar leid es ihr tut, dass Alice weint und sich in der Schule ausgeschlossen fühlt, denn sie weiß, wie schrecklich das ist. Aber sie tut es nicht. Wenn es um Faith geht, ist es jedes Mal, als wäre ihr Mund zugeklebt.

»Gut. Ich melde mich Sonntagmorgen noch mal, um dir die genaue Zeit zu sagen. Matthew hat nach der Kirche noch eine Besprechung, es hängt also davon ab, ob er die Kinder nehmen kann.«

»Okay«, sagt Heather kleinlaut, aber innerlich wird ihr ganz kalt. Sie verabschieden sich voneinander, und sie legt langsam das Telefon hin. Dann dreht sie sich um und geht, bevor sie es sich anders überlegen kann, durch den Flur zu der unschuldig aussehenden verschlossenen Tür. Das Blut rauscht so laut in ihren Ohren, dass es den Verkehrslärm draußen auf der Straße übertönt.

Lange rührt sie sich nicht, starrt nur die Tür an. Dann, als sie sich schließlich von der weißen Fläche wie hypnotisiert fühlt, streckt sie die Hand aus und ergreift den Knauf.

Genau so muss ich es tun, sagt sie sich. *Als wäre es nicht echt. Als würde ich es nur träumen.*

Sie erinnert sich vage an etwas, das wie ein Stapel Fotoalben aussah, in der linken hinteren Ecke des Raums, in einem Regal, neben den schwarzen Plastiksäcken mit den Kleidern ihrer Mutter. Sie holt im Geist ein Bild dieses Regals hervor und hängt es vor ihrem inneren Auge auf.

Sie holt tief Luft, widersteht dem Drang, den Atem anzuhalten, und dreht den quietschenden alten Messingknauf. Die Tür schwingt auf.

Nicht hinschauen. Nicht hinschauen. Nur vorwärts.

Anfangs geht es ihr gut, als sie das freie Stück Teppich betritt, sogar als sie sich vorsichtig über den schmalen Pfad bewegt, der zwischen den Kartons und Taschen auf der Seite hindurchführt. Aber weiter hinten hat es offenbar eine Lawine gegeben; einer der Kartons mit diversem Krimskrams, der auf einem Stapel Zeitungen stand, ist umgekippt und hat seinen Inhalt fröhlich über den freien Raum verteilt. Sie muss weitergehen, aber sie will sich nicht bücken und das Zeug aufheben. Sie will es nicht anfassen. Nichts davon.

Also tut sie es nicht. Sie geht einfach weiter, über den Inhalt des Kartons hinweg. Schließlich hat ihre Mutter es genauso gemacht. Als die »Kaninchenpfade« von der stetig wachsenden Krempelmasse verschlungen wurden, ging sie einfach obendrüber, und die Topografie des Hauses verwandelte sich von ebenen, mit Teppich bezogenen Fußböden endgültig zu einer bergigen Wildnis aus Zeug. In den letzten Jahren war sie an manchen Stellen anderthalb Meter hoch gewesen, sodass man nur noch auf allen vieren durch die Türöffnungen kriechen konnte.

Doch als Heathers Fuß knirschend auf einen Fotorahmen tritt, der nur noch ein hölzernes Rechteck ist, weil er bereits sein Glas verloren hat, kommen plötzlich Erinnerungen hoch, die nichts mit diesem Zimmer, diesem Zeug zu tun haben – die Dunkelheit, das ewige Zwielicht, ausgelöst von den deckenhohen Krempelhaufen, der Gestank nach Katzenurin und der eigentümliche Geruch von Schmutz, der sich über Jahre angesammelt hat. Ein Schluchzen entweicht ihrer Kehle, aber der Gedanke an Alice treibt sie weiter.

Blindlings schiebt sie die schwarzen Kleidersäcke beiseite, bis sie gerade so an das Regal heranreicht. Sie packt ein dunkelgrünes Ding, das aussieht wie ein Fotoalbum, drückt es an die Brust und tritt so schnell wie möglich den Rückzug an. Erst als sie die Tür hinter sich geschlossen und den Schlüssel umgedreht hat, hört das Schwindelgefühl in ihrem Kopf auf.

Sie nimmt das Fotoalbum mit ins Wohnzimmer und legt

es auf den Beistelltisch. Anschließend geht sie zurück zum Gästezimmer, zieht den Schlüssel ab und legt ihn in ihre Schreibtischschublade. Irgendwie scheint es ihr nicht mehr sicher genug zu sein, ihn im Schloss stecken zu lassen. Dann kocht sie sich einen Kamillentee.

Anschließend setzt sie sich mit dem Album auf das eine Ende ihres Sofas. Sie schlägt die erste Seite auf, und das Gefühl von Schmutzigkeit, weil sie im Gästezimmer gewesen ist, verschwindet. Wenn sie sich an ihre Kindheit zu erinnern versucht, was nicht oft vorkommt, ist da meist nur ein zäher weißer Nebel, und doch ist alles hier – all das, woran sie sich nicht erinnern kann –, auf leicht vergilbten Farbfotos, die ihr förmlich entgegenspringen.

Da sind ihre Mum und ihr Dad zusammen, und sie sehen sogar glücklich aus. Sie hat ihren Dad so lächeln sehen, als er Shirley kennengelernt hat, aber sie hatte vergessen, dass er irgendwann auch ihre Mutter mal so angesehen haben muss.

Wie eigenartig. Das Einzige, was sich manchmal aus dem Nebel löst, sind streitende Stimmen und das leise Weinen ihres Vaters. Er ist gegangen, als sie noch in der Grundschule war, weil er es nicht mehr ausgehalten hat. Sie nimmt es ihm nicht übel. Welcher normale Mensch wäre denn freiwillig geblieben?

Sie betrachtet die Fotos auf der gegenüberliegenden Seite. Eins davon macht sie so neugierig, dass sie die Schutzfolie abzieht und es von der klebrigen Unterseite löst. Auf der Rückseite hat jemand mit Kugelschreiber hingekritzelt: »Kathy und Heather, Eastbourne 1994«. Heather legt es wieder hin und streicht das Zellophan darüber. Sie stehen an einem Metallgeländer am Meer. Die Sonne scheint, aber es ist windig. Tante Kathy strahlt in die Kamera, und das kleine Mädchen neben ihr ebenfalls, aber der Wind weht ihr von hinten das Haar ins Gesicht, sodass Heather es nicht sehen kann. Das Mädchen hält ein Pfefferminz-Schoko-Eis in der Hand, der Wind scheint ihr also nichts auszumachen.

Pfefferminz-Schoko. Das war meine Lieblingssorte, denkt sie. *Wie konnte ich das vergessen?*

Dieser Urlaub mit ihrer Tante ist die leuchtende Oase im trüben Nebel ihrer Kindheit, das eine Ereignis, das klar und deutlich heraussticht. Sie erinnert sich an diese zwei Wochen, als wäre es gestern gewesen – allerdings erinnert sie sich nicht daran, wie dieses Foto aufgenommen wurde. Egal. Der Rest ist immer noch da: wie sie am Strand Sandburgen mit komplizierten Wassergräben gebaut haben, wie sie bei einem plötzlichen Wolkenbruch unter einem der Schutzdächer auf der Pier Fish & Chips gegessen haben, die Besuche auf dem Minigolfplatz … Ach, wie sie Minigolf geliebt hat, auch wenn sie fünfzehn Anläufe brauchte, um den Ball ins Loch zu kriegen. Aber Tante Kathy hatte das nicht gekümmert, sie war geduldig und liebevoll gewesen und hatte sie nie zur Eile getrieben.

Das kleine Mädchen auf dem Foto sieht glücklich aus. Heather weiß, dass sie das sein muss, aber sie erkennt sich nicht. Dieses Mädchen sieht aus, als würde es zu einer netten jungen Frau heranwachsen, mit einem guten Job und vielleicht einem anständigen Mann, der sie liebt. Nicht zu einer Gestörten, die nicht mal ihr Gästezimmer betreten kann, ohne einen Nervenzusammenbruch zu bekommen.

Heathers Blick wird matt, und ihr Lächeln erlischt. Tante Kathy. Sie hat ihre Lieblingstante seit ihrer Kindheit nicht mehr gesehen. Noch ein Opfer der Sucht ihrer Mutter. Heather schließt die Augen. Ihre Mutter war so selbstsüchtig gewesen. Sie hatte alle, die sie liebten, verjagt. Manchmal hatte man fast den Eindruck gehabt, sie legte es darauf an, dass alle sie hassten.

Heather schüttelt den Kopf und öffnet die Augen wieder. Darüber will sie jetzt nicht nachdenken, denn zu ihrer eigenen Überraschung freut sie sich über die Erinnerungen, die die Bilder in ihr wachrufen. Sie kann sich nicht entsinnen, sie schon mal gesehen zu haben. Wahrscheinlich war das Album im Haus ihrer Mutter seit Ewigkeiten unter Tonnen von Krempel begraben, und als Heather sich um die Sachen kümmern musste … Nun ja, sie hatte keine Lust gehabt, sich damit zu befassen.

Aber diese Fotos sind ungefährlich. Sie sind zweidimensional und mit einer Folie abgedeckt, sodass sie schön sauber geblieben sind. Im Gegensatz zu den restlichen Sachen ihrer Mutter, die zu sehr mit Erinnerungen getränkt sind, gegen die sie sich nicht wehren kann. Ihre Mutter hat immer gesagt, sie müsse die Sachen aufheben, weil darin Erinnerungen gespeichert seien. Sie nahm irgendetwas – eine Porzellanfigur oder ein Buch oder sogar eine Tupperdose aus der Küche –, und dann konnte sie alle möglichen Einzelheiten dazu herunterrattern: wann sie das Teil gekauft oder von wem sie es geschenkt bekommen hatte, und dazu eine Geschichte. Es gab immer Geschichten.

Aber Heather will diese Erinnerungen nicht. Irgendwo in ihrem Inneren vermisst sie ihre Mutter und trauert um sie, aber das wird überlagert von der unglaublichen Wut, die sie jedes Mal packt, wenn sie an sie denkt. *So selbstsüchtig.* Und dann hat sie ihr auch noch den ganzen Krempel hinterlassen, sodass sie sich darum kümmern muss. Sie hat nie um diese Bürde gebeten, sie will sie nicht, und sie kann ihre Mutter nicht mal mehr dafür anbrüllen, dass ihr verdammtes Zeug ihr bis zum Schluss wichtiger war als ihr eigenes Fleisch und Blut.

Heather atmet tief durch und konzentriert sich wieder

auf das Fotoalbum. *Komm, nicht daran denken.* Davon wird ihr jedes Mal elend zumute, und es ist eine wunderbare Entdeckung, dass es tatsächlich auch schöne Dinge in ihrer Kindheit gab, wie das Strahlen auf diesen Fotos beweist.

Da ist eine Aufnahme von ein paar älteren Leuten, offenbar bei einer Geburtstagsfeier. Zwei davon könnten ihre Großeltern sein – die Eltern ihres Vaters –, aber sie ist sich nicht sicher. Sie sind beide gestorben, als Heather noch ganz klein war. Apropos klein: Auf der nächsten Seite ist ein Weihnachtsfoto von ihr und Faith. Sie haben beide den gleichen Wollpullover in einem scheußlichen Orange an, umarmen sich und grinsen so breit in die Kamera, dass man jede Menge Zähne, aber kaum noch die Augen sieht. Bei dem Anblick muss sie schmunzeln.

Doch dann fällt ihr etwas auf, und ihr Gesicht erstarrt.

Das Zimmer hinter ihnen … Es ist leer.

Na ja, nicht richtig leer, aber … normal. Sie kann eine magnolienrosafarbene Wand sehen. Eine richtige Wand. Heather ist nicht mal sicher, ob sie überhaupt je gewusst hat, welche Farbe die Wände in manchen Räumen zu Hause hatten, weil so lange, wie sie sich zurückerinnern kann, Sachen davor gestapelt waren.

Sie starrt das Foto an, kann den Blick nicht davon lösen. Die Erkenntnis, dass ihr Elternhaus nicht immer so ausgesehen hat wie in ihrer Erinnerung, ist ein Schock, obwohl Heather vielleicht schon selbst darauf gekommen wäre, wenn sie sich nicht ständig so angestrengt bemühen würde, nicht an ihre Mutter zu denken. Schließlich kann sie ja nicht von Geburt an eine Horterin gewesen sein. Irgendwann muss es angefangen haben. Zum ersten Mal fragt Heather sich, wann das war.

Das Problem dabei ist, dass sie mit ihrer Mutter nie über

deren Horterei reden konnte. Selbst als Erwachsene nicht. Jedes Mal, wenn sie versucht hat, das Thema anzusprechen, ist ihre Mutter wütend geworden. »So ein bisschen Krempel ist doch nichts Schlimmes«, kam dann immer. »Ich sammele halt gerne.« Und was das anging, hatte Christine Morgan recht gehabt. Sie hatte wirklich *alles* gesammelt: Zeitungen, leere Plastikbehälter, Kleider – Unmengen von Kleidern –, sämtliche Spielsachen, die Heather und Faith je besessen hatten, obwohl viele davon kaputt und ungeliebt waren.

Und dann die ganzen kitschigen Porzellanfiguren – Einhörner und Feen, bedeckt mit Glitzerzeug –, bei deren Anblick Heather buchstäblich übel geworden war. Aber am schlimmsten waren die Puppen. Selbst jetzt überläuft sie noch ein kalter Schauer, wenn sie an die Rüschenkleider und die Porzellangesichter mit den starren blauen Augen denkt.

Doch auf dem Foto ist nichts davon zu sehen. Von außen und mit einem Abstand von über zwanzig Jahren betrachtet, sehen diese beiden Mädchen aus, als kämen sie aus einer normalen, glücklichen Familie.

Sie kann sich nicht verkneifen, die Schutzfolie abzuziehen, obwohl sie in der Ecke ein wenig einreißt, denn sie will wissen, ob auf der Rückseite des Abzugs etwas notiert ist. Ja, da steht: »Faith und Heather, Weihnachten 1991.« Also muss Faith damals acht gewesen sein, fast neun, und sie selbst fünf.

Sie blättert um, und dabei fallen hinten lauter Sachen heraus: noch mehr Fotos und zwei Geburtstagskarten, die sie und Faith für ihre Mutter gemalt haben. Heather verspürt ein ungewohntes warmes Gefühl in der Brust. Normalerweise hasst sie es, dass ihre Mutter alles aufgehoben hat, vor allem wenn es einen sentimentalen Wert hatte – denn *alles*, was sie besaß, hatte einen sentimentalen Wert, sogar die Tüten mit Müll, die sich in der Küche stapelten, sodass man dort nicht mehr kochen, geschweige denn am Tisch sitzen und essen konnte –, aber das hier versteht sie, und irgendwie hilft es ihr auszuatmen.

Doch die restlichen Sachen ersticken das Gefühl rasch wieder: Supermarktkassenzettel von vor fünfzehn Jahren, ein Werbeflyer von einem Pizzaservice und etliche sorgfältig ausgeschnittene und zusammengefaltete Zeitungsartikel. Heather sammelt alles ein und will es wieder in das Album schieben, aber dann sieht sie doch noch die Artikel durch, nur für den Fall, dass sich darin etwas Wertvolles verbirgt. Sie würde gerne noch einmal dieses warme Gefühl verspüren, auch wenn es sie ein wenig verwirrt.

In einem Artikel geht es um die Entdeckung römischer Ruinen im nahe gelegenen Orpington, in einem anderen um die riesige Shoppingmall, die jetzt fast die gesamte Innenstadt von Bromley einnimmt. Heather faltet sie wieder zusammen und legt sie weg. Vielleicht stammen sie aus der Anfangszeit der Horterei ihrer Mutter? Später hat sie sich nicht mehr die Mühe gemacht, Sachen auszuschneiden; sie bewahrte einfach die ganze Zeitung auf.

Der letzte Artikel stammt ebenfalls aus dem *Bromley and Chislehurst News Shopper*, dem wöchentlichen Käseblatt. Aber er ist trauriger. »Suche nach verschwundenem Mädchen aus Bromley geht weiter«, lautet die Überschrift. Heather wirft einen Blick auf das Foto, das ein Viertel des Artikels einnimmt. Es ist ein Einschulungsfoto mit einem wolkigen blauen Hintergrund. Das Mädchen darauf trägt eine Schuluniform – weiße Bluse mit grün-blau gestreifter Krawatte –, die ihm ein wenig zu groß zu sein scheint, als müsste es erst noch hineinwachsen.

Irgendwo in Heathers Hinterkopf blitzt etwas auf. Sie kennt diese Farben, diese Uniform. St. Michael's Primary. Das war die Grundschule, auf die Faith und sie gegangen sind. Vielleicht hatte ihre Mutter deshalb den Artikel aufgehoben, wegen dieser Verbindung? Vielleicht hatte Heather das Mädchen gekannt, vielleicht waren sie im selben Jahrgang gewesen?

Sie betrachtet das Foto genauer. Ja, wenn sie im selben Jahrgang gewesen waren, hätten sie befreundet sein können. Das Mädchen hat geflochtene blonde Zöpfe, und unter dem etwas zu langen Pony blitzen schelmische Augen hervor. Heather lächelt. *Hoffentlich haben sie sie gefunden*, denkt sie. *Hoffentlich ist ihr nichts passiert.*

Gerade als sie den Artikel zusammenfalten und zu den anderen legen will, bleibt ihr Blick an einem Satz hängen:

Die Polizei bittet alle Bürgerinnen und Bürger, die sich am Freitag, dem 3. Juli, gegen 15 Uhr in der Fossington Road aufgehalten haben, sie zu kontaktieren, für den Fall, dass sie etwas gesehen haben, das bei den Nachforschungen helfen kann.

Heather überlegt, was sie wohl an dem Tag gemacht hat. Sie wirft einen Blick auf das Datum. Der Artikel ist vom 15. Juli 1992, also fast zwei Wochen später. Ja, damals war sie sechs und auf der St. Michael's Primary. Es muss kurz vor den Sommerferien gewesen sein.

Ein kalter Schauer überläuft sie. Wahrscheinlich hat sie auf dem Spielplatz herumgetobt oder im Schatten einer der großen Kastanien gesessen und gelesen, ohne irgendetwas zu ahnen.

Neugierig geworden, liest sie weiter:

Ihre Mutter bittet jeden, der irgendetwas weiß, sich zu melden. »Wir wollen nur, dass unsere kleine Heather wohlbehalten zurückkommt«, sagt sie.

Heather.

Heather?

In ihrem Innern beginnt etwas zu zittern. Das muss ein Zufall sein. Obwohl ihr Name zu der Zeit nicht sehr häufig vorkam. Aber es ist durchaus möglich, dass es noch eine Heather in ihrer Schule gab. Es muss eine gegeben haben.

Panisch springen Heathers Augen zum Anfang des Artikels, aber sie kann die Worte gar nicht aufnehmen. Sie schließt die Augen einen Moment und öffnet sie wieder, um zu schauen, ob das hilft, und plötzlich sieht sie die erste Zeile klar und deutlich.

Heather Morgan, 6 Jahre alt, wird seit zwölf Tagen vermisst

7

»Wusstest du davon?«

Ihre Schwester hat kaum den Hausflur betreten, da stürzt Heather schon wild mit dem Artikel wedelnd auf sie zu. Faith ist gekommen, um das Foto für Alice abzuholen. Sie weicht erschrocken zurück, stolpert über die Schwelle und wäre beinahe gefallen.

Heather hat den ganzen Morgen mit dem Artikel in der Hand dagesessen und darauf gestarrt, völlig durch den Wind. Die Türklingel war wie ein Startschuss. Heather weiß, dass sie sich vollkommen durchgeknallt benimmt, aber es hat auch etwas für sich, auf dem Gesicht ihrer Schwester zur Abwechslung Schock und Verwirrung zu sehen statt des üblichen Augenrollens und leidgeprüfter Nachsicht. Es ist ein Eingeständnis, dass diesmal wirklich etwas nicht in Ordnung ist.

»Los, sag schon. Wusstest du davon?«

Endlich hält Heather lange genug still, dass ihre Schwester sehen kann, was sie da in der Hand hat. Als Faith das körnige Foto in dem Zeitungsausschnitt erblickt, wird sie blass. »Lass uns doch erst mal reingehen.«

Heather starrt sie an. Sie hat sich in einen solchen Wirbelsturm der Wut hineingesteigert, dass sie gar nicht darüber nachgedacht hat, was sie tun soll, wenn Faith es *nicht* abstreitet. Sie ist so verdattert, dass Faith sie kurzerhand am Arm packt und mit ihr auf die offene Wohnungstür zusteuert.

»Hallo, Heather«, ruft jemand von der Treppe. Es ist Jason. Doch Faith schiebt sie mit entschlossener Miene an ihm vorbei und in die Wohnung. Da Heather ihm gegenüber schon in guten Momenten keinen vernünftigen Satz rausbekommt, ist das vielleicht sogar ein Segen.

Schließlich in der Küche angekommen, findet Heather ihre Sprache wieder. »Du wusstest es, stimmt's?«, fragt sie und ist selbst überrascht, wie ruhig und nüchtern sie auf einmal klingt.

Faith sieht sie ein paar Sekunden lang an, dann nickt sie.

»Warum hast du mir nichts davon gesagt?«, fragt Heather, schon wieder lauter. »Warum hat mir keiner was davon gesagt?« Eine Flamme puren Hasses auf ihre Mutter lodert in ihr auf. Am liebsten würde sie mit Sachen um sich werfen und so laut schreien, dass Mrs Rowe im obersten Stock besorgt die Polizei ruft. Sie greift nach einem Becher, spürt das glatte Porzellan unter ihren Fingern und stellt sich vor, wie sie ihn gegen die Küchenschränke pfeffert. Nur die Tatsache, dass ihre Mutter das auch immer gemacht hat, hält sie davon ab.

Faith sieht sie verwirrt an. »Erinnerst du dich denn nicht daran?«

Heathers Finger packen den Becher fester. Der Drang, ihn an die gegenüberliegende Wand zu schleudern, ist nahezu unbezwingbar. »Ich war sechs!«

»Aber ich erinnere mich an Dinge aus der Zeit, als ich so alt war, auch an viel bedeutungslosere. Ich dachte immer, solche Erinnerungen, die mit starken Gefühlen verbunden sind, würden sich am deutlichsten einprägen.«

Heather stößt ein ungläubiges Lachen aus. »Und die Tatsache, dass ich das noch nie erwähnt habe, macht dich nicht stutzig?«

Faith blickt besorgt auf den Becher in Heathers Hand. »Ich dachte, du willst nicht darüber reden. Du bist ja sonst auch nicht unbedingt der mitteilsame Typ.«

Heather sackt auf einen der beiden Stühle, die zu dem winzigen Esstisch gehören. Der Becher gleitet ihr aus der Hand und wackelt einen Moment, bleibt dann aber unversehrt auf dem Tisch stehen.

»Warum?«, flüstert sie, mehr zu sich selbst als zu ihrer Schwester. »Warum denkst du so was? Warum bist du nie auf die Idee gekommen, das mal zu erwähnen?«

Faith sieht hilflos aus. Heather fällt auf, dass sie ihre Schwester noch nie hilflos erlebt hat. »Na ja, keiner von uns hat darüber geredet. Es war irgendwie kein Thema. Nie.« Sie hält inne und zieht die Stirn kraus. »Nein, das stimmt nicht. Ich entsinne mich, dass Dad und Tante Kathy ein paarmal darüber gesprochen haben, nachdem es passiert war, aber wenn sie es Mum gegenüber erwähnten, machte sie entweder vollkommen dicht oder wurde hysterisch. Ich habe sehr schnell gelernt, nicht davon anzufangen.« Faith starrt lange auf die Tischplatte, bevor sie den Kopf hebt und Heather ansieht. »Ich habe Mum trotz all ihrer Fehler geliebt, aber sie war ein sehr kontrollierender Mensch.«

Heather muss lachen. Lebt ihre Schwester in einem Paralleluniversum? »Was redest du denn da? Sie hatte keinerlei Kontrolle über gar nichts! Weißt du nicht mehr, wie es zu Hause war? Das absolute Chaos!«

»Ich meine ihre Wut- und Heulanfälle. Das war ihre Art, Dingen auszuweichen, mit denen sie sich nicht befassen wollte, und dafür zu sorgen, dass wir sie damit in Ruhe ließen. Wenn das nicht manipulativ ist, weiß ich es auch nicht. Sie wirkte vielleicht schwach, aber sie hat uns alle kontrolliert.« Faith stößt einen langen, erinnerungsschweren Seufzer aus. »Darin war sie eine Meisterin.«

Heather starrt ihre Schwester an. Was sie gesagt hat, ist schockierend – darauf wäre Heather nie gekommen –, aber noch schockierender ist ihr Gesichtsausdruck. Er ist ruhig. Nicht heiter und friedlich, aber gefasst. Wenn Faith das wirklich so sieht, warum brüllt und schreit sie nicht vor Wut über die Ungerechtigkeit? Denn genau danach ist Heather zumute.

Das ist alles Mums Schuld, denkt sie und spürt, wie das Gift in ihren Adern pulsiert. *Das Verhältnis zwischen mir und Faith, die Klauerei, alles ... Und jetzt hat sie mir das auch noch aufgehalst.*

Aber eins lässt sie nicht los. »Es ist doch völlig egal, wie Mum war. Wir sind längst erwachsen und aus dem Haus raus. Du hättest es mir sagen müssen.«

Faith setzt sich und fährt sich durchs Haar. »Ich war selbst erst neun«, sagt sie leise. »Und alles, was ich weiß, sind die Erinnerungen von damals. Aber um ehrlich zu sein, habe ich seit Jahren nicht mehr daran gedacht.«

Heathers Rücken versteift sich. »Das Schlimmste, Schrecklichste, was deiner kleinen Schwester je passiert ist, und du denkst nicht mal dran? Das lässt ja tief blicken.«

»Sei nicht so gehässig.« Faith seufzt müde. »Ich habe öfter überlegt, ob ich dich darauf ansprechen soll, aber ich war mir wirklich nicht sicher, ob es dir helfen würde. Ich meine, das alles wieder aufzuwühlen. Manchmal wirkst du so ...« Ihr Gesichtsausdruck wird weicher. »Zerbrechlich. Und ich habe das Ganze wohl auch bis zu einem gewissen Grad ausgeblendet, beiseitegeschoben. Ich weiß nicht, ob es dir schon aufgefallen ist, aber darin ist unsere Familie wirklich gut.«

Ja, denkt Heather, *das ist sie*, und all das aufputschende Adrenalin beginnt zu versiegen. »Was weißt du denn noch? Ich war verschwunden ... Bin ich losmarschiert und habe mich verlaufen, oder was?«

Faith schweigt eine Weile. Heather sieht, wie ihre Augen kleine Bewegungen machen, als würde sie Erinnerungen und Fakten aus einer verstaubten Schublade ganz hinten in ihrem Kopf hervorholen. »Jemand hat dich mitgenommen.«

»Mitgenommen?«, wiederholt Heather tonlos.

Faith nickt.

»Du meinst … entführt?«

»So ähnlich.« Faiths Stimme klingt rau. »Aber es gab keine Lösegeldforderung oder so was.«

»Aber offensichtlich bin ich ja wieder aufgetaucht. Wie … wie lange war ich denn weg?«

Ihre Schwester sieht gequält aus. Wahrscheinlich erinnert sie sich nicht mehr so genau. »Damals kam es mir vor wie eine Ewigkeit, aber ich glaube, es war nur eine Woche, oder zwei.«

Heather schluckt. Lange genug. Wofür, darüber will sie gar nicht nachdenken.

Faith beugt sich vor; sie wirkt ehrlich bekümmert. »Mum war danach völlig fertig. Sie ist regelrecht zusammengebrochen. Alle behandelten sie wie ein rohes Ei. Ein falsches Wort, und sie versank für Tage in einem schwarzen Loch.«

Heather nickt. Sie weiß, wie ihre Mutter war.

»Damals war ich wütend auf sie, aber jetzt verstehe ich das voll und ganz.« Faiths Augen füllen sich mit Tränen. »Wenn Barney oder Alice etwas zustoßen würde …«

Auch Heather spürt einen Kloß im Hals. Ein Kind zu verlieren, auf welche Weise auch immer …

»Und mehr weißt du nicht?«

Faith schüttelt den Kopf. »Tut mir leid, dass es so ein Schock für dich war. Glaub mir, wenn ich geahnt hätte, dass du dich nicht daran erinnern kannst, hätte ich etwas gesagt.«

Dummerweise glaubt Heather es ihr tatsächlich, sodass sie nun eine Kugel aus Zorn in der Brust hat, aber niemanden, auf den sie sie abschießen kann. Zumindest niemand Lebenden.

Faith sieht Heather an. »Was willst du jetzt tun?«

Heather erwidert den Blick schweigend. Sie hat nicht die geringste Ahnung.

8

Am folgenden Sonntag steigt Heather in ihr Auto und fährt nach Bickley, eine gepflegte Gegend auf der anderen Seite von Bromleys Stadtzentrum, nur wenige Kilometer entfernt. Dort gibt es jede Menge baumbestandene Straßen, hübsche Schulen und noch hübschere Häuser. Sie fährt die Southborough Road hinunter, biegt in eine Seitenstraße ab und hält ungefähr in der Mitte an.

Dort steigt sie aus und geht noch ein Stück weiter. Gegenüber einem freistehenden edwardianischen Haus bleibt sie stehen, überquert aber nicht die Straße. Sie geht nicht den Weg hinauf und klopft auch nicht an der Tür; sie starrt nur mit schlaff herabhängenden Armen hinüber.

Das ist ihr früheres Zuhause, das Haus, in dem noch bis vor zwei Jahren ihre Mutter gewohnt hat. Seit ihrem Tod ist sie nicht mehr in der Hawksbury Road gewesen, und davor fast fünf Jahre lang nicht.

Es ist ein Schock, die mächtigen Rhododendren zurückgestutzt zu sehen. Sie mussten wohl weichen, um Platz für eine Einfahrt zu schaffen, wie die ebene Sandfläche und die ordentlich aufgereihten Steine auf dem Rasen vermuten lassen. So wirkt das Haus nackt.

Das Erdgeschoss ist aus alten roten Ziegeln gemauert, während die beiden oberen Stockwerke mit Rauputz versehen sind, der jetzt strahlend weiß leuchtet statt des fleckigen, von Löchern und Macken durchsetzten Cremetons. Die Dachziegel sehen alle einheitlich aus und liegen in ordentlichen Reihen, ohne Risse oder Moosbüschel, und die wohltuend schwere originale Haustür mit den Mattglasscheiben ist jetzt in einem modischen Taubengrau gestrichen.

Sie und Faith hatten das Haus geerbt, es aber so schnell wie möglich verkauft und dabei wahrscheinlich Zehntausende Verlust gemacht, weil sie es kein bisschen aufgehübscht hatten. Der einzige Interessent war ein Bauunternehmer gewesen, der damit geprahlt hatte, dass er es abreißen, einen Wohnblock daraufsetzen und den großzügigen Garten in Parkplätze umwandeln würde. Heather hatte, ohne mit der Wimper zu zucken, das Geld eingesteckt, froh, das Haus los zu sein, und keinen Gedanken mehr daran verschwendet. Aber Faith hatte die Sache wohl doch beschäftigt, denn sie hatte die Entwicklung verfolgt und ein bisschen nachgeforscht und Heather schließlich mitgeteilt, dass der Bauantrag abgelehnt worden war. Der Bauunternehmer (der Heather mit seinen spitzen, viel zu eng stehenden Zähnen an einen Haifisch erinnerte), hatte das Haus sofort wieder auf den Markt gebracht, ohne auch nur den Rasen zu mähen.

Im Grunde war Heather klar gewesen, dass es bei der Lage trotz seines Zustands irgendwann einen Käufer finden würde.

Jetzt sieht es fast wie ein völlig anderes Haus aus, als wäre ihr Leben dort ausgelöscht worden, wie die Festplatte eines Computers, die formatiert und neu beschrieben wird. Als hätte es ihre Vergangenheit, ihre Kindheit nie gegeben. Nun wird eine neue Familie es mit ihren Erinnerungen füllen. Nach der Qualität der bisherigen Renovierung zu urteilen, werden es helle, fröhliche sein, und sie hasst sie im Stillen dafür.

Eigentlich weiß sie nicht, warum sie hierhergekommen ist. Sie dachte wohl, sie würde vielleicht Hinweise finden, irgendwelche Schatten oder Schwingungen von damals, die die Fragen beantworten, die ihr seit der Entdeckung vor einer Woche durch den Kopf jagen, aber das hier ist nur eine leere Leinwand.

Doch dann fällt ihr ein, dass, selbst wenn man eine Festplatte formatiert, winzige verräterische Fragmente zurückbleiben, und als sie weiter hinüberstarrt, beginnt die Luft um das Haus herum zu flirren und zu wabern, und sie kann beinahe sehen, wie der wilde Wein wieder an den Mauern hochkriecht und dabei alle Fenster überwuchert. Die viel zu groß gewordenen Sträucher, die fast den Weg versperrten und die Plastikkisten und den Müll vor den Passanten verbargen, beginnen sich als geisterhafte Umrisse im Garten abzuzeichnen.

Sie kann ihre Mutter förmlich vor sich sehen, wie sie auf dem einzigen freien Platz im Haus sitzt, dem einen Ende des Sofas, wo sie sich ihr Nest gemacht hatte, wo sie fernsah, schlief und sogar aß.

Heather tritt einen Schritt vor, bis sie auf dem Rand des Gehwegs steht, aber weiter geht sie nicht.

Warum? Diese Frage hat sie dem Haus noch nie gestellt. Früher wollte sie es nicht wissen. Und in der letzten Zeit war sie so mit ihrem allgegenwärtigen Zorn und Schmerz beschäftigt, dass sie nicht nach den Ursachen dafür gesucht hat.

Warum ist alles so geworden, Mum? Warum hast du dir das angetan? Und uns?

Und warum hat sie ihrer Mutter nie diese Frage gestellt, als sie noch die Möglichkeit dazu hatte?

9

Die Türklingel ist alt. Nicht schäbig-alt wie diese Plastikdinger mit dem flachen, runden Knopf, die so aussehen, als würden sie funktionieren, aber nie einen Ton produzieren. Nein, diese Klingel wurde in den 1920er Jahren eingebaut. Sie hat einen cremeweißen Bakelitknopf, der in einer dekorativen Messingeinfassung sitzt. Sie funktioniert noch immer und verkündet die Ankunft jedes Besuchers mit einem klaren, selbstbewussten Ton, den man selbst in den dunkelsten und abgelegensten Ecken unseres Hauses hört.

»Mummy, kann Megan zum Essen mit hierherkommen?«

Heathers Mutter blickt von dem Kleiderhaufen auf, in dem sie wühlt. Sie sucht Heathers Sportsachen. Heather hat sie vor den Osterferien zum Waschen mit nach Hause gebracht, aber jetzt ist schon seit drei Wochen wieder Schule, und die Sachen sind unauffindbar. Miss Perrins hat gesagt, es tut ihr sehr leid, aber sie muss Heather einen roten Punkt ins Klassenbuch kleben, wenn sie sie beim nächsten Mal nicht dabeihat. Heather will auf keinen Fall einen roten Punkt haben. Sie hat noch nie einen bekommen, weil sie sich superextradoll anstrengt, um gut in der Schule zu sein.

»Was?«, fragt ihre Mutter.

»Kann Megan mal zum Essen mit hierherkommen?« Heather hüpft vor lauter Aufregung von einem Fuß auf den anderen. »Ich bin schon ganz oft bei ihr gewesen.«

Ihre Mutter seufzt und sieht sich im Wohnzimmer um. »Nein, ich glaube nicht, Liebes. Tut mir leid. Vielleicht wenn ich hier aufgeräumt habe.«

Heather blickt auf ihre Schuhe. Seit dem Zwischenfall beim Versteckspielen tragen alle in der Familie auch drinnen immer Schuhe. »Aber das hast du schon letztes Jahr nach den Sommerferien gesagt …«

Ihre Mutter wühlt weiter in dem Kleiderhaufen, der gerade aus dem Waschsalon zurückgekommen ist. Die Waschmaschine ist kaputt, aber ihre Mum wird böse, wenn ihr Dad sagt, dass er jemanden kommen lassen will, um sie zu reparieren.

»Ich habe Nein gesagt, Heather. Und jetzt lass mich. Es gibt gleich Essen.«

Heather verschränkt die Arme. »Das ist ungerecht! Megan sagt, richtige beste Freundinnen besuchen sich gegenseitig zu Hause, und Katie Matthews lädt sie fast jede Woche zu sich ein. Wenn Megan nicht hierherkommen darf, ist sie vielleicht bald Katies Freundin, und dann bin ich alleine.«

»Heather! Geh und tu irgendwas! Ich versuche, deine Sportsachen zu finden, und wenn mir das nicht gelingt, ist das Gejammer groß, also lass mich jetzt hier weitermachen, und wir reden später darüber, verstanden?«

»Verstanden«, murmelt Heather, dreht auf dem Kaninchenpfad um und trollt sich in die Küche, wo Faith das Essen für sie vorbereitet. Faith ist schon elf, da darf sie so was.

Heather klettert über ein paar oben zusammengebundene Plastiktüten, um in den Flur zu kommen. Gestern waren die noch nicht da. Sie sind voller Puppen. Aber die sind nicht so hübsch wie Cassandra. Aus einer Tüte guckt eine nackte Barbie heraus. Ihr Haar sieht ganz zottelig und verfilzt aus, nicht glatt und seidig wie bei einer neuen Barbie. Außerdem fehlt ihr ein Arm. Heather vermutet, dass ihre Mutter wieder beim Secondhandladen war, zu einer von ihren »Rettungsaktionen«. Sie holt die Puppen, um sie zu reparieren und wieder hübsch zu machen, damit sie sie dann dem Krankenhaus oder armen Kindern schenken kann.

Heather denkt, dass ihre Mummy bestimmt ein sehr guter Mensch ist, wenn sie so was tut; sie wünschte nur, es wären nicht so viele. Überall im Flur und auf dem Treppenabsatz stapeln sich Tüten mit Puppen. Ab und zu schleichen sich sogar schon welche in Faiths Zimmer, aber Faith stellt sie jedes Mal wieder raus. Natürlich nicht irgendwohin, wo man sie bemerkt. Sie sucht sich eine Stelle, wo sie sie verstecken kann, damit ihre Mutter sich nicht aufregt, weil Faith sie woandershin geräumt hat.

Faith backt Chicken Nuggets und Pommes im Ofen auf. Zurzeit müssen sie alles im Ofen machen, weil das Oberteil vom Herd nicht funktioniert.

»Hol mal den Ketchup«, sagt Faith, als sie ihre kleine Schwester bemerkt. Sie sieht ein bisschen ärgerlich aus, aber das ist in letzter Zeit eigentlich immer so. Ihre Mutter meint, das kommt daher, weil sie fast ein Teenager ist. Faith meint, das kommt daher, dass sie in einer Müllkippe wohnt.

Heather klettert auf ein paar Kartons voller Töpfe und Pfannen, um an den Schrank zu kommen, wo der Ketchup steht. Sie holt die Flasche heraus, aber bis auf ein wenig roten Matsch am Boden ist sie leer. »Der ist alle«, ruft sie Faith zu.

Ihre Schwester seufzt theatralisch. »Schau mal richtig nach. Da steht bestimmt noch eine Flasche. Du weißt doch, dass Mum immer auf Vorrat kauft.«

Heather wirft die leere Flasche auf den Boden zum übrigen Müll, dann stellt sie sich auf die Zehenspitzen, um tiefer in den Schrank hineinzureichen. Die Kartons wackeln ein bisschen, aber sie hält sich an der Schranktür fest. Da ist tatsächlich noch eine Flasche, halb voll, aber im oberen Teil ist alles grün und pelzig. »Soll ich die auch wegwerfen?«

Faith schüttelt den Kopf. »Stell sie wieder hin. Mum will bestimmt probieren, wenn sie sieht, dass sie nicht leer ist.«

»Aber das ist doch eklig!«

»Ich hab gesagt, sie will bestimmt probieren. Ich hab nicht gesagt, dass es sinnvoll ist«, erwidert Faith. »Dann bleibt uns wohl nur eins – wir müssen an die Notration.«

Strahlend springt Heather von den Kartons hinunter. »Cool! Ich weiß, wo Mummy die aufbewahrt!« Sie geht zu der Schublade neben der Hintertür und zieht sie auf. Im Innern liegen Hunderte winziger Päckchen: Zucker, Salz, Pfeffer, Mayonnaise, Essig – nahezu alles, was man in einem Restaurant finden kann. Ihre Mum steckt sich immer jede Menge davon in die Handtasche, wenn sie essen gehen (was immer öfter vorkommt, seit das Oberteil vom Herd kaputt ist); sie sagt, die gehören zu dem, wofür sie bezahlen, und man weiß nie, wann man die mal brauchen kann. Als Heather heute Morgen aufgestanden ist, wusste sie nicht, dass heute der große Tag ist. Wie aufregend!

Sie greift in die Schublade, lässt die Päckchen zwischen ihren Fingern hindurchgleiten und genießt das bunte Durcheinander, während sie nach denen mit Ketchup Ausschau hält. Es ist ein bisschen wie die Suche nach einem vergrabenen Schatz. Als Faith die Nuggets und die Pommes aus dem Ofen holt, hat Heather in jeder Hand sechs Ketchuppäckchen. Faith bereitet die Teller vor und trägt sie ins Wohnzimmer. Sie müssen sich eng aneinanderdrücken, um auf den freien Platz am Ende des Sofas zu passen, aber das stört sie nicht. So können sie beim Essen wenigstens Zeichentrickfilme gucken.

Das Beste ist, die kleinen Päckchen aufzureißen und den Ketchup rauszudrücken. Sie kommen sich fast vor wie im Restaurant. Nach dem Essen sind noch einige Päckchen übrig.

Grinsend reißt Faith eins davon auf. »Schau mal, Heather! Sieht aus wie Blut.« Den letzten Satz sagt sie mit Gruselstimme, und Heather läuft ein wohliger Schauer über den Rücken. Dann drückt Faith auf das Päckchen, sodass der Ketchup herausquillt, und lacht ein schauriges Lachen. Heather fängt an zu kichern, reißt ebenfalls ein Päckchen auf und tut es ihr gleich.

Danach gibt es kein Halten mehr. Beide quetschen unter Gruselgeräuschen die Päckchen aus, bis sie sich den Ketchup vor Lachen fast auf die Beine klecksen statt auf die Teller.

Doch mit einem Mal wird die Luft im Raum ganz kalt. Heather und Faith erstarren.

»Mädchen! Was um alles in der Welt treibt ihr da?«

Heather fällt das letzte noch volle Ketchuppäckchen auf den Teller, wo es in dem dicken Klecks Pseudoblut landet, der sich dort angesammelt hat.

»Wir essen nur«, sagt Faith. »Ich hab Pommes und Nuggets für Heather und mich gemacht.«

Doch ihre Mutter nimmt es gar nicht zur Kenntnis; sie starrt nur auf die ausgedrückten Ketchuppäckchen, die auf den Tellern der Mädchen liegen. »Woher habt ihr die?«, fragt sie, und ihre Stimme klingt ganz leise und zittrig.

»Aus der Notschublade«, antwortet Heather. »Der andere Ketchup war pelzig.«

Der Gesichtsausdruck ihrer Mutter wechselt zu dem, den sie immer hat, wenn sie gleichzeitig versucht, etwas zu erklären und nicht aus der Haut zu fahren. »Die … die Päckchen sind nicht zum Benutzen! Die sollen dableiben. Für den Notfall.«

»Aber es *war* ein Notfall, Mummy!«, erklärt Heather.

Ihre Mutter schüttelt den Kopf und schließt die Augen. »Ihr versteht nicht.« Dann reißt sie die Augen wieder auf und sieht Heather an. »Wie viele habt ihr genommen? Wie viele?«

»Ich … ich …«

»Wie viele, Heather!« Jetzt brüllt sie, und Heather kriegt den Teil ihres Gehirns, der fürs Rechnen zuständig ist, nicht in Gang.

Faith steht auf. »Schrei sie nicht an! Es ist nicht ihre Schuld. Ich habe ihr gesagt, dass sie sie holen soll. Und es waren zwölf, okay? Nur zwölf. Da drin sind noch mindestens hundert mehr!«

Ihre Mutter läuft aus dem Zimmer. Die beiden Mädchen stellen ihre Teller aufs Sofa und folgen ihr. In der Küche zerrt ihre Mutter die Schublade auf. Die Päckchen gleiten raschelnd übereinander, während sie mit den Händen hindurchfährt und leise zählt.

Sie hält inne und hebt den Kopf. »Also gut. Zieht eure Mäntel an. Wir gehen zum Essen ins Harvester.«

Die Mädchen sehen sich strahlend an. In ein richtiges Restaurant! Doch dann hört Faith auf zu lächeln. »Aber wir haben doch gerade gegessen«, sagt sie verwirrt.

»Werd ja nicht frech, Fräulein!«, herrscht ihre Mum sie an. »Ich brauche ein Dutzend neue, dann ist alles wieder in Ordnung. Es waren doch zwölf, oder?«

Beide nicken, rühren sich aber nicht von der Stelle, und dann ist das Gesicht ihrer Mutter plötzlich nicht mehr hart und wütend, sondern sieht aus, als müsste sie gleich weinen.

»Tut mir leid, Mädchen. Tut mir leid, meine Kleinen.«

Sie kommt auf sie zu, legt die Arme um sie und zieht sie an sich. »Wisst ihr was, ihr braucht nichts mehr zu essen – nur Nachtisch. Was sagt ihr dazu? Einen riesengroßen Eisbecher, wenn ihr wollt. Mit Streuseln! Und ich hole mir Nachschub für die Päckchen, die jetzt fehlen.«

Sie lässt die Mädchen los, und nun sind alle drei voller Vorfreude.

»Kommt Daddy auch mit?«, fragt Heather.

»Nein, Süße. Er muss heute länger arbeiten.«

Faith seufzt. »Er muss *immer* länger arbeiten«, murrt sie.

Die Augen ihrer Mutter fangen wieder verdächtig an zu glänzen, doch dann lächelt sie und sagt: »Dann kriegen wir umso mehr! Na los, holt eure Mäntel!«

Heather läuft auf die Haufen neben der Haustür zu. Sie ist sich fast sicher, dass sie ihren dort gelassen hat, aber dann klingelt es, und alle drei erstarren. Die beiden Schwestern drehen sich um und sehen zu ihrer Mutter. Die legt den Finger auf die Lippen und bedeutet ihnen, zu ihr zu kommen. Leise. Das ist nicht einfach, weil alles unter ihren Füßen knistert und raschelt, aber sie haben reichlich Übung.

»Hallo?«, ruft eine Männerstimme von draußen. »Mrs Morgan?« Der Mann klopft laut gegen die Tür. Heather bekommt es mit der Angst zu tun.

Ihre Mutter zeigt auf das nächstliegende Zimmer, auf den großen Tisch, wo sich immer ihre ganzen wichtigen Papiere stapeln. Daneben ist ein wenig Platz, und die beiden Mädchen huschen darauf zu und kauern sich dort zusammen.

Der Briefschlitz klappert. Offenbar späht der Mann hindurch. »Mrs Morgan? Ich will nur den Gaszähler ablesen. Sind Sie da?«

Doch Mrs Morgan antwortet nicht. Stattdessen läuft sie zu der Stelle, wo ihre Töchter sich versteckt haben, hockt sich zu ihnen und drückt sie fest an sich. Während sie alle mit zusammengekniffenen Augen darauf warten, dass der Mann wieder geht, wird Heather klar, dass es nun wohl doch keinen Eisbecher geben wird, und auch keine Schokostreusel.

10

Es ist schon später Nachmittag, als Heather von dem Besuch bei ihrem früheren Haus zurückkehrt. Sie geht auf einen Cappuccino in die Stadt, setzt sich draußen vor ihr Lieblingscafé und sieht den Leuten zu, die durch die Fußgängerzone flanieren.

Das ist ein Fehler.

Denn nach einer Weile schließt sie sich ihnen an, und dann zieht Mothercare sie hinein, und als sie einige Zeit später den Parkautomaten im Shoppingcenter füttert, steckt eine kleine Plüschgiraffe in ihrer Handtasche.

Heilfroh, wieder in ihrer Wohnung zu sein, ihrem Zufluchtsort, verstaut sie ihre Beute in der verbotenen Schublade und eilt ins Wohnzimmer, um ihr Atemritual zu vollziehen. Doch als sie sich auf ihren üblichen Platz in der Mitte des Teppichs stellt und aufblickt, fährt sie erschrocken zusammen.

Statt einer grünen Rasenfläche und eines ordentlich bepflanzten Beets erblickt sie einen Garten voller Leute. Und mittendrin steht Jason, wendet Burger auf einem Grill, trinkt Cola aus der Flasche und unterhält sich fröhlich mit ein paar Freunden.

Heather ist stocksauer, aber sie weiß, dass sie dazu kein Recht hat. Als sie sich neulich im Flur begegnet sind, hat er ihr gesagt, dass er an diesem Nachmittag seine Gartenparty abhalten will. Die Wettervorhersage sei ausnahmsweise gut, hat er gesagt, deshalb wolle er die Gelegenheit nutzen. Es ist nicht seine Schuld, dass in ihrem Kopf so ein Durcheinander herrscht und sie das Ganze schlicht vergessen hat.

Als würde er ihren Blick spüren, dreht er sich um, sieht

zu ihr und lächelt. Sie winkt ihm zu. Sein Lächeln wird breiter, und er bedeutet ihr, nach draußen zu kommen. Ihr bleibt nichts anderes übrig, als die Terrassentür zu öffnen und hinauszutreten. Sie geht direkt auf ihn zu, ohne nach links und rechts zu schauen, ohne die anderen Leute und deren neugierige Blicke zu beachten.

»Hi«, sagt er leise, als sie vor ihm steht.

»Hi.«

»Wollen Sie einen Burger?«

Sie nickt, obwohl sie gar nicht weiß, ob sie überhaupt Hunger hat. Es ist kein aufwendiger Burger mit Salatblatt oder Gurken, nur ein angekokeltes Stück Fleisch in einem weichen weißen Brötchen mit einem Klecks Ketchup. Es schmeckt köstlich.

»Freut mich, dass Sie da sind«, sagt er, als Heather erneut abbeißt. »Ich war mir nicht sicher, ob Sie kommen würden.« Und bevor Heather erwidern kann, dass es ihr genauso ging, steuert er mit ihr auf ein Grüppchen zu. »Kommen Sie, ich stelle Sie ein paar Leuten vor.« Sie hat den Mund zu voll, um zu protestieren.

»Das ist Damien, mein alter Kumpel aus Unizeiten, und das ist seine Freundin Tola.« Weitere Namen füllen Heathers Kopf, als sie herumgeführt wird, aber alle purzeln sofort wieder hinaus; der Speicher in ihrem Gehirn ist einfach zu voll. Dennoch bemüht sie sich zu lächeln und nickt bei jeder Vorstellung.

»So«, sagt Damien (der einzige Name, an den sie sich erinnert). »Sie sind also Jays geheimnisvolle Nachbarin.«

Heather zieht die Augenbrauen hoch. Sie ist geheimnisvoll? Das klingt wesentlich interessanter und romantischer als die Wahrheit, nämlich dass sie Jasons komplett gestörte Nachbarin ist, die jeden Moment wegen Ladendiebstahls verhaftet werden kann. Aber das erklärt sie Jasons Freund nicht. Sie hat schon als Kind gelernt, dass die meisten Leute nicht weit unter die Oberfläche schauen und dass alles, was sie sich über einen zusammenreimen, viel besser ist als die Wirklichkeit. Diese Annahmen bilden einen nützlichen Schutzschild, den sie keinesfalls beiseiteschieben will.

»Mach ein freundliches Gesicht«, hatte ihre Mutter immer gesagt, wenn sie das Haus verließen. Damit niemand etwas ahnte, etwas mitbekam. Selbst das Sozialamt hatte jahrelang keine Ahnung von dem Grauen, das sich in dem frei stehenden Einfamilienhaus in der »besseren« Gegend verbarg. Heather pflegt diese Haltung auch als Erwachsene und versteckt ihr wahres Ich unter einer sorgfältig gestalteten Maske von Normalität.

»Oh, ich bin überhaupt nicht geheimnisvoll«, erwidert sie.

»Wie lange wohnen Sie schon hier?«, fragt Damiens Freundin.

»Zwei Jahre«, antwortet Heather und hat sofort das Gefühl, etwas zu verraten, das sie besser für sich behalten hätte. Ihre Mutter hat ihr beigebracht, dass Informationen genauso gehortet werden müssen wie Dinge. Erst als Heather fast schon ein Teenager war, erkannte sie, dass nicht alle Menschen so denken, dass manche ihr ganzes Leben lang munter drauflosplappern, ohne sich Gedanken über die Folgen zu machen.

»Na, ich hoffe, Jason hält Sie nicht vom Schlafen ab, wenn er mal wieder trübsinnig wird und seine ganzen Platten von den Smiths rauf und runter hört«, sagt Tola und streckt ihrem Gastgeber die Zunge raus.

»O nein, ich … äh … nein, tut er nicht. Zumindest habe ich bisher nichts gehört. Er ist ein angenehmer Nachbar.« Sie wirft ihm einen verstohlenen Blick zu und spürt, wie ihre Wangen zu glühen beginnen.

Glücklicherweise sind die anderen in übermütiger Stimmung, und das Gespräch wechselt rasch auf ein anderes Thema. Heather steht am Rand der Gruppe, nippt an einem Bier, das ihr jemand gegeben hat, und lächelt ab und zu schüchtern, wenn jemand etwas Witziges sagt. Es macht ihr nichts aus, dass sie die Leute nicht kennt, über die die anderen sprechen, und die Insider-Scherze nicht versteht. Es ist einfach schön, hier draußen in der Sonne zu stehen und sich zu fühlen wie … na ja, wie eine zweiunddreißigjährige Frau sich fühlen sollte. Für eine kurze Weile vergisst sie das Haus in der Hawksbury Road mit der neuen Einfahrt und die Plüschgiraffe, die in ihrer Handtasche mit nach Hause gekommen ist.

»Und was machen Sie so, Heather?«, fragt der Mann mit dem rotblonden Bart und dem Streifen-T-Shirt. Sie glaubt, er heißt Isaac, ist sich aber nicht sicher.

»Ich bin Archivarin.«

»Arbeiten Sie in einer Bibliothek?«

»So was in der Art. Seit meinem Abschluss habe ich schon an allen möglichen Orten gearbeitet, aber ursprünglich stamme ich aus dieser Gegend. Ich bin hierher zurückgekommen, als ich eine Elternzeitvertretung im Victoria and Albert Museum übernehmen konnte, und jetzt arbeite ich in einem Landsitz.«

»Cool«, sagt Tola. »Ich liebe das V&A. In welcher Abteilung sind Sie denn?«

»Äh, ich bin nicht mehr …« Okay, vielleicht ist das hier doch nicht so einfach, wie sie gedacht hat, aber Tola und der T-Shirt-Mann sehen sie freundlich und interessiert an. Sie schauen nicht umher, ob irgendwo jemand ist, mit dem sie sich lieber unterhalten würden, also spricht sie weiter. »Ich habe vor ungefähr einem Jahr dort aufgehört, hatte aber das Glück, eine andere Stelle in erreichbarer Entfernung zu finden, sodass ich nicht wieder umziehen musste.«

Jason tritt von hinten dazu. Dass er es ist, erkennt sie an dem Geruch nach Holzrauch und daran, wie ihr ganzer Rücken warm wird, als er näher kommt. »Was höre ich da von wegen Umziehen?«

Sie dreht sich zu ihm um. Er sieht besorgt aus, nicht hoffungsvoll, was wohl ein gutes Zeichen ist. »Ach, nichts«, sagt sie rasch. »Ich habe nur gerade« – ein kurzes Zögern, als ihr aufgeht, dass sie den Namen des T-Shirt-Manns nicht weiß – »Ihren Freunden von meiner Arbeit erzählt.«

»Nämlich?«

»Ich arbeite als Archivarin in Sandwood Park in East Sussex. Das Haus gehörte einem berühmten Schriftsteller, aber vor Kurzem ist seine Witwe verstorben, und nun gehört das ganze Anwesen einer privaten Stiftung.«

»Hatten die beiden denn keine Kinder, denen sie es vererben konnten?«

Heather lächelt. Es ist schön, dass sich tatsächlich mal jemand dafür interessiert, was sie sagt. Geradezu berauschend. Sie kann der Versuchung nicht widerstehen, das Gefühl zu verlängern, indem sie ein wenig aus dem Nähkästchen plaudert. »Doch, hatten sie, aber die Witwe wollte ihr wunderbares Arts-and-Crafts-Haus weder einem ihrer beiden Kinder noch einem der fünf Enkel vererben. Sie hat das in ihrem Testament ausdrücklich verfügt, weil sie befürchtete, dass ihre Sprösslinge die Hälfte der Wände rausreißen, den historischen Wintergarten durch einen mit modernen Glasschiebetüren ersetzen oder den Rosengarten in einen Swimmingpool umwandeln. Deshalb hat sie ihnen lediglich die Asche ihrer geliebten Haustiere vermacht: drei Hunde, zwei Katzen und ein Meerschweinchen.«

»Au weia!«, sagt Tola lachend.

Heather fühlt sich, als würde sie innerlich schweben. Sie hat jemanden zum Lachen gebracht. Sie hatte keine Ahnung, dass sie das kann.

Das führt zu einer munteren Plauderei über Jobs, in deren Verlauf sie erfährt, dass Jason ein »Erbenjäger« ist, wie die in der Fernsehserie. Seine Firma, die ihren Sitz im Zentrum von London hat, sucht die Begünstigten herrenloser Vermögen und sorgt dafür, dass sie ihr Erbe bekommen. Natürlich gegen Provision.

Jemand Neues gesellt sich zu ihnen. »Hey, Jason. Tolle Grillparty«, sagt der Mann. »Kommt Alex auch? Ich habe ihn schon ewig nicht mehr gesehen.«

Da passiert etwas Seltsames. Der sonst stets so freundliche und liebenswürdige Jason erstarrt und fixiert den Eindringling mit eisiger Miene. »Nein. Alex kommt nicht.« Und dann marschiert er einfach davon. Der Rest der Gruppe wechselt betretene Blicke.

»Gut gemacht, Jack«, brummt Damien.

»Was ist denn?«, fragt der Neue völlig verwirrt. »Er und Alex sind doch seit Jahren beste Freunde. Ich dachte, sie haben sich längst wieder vertragen.«

Tola verdreht die Augen und schüttelt den Kopf. »Echt jetzt? In welchem Paralleluniversum lebst du? Ich weiß, Alex war in einer schwierigen Situation, aber wer Jasons Vertrauen missbraucht, hat ein für alle Mal verschissen. Weißt du nicht mehr, wie das damals mit Caleb und dem Fahrradunfall war?«

Jack sieht sie überrascht an. »Oh. So schlimm? Das war mir nicht klar.«

Heather kommt sich vor, als würde sie heimlich lauschen, obwohl sie das gar nicht tut. Eigentlich sollte sie sich jetzt zurückziehen, aber dafür ist sie zu neugierig, was Jason betrifft.

»Na ja, es ging schließlich um eine Frau ...«, sagt Tola bedeutungsvoll.

Alle blicken zum Grill hinüber, wo Jason die Burger so heftig wendet, dass einer zu Boden fällt.

Damien seufzt. »Er ist ein prima Kerl, aber er muss endlich aufhören, immer den edlen Ritter zu spielen. Das funktioniert vielleicht im Märchen, aber nicht im wahren Leben. Die Mädchen, die er retten will, verarschen ihn jedes Mal.«

Tola wirft sich ihre langen geflochtenen Zöpfe über die Schultern. »Willst du damit etwa sagen, du bist kein edler Ritter? Was ist, wenn ich mal gerettet werden muss?«

Damien zieht sie mit einem Arm an sich und drückt ihr einen Kuss auf die Lippen. »Du bist viel zu lebenstüchtig, um gerettet werden zu müssen«, erwidert er, und das scheint Tola zu gefallen, denn sie grinst ihn an.

»Worauf du dich verlassen kannst!«

Alle lachen, woraufhin sich ein Grüppchen, das in der Nähe steht, zu ihnen gesellt. Heather mischt sich darunter und lauscht den Geschichten über das Leben der anderen – was sie machen, wen sie lieben, wen sie nicht mehr lieben und deshalb wirklich gern durch einen peinlichen Tweet bloßstellen würden, wenn es nicht unter ihrer Würde wäre.

Die Gruppe amüsiert sich gerade über eine Geschichte von einem Suff-Tattoo, als Jason Heathers Namen ruft. »Ein Würstchen?«, fragt er und hält mit seiner Grillzange eins hoch. Sie nickt lächelnd und geht zu ihm. »Das könnten wir im Lauf des Sommers wiederholen«, sagt er und fügt, als er ihre erschrockene Miene sieht, lachend hinzu: »Keine Sorge, ich habe nicht vor, jedes Wochenende einen Haufen Leute in den Garten einzuladen. Ich dachte nur, wo ich den Grill nun habe, sollte ich ihn auch nutzen. Ich könnte Sie ja mal einen Abend auf ein paar Burger und Würstchen einladen. Oder wenn ich ganz wagemutig werde, vielleicht sogar auf ein paar Hähnchenschenkel?«

Heather wird rot. »Das kann ich nicht annehmen –«

»O doch, das können Sie«, unterbricht er sie so fröhlich, dass sie ihm nicht böse sein kann. »Und Sie dürfen dann gerne einen Salat oder so was in der Art beisteuern. Was Fleisch angeht, bin ich gut, aber für Grünzeug habe ich kein Händchen. Es ist nicht so, dass ich das nicht zubereiten kann, aber irgendwie sieht es am Ende immer … nun ja, nicht sehr einladend aus. Dafür fehlt mir der künstlerische Touch.«

Heather muss lachen. »Und Sie meinen, ich hätte ihn?«

Er lächelt ein wenig verschmitzt. »Ich finde, Sie haben so was Kreatives – als würde sich unter der Oberfläche mehr abspielen, als man ahnt.«

Sofort fallen ihr Damians Worte von vorhin wieder ein: *Jasons geheimnisvolle Nachbarin.*

Sie lässt sich nichts anmerken, aber ihre heitere Stimmung bekommt einen Knacks. *Wenn du wüsstest*, denkt sie und ist gleichzeitig froh, dass er nichts weiß, denn sonst würde er sie bestimmt nicht zu Burgern und Hähnchenschenkeln im Garten einladen, und das wäre vielleicht doch ziemlich schade.

Er wendet sich ab und blickt suchend auf dem Klapptisch neben dem Grill herum. »Mist!«, sagt er und runzelt die Stirn. »Keine Teller mehr.« Er sieht nach oben zu seiner Wohnung und dann wieder zu Heather. »Ich glaube, ich habe alle mit runtergebracht, die ich besitze. Meinen Sie, ich könnte mir ein paar von Ihren leihen? Ich wasche sie hinterher auch ab.«

»Ähm …«, stammelt Heather. »Ich weiß nicht –«

Er legt ihr Würstchen zurück auf den Rand des Grills, möglichst weit weg von der Glut. »Ich komme mit und hole sie, einverstanden? Dann brauchen Sie sie nicht zu tragen.« Und bevor Heather etwas sagen kann, marschiert er auf ihre Terrassentür zu.

In ihr bricht Panik aus. Dasselbe hektische Pochen in ihrer Brust, das sie jedes Mal verspürt, wenn jemand ihrer Wohnung zu nahe kommt. Sie mag es nicht mal, wenn der Postbote etwas durch den Briefschlitz wirft, und ist froh, wenn sie ihn in seiner roten Jacke die Einfahrt hinuntergehen sieht, obwohl sie weiß, dass dieses Revierverhalten unsinnig ist.

Sie stürzt hinter Jason her, überholt ihn gerade noch rechtzeitig und stellt sich vor ihm auf die Schwelle, den einen Arm quer über die offene Tür an den Rahmen gelehnt. »Schon gut, ich hole sie. Sie sollten ohnehin besser den Grill im Auge behalten.«

Jason lächelt leicht verwirrt. »Jetzt bin ich hier. Ist doch kein Problem.«

Aber Heather gibt nicht nach. Jason kann es nicht sehen, aber ihre Hand drückt noch fester gegen den Türrahmen. Sie schüttelt den Kopf.

Sie dürfen hier nicht rein, sagt sie ihm wortlos. *Niemand darf hier rein*. Obwohl sie weiß, dass ihre Küche makellos sauber ist und ihre hübschen weißen Teller mit dem breiten grauen Rand ordentlich gestapelt im Schrank stehen. Sie kann nicht zulassen, dass er sich dem *Zimmer* nähert. Allein bei der Vorstellung wird ihr übel. Ihr rauscht das Blut in den Ohren.

»Wissen Sie was?«, sagt sie plötzlich. »Ich glaube, ich möchte doch kein Würstchen mehr. Ich hatte gar nicht vorgehabt …« Sie bricht ab, sammelt sich ein wenig, strafft die

Schultern und sieht auf sein Kinn, denn höher bringt sie nicht fertig. »Vielen Dank, aber ich muss jetzt gehen.« Sie tritt einen Schritt zurück und macht ihm die Tür vor der Nase zu. Dann läuft sie in die Küche, reißt den Schrank auf und starrt auf ihre Teller, alle ordentlich gestapelt und blitzsauber. Doch zum ersten Mal tröstet sie das nicht.

11

Stundenlang bleibt Heather in ihrer Wohnung. Sie geht nicht einmal in ihr Wohnzimmer. Sie hockt in der Küche und kann sich nicht entscheiden, ob sie das Radio laut aufdrehen soll, um die Geräusche der Grillparty draußen zu übertönen, oder ob sie es besser gar nicht einschaltet, weil es Jason, sollte er es hören, daran erinnern könnte, wie durchgeknallt sie ist.

Ein paarmal geht sie zum Fenster in der hinteren Ecke. Wenn sie sich ganz weit über die Arbeitsfläche beugt und das Gesicht über dem Wasserkessel an die Scheibe drückt, kann sie ihn mit der Zange in der Hand am Grill stehen sehen.

Er lächelt immer noch und unterhält sich mit seinen Freunden, aber ab und zu sieht er zu ihrer Terrassentür herüber, und dann verdüstert sich seine Miene.

Bestimmt hält er sie für verrückt.

Erst als es dunkel ist und die letzten Gäste unter Abschiedsrufen die Einfahrt hinunterschlendern, schleicht Heather zurück in ihr Wohnzimmer. Sie zieht die Vorhänge zu, dann schaltet sie eine einzige Lampe an.

Sie greift nach der Fernbedienung und schaltet den Fernseher ein. Fußball, die Höhepunkte eines Nachmittagsspiels. Sie zappt weiter, auf der Suche nach etwas, das sie sich anschauen kann, erst durch die Spielfilmkanäle, dann durch die Serien, bis sie bei den Natur-, Reality- und Krimisendern landet. Bei einem Bild erstarrt ihr Daumen in der Luft.

Es ist eine dieser grässlichen Sendungen über sogenannte Messies. Nicht die pseudolustige Sorte, bei der sie Ordnungsfanatiker losschicken, um die Häuser von solchen Leuten aufzuräumen, sondern die, bei der Leute interviewt werden und extra dafür ausgebildete Profis kommen, um zu helfen. Normalerweise verirrt sich Heather nicht in diesen Programmbereich, weil sie solche Sachen nicht sehen will, aber bis eben hat sie in einer Art Trance weiter auf den Knopf gedrückt, anstatt einfach die Nummer ihres Lieblingssenders einzugeben und diesen ganzen Bereich zu überspringen.

Sie zwingt sich dazu, die Fernbedienung wegzulegen, und verschränkt die Arme, damit sie nicht wieder danach greifen kann. *Du hast es verdient, dir das anzusehen*, sagt sie sich, *denn genau da kommst du her. Das da bist du.*

In der Sendung geht es um einen Mann, dessen Autofimmel außer Kontrolle geraten ist. Sein gesamtes achttausend Quadratmeter großes Grundstück steht voll rostiger Wracks, einige davon schon so verfallen, dass man gar nicht mehr erkennen kann, was es mal war. Trotzdem lässt er nicht zu, dass die Helfer vom Fernsehen sie abtransportieren, weil er eines Tages vielleicht doch noch irgendein Teil in ihrem rostigen Inneren gebrauchen kann.

Danach wird eine junge Mutter vorgestellt. Ja, das kommt ihr sehr viel vertrauter vor: Kleiderhaufen bis zur Decke, sodass sie regelrechte Berge bilden; Papiere und Bücher in jede freie Ecke gestopft, und dazwischen Müll. Abgesehen davon, dass die Stimmen amerikanisch klingen und die Leute anders aussehen, könnte es ihr Zuhause in der Hawksbury Road vor zwanzig Jahren sein.

In der Familie gibt es auch eine Tochter, mit krausen braunen Haaren und Brille. Heather drückt auf Pause, als die Kamera das Mädchen in Großaufnahme zeigt, und betrachtet seinen gequälten Blick, sein stummes Flehen, dass doch jemand kommen und es da rausholen möge.

Vielleicht kommt wirklich jemand, sagt sie dem Mädchen in Gedanken. *Vielleicht holen sie dich da raus und bringen dich an einen sauberen, aufgeräumten Ort, aber du wirst trotzdem nie-*

*mals frei sein. Tut mir leid, Kleine, aber für dich gibt es kein Happy
End.*

Selbst der Vater erinnert sie an ihren eigenen Dad. Er hat
den gleichen resignierten Gesichtsausdruck, der verrät, dass
er den Kampf gegen das Chaos schon vor langer Zeit aufgegeben hat. Die Profis wirbeln herum, bieten ihren Rat an. Wissen sie denn nicht, dass es sinnlos ist? Dass es, selbst wenn sie
das Haus tipptopp aufräumen, in ein, zwei Jahren wieder genauso aussieht?

Angewidert greift Heather nach der Fernbedienung. Sie
kann sich diese Märchengeschichte nicht länger ansehen.

Doch dann fragt der Fernsehpsychologe den Ehemann,
wann das alles angefangen hat, was seine Frau dazu getrieben hat. Schmerz durchzieht sein Gesicht, und er zuckt die
Achseln. »Ich glaube, es ging los, nachdem wir unseren Sohn
Cody verloren hatten. Plötzlicher Kindstod. Niemand konnte
etwas dafür, aber Selena hat sich die Schuld daran gegeben.«

Auf dem Bildschirm erscheint das Foto eines niedlichen,
pausbäckigen Säuglings, der zahnlos in die Kamera lächelt.

»Sie fing an, Sachen für das Baby zu kaufen«, fährt er
fort. »Es hatte fünf Jahre gedauert, bis sie schwanger war,
und sie freute sich so. Mir war klar, dass sie es etwas über-
trieb, aber ich wollte ihr den Spaß nicht verderben. Und dann,
nachdem wir ihn verloren hatten … konnte sie nicht mehr
aufhören. Sie kaufte immer mehr Babysachen. Zuerst sagte
sie, wir würden es noch mal versuchen, aber nach ein paar
Jahren war klar, dass es nur eine Ausrede war.« Er seufzt
schwer. »Ich weiß einfach nicht, wie ich ihr helfen soll, und
ich weiß auch nicht, wie lange ich das noch aushalte.«

Heathers Magen krampft sich immer mehr zusammen,
seit der Mann angefangen hat, von Babys zu sprechen. Sie will
das nicht. Sie will dieses Mitgefühl mit der Frau nicht, will ih-

ren Schmerz um das Kind, das für immer in ihrem Leben fehlen wird, nicht teilen, deshalb nutzt sie den Moment, als die Mutter einen Heulkrampf bekommt, weil jemand eine schäbige alte Babydecke voller Spinnweben und Mäuseköttel wegwerfen will, um diese Gefühle in Wut umzuwandeln.

»Du *hast* ein Kind!«, brüllt sie den Bildschirm an. »Du hast eine Tochter, die nicht gestorben ist, und du verlierst sie in einem Haufen Krempel! Warum denkst du zur Abwechslung nicht mal an sie? Und daran, was das mit ihr macht?«

Es fühlt sich eigenartig gut an, diese Leute anzuschreien, die sie nicht hören können – Leute, die ihr Leben ruinieren und nicht den Hintern hochkriegen, um etwas dagegen zu unternehmen. Und so schaltet sie nicht weiter, sondern schiebt ihre Skepsis beiseite und sieht zu, wie das Haus aufgeräumt wird und die Familie am Ende der Folge glücklich in die Kamera strahlt, und dann schaut sie sich auch noch die nächste Folge an. Offenbar läuft auf dem Sender gerade eine Art Serienmarathon.

In der nächsten Folge geht es um eine ältere Frau, die nach dem Tod ihres geliebten Vaters mit dem Horten angefangen hat, und eine grässliche Frau, die nicht begreift, dass siebzig Katzen in einem vollgemüllten Haus ein paar zu viel sind. Die schreit Heather ebenfalls an. Warum auch nicht? Es kriegt ja niemand mit, und mittlerweile macht es ihr richtig Spaß. Erst gegen zwei Uhr morgens geht sie zu Bett.

Dann liegt sie da, die Decke ordentlich unter die Arme geklemmt, das Kopfkissen genau in die richtige Position gedrückt, und starrt an die hohe Decke ihres Schlafzimmers. Obwohl sich alles in ihr sträubt, muss sie immer wieder an die Leute aus der Sendung denken, vor allem an das Baby.

Das war bei den meisten Fällen das verbindende Element –

Verlust. Mindestens fünf von den acht Leuten in den Folgen, die sie sich angesehen hat, hatten jemanden verloren, entweder durch Tod oder durch Scheidung, oder ein Kind war zur Adoption freigegeben worden. Jemand war ihnen unerwartet und gegen ihren Willen weggenommen worden, und um dieses Loch zu stopfen, hatten sie angefangen zu kaufen, zu horten und zu sammeln.

War es bei ihrer Mutter genauso gewesen? Hätte man Heather vor einem Monat gefragt, was ihre Mutter verloren haben könnte, das dieses Verhalten ausgelöst hatte, hätte sie den Kopf geschüttelt und gesagt, dass es da nichts gab, keinen erkennbaren Grund. Doch nun weiß sie es besser.

Ich war es, denkt sie. *Ich war das, was sie verloren hat. Aber ich bin wieder zurückgekommen.* Dennoch hatte ihre Mutter sich aus irgendeinem Grund so verhalten, als hätte sie sie für immer verloren, und für den Rest ihres Lebens nie wieder etwas weggeworfen.

Heather fällt das Foto ein, das sie Faith für Alice mitgegeben hat. Darauf sah alles ganz normal und sauber aus. Weihnachten 1991. Nur sieben Monate vor dem Datum auf dem Zeitungsausschnitt. Ist das also der Schlüssel zu allem? Hat ihre Entführung das alles ausgelöst?

Sie schließt die Augen, nicht um besser einschlafen zu können, sondern um die Tränen zurückzudrängen, die sich dort sammeln, und stößt einen langen, zittrigen Seufzer aus.

Schon als Kind hatte sie wegen der Art, wie ihre Mutter mit ihr sprach, und wegen der Blicke, die sie ihr manchmal zuwarf, immer befürchtet, dass alles ihre Schuld sein könnte. Nun weiß sie, dass sie recht gehabt hat.

12

Die Rinde dreht und windet sich in einer Spirale aufwärts, umgibt den Kastanienbaum wie ein Korsett, und dann, als sie ihn nicht mehr zusammenhalten kann, explodiert er in einer Garbe aus Blättern wie ein Feuerwerkskörper, nur dass sie nicht hinunterfallen und zu Boden segeln. Hohe weiße Blüten balancieren auf den Enden der Zweige wie plüschige Kerzen, obwohl es schon fast Sommer ist. Wenn der Wind durch die Blätter fährt, höre ich sie flüstern: »Warte nur, bis der Herbst kommt. Dann werfen wir unsere stacheligen Früchte ins Gras.« Den unerschrockenen Jäger, der es wagt, das Fleisch aufzubrechen, erwartet ein harter, glänzender Schatz. Ich blicke zu den Zweigen hinauf und wünschte, die Zeit würde schneller vergehen, denn ich weiß, etwas Gutes erwartet mich.

Heather läuft durch den Garten, weil ihre Mummy gesagt hat, sie braucht frische Luft. Aber die Luft fühlt sich heute gar nicht frisch an, sondern ziemlich warm und klebrig, und wenn Heather zu viel herumläuft, wird ihr Kopf ganz schwitzig, und dann kleben ihr die Haare im Gesicht. Aber drinnen ist es noch wärmer, deshalb läuft sie weiter herum und versucht, selbst ein bisschen Wind zu machen. Ab und zu wird sie müde, dann lässt sie sich ins Gras fallen, und wenn es ihr wieder besser geht, springt sie auf und läuft weiter.

Aber anscheinend schaut sie nicht richtig, wohin sie läuft. Ihre Mummy sagt, das macht sie oft, weil sie im Haus ständig gegen irgendwelche Sachen stößt, sodass sie zu Boden fallen. Heather hat gedacht, hier draußen würde nichts passieren, weil da keine Haufen sind, aber als sie unter dem großen Baum beim Zaun entlangläuft, kommt plötzlich eine von seinen Wurzeln aus der Erde und stellt ihr ein Bein.

Heather schlägt der Länge nach hin, landet mit der Nase im Gras und bekommt Erde in den Mund. Erst denkt sie, sie muss nicht weinen, aber dann merkt sie, dass ihr Tränen übers Gesicht laufen. Doch niemand kommt. Niemand streckt den Kopf zur Hintertür hinaus, um nach ihr zu sehen oder zu schauen, was der Lärm zu bedeuten hat. Als die Lücken zwischen ihren schniefenden, feuchten Schluchzern größer werden, stemmt sie sich hoch und steht auf. Auf ihrem Knie ist Blut. Sie fängt wieder an zu weinen. Laut.

»Ist alles in Ordnung?«

Heather hört die Stimme, kann aber niemanden sehen. Sie schluckt ihre Tränen hinunter und versucht, leise zu sein.

»Hallo?«, meldet sich die Stimme wieder. Sie klingt besorgt. »Wer ist denn da? Hast du dir wehgetan?«

Heather nickt. Ihre Unterlippe zittert. Sie dreht sich in die Richtung, aus der die Stimme gekommen ist. Es klang so, als käme sie vom Zaun. Sie geht ein paar Schritte, dann bleibt sie stehen, weil sie immer noch niemanden sehen kann. Alles, was sie sieht, ist der Baum.

»Du hast mir ein Bein gestellt!«, sagt sie und stemmt die Hände in die Seiten. »Mit einem von deinen langen Fingern unter der Erde!«

Ein Lachen erklingt. »Das habe ich ganz bestimmt nicht!«, sagt die Stimme, aber es klingt nicht so, als würde sie sich über Heather lustig machen. Heather starrt den Baum an, doch der rührt sich nicht. Obwohl sie weiß, dass Bäume keine Augen haben, hat sie das Gefühl, er schaut stur geradeaus, ohne sie zu beachten.

»Hallo?«, sagt die Stimme.

Nun taucht ein Gesicht über dem Zaun auf. Also war es doch nicht der Baum, der gesprochen hat, sondern eine Frau. »Hallo«, sagt Heather. »Wer bist du?«

»Ich bin Lydia«, antwortet die Frau. »Ich wohne seit ein paar Wochen neben euch. Manchmal höre ich dich, wenn du im Garten spielst.«

Heather läuft los. Ihre Mutter schimpft sie ständig aus, weil sie so laut ist. Sie sagt, Heather plappert zu viel, und manchmal will sie, dass Heather in den Garten geht, weil sie bei dem Lärm nicht denken kann. Heather war nicht klar, dass sie hier draußen auch Ärger bekommen kann, weil sie zu laut ist.

»Warte!«, ruft die Frau hinter ihr her. »Mich stört das nicht. Ich mag es, wenn du singst und mit deinen Fantasiefreundinnen redest.«

Heather bleibt stehen und dreht sich um. »Wirklich?«

»Ja, wirklich«, sagt Lydia. Dann bemerkt sie das Blut an Heathers Knie. »Hast du dir wehgetan?«

»Ja. Der blöde Baum hat mir ein Bein gestellt!«

Wieder lacht Lydia. »Du glaubst mir also, dass ich es nicht war?«

Heather nickt. »Du siehst nett aus. Ich glaube nicht, dass du Kindern einfach so ein Bein stellst.«

»Danke«, sagt Lydia, und ihre Stimme klingt ein bisschen kratzig, so wie Heathers manchmal, wenn sie einen Schnupfen bekommt. »Wo ist denn deine Mama?«

Heather deutet mit dem Kopf zum Haus. »Da drinnen.« Ihre Mutter ist immer da drinnen, aber das verrät sie Lydia nicht, weil ihre Mutter sagt, was im Haus passiert, ist geheim, und sie dürfen niemandem erzählen, wie es drinnen aussieht. Vor allem Fremden nicht.

»Es war schön, mit dir zu reden. Wie heißt du denn?«

»Heather.«

Sie lächelt. »Das ist ein hübscher Name für ein hübsches Mädchen. Aber ich glaube, Heather, du solltest jetzt besser zu deiner Mama gehen. Das Knie sieht aus, als müsste es gesäubert werden.«

Heather blickt nach unten. Ein dickes rotes Rinnsal läuft an ihrem Schienbein hinunter, und auf ihrem Knie sind Erdkrümel. Sie läuft los und ruft nach ihrer Mutter.

Sie ruft und ruft, aber ihre Mummy antwortet nicht, und als sie zur Hintertür hineingehen will, ist die verschlossen. Sie läuft zurück zu der Ecke mit dem Baum. »Hallo? Lydia? Bist du noch da?«

Wieder erscheint das Gesicht der Frau über dem Zaun.

»Ich kann meine Mummy nicht finden«, sagt Heather unter Tränen.

»Möchtest du, dass ich rüberkomme und dir helfe, sie zu finden?«

Heather nickt.

»Dann komm in den Vorgarten«, sagt Lydia. »Aber lauf nicht auf die Straße, okay?«

Heather nickt noch einmal, dann tut sie, was ihr aufgetragen worden ist.

Kurz darauf öffnet sie die Gartenpforte, und Lydia kommt hinter der wuchernden Hecke zum Vorschein, die den Garten von Heathers Familie von der Straße trennt. Sie hat eine hübsche gelb-weiße Bluse an, mit Gänseblümchen darauf, und ihr Haar ist mit einem Kopftuch zurückgebunden. Sie zieht ihre dicken Lederhandschuhe aus und nimmt sie in eine Hand. »Also gut. Sollen wir es zuerst an der Haustür versuchen?«

»Ja!« Heather läuft zur Tür und drückt die Klinke hinunter, aber vergeblich.

»Wie heißt du mit Nachnamen?«, fragt Lydia, die ihr gefolgt ist.

Heather streicht sich die Haarfransen aus den Augen und blickt über die Schulter. »Morgan.«

Lydia klingelt, und als niemand kommt, klopft sie energisch. Plötzlich hat sie den Türklopfer in der Hand. »Oh«, sagt sie und legt ihn auf den kleinen Vorsprung neben der Tür. Dann klopft sie noch einmal mit der Faust. »Mrs Morgan?«, ruft sie. »Mrs Morgan?«

Nichts.

Lydia versucht, die Tür zu öffnen, aber ebenfalls ohne Erfolg. »Sie scheint abgeschlossen zu sein. Habt ihr eine Hintertür?«

Heather nickt und führt sie dorthin. Sie mag es, wenn sie helfen kann. Lydia klopft und ruft erneut, doch niemand antwortet. »Wie eigenartig!«

»Wahrscheinlich ist sie bloß einkaufen gegangen«, sagt Heather achselzuckend. Die Verlockung neuer Schätze ist das Einzige, was ihre Mutter dazu bringt, das Haus zu verlassen.

Lydia runzelt die Stirn und presst die Lippen zusammen. »Tja, dann kommst du vielleicht besser mit zu mir, bis sie wieder da ist. Wir schauen mal, ob wir dein Knie sauberkriegen. Wie lange ist deine Mutter denn normalerweise weg, wenn sie einkaufen geht?«

»Oh, lange. Sie liebt einkaufen. Manchmal schaut sie auf dem Weg zum Supermarkt in alle drei Krimskramsläden an der Chatterton Road, und auf dem Rückweg auch noch mal.«

Lydia hält ihr die Hand hin, und Heather nimmt sie. Zusammen gehen sie durch die Pforte und in den Garten nebenan. Dort ist es so schön, dass Heather abrupt stehen bleibt. Alles sieht hübsch und ordentlich aus, und es gibt ganz viele Rosen. Eigentlich viel zu schade, um ins Haus zu gehen.

Lydia führt Heather in ihre Küche und setzt sie auf einen Holzstuhl, dann holt sie einen Waschlappen und säubert ihr vorsichtig das Knie. Das rote Rinnsal ist immer länger geworden, bis es Heathers Söckchen erreicht hat, und Lydia betupft den Fleck, bis er nur noch rosa ist.

»Du bist sehr tapfer«, sagt sie. »Du hast keinen Mucks von dir gegeben.«

Heather sieht sie an. Sie weiß nicht, was sie darauf erwidern soll. Es tat schon weh, aber sie hat alle Muckse innendrin behalten, wie sie es meistens tut. Sie blickt sich in Lydias Küche um. Sie gefällt ihr sehr. Die Schränke sind hellgelb gestrichen, es gibt ganz viel Holz, und der Fußboden ist blitzsauber. Nirgends steht eine Plastikflasche oder ein leerer Essensbehälter herum. Heather fragt sich, wo Lydia ihren ganzen Müll aufbewahrt. Vielleicht hat sie ein großes Zimmer dafür, anstatt ihn überall im Haus zu verteilen?

»Möchtest du ein Eis?«, fragt Lydia.

Heathers Kopf wippt eifrig auf und ab. Lydia geht zum Kühlschrank und gibt ihr ein Eis mit Schokolade außenrum und einem Stiel, an dem man es halten kann.

»Willst du es draußen im Garten essen?«

Heather hat den Mund voll, deshalb schüttelt sie nur den Kopf. So gerne sie auch an den wunderschönen Rosen schnuppern würde, sie bleibt lieber in der hübschen Küche. Sie sitzt auf dem Stuhl und baumelt mit den Beinen, während sie ihr Eis isst. Lydia geht umher, wäscht Sachen ab und räumt sie in die Schränke. Zwischendurch blickt sie immer wieder über die Schulter zu Heather und lächelt. Jedes Mal lächelt Heather zurück.

Als Heather fertig ist, leckt sie den Stab gründlich ab, damit keine Schokolade übrig bleibt, dann wirft sie ihn auf den Boden und steht auf.

Lydia runzelt die Stirn. »Eisstäbchen gehören nicht auf den Fußboden«, sagt sie. »Die tut man in den Mülleimer.«

Heather sieht sie nur mit großen Augen an.

»Mein Mülleimer steht neben der Hintertür. Der Deckel geht auf, wenn man mit dem Fuß auf das Pedal tritt.«

Heather versteht nicht, wovon Lydia spricht, aber auf ein Pedal treten, damit etwas aufgeht, das klingt lustig.

»Heather, ich möchte, dass du dein Eisstäbchen in den Mülleimer wirfst«, sagt Lydia, dann überlegt sie kurz. »Soll ich dir zeigen, wie das geht?«

Heather nickt erneut. Schließlich hilft sie gerne, und das ist schon ihre zweite Gelegenheit an diesem Nachmittag.

Nachdem Lydia es ihr gezeigt hat, fragt sie, ob es noch was zum Wegwerfen gibt – das mit dem Pedal hat Spaß gemacht!

Langsam versinkt die Sonne am Horizont, und allmählich wird es dunkel. Sie gehen noch einmal hinüber, und Lydia klopft ganz laut mit der Faust an die Tür. Gerade als sie aufgeben will, hält ein Auto vor dem Haus.

Heather läuft zu ihrem Vater, als er aus dem Auto steigt, und er umarmt sie ganz fest und hebt sie in die Luft, doch dann bemerkt er die Frau von nebenan und geht auf sie zu. Sie stellt sich vor und erzählt ihm von dem Baum und dem Eis und dem vielen Klopfen an der Tür.

»Vielen herzlichen Dank«, sagt Heathers Daddy. Er steckt den Schlüssel ins Schloss und öffnet die Tür gerade so weit, dass Heather ins Haus schlüpfen, Lydia aber nicht hineinsehen kann. »Lauf schon mal rein, Heather, ich mache dir gleich was zu essen.«

Heather zögert, dann schiebt sie sich durch die schmale Öffnung. Bevor sie ganz drinnen ist, dreht sie sich noch mal um. »Danke für das Eis«, sagt sie zu Lydia. »Und dafür, dass ich mit dem Pedal spielen durfte.«

Sie schauen sich kurz an, ein Lächeln in den Augen, doch

dann folgt Heathers Daddy ihr ins Haus und macht die Tür zu, sodass Heather die nette Frau von nebenan nicht mehr sehen kann.

13

Die ganze Zeit über dachte Heather, es gäbe keine Antworten. Vielleicht hat sie deshalb nie irgendwelche Fragen gestellt. Doch nun weiß sie, dass die Antworten, die sie sucht, irgendwo in ihrem Gästezimmer verborgen sein müssen, vielleicht in einem weiteren Fotoalbum oder in einer Kaffeedose oder möglicherweise sogar in einem dieser Ordner, die für wichtige Unterlagen gedacht sind.

Es muss da drin noch mehr Zeitungsausschnitte, noch mehr Informationen geben. Ihre Mutter hatte eindeutig nach der Philosophie gelebt: Warum nur eins haben, wenn du fünfzig davon haben kannst? Daher ist es wenig wahrscheinlich, dass sie ausgerechnet bei allem, was mit dem Verschwinden ihrer Tochter zu tun hat, eine Ausnahme gemacht hat. Nein, die Informationen sind da drin, ganz sicher.

Das einzige Problem dabei ist: Obwohl die Antworten ihr hinter der verschlossenen Tür etwas zuflüstern, obwohl sie ihren Namen rufen, weiß sie nicht, ob sie ihnen zuhören will. Was ist, wenn ihr etwas richtig Schlimmes zugestoßen ist, während sie verschwunden war? Etwas, das sie nicht einmal zu benennen oder sich vorzustellen wagt? Will sie das wirklich wissen? Würde es ihr Leben besser machen? Und selbst wenn die Neugier siegt, hat sie nicht die geringste Lust, die Tür zu öffnen und in diesem beschämenden Chaos zu wühlen.

Also tut Heather nichts. Zwei volle Wochen lang. Sie ist sehr gut darin, Dinge aufzuschieben, wenn sie zu schmerzhaft sind, oder sie in irgendeine Kiste zu stopfen und den Deckel zuzumachen.

Eines Abends nach der Arbeit geht sie noch kurz in den

Supermarkt an der Bromley Station, um ein bisschen Gemüse fürs Abendessen zu kaufen. Es ist voller als sonst, lauter Leute wie sie, die auf dem Heimweg schnell noch ein paar Sachen besorgen wollen. Vielleicht packt sie deshalb plötzlich der Drang. Weil sie weiß, dass die Gefahr geringer ist, erwischt zu werden – sie ist nicht allein in den breiten Gängen, und viele der Mitarbeiter sitzen an der Kasse.

Heather geht zu den Drogerieartikeln, um eine Flasche Shampoo zu holen, doch sobald die in ihrem Korb ist, blickt sie auf, zu dem Bereich am Ende des Regals. Windeln, Feuchttücher, bunte Schnabeltassen und Gläschen mit Babynahrung. Sie steuert darauf zu.

Nein, nein, nein!, ruft sie in ihrem Kopf. *Nicht jetzt. Nicht hier. Lass es. Geh weg. Geh weg!*

Doch ihr Zwang ist wie ein trotziger, wütender Gott, der ein Opfer fordert; es ist sinnlos, um Gnade zu flehen. Ihr innerer Protest wird beiseitegefegt.

Gegen ihren Willen tritt sie an das Regal und mustert die Waren, als wäre sie eine berufstätige Mutter, die gerade von der Arbeit gekommen ist und noch ein paar Sachen einkauft, bevor sie ihre lieben Kleinen von der Tagesmutter abholt.

Ihr Blick bleibt an den Gläschen mit Bio-Babynahrung hängen. Die sind doch klein genug, um sie unauffällig in die Tasche stecken zu können, oder? Sie könnte einfach eins in die Hand nehmen und umdrehen, als wollte sie sich die Zutatenliste ansehen, es dann wie ein Zauberer in ihrem Ärmel verschwinden und in die Jackentasche gleiten lassen.

Und bevor sie das Ganze zu Ende gedacht hat, hat sie es bereits getan. Das Gläschen liegt schwer in ihrer Tasche.

Sie bezahlt die Sachen in ihrem Korb, lächelt dem Mädchen an der Kasse zu und spaziert hinaus in den warmen Sommerabend. Jenseits des Parkplatzes fahren die Züge in den

Bahnhof, Leute steigen aus und eilen ihres Wegs, als wäre nichts geschehen. Sie springt in ihr Auto und fährt los, ohne sich noch einmal umzudrehen.

Als sie nach Hause kommt, läuft sie in die Küche, packt ihre Einkäufe aus und räumt sie an ihren Platz, dann nimmt sie widerstrebend das Glas mit Babynahrung aus der Tasche. Sie stellt es mitten auf den Küchentisch und starrt es an.

Sie weiß nicht, was sie tun soll. Sonst huscht sie immer ins Gästezimmer und versteckt ihre Beute in der Kommode. Aber das hier ist Babynahrung. Die gehört da nicht hinein. Kommoden sind für Kleidung und Accessoires, vielleicht auch für verschiedene andere Dinge, aber nicht für Nahrungsmittel.

Großer Gott, denkt sie. *Ich habe gerade Babybrei gestohlen. Was ist bloß los mit mir?*

Sie kann sich einfach nicht überwinden, das Gläschen bei den anderen Sachen zu verstecken. Das hat ihre Mutter immer gemacht: Dinge dorthin geräumt, wo sie nicht hingehörten. Diesen Weg wird sie nicht betreten. Aber sie kann es auch nicht auf dem Tisch stehen lassen. Es muss verschwinden, damit es sie nicht länger quälen kann.

Es gibt nur eine andere Möglichkeit.

Heather nimmt einen Löffel aus der Besteckschublade, dann dreht sie den Deckel vom Gläschen, setzt sich und beginnt zu essen.

14

Nachdem sie aufgegessen hat, wäscht Heather das Gläschen sorgfältig aus. Ein paarmal musste sie fast würgen, aber sie hat alles runtergekriegt. Sie weiß nicht, warum sie so reagiert hat. Es war ein Obstpüree – Apfel mit Zimt –, hätte also eigentlich ganz gut schmecken müssen.

Am nächsten Morgen versteckt sie das Gläschen im Glascontainer und versucht so zu tun, als wäre nichts passiert – was ihr aber nicht gelingt, weil sie unablässig darüber nachdenken muss, warum sie trotz aller Bemühungen, nicht so zu werden wie ihre Mutter, genau denselben Pfad hinunterrutscht, und zwar immer schneller, ohne dass sie irgendetwas dagegen tun kann.

Das Leben ihrer Mutter war armselig, einsam und vollkommen von ihren Zwängen beherrscht. Doch ist ihr eigenes denn besser? Ein anderer Ort, ein anderer Zwang, aber alles fühlt sich auf erschreckende Weise vertraut an.

Heather atmet langsam ein, dann lässt sie den Atem wieder ausströmen, bemüht, ihn ruhig und gleichmäßig zu halten. Es hilft nichts, sie kann sich nicht länger vor der Vergangenheit verstecken.

Sie steht auf und nimmt den Schlüssel zum Gästezimmer aus der Schreibtischschublade. Vor der schlichten weißen Tür bleibt sie stehen. Langsam und vorsichtig steckt sie den Schlüssel ins Schloss, dreht ihn um, dann greift sie nach dem Knauf, öffnet die Tür und geht hinein.

Sie weiß, sie kann das nur, wenn sie den Inhalt des Raums nicht als Ganzes wahrnimmt, sondern ihn in ihrer Vorstellung in einzelne Stücke zerteilt. Deshalb konzentriert sie sich auf das Regal, in dem sie das erste Fotoalbum gefunden hat, fixiert es und bewegt sich vorsichtig durch die Berge von Kram darauf zu.

Dort stehen noch zwei Alben und ein großer Faltordner aus Pappe. Nur diese drei Dinge. Das schafft sie doch, oder?

Und zuerst scheint auch alles gutzugehen. Sie greift nach dem Ordner und klemmt ihn sich unter den Arm, dann streckt sie die Hand nach dem ersten Album aus, doch als sie daran zieht, kippt das zweite Album um.

Es ist wie der erste Riss in einem Damm.

Die restlichen Dinge in dem Regal geraten ins Rutschen und fallen eins nach dem anderen auf das Durcheinander darunter, dann kippt ein Karton, der obendrauf stand, um und spuckt seinen Inhalt auf das wachsende Chaos. Zuoberst landet ein kitschiges kleines Einhorn, das ihre Mutter sehr geliebt hat. Heathers Herz beginnt zu pochen. Sie streckt die Hand aus, um einen weiteren Karton am Kippen zu hindern, dabei fällt ihr der Ordner herunter. Nun, da das friedliche Gleichgewicht des Krempels gestört wurde, ist er wie ein Ungeheuer, das erwacht ist und brüllend nach Nahrung, nach einem Opfer verlangt.

Doch Heather hat nichts, was sie ihm geben kann. Nur sich selbst. Und das Ungeheuer streckt seine Krallen nach ihr aus. Sie spürt, wie die Angst in ihre Knochen kriecht, zuerst in die Zehen und von dort weiter nach oben. Ihr Herz schlägt wie wild, und ihr bricht der kalte Schweiß aus. Ihre Knie kribbeln ganz seltsam, und ihr Magen krampft sich zusammen.

Es kommt näher. Es kommt, um sie zu holen. Sie weiß es. Das glitzernde Einhorn starrt sie mit geblähten Nüstern an und fletscht die Zähne. Sie erträgt seinen Anblick nicht mehr, sein höhnisches Gelächter. Sie muss hier raus. Sofort.

Sie nimmt die Hand von dem Stapel aus Kartons, und sofort fordert die Schwerkraft ihr Recht. Es sieht aus, als würde die ganze linke Seite des Raums jeden Moment in sich zusammenstürzen. Sie schafft es gerade noch, sich den Ordner und eines der beiden Fotoalben zu schnappen, und flieht.

Doch selbst als sie die Tür hinter sich zugeschlagen hat und im Wohnzimmer steht, die beiden geretteten Teile so fest an die Brust gedrückt, als wollten ihre Arme sie nie wieder loslassen, beruhigt sie sich nicht. Die Panik kommt in Wellen und löscht alles andere aus. Ihr Herz schlägt so heftig, dass sie Angst hat, es könnte zerspringen, und sie kriegt keine Luft.

Dann löst der Sauerstoffmangel ihre erstarrten Muskeln. Der Ordner und das Album fallen polternd zu Boden, und die Beine geben unter ihr nach. Sie landet mit dem Knie schmerzhaft auf etwas Hartem, aber das Einzige, woran sie denken kann, ist der nächste Atemzug: Gierig saugt sie Luft durch Nase und Mund, aber die Enge in ihrer Brust raubt sie ihr immer wieder.

Gefühlt vergehen Stunden, ehe sich alles wieder normalisiert. Sogar ihr Wohnzimmer kommt ihr eine Zeit lang seltsam vor, fremd und verzerrt, doch schließlich verlangsamt sich das wilde Schlagen ihres Herzens, und ihr Atem wird ruhiger. Sie stützt sich mit den Händen auf dem Boden ab und steht auf. An der Seite ihres rechten Knies ist ein tiefroter Abdruck und ein winziger Kratzer, wo die Ecke des Fotoalbums die Haut eingeritzt hat.

Sie hebt das Album auf. Die Ecke ist jetzt eingedrückt, nicht mehr schön gerade. Das wird sie stören. Sie legt es auf das eine Ende des Sofas und setzt sich auf das andere. Der Ordner kann warten.

Was ist da gerade passiert? Sie versucht, sich objektiv daran zu erinnern, als wäre sie eine Beobachterin, aber ihr Gedächtnis ist vollkommen leer.

Die Panik. Daran erinnert sie sich.

Ihre Mutter hatte auch manchmal solche Anfälle, meistens wenn jemand versuchte zu »helfen«, sprich: wenn er aufräumen oder sauber machen oder auch nur irgendein Teil anderswohin räumen wollte. Damals war ihr das alles so melodramatisch erschienen, aber hatte es sich für ihre Mutter genauso angefühlt wie eben für sie? Als müsste sie sterben? Oder eigentlich noch schlimmer, denn dann wäre sie wenigstens erlöst worden; es war, als würde die Hölle selbst sie verfolgen und nicht eher Ruhe geben, bis sie sie verschlungen hatte, sodass sie für alle Ewigkeit in ihrem Bauch schmoren würde. Kein schönes Gefühl. Ganz und gar nicht.

Nach diesem Erlebnis traut Heather sich kaum, in das Fotoalbum oder in den Ordner zu schauen, aber sie weiß, es muss sein. Sie holt tief Luft, dann zieht sie das Album zu sich und schlägt die erste Seite auf.

Das Album ähnelt dem ersten – hier und da fehlen Fotos, die Linien von den Klebestrichen unter der Schutzfolie sind gelblich verfärbt –, aber dieses enthält Aufnahmen aus der Zeit, als sie und Faith älter sind. Heather blättert weiter. Später wird sie sich alles noch mal genauer ansehen, aber jetzt sucht sie nach zwei Dingen: weiteren Zeitungsausschnitten und Fotos, die das Haus in der Hawksbury Road von innen zeigen.

Doch sie findet weder das eine noch das andere. Familienurlaube. Weihnachten bei Tante Kathy. Sogar Ausflüge zum Crystal Palace Park und nach Broadstairs. Aber nichts, was lose zwischen die Seiten geschoben ist, und kein einziges Foto, das im Haus aufgenommen wurde. Warum, ist klar. Zu der Zeit muss es schon schlimm gewesen sein. So schlimm, dass sie sich geschämt haben und es niemandem zeigen wollten.

Sie betrachtet eine Aufnahme von ihr und Faith am Strand von Broadstairs, zusammen mit ihrem Vater. Heather schätzt, dass sie auf dem Foto ungefähr acht gewesen sein muss und Faith dementsprechend elf. Das muss der letzte Urlaub sein, den sie alle zusammen verbracht haben. Wie traurig, dass sie sich nicht daran erinnert. Sie erinnert sich weder an das T-Shirt mit dem glitzernden Regenbogen, das sie trägt, noch daran, wie sie die Sandburg mit den vier Türmen gcbaut haben, noch an sonst irgendetwas.

Doch sie sieht, wie sie sich zwischen dieser Aufnahme und der aus dem anderen Album verändert hat. Das blonde Haar und die großen Augen sind immer noch dieselben, aber etwas an ihrem Gesichtsausdruck ist anders – sie wirkt ein bisschen überdreht. Aber auch wenn Heather sich nicht an diesen Urlaub erinnern kann, weiß sie doch noch genau, wie es war, wenn sie für mehr als ein paar Stunden das Haus verließen: dieses Gefühl von Freiheit und Erleichterung. Und darunter der verzweifelte Wunsch, diese Zeit so gut wie nur möglich auszukosten, und die Traurigkeit, weil es bald wieder vorbei sein würde. Genau das sieht sie in den Augen ihres achtjährigen Ichs. Und in allen ihren lächelnden Gesichtern, obwohl es bei ihrem Vater weniger überdrehte Freude ist als bodenlose Erschöpfung. Sie fragt sich, ob er in dem Moment, als die Aufnahme entstand, schon wusste, dass er gehen würde.

Darüber hat sie noch nie wirklich nachgedacht. Damals war es ein solcher Schock, dass es ihr immer wie eine Naturkatastrophe erschienen ist: verheerend und vollkommen unerwartet. Die Vorstellung, dass es sich wochen-, vielleicht sogar monatelang unter der Oberfläche zusammengebraut hat, ist seltsam. Aber je länger sie darüber nachdenkt, desto klarer wird ihr, dass es so gewesen sein muss.

Sie klappt das Album zu und greift nach dem Ordner. Es sind wichtige Dinge darin – ein Exemplar der Hochzeitseinladung ihrer Eltern und die Unterlagen zu ihrer und zu Faiths Taufe –, aber auch glatt gestrichene Schokoladenpapiere, Werbezettel von Fensterputzern und China-Imbissen. Und ein zusammengefalteter Zeitungsausschnitt.

Heather überläuft es heiß und kalt, als sie ihn findet, und einen Moment lang denkt sie, die Panik überwältigt sie wieder, doch dann lässt es nach. Vorsichtig, geradezu ehrfürchtig faltet sie das Stück Papier auseinander – schließlich hat sie dafür das Gästezimmer betreten und sich diesem ganzen Drama ausgesetzt –, doch zu ihrer grenzenlosen Enttäuschung ist es derselbe Artikel wie der erste. Dasselbe Datum, derselbe Reporter, dieselbe Zeitung. Dieselben grauen Augen, die sie unter dem blonden Pony hinweg anlachen. Frustriert faltet sie ihn wieder zusammen und legt ihn zurück.

Dann runzelt sie die Stirn. Was soll sie mit dem Müll machen, der darin liegt? Den Kassenbons und Schokoladenpapieren und Werbezetteln? Wahrscheinlich sollte sie sie wegwerfen.

Doch nun, da der Ordner wieder zusammengeklappt ist, findet sie, für heute hat sie sich genug zugemutet. Die Vorstellung, ihn erneut aufzuschlagen, ist einfach zu anstrengend. Für Sachen wie diese hat sie extra eine Plastikkiste mit Deckel gekauft, und sie verspürt eine Woge der Erleichterung, als das Album und der Ordner darin verstaut sind. Nun sind ihre eigenen Sachen sicher, unkontaminiert von dem, was sie aus dem Gästezimmer geholt hat. Doch das angenehme Gefühl hält nur wenige Sekunden an, dann erkennt sie, dass in dem Plastikbehälter keine Antworten sind, und dass es nur einen

Ort gibt, wo sie welche finden kann. Allein bei dem Gedanken, noch mal da reinzugehen, wird sie ganz zittrig.

Sie stellt sich in die Mitte ihres Wohnzimmers und beginnt, langsam zu atmen, um wenigstens ein klein wenig zur Ruhe zu kommen, da klingelt es an der Tür.

Jason? Sie hat keine Ahnung, warum das ihr erster Gedanke ist. Er hat noch nie bei ihr geklingelt, und nachdem sie ihn bei der Grillparty so absurviert hat, ist kaum anzunehmen, dass er jetzt damit anfängt. Wahrscheinlich hält er sie für eine kalte Zicke mit einem Geschirrfimmel.

Aber etwas in ihr mag die Hoffnung noch nicht aufgeben. Im Lauf der letzten Jahre ist ihr Leben immer enger und kleiner geworden. Die Anzahl der Menschen, mit denen sie regelmäßig Kontakt hat, ist beträchtlich geschrumpft, und diejenigen, die tatsächlich nett zu ihr sind, kann sie an einer Hand abzählen. Jason war einer davon. Allein dass er sich die Zeit genommen hat, sie zu grüßen, anstatt einfach im Flur an ihr vorbeizulaufen, als wäre sie unsichtbar, hat ihr das Gefühl gegeben, ein wenig lebendiger zu sein.

Aber es ist nicht Jason mit seinen hübschen, funkelnden Augen, der vor der Tür steht, sondern ihre Schwester.

»Faith!«, ruft Heather, so laut, dass es durch den Flur hallt. »Was machst du denn hier?«

Es ist halb sieben an einem Donnerstagabend. Faith kommt während der Woche nie hierher, und schon gar nicht so aufgebrezelt. Ihr Haar ist locker, aber elegant hochgesteckt, und sie trägt eine schwarze Jeans, Highheels, einen bestickten Kimono und knalligen Lippenstift.

»Kann ich reinkommen?«, fragt sie. »Nur ganz kurz?«

Heather kann ihrer Schwester schlecht die Tür vor der Nase zuschlagen, also nickt sie und lässt Faith herein, folgt ihr aber dicht auf den Fersen, als sie zum Wohnzimmer geht.

Zu ihrer Erleichterung wirft ihre Schwester nicht mal einen Blick auf die Tür des Gästezimmers, als sie daran vorbeikommen. Sie hat es gar nicht auf dem Radar, dem Himmel sei Dank.

»Ich treffe mich mit ein paar Freundinnen in Bromley – du erinnerst dich doch noch an Helena und Emily aus der Schule, oder? –, und da dachte ich, ich schaue vorher mal bei dir vorbei, nur so … nur um mich zu vergewissern, dass es dir gut geht.«

Heather verschränkt die Arme. »Warum sollte es mir nicht gut gehen?«

Wie macht ihre Schwester das? Wie kriegt sie es hin, immer genau dann aufzutauchen, wenn Heather völlig neben sich steht? Es ist einfach unfair. So bekommt sie einen ganz falschen Eindruck, der ihre Vorurteile, was Heather angeht, noch verstärkt.

»Sei doch nicht so«, erwidert Faith sanfter, als Heather erwartet hätte. »Ich weiß, du denkst, ich bin ständig hinter dir her, um dich zu kontrollieren – und ja, stimmt, manchmal tue ich das auch –, aber das hier ist was anderes. Es muss …«, sie bricht ab und sucht nach dem richtigen Wort, »entsetzlich gewesen sein herauszufinden, dass du … ich meine, was passiert ist, als du klein warst. Kann ich irgendwas tun?«

Heather starrt ihre Schwester an. Es ist nett, dass Faith vorbeigekommen ist, aber sie kann sie hier nicht gebrauchen, außerdem wünschte sie, Faith würde nicht ständig versuchen sie zu reparieren, als wäre sie ein kaputtes Spielzeug, das nur ein bisschen Leim oder Klebeband braucht. Dadurch fühlt sie sich nur noch armseliger und beschädigter.

»Ich wüsste nicht, was. Es ist passiert. Daran kann ich nichts ändern.«

»Hast du noch irgendwas rausgefunden?«

Heather schüttelt den Kopf. »Der Zeitungsausschnitt war in dem Album, aus dem ich das Foto für Alice genommen habe. Wer weiß, ob es noch mehr gibt, und wenn ja, an welchem absurden Ort Mum sie versteckt hat?«

»Soll ich dir beim Suchen helfen?« Sie sieht auf die Uhr. »Ich habe noch ungefähr eine Dreiviertelstunde. Vielleicht ist es besser, wenn jemand bei dir ist, falls du tatsächlich was findest?«

Heather versteift sich. »Ich habe schon gesucht«, sagt sie, vielleicht etwas zu laut.

Faith wirft ihr einen merkwürdigen Blick zu. »O-kay … Du hast alles durchsucht? Ich meine, Mum hatte eine Menge Zeug. Hast du endlich den Müll weggeworfen und die Schätze geborgen?«

Heather nickt, und zum ersten Mal wird ihr bewusst, dass auch eine wortlose Geste eine Lüge sein kann. »Ich habe es hier!« Hastig zieht sie den Plastikbehälter aus dem Regal.

Faith starrt ungläubig darauf. »Das ist alles?«

Wieder nickt Heather. Noch eine Lüge.

Tatsächlich hat sie keine Ahnung, was noch alles in ihrem Gästezimmer verborgen sein könnte. Vielleicht sind da noch mehr Fotos, die Geburtsurkunden, für die sie sich Ersatz besorgen mussten, oder sogar der Verlobungsring ihrer Mutter, aber bei dem Gedanken, noch mal da reinzugehen, kriegt sie schon wieder Panik. Und bei der Vorstellung, dass Faith da reingeht, erst recht.

Sie nimmt den Deckel ab und holt eins der beiden Fotoalben heraus, um ihre Schwester mit den glänzenden Seiten voller Erinnerungen abzulenken.

Wie eine Verhungernde stürzt Faith sich darauf. Heather kann sich nicht erinnern, ihre Schwester je so munter erlebt zu haben. Sie blickt über Faiths Schulter auf ein Foto von sich am Meer, mit hellblondem Pony und knallpinken Flipflops. »Von wann ist das?«, fragt sie und zeigt darauf.

Faith sieht es sich an. »Hmm, schwer zu sagen. Steht irgendwas auf der Rückseite?«

»Nein.« Heather hat bei diesem Bild schon mindestens dreimal nachgesehen, obwohl es albern ist. Schließlich erscheint ja nicht irgendwann wie durch Zauberei plötzlich eine geisterhafte Schrift aus der Vergangenheit. Sie überlegt einen Moment. »Erinnerst du dich, wie ich mit Tante Kathy im Urlaub war?«

»Natürlich. Wir sind mehrmals mit Kathy und Onkel Mike weg gewesen, nur du und ich. Ich nehme an, es hat ihnen Spaß gemacht, und so hatten Mum und Dad mal ein bisschen ihre Ruhe. Schade, dass sie nie eigene Kinder hatten.«

»War ich auch mal allein mit ihr weg?«

Faith zieht die Stirn kraus. »Schon möglich. Ich weiß noch, dass ich einen Sommer mit meiner Freundin Carly und ihren Eltern in deren Villa in der Bretagne war. Es waren nur vier Wochen, aber als ich zurückkam, war ich überzeugt, dass ich fließend Französisch sprach, obwohl das meiste totaler Unsinn war.« Sie beugt sich wieder über das Album. »Kann ich das mal mitnehmen? Ich würde gerne ein paar Bilder einscannen.«

Faith betrachtet begeistert jede einzelne Seite und erzählt pausenlos irgendwas von Ereignissen und Leuten, an die Heather keinerlei Erinnerung hat. Heather würde gerne dabei mitmachen, auch wenn sie nur so tun könnte als ob, würde über Familienscherze lachen, die sie nicht kennt, oder Geschichten zu den Leuten auf den Fotos erfinden, aber sie kann an nichts anderes denken als daran, dass Faith nur wenige Meter von all ihren Lügen und Geheimnissen entfernt ist, und sie hat das Gefühl, die Tür müsste lichterloh brennen und sie verraten.

»Wann wolltest du dich mit Helena und Emily treffen?«, fragt sie mit Unschuldsmiene.

Faith blickt auf, im ersten Moment verwirrt, dann sieht sie auf die Uhr. »Großer Gott! In fünf Minuten! Ich muss los.«

Ihre Schwester hastet zur Tür und verspricht, sich wegen des nächsten Sonntagstreffens zu melden – vielleicht können sie ja zur Abwechslung mal essen gehen? Es gibt da ein nettes Gastro-Pub im Dorf, in dem gerade ein neuer Küchenchef angefangen hat, und Matthew hat gehört, es soll sehr gut sein –, und dann ist sie weg. Heather lehnt sich gegen die Tür, um sich zu vergewissern, dass sie wirklich zu ist, schließt zweimal ab und lässt sich erschöpft zu Boden sinken. In ihrem Kopf ist nur noch Seewind und Kathys roter Mantel.

15

Heather kann nicht schlafen. In ihrem Kopf sind zu viele Strände und Weihnachten und lächelnde blonde Mädchen. Es ist, als versuchten sich die statischen, zweidimensionalen Bilder aus dem Album, die sie am Abend betrachtet hat, in ihren Schädel zu graben, um sich dort als Erinnerungen festzusetzen. Das Problem dabei ist nur, dass die tatsächlichen Erinnerungen, die dazugehören – ihre lebendigen, beweglichen, dreidimensionalen Gegenstücke – fehlen. Ohne Anker wirbeln die Bilder endlos wie in einem Karussell herum.

Nach einer Weile beschließt Heather, aufs Klo zu gehen, sich ins Wohnzimmer zu setzen und zu lesen. Wenn sie schon nicht schlafen kann, ist es immer noch besser, richtig wach zu sein, als sich weiter diese surreale Diashow anzusehen. Sie schlägt die Decke zurück, schwingt die Beine aus dem Bett und geht barfuß Richtung Bad. Doch kaum im Flur angekommen, tritt sie in etwas Kaltes, Nasses. Schlagartig ist sie hellwach. Sie dreht sich um und schaltet das Licht ein.

In ihrem Flur steht Wasser, zwar nur ein paar Millimeter hoch, aber die Pfütze reicht vom Kücheneingang bis kurz vor die Schlafzimmertür.

Sie platscht hindurch, zieht ein paar Handtücher aus dem Wäschekorb und wirft sie auf den nassen Boden, dann holt sie Nachschub aus dem Schrank. Es dauert gute zehn Minuten, alles aufzuwischen. Sie stopft die nassen Handtücher direkt in die Waschmaschine und schaltet sie ein. Die anschließende Erschöpfung erfüllt sie mit Erleichterung; sie war nicht gerade versessen darauf, im Wohnzimmer zu sitzen und in den dunklen Garten hinauszuschauen. Da ist Schlaf doch viel willkommener.

Auf dem Weg zum Schlafzimmer merkt sie, dass der Fußboden im Flur schon wieder feucht ist. Verdammt.

Ein Adrenalinstoß fegt jegliche Müdigkeit weg, als ihr einfällt, dass Jason etwas von Problemen mit den Rohren gesagt hat.

Ohne nachzudenken, stürzt sie aus der Wohnung, die Treppe hoch und hämmert an Jasons Tür. Erst da fällt ihr auf, dass sie nur ihren kurzen Sommerpyjama und eine Strickjacke anhat, die sie vom Garderobenhaken gerissen hat.

Gerade als sie wieder hinunterlaufen will, öffnet er zerstrubbelt und gähnend die Tür. »Da ... da ist alles voll Wasser!«, stammelt sie.

Jason sieht völlig verwirrt aus. Und ziemlich attraktiv in seinem lose übergeworfenen Bademantel und der recht tief sitzenden Pyjamahose. »Wasser?«, murmelt er.

»In meinem Flur! Haben Sie nicht neulich was von Problemen mit den Rohren gesagt?« Sie macht ein paar Schritte Richtung Treppe und fleht ihn mit den Augen an, ihr zu folgen. Jason blinzelt ein paarmal, bindet den Bademantel zu und nickt. Als sie unten in Heathers Wohnung ankommen, ist es fast wieder genauso schlimm wie vorher.

»Das verstehe ich nicht«, sagt Jason gähnend und beäugt die lange Pfütze, die sich durch den Flur schlängelt. »Carlton hat einen Installateur geschickt. Offenbar war ein Rohr unter meiner Dusche kaputt, aber er meinte, es sei alles wieder in Ordnung.«

Heather sieht ihn nur an.

»Stimmt«, sagt er. »Sieht nicht so aus, als wäre es in Ordnung.«

Heather schlingt die Arme um sich. Ihr wird kalt. »Was machen wir jetzt?«

Zu ihrer Überraschung holt er ein Handy aus der Bademanteltasche. Offenbar hat er ihren Blick bemerkt, denn er lächelt schief, während sie versucht, nicht darüber nachzudenken, mit wem er wohl spätabends noch telefoniert hat.

»Mein bester Kumpel hatte eine Krise«, erklärt er. »So schlimm steht es noch nicht um mich, dass ich mit meinem Handy ins Bett gehe.«

Er wählt eine Nummer und spricht mit jemandem, vermutlich dem 24-Stunden-Notdienst. Heather fragt sich, was wohl mit dem Freund los war, der ihn angerufen hat, und ob sie ein Mensch ist, den Freunde mitten in der Nacht anrufen würden, wenn sie ein Problem haben. Sofern sie Freunde hätte, versteht sich.

Wahrscheinlich nicht.

Meist scheint eher *sie* das Problem zu sein. Ihre Bewunderung für Jason wächst, während er ganz locker mit dem Menschen am anderen Ende der Leitung spricht – einem Fremden, den er mitten in der Nacht geweckt hat.

»Er sagt, er ist ungefähr in einer Viertelstunde hier. In der Zwischenzeit können wir ja mal versuchen rauszukriegen, woher das Wasser kommt. Haben Sie irgendwas, womit wir den See hier aufwischen können?«

Heather läuft los, um die letzten verbliebenen Handtücher aus dem Schrank zu holen, und sie machen sich an die Arbeit. *Wenigstens ist es sauber*, denkt sie, während sie auf dem Boden herumkriecht und die Zipfel ihrer Strickjacke daran zu hindern versucht, auch noch nass zu werden. *Wenigstens ist es kein Abwasser*. Dann wäre sie durchgedreht.

Als sie fertig sind, sammeln sie die Handtücher ein und warten. Doch schon nach kürzester Zeit bildet sich wieder eine Pfütze. Mit gerunzelter Stirn geht Jason den Flur ab; Heather beobachtet ihn schweigend.

»Ich glaube, es kommt von hier«, sagt er und bleibt vor

der Tür des Gästezimmers stehen. Bevor sie ihn daran hindern kann, dreht er am Türknauf. Heather stürzt auf ihn zu. In der Tat sieht sie, wie das Wasser unter der Tür hervorrinnt und sich auf dem billigen Laminat in alle Richtungen ausbreitet. Er sieht sie an. »Haben Sie den Schlüssel?«

Ihr Mund bewegt sich, aber es kommt kein Ton heraus.

»Denn falls Sie irgendwas Wertvolles da drin haben, sollten wir es so schnell wie möglich rausholen.«

Erst will Heather erwidern, dass in dem Zimmer nichts ist, was sie behalten will, dass sie froh ist, wenn alles weggespült wird und sie es nie wiedersehen muss, doch dann durchzuckt sie ein eisiger Blitz. Die Unterlagen ihrer Mutter. Die Zeitungsausschnitte, die irgendwo da drin sein müssen – sie sind ihre einzige Hoffnung, Antworten zu finden. Sie nickt, merkwürdigerweise überhaupt nicht panisch, sondern wie betäubt, und holt den Schlüssel aus der Schreibtischschublade.

Dennoch zögert sie kurz, als sie ihn mit zitternder Hand ins Schloss steckt. »Da drin sind wichtige Familienunterlagen … äh … eingelagert.« Weil ihr keine weitere Erklärung einfällt für das, was er gleich sehen wird, und weil sie sich bereits ausmalt, wie das Wasser die Geheimnisse ihrer Vergangenheit in einen zähen Matsch verwandelt, dreht sie den Schlüssel und öffnet die Tür, wohlwissend, dass sie damit alle Tagträumereien über ihren Nachbarn vergessen kann, ganz zu schweigen von etwas darüber hinaus. Vielleicht sucht sie sich eine neue Wohnung, näher bei ihrer Arbeitsstelle.

Doch Jason sagt nichts, reagiert überhaupt nicht. Er bewegt sich auch nicht, sondern lässt seinen Blick durch den Raum wandern. Dann zeigt er auf die linke Wand, wo die Tapete leicht glänzt. »Da drüben läuft es runter«, sagt er und sieht sie zerknirscht an. »Scheint wohl tatsächlich aus meiner Dusche zu kommen. Tut mir leid.«

Heather schüttelt nur den Kopf und schnappt sich die nächststehende Kiste von der linken Seite. Zum ersten Mal in ihrem Leben ist sie froh über den Sammeltick ihrer Mutter, was Plastikbehälter angeht. Nicht alles ist darin untergebracht – es gibt auch etliche Pappkartons und Mülltüten –, aber doch ein großer Teil. Sie schaltet um auf Automatik, nimmt die Kiste und stellt sie ganz hinten an die Wand im Flur, dann die nächste und immer so weiter, um sich so schnell wie möglich einen Weg zu den empfindlicheren Teilen zu bahnen.

Erst als sie merkt, dass Jason es ihr gleichtut, sich wortlos Kisten und Kartons greift und sie an der Flurwand stapelt, beginnt der Automatikmodus zu schwächeln, und ihr wird bewusst, was sie da tun.

»Das … das sind nicht meine Sachen«, keucht sie, während sie wieder etwas hochhebt und an die Brust drückt. »Die gehören meiner Mutter.«

Jason nickt nur. Entweder konzentriert er sich auf das, was er tut, oder er ist so entsetzt, dass ihm die Worte fehlen, doch bevor sie ihm erklären kann, dass das alles nichts, aber auch gar nichts mit ihr zu tun hat, klingelt sein Handy.

»Der Installateur steht vor der Tür«, sagt er. »Ich lasse ihn mal rein.«

Heather arbeitet weiter, als der Installateur hereinkommt. Sie sieht ihn nicht an. Mehr als einen Fremden in ihrer Wohnung verkraftet sie in dieser Nacht nicht. Zum Glück bleiben die beiden nicht lange. Nachdem Jason ihm den glitzernden Wasserfall an der Wand ihres Gästezimmers gezeigt hat, verschwinden sie nach oben, wohl um sich dem Ursprung des Problems zu widmen.

Nun, da sie wieder allein ist, wagt Heather sich weiter in den Raum hinein, bis zu der Stelle, wo das Wasser hereinkommt, und genau dort befindet sich natürlich der chaotischste Bereich des Lagers.

Da die beiden Männer offenbar länger beschäftigt sind, nutzt sie die Gelegenheit, sich um den schlimmsten und peinlichsten Teil zu kümmern. Ganz hinten in der Ecke steht ein Pappkarton, so nass, dass er fast auseinanderfällt. Sie öffnet den Deckel und findet einen ganzen Schwung kitschiger Bilder von großäugigen Kindern, die ihre Mutter wahrscheinlich aus einem Secondhandladen oder vom Flohmarkt »gerettet« hat, aber dann landet sie einen Volltreffer.

Unten in dem Karton liegt ein ganzer Stapel Zeitungsausschnitte. Sie nimmt den obersten heraus. Obwohl er so nass ist, dass die Schrift von der Vorderseite sich mit der auf der Rückseite vermischt, kann sie die Schlagzeile noch lesen: VERSCHWUNDENES MÄDCHEN WIEDER DA. Vielleicht kann sie das Papier trocknen, mit dem Föhn oder auf der Heizung? Die Wohnung wird zur Sauna, wenn sie die Heizung aufdreht, da der Juni sich ausnahmsweise mal wie Juni benimmt und nicht wie Oktober, aber das ist ihr egal.

Doch als sie versucht, den Artikel auseinanderzufalten, auf dem dasselbe Einschulungsfoto von ihr abgebildet ist wie bei dem ersten, reißt das Papier ein. »Nein, nein, nein!«, ruft sie und versucht panisch, ihn so zu halten, dass nicht noch Schlimmeres passiert, aber das dünne Zeitungspapier ist durch das Gewicht des Wassers so strapaziert, dass es sich zwischen ihren Fingern auflöst.

»Alles in Ordnung?«

Heather zuckt zusammen, sodass der Ausschnitt ganz zerreißt. Als sie sich umdreht, sieht sie Jason im Türrahmen stehen, und nickt. Er erklärt ihr, dass der Installateur das Leck provisorisch abgedichtet hat und Montag noch mal kommt, um es richtig zu reparieren. Dann blickt er auf den grauen Matsch in ihrer Hand. »Ist das was Wichtiges?«

Sie blickt ebenfalls darauf. Nun ist alles hin, all die Informationen, die Chance herauszufinden, warum ihre Mutter so geworden ist, wie sie war, und wie sie selbst verhindern kann, dass sie genauso wird. Ihr ist nach Weinen zumute, aber sie schüttelt nur den Kopf und lässt sich nichts anmerken. Sie wirft den aufgeweichten Artikel zurück zu den anderen und hebt den Karton hoch. »Es sind nur alte Zeitungen … Sachen, die meine Mutter aufgehoben hat.«

»Den sollten wir besser nicht zu den anderen stellen, sonst werden die auch noch nass. Wenn Sie wollen, bringe ich ihn nach draußen zu den Mülltonnen.«

Er streckt die Hände aus, aber Heather kann sich nicht dazu überwinden, ihm den Karton zu geben.

»Das ist doch alles ruiniert, oder?«

Sie nickt. Es kann nicht anders sein. Der Boden des Kartons, der bereits einen feuchten Streifen auf ihrem Pyjama hinterlassen hat, ist klatschnass; die Artikel schwimmen förmlich darin.

Sie würde ihm gerne sagen, dass er ihr diese eine Sache lassen soll, auch wenn er es nicht versteht – womit sie noch mehr wie ihre Mutter klingen würde –, aber wie könnte sie das tun? Sie kann keine vernünftige Erklärung dafür abgeben, es sei denn, sie erzählt ihm ihre ganze traurige Familiengeschichte, und diese Vorstellung ist noch schrecklicher, als den Karton wegzuwerfen, dessen Inhalt mittlerweile wie Pappmaché aussieht.

Er nimmt ihn ihr sanft aus den Händen und verschwindet Richtung Haustür. Da sie nichts mehr festzuhalten hat, schlingt Heather die Arme um sich und drückt den nassen

Fleck, den der Karton auf ihrem Pyjamaoberteil hinterlassen hat, an die Gänsehaut auf ihrem Bauch. Als Jason zurückkommt, steht sie immer noch an derselben Stelle und zittert.

»Meine Güte, Sie frieren ja!«, sagt er. »Kommen Sie, ich mache Ihnen einen Tee.« Er legt die Hände auf ihre Schultern, schiebt sie sanft zur Küche und setzt sie auf einen Stuhl. Dann zieht er seinen Bademantel aus und legt ihn um sie. Nun hat er nur noch die Pyjamahose an, sodass seine muskulöse und leicht gebräunte Brust zu sehen ist. Heather schluckt und wendet den Kopf ab, damit er die Hitze in ihren Wangen nicht bemerkt. Wenn ihr am Tag zuvor jemand prophezeit hätte, dass sie mitten in der Nacht einen halb nackten Mann in ihrer Küche haben würde, hätte sie sich totgelacht.

Er stellt zwei dampfende Becher auf den Tisch und setzt sich ihr gegenüber. »Alles okay?«

»Ja«, sagt sie leise. »Vielen Dank für Ihre Hilfe. Ich weiß nicht, was ich ohne Sie gemacht hätte …«

»Na ja, das Problem kommt ja sozusagen aus meiner Wohnung«, erwidert er mit zerknirschtem Lächeln. »Da hätte ich Sie wohl schlecht im Stich lassen können.« Er schweigt einen Moment und blickt dann zum Flur. »Ich hoffe, Ihre Sachen haben keinen Schaden genommen.«

»Das sind nicht meine Sachen!«, entgegnet Heather scharf; dann wird ihr bewusst, dass es keinen Grund gibt, Jason anzufahren. »Sie gehören meiner Mutter.«

»Ach, deshalb«, bemerkt er, und als Heather die Stirn runzelt, fügt er hinzu: »Nun ja, der Raum war so … Ich meine, der Rest Ihrer Wohnung ist tipptopp.« Er zieht eine Grimasse und versucht sich aus dem Fettnäpfchen zu retten. »Lagern Sie die Sachen für sie ein?«

Sie schüttelt den Kopf. »Sie ist vor zwei Jahren gestorben. Das … war noch in ihrem Haus …« Sie sieht ihn über den Tisch hinweg an. In seinen Augen steht eine Frage. Sie zuckt die Achseln. »Ich hab's einfach nicht über mich gebracht, die Sachen durchzugehen.«

Auf seinen Lippen erscheint ein winziges Lächeln. Kein fröhliches, auch kein mitfühlendes, sondern ein verstehendes. Er nickt. »Seltsam, nicht? Wie Dinge einen mit Menschen und Erinnerungen verbinden?«

Heather lächelt ebenfalls. Was soll sie sonst tun? Er denkt, er hat verstanden, aber das hat er nicht. Er denkt, sie ist genau wie ihre Mutter. »Ich sollte jetzt wohl besser zusehen, dass ich da drinnen weitermache«, sagt sie und steht auf. Allein bei dem Gedanken, an dem ganzen Zeug im Flur vorbeizugehen, wird ihr mulmig, aber je eher es wieder hinter der Tür verschwindet, desto besser.

Jason erhebt sich ebenfalls. »Lassen Sie's. Ich habe mit Carlton gesprochen. Er schickt ein paar von seinen Jungs vorbei, die kümmern sich darum. Und im Moment können wir ohnehin nicht viel tun. Außerdem habe ich nach dem ganzen Drama einen Mordshunger. Wie wär's mit Frühstück?«

»Frühstück?«

Er deutet mit dem Kopf zum Fenster. Heather ist so mit dem Innern ihrer Wohnung beschäftigt, dass sie gar nicht nach draußen gesehen hat. Der Himmel ist nicht mehr schwarz, sondern ein verwaschenes Grau mit einem Hauch von Blau. »Ich kenne ein Trucker-Café an der A2, das um diese Zeit geöffnet hat. Was halten Sie – was hältst du von einem Schinkensandwich?«

Bevor Heather antworten kann, tut es ihr Magen. Und zwar laut.

Jason lacht. »Das klingt wie ein Ja. Ich laufe kurz rauf und ziehe mir was an, und dann komme ich wieder runter.«

Erst als er etwas von Kleidern sagt, erinnert sich Heather, dass er fast nichts anhat. Irgendwie hat sie das zwischen Teekochen und Frühstücksplänen völlig vergessen.

16

Er ist groß und grau, und man kann hineinklettern und sich darin verstecken, aber nur wenn man klein ist. Auf den ersten Blick sieht es so aus, als wäre der Koffer aus gescheckten grauem Leder, aber bei näherem Hinschauen erkennt man, dass es nur ein Imitat ist: dickes, schwammiges Plastik, das schnell kaputtgeht. Er hat keine Räder, nur einen Tragegriff und zwei breite Riemen mit Schnallen, aber die sind eher Dekoration, als dass sie irgendwas nützen. Wenn man schnell abreisen muss, kann man sie auch offen lassen.

Heather geht durch den Flur zum Bad, als ein Geräusch aus dem Schlafzimmer ihrer Eltern sie zusammenzucken lässt. Sie weiß, dass es nicht ihre Mutter ist, denn die sitzt unten und sieht fern. Heather kann hören, wie sie Ian und Cindy aus *EastEnders* als Idioten beschimpft. Und es kann auch nicht ihr Dad sein, denn der ist mal wieder im Büro, und Faith ist mit ihrer Klasse nach London gefahren, um sich ein Theaterstück anzusehen. Also muss jemand anders da drin sein. Ein Fremder oder ein Einbrecher.

Sie blickt zur Treppe. Sie ist die Einzige, die ihre Mutter beschützen kann, und so schleicht sie, obwohl sie Angst hat, auf Zehenspitzen weiter.

Die Tür zum Schlafzimmer steht offen, doch anstatt um sie herumzuspähen, huscht sie zu der Stelle, wo die Tür am Rahmen befestigt ist, und schaut durch die Ritze. Auf dem Bett liegt ein aufgeklappter Koffer, und jemand packt Sachen hinein. Jemand will sie beklauen!

Heather springt hinter der Tür hervor, um den Einbrecher zu stellen und zu schreien, so laut sie kann, doch als sie sieht, wer es ist, hält sie inne. »Daddy?«

Ihr Vater hält eine sorgfältig gefaltete Hose in den Händen. Er blickt auf, während er sie in den Koffer legt, in dem sich bereits eine dünne Schicht Kleider befindet. »Hallo, Mäuschen«, sagt er mit diesem traurigen Ausdruck in den Augen.

»Ich dachte, du musst heute Abend arbeiten.« Heather wirft sich aufs Bett und krabbelt zum Koffer, um besser hineinsehen zu können.

»Das habe ich auch«, sagt er und geht zu einem der großen Kleiderstapel auf der Kommode, die fast bis zur Decke reichen. Ungefähr aus der Mitte zieht er ein paar Hemden heraus. Obwohl sie völlig zerknittert sind, legt er sie aufs Bett und faltet sie zusammen. Für Heather sieht es so aus, als würde er es in Zeitlupe tun.

»Was machst du da?«, fragt sie, richtet sich auf und beginnt auf dem Bett zu hüpfen.

Seine Hände sind im Koffer. Er hält inne und sieht hoch zu seiner Tochter. Nur seine Augen bewegen sich. Seine Hände umklammern das Hemd. »Ich fahre eine Weile weg«, sagt er leise. »Bitte hör auf zu springen, Liebes. So kann ich nicht gut packen.«

Heather bemüht sich stillzustehen. »Wegen der Arbeit?«

Er dreht sich um und zieht ein T-Shirt aus einem anderen Stapel, aber diesmal faltet er es nicht in Zeitlupe, sondern stopft es einfach irgendwie hinein. »Heather, ich –«

»Ach, da bist du ja.«

Heather dreht sich um. Ihre Mutter steht in der Tür.

»Stephen? Was machst du da?«

Begeistert springt Heather hoch. »Genau das hab ich auch gefragt!«

Der Kopf ihrer Mutter fährt herum, als hätte sie sie jetzt erst entdeckt. »Heather«, sagt sie und runzelt die Stirn. »Geh und mach deine Hausaufgaben.«

»Kann ich nicht«, erwidert Heather. »In der Woche kriege ich keine Hausaufgaben auf. Dafür bin ich noch zu klein.«

»Na, dann spiel eben in Faiths Zimmer.«

Heather schüttelt den Kopf. Auf keinen Fall. Faith bringt sie um, wenn sie ohne Erlaubnis da reingeht. Das steht auf einem Zettel, den sie an ihre Tür geklebt hat. Heather sieht zu ihrem Vater, in der Hoffnung, dass er sie versteht, aber er seufzt und sagt: »Ich glaube, deine Mum und ich brauchen ein bisschen Zeit für uns allein, Mäuschen.«

Heather zieht einen Flunsch. Das ist gemein. Immer wird sie weggeschickt, wenn Leute über etwas Geheimes reden wollen. Wütend springt sie vom Bett und stapft geräuschvoll durch den Flur und die Treppe hinunter, doch als sie auf dem Absatz ankommt, hält sie inne, überlegt kurz und dreht sich um. Leise und vorsichtig schleicht sie wieder zurück bis kurz vor die Schlafzimmertür und versteckt sich in einer Lücke zwischen den ganzen Stapeln im Flur, wie eine richtige Geheimspionin.

Ihre Mutter weint. »Nein, nein, nein«, schluchzt sie. »Bitte nicht. Ich mach's besser. Ich gebe mir wirklich Mühe!«

Ihr Vater seufzt. »Das sagst du seit Jahren alle paar Wochen.«

»Ich weiß. Ich weiß, Stephen, aber diesmal meine ich es ernst. Mir sind die Dinge einfach eine Zeit lang außer Kontrolle geraten. Du weißt, wie schwer es für mich nach der Sache mit Heather war.«

Als sie ihren Namen hört, wird Heather im Magen ganz kalt. Eine gute Spionin würde in ihrem Versteck bleiben, aber der Drang, näher heranzuschleichen, ist zu stark. Sie kann die Hand ihrer Mutter sehen, die flach auf das Bett gestützt ist, aber der Rest von ihr ist hinter der Tür verborgen. Ihr Vater steht neben dem Koffer. Er hat sich nicht von der Stelle gerührt. Es ist, als würde er ihn bewachen.

»Ich weiß«, sagt er leise. »Deshalb habe ich ja so lange stillgehalten, aber, Chris ...« Seine Stimme wird brüchig. »Ich kann einfach nicht mehr. Ich kann nicht mehr so leben. Niemand sollte so leben müssen.«

Die einzige Antwort ist ein ersticktes Schluchzen. Heathers Vater verschwindet aus dem Sichtbereich, dann quietscht die Matratze und wackelt ein wenig. Heather vermutet, dass ihr Vater sich neben ihre Mutter gesetzt und den Arm um sie gelegt hat.

Heather hält den Atem an. Jetzt begreift sie, worum es geht, warum ihr Daddy seinen Koffer packt. Tränen rinnen über ihre Wangen. Sie will zurück ins Schlafzimmer laufen und ihn – nein, beide – ganz fest umarmen, aber es ist, als wäre sie auf dem Teppich festgeklebt.

Lange Zeit schweigen beide, dann stößt ihr Vater einen zittrigen Seufzer aus. »Also gut«, sagt er. Er klingt müde – so müde, als würden ihm die Augen zufallen, wie bei Heather, wenn sie versucht, an Silvester bis Mitternacht wach zu bleiben. »Aber nur, wenn das Haus aufgeräumt wird – und zwar richtig.«

Ihre Mutter fängt wieder an zu weinen, aber diesmal klingt es glücklicher.

Faith hat Heather mal erzählt, dass die Menschen hierzulande nur ein Wort für Schnee haben, die Inuit aber fünfzehn. Sie sagt, das kommt daher, dass die Inuit so viel im Schnee leben, dass sie für alle verschiedenen Arten eigene Wörter haben, von den großen, nassen Flocken bis zu dem feinen Staub, der einem auf dem Schulweg ins Gesicht weht. Heather überlegt, ob sich nicht jemand ein paar mehr Wörter für Tränen ausdenken sollte, denn es gibt eindeutig einen

Unterschied zwischen den glücklichen, klebrigen Tränen, zu denen ein Lächeln gehört, wie die von ihrer Mutter jetzt, und den großen, stillen, die bedeuten, dass ihre Mutter tagelang auf dem Sofa liegen bleibt und nicht aufsteht.

»Das mache ich!«, sagt ihre Mum, und dann gibt es schmatzende Geräusche, das so klingt, als würde sie Heathers Vater überall aufs Gesicht küssen. »Ich gebe mir ganz viel Mühe und fange gleich morgen an –«

»Chris. Chris …?«

»Was ist?«

»Das wird nicht funktionieren«, sagt Heathers Dad ernst. »Das haben wir doch schon etliche Male versucht. Nein, ich werde mir zwei Wochen freinehmen, und dann machen wir es gemeinsam. Das Zeug muss weg, alles, sonst bleibe ich nicht.« Er schweigt einen Moment. »Und die Mädchen kann ich auch nicht hierlassen.«

Danach herrscht eine lange, zähe Stille, wie es sie nur gibt, wenn zwei Leute sich mit den Augen unterhalten. Endlich lösen sich Heathers Füße vom Flurteppich, und sie läuft ins Schlafzimmer zu ihren Eltern. »Ich helfe euch«, sagt sie mit tränennassem Gesicht. »Ich werde die beste Aufräumhelferin der Welt sein!«

Arme legen sich um sie und drücken sie fest, und ausnahmsweise schimpft keiner, weil sie heimlich gelauscht hat.

17

Jason hat ein Motorrad, das in der Garage steht, aber damit fahren sie nicht zum Frühstücken. Stattdessen hält er Heather die Tür seines kleinen weißen MG auf. Er nennt es »Oldtimer«; sie denkt, »Rostlaube« wäre passender. Er ist dabei, ihn aufzuarbeiten, sagt er. Bis zum Sommer wird er wieder wie neu aussehen. Heather lächelt, glaubt ihm aber nicht. Ihre Mutter hat so was auch ständig gesagt.

Das kleine Trucker-Café an der A2, zu dem Jason sie fährt, ist trotz der frühen Stunde gut besucht. Kräftige Männer in dicken Jacken sitzen vor ihrem Full English Breakfast und riesigen Bechern mit Tee. Der Geruch nach gebratenem Speck, der ihnen an der Tür entgegenschlägt, ist unglaublich.

»Na, wonach steht dir der Sinn?«, fragt er, als sie einen freien Tisch ergattert haben.

Es fällt ihr schwer, darauf eine vernünftige Antwort zu geben, aber schließlich gelingt es ihr, den Blick von ihm zu lösen und ihn auf die Speisekarte zu richten. »Würstchensandwich.«

»Gute Wahl«, sagt er. »Fred ist berühmt für seine Würstchen.«

»Fred? Kennst du den Besitzer? Kommst du öfter hierher?«

»Ja. Mein Großvater ist oft mit mir hier gewesen, als ich klein war. Ist so eine Art Samstagmorgenritual geworden.«

Er lächelt die hagere Kellnerin an, die auf sie zukommt. *Die muss ja mindestens siebzig sein*, denkt Heather. »Das Übliche?«, fragt die Kellnerin Jason.

Er nickt. »Und ein Würstchensandwich für die Dame, und zwei große Becher Tee.«

Ihr Magen knurrt erwartungsvoll. Sie hatte keine Ahnung, dass man so hungrig wird, wenn man die halbe Nacht auf ist und gegen die Fluten kämpft. Jason lehnt sich in seinem Stuhl zurück, und seine Lider werden schwer.

»Danke noch mal, dass du mir geholfen hast«, sagt sie und sieht, wie er hochschreckt und die Augen aufreißt.

Er zuckt ein wenig verlegen die Achseln. »So was macht man doch unter Nachbarn.«

Sie nickt.

»Beziehungsweise unter Freunden«, fügt er hinzu.

Heather zieht die Augenbrauen hoch. Sie sind Freunde? So was hat sie schon länger nicht mehr gehabt. Arbeitskollegen, ja. Bekannte. Aber keine wirklichen Freunde. Dafür hatten die Mädchen in der Schule schon gesorgt. Und als sie mit der Schule fertig war und zur Universität wechselte, war sie aus der Übung gekommen. Sie kann sich ein leises Lächeln nicht verkneifen. Das fühlt sich schön an. Ein bisschen unheimlich, aber schön.

Die Kellnerin bringt ihnen ihr Essen, und Heather nimmt die obere dicke Weißbrotscheibe ab, um braune Soße über die Würstchen zu geben. Während sie sie großzügig darauf verteilt, lässt Jason Messer und Gabel sinken und grinst. »Wir müssen uns mal eine neue Art Treffen ausdenken«.

Heather runzelt die Stirn, stellt die Flasche mit der Soße weg und klappt sorgfältig ihr Sandwich wieder zusammen. »Wie meinst du das? Ich war noch nie hier.«

»Na ja, irgendwie scheint es immer um Würstchen zu gehen.«

Sie blickt auf ihren Teller, dann wieder zu ihm. Sie versteht nicht, worauf er hinauswill. Er schüttelt nur den Kopf und guckt ein bisschen verlegen. »Vergiss es. Das ist der Schlafmangel. Ich wollte witzig sein.«

»Ah.«

Er lacht leise. »So schlimm?«

Heather beißt von ihrem Sandwich ab und kaut nachdenklich. Als sie damit fertig ist, sagt sie: »Wir können es ja mal mit einem Speck-in versuchen.« Jason starrt sie an. Sie senkt den Blick. Mist. Das ist danebengegangen.

Er schweigt, und sie wagt es nicht, den Kopf zu heben, aber dann hält sie die Stille nicht länger aus, außerdem läuft ihr die Soße über die Finger, und sie muss das Sandwich auf den Teller legen, um sie sich mit der Serviette abzuwischen.

»Oder mit einer Picklc-Party«, sagt er, und seine Mundwinkel zucken.

Nun sieht sie ihn doch an und lacht überrascht.

Jason beugt sich schmunzelnd wieder über sein Frühstück, und Heather beobachtet ihn, während sie ihr Sandwich isst. Jedes Mal, wenn sie die pfeffrigen Würstchen schmeckt, ist ihr nach Lächeln zumute.

Freu dich nicht zu früh, warnt sie eine leise Stimme in ihrem Kopf. *Er hat was von »Freunden« gesagt, nicht mehr.*

Heather bemüht sich, das zu akzeptieren und nicht darauf zu hoffen, dass sie jemals mehr bekommen wird, aber es fällt ihr überraschend schwer. Sie fühlt sich warm, leicht. Nicht allein. Und es ist nicht einfach, da vernünftig zu sein.

Nachdem Jason den letzten Rest seines Rühreis mit einem Stück Toast aufgewischt hat, schiebt er den Teller weg und lehnt sich zurück. »So, jetzt können wir wieder zurückgurken«, sagt er grinsend.

»Was, in deiner alten Möhre?«, gibt sie zurück, erstaunt, wie schnell sie den Dreh raushat.

»Autsch!« Jason lacht. »Noch ein paar Tomaten dazu, dann haben wir den Salat.«

Heather öffnet den Mund, um zu erwidern, dass Salat

nicht auf der Frühstückskarte steht, doch sie lässt es und holt stattdessen ihr Portemonnaie aus der Jeanstasche. Sie hält ihm einen Zehner hin, aber er will nichts davon wissen.

Als er bezahlt hat, sagt er: »Dann brezeln wir mal los.«

Heather stöhnt. »Brezeln? Zu einem englischen Frühstück?«

»Wieso nicht?«

Den ganzen Weg bis zum Auto debattieren sie darüber, ob ausländische Backwaren bei dieser Frühstücksfrotzelei zugelassen sind oder nicht. Sie steigt ein, und als er sich neben ihr in den Fahrersitz fallen lässt und seine langen Beine im Fußraum verstaut, ist er so nah, dass sie den leisen Waschmittelduft seines T-Shirts riechen kann.

»Dann drücke ich mal auf die Nudel«, sagt er. »Carlton hat mir eine Nachricht geschickt, dass er früh kommen will, um sich den Schaden anzusehen.« Er startet den Wagen und fährt los.

Heather denkt an das Chaos in ihrem Flur und daran, dass ihr Vermieter es sehen wird, und ihr wird flau im Magen. Aber bevor daraus eine Panik werden kann, geht ihr etwas anderes durch den Kopf. »Moment mal … Nudeln? Zum Frühstück?«

Jason schmunzelt nur, ohne den Blick von der Straße zu wenden. »Na klar. Direkt aus dem Alubehälter. Die Reste vom Abend davor. Ein echtes Weltmeisterfrühstück.«

Heather schüttelt sich. »Kalte Nudeln?«

»Sag nicht, du hast das noch nie zum Frühstück gegessen.«

»Doch«, erwidert sie ernst. »Habe ich. Etliche Male.« Sie denkt an die leeren Pizzakartons und Styroporbehälter, die überall in der Küche ihrer Mutter herumstanden. Nachdem der Herd völlig den Geist aufgegeben hatte, war ihr morgens oft nichts anderes übrig geblieben, als nach Resten vom Take-away des Abends zuvor zu suchen, wenn sie etwas essen woll-te. »Es ist nur schon länger her.« Sie hatte sich geschworen, nie wieder so zu leben. Ihr war bisher nicht in den Sinn ge-kommen, dass normale Leute so was freiwillig taten.

Danach fällt ihnen beiden nichts Witziges mehr ein, und Heathers Augen brennen vor Müdigkeit. Schweigend fahren sie zurück in die Stadt, während am pfirsichgelben Himmel die Sonne aufgeht.

Es ist sieben Uhr, als sie ankommen. Carlton läuft vor dem Haus auf und ab und brüllt in sein Handy. Als Heather und Jason aus dem Auto steigen, beendet er den Anruf ab-rupt und knurrt: »Der Kerl hat sie wohl nicht alle! Will mir eine fette Rechnung schicken für den Einsatz letzte Nacht, dabei ist das alles nur passiert, weil er Mist gebaut hat! Wenn der glaubt, er kann mich verarschen, lernt er mich ken-nen!«

Heather versucht, sich so weit wie möglich von Carlton fernzuhalten, während sie ins Haus gehen. Er erinnert sie an einen Pitbull – runder Schädel, massig und fast immer bellend. Außer wenn er aus irgendwelchen vorgeschobenen Gründen in ihre Wohnung will; dann ist er zuckersüß und nennt sie Schätzchen. Sie weiß nicht, was von beidem sie schlimmer findet. Sie hat zwar keine Angst vor ihm, will aber so wenig wie möglich mit ihm zu tun haben.

Doch diesmal wird sie ihn nicht so leicht loswerden kön-nen. »Schon gut, Engel«, sagt er, als sie sich an ihm vorbei-schieben will. »Hab mir Ihre Wohnung schon angesehen. Ich fürchte, der Teppich in Ihrem Gästezimmer muss raus.«

»Sie waren in meiner Wohnung?«, stammelt Heather. »Ohne mich?«

Er klimpert mit einem großen Schlüsselbund, an dem

vermutlich auch einer für ihre Wohnungstür ist. Sie weiß natürlich, dass er einen Zweitschlüssel hat, aber er hat ihr immer versichert, er würde nur kommen, wenn sie da sei – wie es auch im Mietvertrag steht. »War doch ein Notfall, oder?«, erwidert er. »Egal, ich schicke Ihnen heute oder morgen ein paar von meinen Jungs, die reißen ihn raus.«

»Der Teppich ist mir egal«, sagt Heather rasch. »Lassen Sie ihn drin.« Sie will einfach nur das Zeug aus ihrem Flur wieder in das Zimmer schaffen und die Tür zumachen.

»Nein, das machen wir besser jetzt, wo wir sowieso dabei sind. Dann muss ich nicht dran denken, wenn Sie ausziehen.«

»W-was meinen Sie, wie lange es dauert, bis alles wieder in Ordnung ist?«

Er zuckt mit einem Schnauben die Achseln, wie sie es von diversen Handwerkern kennt. »Keine Ahnung. Ich hab eine Spezialfirma bestellt, die mit Luftentfeuchtern und all so 'nem Zeug anrückt. Hat keinen Sinn, den Teppich wieder draufzulegen, solange der Boden darunter noch feucht ist. Vielleicht eine Woche?«

Eine Woche? Plötzlich fängt Heather trotz des warmen Junimorgens an zu frösteln. »Ähm … Ich …« Sie blickt sich hektisch um, dann sieht sie ihr Auto unten an der Straße stehen. »Ich muss zur Arbeit!«

»Wirklich?«, fragt Jason, der den Wortwechsel verfolgt hat. »Kriegst du nach so einem Zwischenfall nicht wenigstens den Vormittag frei? Das ist doch bestimmt kein Problem, oder?«

Sie schüttelt den Kopf, obwohl sie ziemlich sicher ist, dass sie sich freinehmen könnte, wenn sie wollte. »Ich hinke schon hinterher. Und das Ganze wird über öffentliche Gelder finanziert. Es wäre unverantwortlich, zu Hause zu bleiben, wenn ich ohnehin nichts tun kann.« Dem Himmel sei Dank – das ist die perfekte Ausrede.

»Dann gebe ich dir am besten meine Handynummer«, sagt Jason. »So kannst du mich wenigstens auf dem Laufenden halten.« Sie holt ihr Handy aus der Tasche ihrer Strickjacke und reicht es ihm. Er tippt die Nummer ein und gibt es ihr zurück. Sie widersteht dem Drang, in ihren Kontakten nachzusehen, ob sie wirklich da steht, neben der von Faith und ein paar ehemaligen und aktuellen Arbeitskollegen; mehr sind dort nicht gespeichert. »Schick mir einfach bei Gelegenheit eine Nachricht, dann habe ich deine auch«, fügt er hinzu, da er Heathers Gezappel offenbar für Eile hält.

»Danke«, sagt sie, und da ihr nichts mehr einfällt, schiebt sie sich an Carlton vorbei und verschwindet in ihrer Wohnung.

Obwohl die muffig riechenden Kisten im Flur ordentlich gestapelt sind und nichts herausschaut, mag Heather nicht an ihnen vorbeigehen. Zum Glück liegt ihr Schlafzimmer gleich vorne neben dem Eingang, also zieht sie den Kopf ein und huscht hinein. Nachdem sie sich umgezogen hat, holt sie ihre Reisetasche hervor und wirft ein paar Sachen hinein.

Sie ist sich nicht sicher, ob sie Jason eben angelogen hat oder nicht. Sie weiß nur, sie muss so schnell wie möglich hier raus.

18

Heather hält vor der Stadtbibliothek von Bromley, einem riesigen Betonklotz oben auf einem Hügel, der meilenweit zu sehen ist. Er stammt aus den Siebzigern und ist damit gerade alt
genug, um unter den Eingeweihten nicht mehr als »altmodisch und hässlich« zu gelten, sondern als »retro und hip«.

Ihre Chefin Cherie war sprachlos, als Heather von unterwegs aus angerufen hat, um zu fragen, ob sie an diesem Tag
freihaben kann, um sich um den Wasserschaden zu kümmern. Heather hat sich noch nie freigenommen, nicht mal
für Urlaub. Als Cherie sich von dem Schock erholt hatte,
stammelte sie etwas Mitfühlendes und sagte, sie könne sich
freinehmen, so lange sie wolle.

Heather redet sich ein, dass sie ihre Chefin nicht angelogen hat. Sie kümmert sich zwar nicht direkt um den Wasserschaden – allein bei dem Gedanken an die Kisten, die jetzt
in ihrem Flur stehen, nicht mehr sorgfältig eingegrenzt und
abgeschottet, sondern wie ein Geschwür, das sich ausbreitet
und in den gesunden Bereich ihres Zuhauses frisst, überläuft
sie ein kalter Schauer –, aber doch immerhin um dessen »Aus-
wirkungen«.

Denn bei dem Unglück sind nicht nur ein Teppichboden
und alte Kartons ruiniert worden, sondern wertvolle Informationen wurden zerstört. Doch zum Glück hat sie auf dem
Weg zur Arbeit einen Geistesblitz gehabt, der sie veranlasst
hat, zu wenden und nach Bromley zurückzufahren. In Anbetracht ihres Berufs hätte sie schon viel eher darauf kommen
können, aber sie war so auf das *Zimmer* fixiert, dass sie die Al-
ternativen nicht gesehen hat.

Sie geht nach oben in den Bereich für Lokalgeschichte

und bleibt vor den riesigen Schränken mit dem Mikrofilm-Katalog stehen. Da ist es. *Bromley and Chislehurst News Shopper 1991-94*. Die Metallschublade gleitet leicht auf, und ihr Blick wandert über die Kartons, bis sie den findet, den sie sucht: Juni – Juli 1992. Einen Moment lang starrt sie nur auf den kleinen Pappkarton, dann nimmt sie ihn heraus und geht zu einem der Lesegeräte.

Da Heather diese Apparate kennt, dauert es nicht lange, bis sie den Film eingelegt hat. Dankenswerterweise hat die Bibliothek in moderne Technik investiert; die Lesegeräte sind mittlcrwcile an Computer angeschlossen, nicht mehr an die wuchtigen alten Bildschirme von früher. Sie scrollt durch die Seiten, erst schnell, dann langsamer, bis ein Foto vorübergleitet. Obwohl es verschwunden ist, bevor ihr Finger reagieren kann, feuert ihr Gehirn ein Signal ab: Das ist es. Sie scrollt zurück, bis das Foto wieder zu sehen ist.

Das Bild ist dasselbe wie in dem Zeitungsausschnitt, den sie in dem Album ihrer Mutter gefunden hat, aber der Text ist ein anderer. Dieser stammt vom 8. Juli, der ersten Ausgabe des Wochenblatts nach ihrem Verschwinden. Doch obgleich sie verzweifelt auf der Suche nach Informationen ist, hat sie auch schreckliche Angst davor, was diese körnigen kleinen Buchstaben enthüllen werden. Sie schließt die Augen und stellt sich vor, wie Jason sie über seinen Frühstücksteller hinweg anlächelt, dann holt sie tief Luft und beginnt zu lesen.

MÄDCHEN AUS BROMLEY VERSCHWUNDEN –
POLIZEI BITTET ANWOHNER UM MITHILFE
Die kleine Heather Morgan, 6 Jahre alt, wird seit dem 3. Juli vermisst, und die Polizei in Bromley bittet alle, die möglicherweise etwas beobachtet haben, sich zu melden. Zuletzt wurde Heather von ihrer Lehrerin, Miss Ju-

lie Perrins (25), die sie als »fantasievolles und sensibles Kind« beschreibt, an besagtem Freitag um 15.15 Uhr gesehen, als sie die St. Michael's Primary School in Bickley verließ. Ein paar Eltern sagen aus, sie hätten an dem Nachmittag ein kleines Mädchen allein auf dem Schulhof warten sehen, aber niemand kann es eindeutig identifizieren.

Heathers Mutter, Christine Morgan (36), und ihr Vater, Stephen Morgan (40), sind außer sich vor Sorge. »Sie ist das Licht unserer Welt«, schluchzte Mrs Morgan. »Ich weiß nicht, wie wir ohne sie weiterleben sollen.«

An der Stelle hört Heather auf zu lesen. Sie sieht ihre Mutter förmlich vor sich, wie sie aufgelöst und mit tränennassen Augen in der Haustür steht, dabei aber das ganze Drama trotzdem genießt. Licht ihrer Welt? *So ein Quatsch!* Manchmal waren Tage vergangen, ohne dass ihre Mutter sie in dem vollgestopften Haus sah, und es schien ihr nie etwas ausgemacht zu haben.

Rasch speichert sie den Artikel auf einem USB-Stick, außerdem noch den aus dem Fotoalbum und einen dritten über ihre unversehrte Rückkehr, dann verlässt sie hastig die Bibliothek und läuft zu ihrem Auto.

Sie fährt wieder Richtung Swanham, damit sie es am nächsten Tag nicht weit zur Arbeit hat, und nimmt sich ein Zimmer im Park Lodge Hotel, einer preiswerten Unterkunft, die hauptsächlich von Geschäftsreisenden genutzt wird. Das Hotel klingt deutlich netter, als es aussieht.

Ihr Zimmer liegt auf der Ecke des Gebäudes, am Ende eines langen Flurs, aber sie sieht niemanden, als sie mit der Schlüsselkarte in der Hand darauf zugeht. *Vielleicht ist das die perfekte Art zu leben*, denkt sie, als sie die Tür öffnet. Es ist vollkommen anonym. Niemand kümmert sich um sie, weil niemand sie auch nur bemerkt. Niemand will wissen, wer sie ist oder was sich hinter ihrer Zimmertür abspielt. Für einen kurzen Moment malt sie sich eine Zukunft aus, in der es nur sie gibt, einen Koffer mit dem Nötigsten und jeden Monat ein neues Hotelzimmer. Paradiesisch.

Sie stellt ihre Reisetasche ab, zieht die Jacke aus und atmet tief durch. Es ist ein großes Zimmer mit viel freiem Teppichboden und typischen Hotelmöbeln, aber hier fühlt sie sich entspannter als irgendwo sonst, seit sie nach Bromley zurückgekehrt ist.

Sie kramt in ihrer Handtasche nach dem USB-Stick. Nun, da sie sich beruhigt hat, ist sie bereit, sich den Inhalt anzusehen. Sie nimmt ihren Laptop heraus, setzt sich an den Tisch, steckt den Stick in das Gerät und klickt das externe Laufwerk an.

Nur drei PDF-Dateien. Ganz schön mickrig für so ein folgenschweres Ereignis, das mehrere Leben für immer verändert hat. Andererseits hat Heather nie geglaubt, dass sie eine wichtige Rolle in der Weltgeschichte spielt. Über andere werden ganze Bücher geschrieben, aber vielleicht gibt es über sie eben nicht mehr zu sagen.

Als Erstes liest sie noch einmal den Artikel vom 8. Juli, um sich zu vergewissern, dass sie sich die Fakten richtig eingeprägt hat, danach geht sie den aus dem Album ihrer Mutter ebenfalls noch mal sorgfältig durch. Dann macht sie sich mit einem der abgepackten Tütchen staubig schmeckendem Instantpulver und einem Döschen H-Milch einen Kaffee und klickt den dritten Artikel an.

Wieder dasselbe Einschulungsfoto, keine Aufnahme von der glücklichen Wiedervereinigung mit ihren Eltern.

VERSCHWUNDENES MÄDCHEN WIEDER ZU HAUSE
Die 6-jährige Heather Morgan, die als vermisst gemeldet war, ist nach sechzehn traumatischen und angsterfüllten Tagen wieder zu ihrer Familie zurückgekehrt.

Heather überspringt die bereits bekannten Einzelheiten ihres Verschwindens und sucht weiter unten nach neuen Informationen.

Die Polizei fand die kleine Heather in Hastings, East Sussex, wohin ihre Entführerin sie gebracht hatte. Noch ist unklar, ob sie die ganze Zeit über dort waren oder umhergereist sind, um nicht entdeckt zu werden, aber der entscheidende Hinweis kam von einer Urlauberin. »Ich lebe in Beckenham«, berichtete Mrs June Fallon (67) unserem Reporter, »deshalb hatte ich die Geschichte von der vermissten Kleinen in der Zeitung gelesen. Meine Freundin Coral und ich hatten Lust auf einen Ausflug zu der Eisdiele unten am Wasser, und da haben wir sie gesehen.«
Die Polizei konnte das Kind und die Frau, die in Marcello's Ice Cream Haven gesessen hatten, in einer Pension in der Altstadt aufspüren. Die kleine Heather wurde zu ihrer Familie zurückgebracht und die Frau in Gewahrsam genommen. Die Polizei hat bisher nicht bestätigt, dass es sich um die Tatverdächtige handelt, sondern lediglich verlauten lassen, dass sie als Zeugin befragt wird …

Heather hält den Atem an. Verdammt, kein Name. Dieser verfluchte Datenschutz! Aber sie liest trotzdem weiter:

Mr Arthur Horton, Inhaber des Bay View Guesthouse an der South Street, konnte uns jedoch mitteilen, dass die Frau sich im Gästeverzeichnis als Patricia Waites eingetragen hat und ebenfalls aus Bromley stammt.

Heather hört auf zu lesen. Es folgt noch eine halbe Spalte über die Familie, die in dieser schwierigen Zeit Ruhe braucht, aber das wird sie später lesen. Jetzt befasst sie sich erst einmal mit diesem Namen, dreht und wendet ihn unablässig in ihrem Kopf und betrachtet ihn von allen Seiten. *Patricia Waites.*

»Patricia Waites.« Sie spricht ihn versuchsweise laut aus, doch es kommt nichts. Kein Wiedererkennen. Keine plötzliche Erinnerung. Der Name hat keinerlei Bedeutung für sie, er löst weder Bilder noch Gefühle aus.

Wie enttäuschend. Sie hatte sich mehr erhofft. Nicht unbedingt einen Lichtblitz oder eine himmlische Stimme, aber immerhin … irgendetwas. Doch als sie dort in diesem nichtssagenden Hotelzimmer sitzt und ihr Spiegelbild anstarrt, fühlt sie gar nichts.

19

Fluffy war wunderschön, fast vollkommen weiß und, wie der Name schon verrät, mit einer prächtigen Mähne aus schneeweißem Fell. Manchmal saß unser Kater auf der Treppe und schlug mir seine Krallen in den Fußknöchel, wenn ich an ihm vorbeiging. Ich sagte, er war schön; ich habe nicht gesagt, dass er immer lieb war. Aber ab und zu, wenn er besonders gute Laune hatte, gestattete er mir, ihm meine Ergebenheit zu zeigen, indem er mich seinen Bauch streicheln ließ. Er legte sich auf den Rücken und schnurrte, während ich mit der Hand über sein flaumig weiches Fell strich. Ich war untröstlich, als er weglief.

Es ist sechs Uhr abends, und draußen wird es gerade dunkel. Die Mitglieder der Familie Morgan sind alle erschöpft und schmutzig, aber die beiden Mädchen lächeln sich immer wieder zu. Den ganzen Tag über haben sie geräumt, aussortiert und geputzt, und jetzt ist es, als hätte ein himmlisches Wesen seinen Zauberstab auf sie gerichtet und ein Wunder vollbracht. Denn genauso fühlt es sich an – wie ein Wunder.

Das Haus ist sauber. Und zwar nicht die Art von sauber, die ihre Mum normalerweise meint, sondern richtig sauber, so, wie man es in Zeitschriften oder im Fernsehen sieht.

Ein paar Kartons stehen noch im Esszimmer, und ein paar weitere sollen auf den Dachboden, aber davon abgesehen ist das ganze Zeug verschwunden. Heather kann es kaum fassen.

Ihr Dad musste den Teppich im Esszimmer rausreißen, weil er nicht mehr zu gebrauchen war. Darunter lag eine Menge krümeliges grünes Zeug, das Heather und Faith auffegen mussten, und jetzt liegt unter dem Tisch und den Stühlen nur noch Holzboden. Außerdem haben sie im Wohnzimmer in einer Ecke an der Wand schwarze Punkte entdeckt, die da nicht hingehören, aber Heathers Dad hat gesagt, er lässt jemanden kommen, der sich darum kümmert, und wenn das ganze Zeug nicht mehr davorsteht, wird es sicher auch nicht wiederkommen. Dabei hat er sogar gelächelt.

Überhaupt hat ihr Dad heute viel gelächelt. Er hat sogar vor sich hingepfiffen. Heather wusste gar nicht, dass er das kann. Sie wollte, dass er es ihr beibringt, und er hat es auch versprochen, aber nicht heute, weil sie noch so damit beschäftigt sind, das Haus hübsch zu machen.

Heather hatte ganz vergessen, wie schön es ist, wenn ihr Dad tagsüber zu Hause ist. Er hat sich die letzten zwei Wochen bei der Arbeit freigenommen, und sie haben sich jeden Tag ein anderes Zimmer vorgeknöpft und aufgeräumt. Das Beste daran ist, dass sie jetzt wieder ein eigenes Zimmer hat. Ihre ganzen Sachen sind schon darin: ihre Kleider, ihre Schuhe und sogar ihre Sportsachen; die hängen in ihrer Tasche an einem Extrahaken, damit sie nie wieder verloren gehen.

Heather kann es gar nicht fassen, wie viel Platz auf einmal überall ist. Immer wieder läuft sie durch den Flur und alle Räume, bis ihre Mum sagt, sie kriegt davon Kopfweh, und ihr befiehlt, sich hinzusetzen.

Obwohl ihre Mum sagt, sie freut sich, dass das Haus jetzt ordentlich ist, weiß Heather nicht so recht, ob das wirklich stimmt. Sie lächelt nicht, so wie ihr Dad, und als Heather sie gefragt hat, ob sie nicht auch pfeifen will, hat ihre Mum gesagt, sie soll nicht so frech sein.

Heather versteht es nicht. Jahrelang hat ihre Mum immer wieder davon geredet, das Haus aufzuräumen, aber als sie es nun wirklich gemacht haben, ist sie irgendwie mit jedem Tag kleiner geworden und hat sich zusammengerollt wie diese komischen roten Papierfische in den Weihnachtsknallbonbons. Jetzt liegt sie auf dem Sofa und sieht fast aus wie ein Kind. Aber vielleicht wirkt das Sofa auch nur größer, weil die ganzen Stapel drumherum weg sind.

Vielleicht muss ihre Mum sich bloß daran gewöhnen. Sie selbst muss das wohl auch, denn sosehr es ihr gefällt, überall herumzulaufen und sich um sich selbst zu drehen, braucht sie anschließend immer einen Moment, um sich daran zu erinnern, dass es ihr Zuhause ist und nicht das von jemand anderem.

»Ich hab Hunger«, sagt Faith, nachdem sie einen weiteren Karton ins Bad getragen hat, wo die kleine Tür zum Dachboden ist. »Wann gibt's Pizza?«

»Bald«, erwidert ihr Vater, »aber erst packen wir noch die restlichen Kartons weg, in Ordnung?«

Faith zieht hinter seinem Rücken eine Grimasse, und Heather kichert.

»Und zur Feier des Tages gibt's zum Nachtisch Eis«, fügt er hinzu. Die Mädchen jubeln, schnappen sich jede einen Karton und marschieren damit die Treppe hinauf und ins Badezimmer. Bisher hat dort immer so viel Wäsche herumgelegen, dass Heather nie bemerkt hat, dass in der Wand eine Tür ist. Für sie ist sie gerade groß genug, aber ihr Vater muss sich bücken, um hindurchzupassen. Er öffnet die Tür, kriecht halb hinein und bittet die Mädchen, ihm die Kartons anzureichen, damit er sie aufstapeln kann. Von jetzt an ist das der einzige Lagerraum, den ihre Mum behalten darf, und er hat gesagt, dass er sehr böse wird, wenn die Kartons sich wieder im Bad und im Flur ausbreiten.

Er leuchtet mit der Taschenlampe in den kleinen Raum. Da drinnen ist gerade noch genug Platz für einen weiteren Stapel. Doch als er versucht, die Kartons hineinzuschieben, stellt er fest, dass sie zu groß für die Lücke sind. »Macht nichts«, sagt er zu den Mädchen. »Ich stapele nur ein bisschen um, dann müsste es gehen.«

Er reicht ihnen ein paar Kartons heraus, um mehr Bewegungsfreiheit zu haben, doch als er einen der anderen Kartons ein Stück nach hinten schieben will, geht es nicht. Schließlich zieht er auch den hervor, um nachzusehen, was da klemmt.

»O Gott!«

Er stolpert rücklings aus dem niedrigen Eingang und stößt sich dabei den Kopf. »Raus mit euch beiden! Geht in den Flur!« Zuerst denkt Heather, er ist wütend, aber dann sieht sie sein Gesicht, auf dem eine Mischung aus Überraschung und Entsetzen liegt, und so gehorcht sie. »Chris!«, brüllt er mit voller Lautstärke. »Komm rauf!«

Von unten hört man eine etwas mürrische Antwort, die Heather nicht versteht, aber sie vermutet, dass ihre Mutter keine Lust hat, vom Sofa aufzustehen.

»Sofort!«, brüllt er noch lauter, und kurz darauf kommt ihre Mum mit besorgter Miene die Treppe hochgelaufen.

Heather kriegt es mit der Angst zu tun. Sie würde gerne Faiths Hand halten, aber ihre Schwester hat die Arme eng vor der Brust verschränkt und sieht nicht so aus, als würde sie sie loslassen wollen.

Noch bevor ihre Mum mit beiden Füßen im Bad steht, zeigt ihr Dad auf etwas und brüllt: »Sieh dir das an!«

Heather schleicht näher heran. Sie kann zwar ins Bad sehen, aber nicht in den Dachbodenraum. Ihre Mutter streckt den Kopf hinein, stößt einen seltsamen Laut aus, der wie eine Mischung aus Schrei und Schluchzen klingt, und weicht zurück.

Heather kennt sich mit Geheimverstecken in Schränken

und auf Dachböden aus, und tief in ihrem Innern hofft sie, ihre Eltern hätten da drinnen Narnia entdeckt, doch eine vernünftige, ziemlich erwachsen klingende Stimme in ihrem Kopf sagt ihr, sie soll nicht so dumm sein. Wenn es eine nette Art von Überraschung wäre, würden ihre Mum und ihr Dad fröhlicher aussehen.

»Hol ein Handtuch«, sagt ihr Vater zu ihrer Mutter und deutet mit dem Kopf auf die beiden Mädchen, die jetzt im Türrahmen des Badezimmers stehen. Ihre Mum zieht eins aus dem Schrank und gibt es ihm, dann verschwindet er damit in den Dachboden. Kurz darauf kommt er rückwärts wieder heraus und hält etwas in den Händen, das in das Handtuch gewickelt ist. Er trägt es wie ein Baby. »Aus dem Weg, ihr beiden«, sagt er streng. »Geht in eure Zimmer.«

Faith und Heather gehorchen, ohne zu murren. Heather hat ihren Vater noch nie so wütend gesehen, nicht mal bei all den Malen, als er und Mum sich gestritten haben. Es sieht aus, als tobte hinter seinen Augen ein Gewitter.

Heather geht in ihr neues Zimmer und stellt sich ans Fenster, ohne das Licht einzuschalten. Sie blickt einfach so hinaus in die Dämmerung, doch dann bemerkt sie eine Bewegung auf dem Rasen. Ihr Vater ist da unten, mit dem Handtuch und einem Spaten. Er legt das Bündel hin und beginnt ein Loch zu graben.

Heather knurrt der Magen, aber sie läuft nicht zu ihrer Mum, um sie an die Pizza zu erinnern, obwohl die in einem Karton zu ihnen nach Hause gebracht wird, und das findet sie sehr aufregend. Noch nie hat irgendwer Essen zu ihnen nach Hause gebracht. Es ist, als würden sie plötzlich zur Königsfamilie gehören, so wie die Queen.

Es wird immer dunkler, während ihr Vater das Loch gräbt. Zwischendurch macht er mehrmals eine Pause und wischt sich mit dem Unterarm über die Stirn, doch schließlich bückt er sich nach dem Handtuch und hebt das Bündel hoch. Jetzt gibt er sich nicht mehr so viel Mühe zu verbergen, was darin ist, und als er es in den Boden legt, rutscht eine Ecke des Handtuchs weg. Darunter ist etwas Weißes, Flauschiges.

Heather stößt ein Quieken aus und schlägt die Hand vor den Mund. *Nein!* Er ist weggelaufen. Das haben sie jedenfalls alle gedacht. Faith meinte, er sei wahrscheinlich von einem Auto überfahren oder von einem Fuchs gefressen worden, obwohl ihre Mum ihnen gesagt hatte, er habe bestimmt ein paar nette Katzenfreunde gefunden, mit denen er jetzt zusammenlebe. Wie ist er nur in den Dachboden gekommen?

Das plüschige weiße Bündel sieht seltsam aus. Ganz platt, als wäre der Kater rausgesogen worden, und jetzt ist nur noch das Fell da. Komisch, dabei gibt es auf ihrem Dachboden keine Füchse und Autos und auch keine netten Katzenfreunde.

Als ihr Dad das Loch wieder mit Erde gefüllt hat, wendet Heather sich vom Fenster ab in die Dunkelheit ihres Zimmers. Sie bemüht sich wirklich, nicht zu weinen, weil sie nicht will, dass er es sieht und dann auch traurig wird – er ist in der letzten Zeit so viel fröhlicher, und sie will nicht, dass sich das wieder ändert. Am liebsten würde sie in ihrem Zimmer bleiben, aber ihre Mum ruft von unten, sie würde jetzt den Pizzadienst anrufen, und sie sollten runterkommen und sagen, was sie draufhaben wollen, damit es hinterher kein Gemaule gibt.

Heather hört ein Knarzen im Flur und streckt den Kopf zur Tür hinaus. Da steht Faith. Sie sehen sich an, dann gehen sie nebeneinander die Treppe hinunter. Ihr Vater kommt aus dem Garten herein, als sie in die Küche treten. Jetzt pfeift er nicht. Genau genommen sieht er so aus, als würde er nie wieder pfeifen wollen.

»Faith, Heather«, sagt er ernst, »ich habe eine schlechte Nachricht ... «

»Nein!«, ruft ihre Mutter. »Sag es ihnen nicht! Sie brauchen es nicht zu wissen!«

Er wirft ihr einen müden Blick zu. »Doch, sie müssen es wissen. Darüber haben wir doch gesprochen, Chris. Es ist an der Zeit, ehrlicher zu sein. Und ich finde, das sollte die Mädchen einschließen.«

Er führt Heather und Faith ins Wohnzimmer und bittet sie, sich aufs Sofa zu setzen, dann hockt er sich vor sie, nimmt von beiden eine Hand, sieht sie an und sagt ihnen, dass Fluffy tot ist.

Heather schafft es, nicht zu weinen, und sie ist stolz auf sich, denn obwohl sie es bereits wusste, war es trotzdem wie ein Schlag in den Bauch, als er es ausgesprochen hat. Faiths Gesicht verzerrt sich, und dicke Tränen laufen über ihre Wangen. Heather sieht sie erschrocken an; sonst tut ihre große Schwester immer so, als wäre sie stark und wüsste alles und ließe sich durch nichts erschüttern. Sie zögert einen Moment, dann legt sie den Arm um Faith und schmiegt sich an sie. Da kommen ihr auch die Tränen.

»W-wie ist das passiert?«, fragt Faith schluchzend.

Ihr Vater presst die Lippen zusammen und macht ein schnaubendes Geräusch, während er überlegt, was er antworten soll. »Wir vermuten, dass Fluffy nach oben gelaufen ist – vielleicht weil er seine Ruhe haben wollte – und hinter den Kartons stecken geblieben ist.« Er schluckt und blickt zu ihrer Mutter hinüber. Sie nickt.

Heather fängt wieder an zu weinen. »B-bin ich schuld daran?«

»Natürlich nicht!« Ihr Dad wirft ihrer Mum einen wütenden Blick zu.

Sie kommt dazu und legt ihren Arm um Heather. »Wie kommst du denn darauf, Liebes?«

»W-weil … Weil du mir immer gesagt hast, ich soll aufhören, ihn zu streicheln, wenn er anfängt, mit dem Schwanz zu wedeln, dass er dann genug hat und seine Ruhe haben will. Vielleicht ist er ja vor *mir* weggelaufen und ist dann platt geworden.«

»Platt?«, fragt ihr Dad, doch dann begreift er. »Du solltest doch auf sie aufpassen, während ich draußen bin«, sagt er leise, aber nicht sehr freundlich zu ihrer Mum.

»Ich … Ich hab doch nur …« Sie sieht ihn verwirrt an. »Da war noch ein letzter Karton, und ich wollte nachsehen, ob –«

»Chris!« Ihr Dad hebt die Hand, und ihre Mum verstummt. Er schüttelt den Kopf. »Es hört nie auf, stimmt's?«, sagt er müde. »Ich dachte, ich könnte das. Ich dachte, es könnte klappen. Aber jetzt ist mir klar, dass ich mir nur etwas vorgemacht habe.« Seufzend erhebt er sich und geht aus dem Zimmer. Im Türrahmen dreht er sich noch einmal um. »Ich übernachte heute bei Dave und Carol.«

Mum schüttelt langsam den Kopf. »Nein, nein, nein«, sagt sie leise. »Das kannst du nicht machen. Du hast versprochen, du würdest bleiben, wenn wir aufräumen, und ich habe mir dafür die Seele aus dem Leib gerissen. Ich habe alles aufgegeben, was mir etwas bedeutet hat, alles, was ich je geliebt habe …«

Dad starrt sie nur an. »Die Mädchen und ich sind noch hier. Oder hast du uns vergessen? Es ging darum, Platz zu schaffen – nicht nur im wörtlichen Sinn, sondern auch für uns, um wieder eine Familie zu sein. Aber wenn du das Ganze so siehst, gibst du mir nur die Bestätigung für das, was ich vermutet habe.«

»So habe ich das nicht gemeint. Du weißt doch, dass ich –«

»In der Hitze des Gefechts kommt so manche Wahrheit heraus«, sagt ihr Dad mit eisiger Stimme. Er hält Faith und Heather die Hand hin. »Kommt, ihr zwei. Wir besuchen Dave und Carol. An die erinnert ihr euch doch noch, oder? Vom Weihnachtsfest letztes Jahr? Ihre Tochter Nina ist nur ein kleines bisschen älter als du, Heather.«

»Nein! Du hast es versprochen!« Ihre Mum stürzt sich mit wild fuchtelnden Armen auf ihn. Sie erwischt ihn mit dem Fingernagel, und eine leuchtend rote Linie erscheint auf seiner Wange.

Heathers Dad schlägt nicht zurück, aber er wehrt den Angriff mit den Armen ab und brüllt: »Herrgott noch mal, Chris! Denk an die Mädchen!«

Da sinkt ihre Mum schluchzend in sich zusammen. Heather läuft zu ihr. Ob sie krank ist? Vielleicht sollten sie einen Rettungswagen rufen. Ihr Dad hält ihr wieder die Hand hin. »Komm, Mäuschen.«

Heather blickt auf seine Hand. Faith hält bereits die andere umklammert. Ihre Mum liegt jetzt weinend auf dem Boden, und ihr ganzer Körper bebt. Noch nie hat Heather jemanden so weinen hören. Es klingt wie ein Tier. Als käme es ganz tief aus ihrem Innern.

Ihr Vater tritt auf sie zu. »Heather? Kommst du?«

Doch Heather kann immer nur auf seine ausgestreckte Hand starren.

20

Heather überlegt, ob sie den Besuch bei Faith an diesem Wochenende absagen soll. Sie weiß nicht, ob sie darüber reden möchte, was sie herausgefunden hat. Aber wenn sie nicht hinfährt, will Faith garantiert wissen, warum, und dann droht ihr das gleiche Verhör, nur eben am Telefon. Schließlich setzt sie sich ins Auto. Immerhin hat sie so die Kinder und Matthew als Puffer. Und sie will auf keinen Fall, dass ihre Schwester noch mal unangemeldet bei ihr auftaucht.

Der Motor stottert ein wenig, als sie den Zündschlüssel dreht, und im ersten Moment denkt Heather, dass er nicht anspringt, doch dann fängt er sich und erwacht brummend zum Leben. Sie nimmt sich vor, bei nächster Gelegenheit die Batterie prüfen zu lassen. Bei der letzten Inspektion meinte der Mechaniker schon, dass sie zum Herbst, wenn es wieder kühler wird, wahrscheinlich eine neue brauchen wird.

Heather fährt durch den grauen, nieseligen Sommertag nach Westerham, und Faith begrüßt sie wie immer und führt sie hinein.

Alles läuft glatt und angenehm, bis sie gemeinsam am Tisch sitzen. Aus Faiths Versprechen, dass sie diesmal ausgehen und ein neues Restaurant ausprobieren würden, ist nichts geworden. Immerhin gibt es einen richtigen Sonntagsbraten: Schweinerücken mit Apfelsoße, Möhren und Bratkartoffeln. Doch Heather weiß, dass der Stift aus der Granate gezogen wurde, als sie das Haus betreten hat, und während sie sich über das Essen hermachen, explodiert sie.

»Und, was machen deine Forschungen?«, fragt Faith und reicht Heather die Sauciere, damit sie ihrem Neffen etwas davon geben kann. »Hast du noch was rausgefunden?«

Matthew wirft Faith einen Blick zu. Offenbar haben sie bereits über das Thema gesprochen. Heather liebt ihren Schwager für diesen Versuch, seine Frau zu bremsen, gleich ein bisschen mehr und sieht ihn dankbar an. Faith zieht nur in gespielter Unschuld die Augenbrauen hoch. Vermutlich hält sie sich für eine Heilige, weil sie nicht sofort bei Heathers Ankunft gefragt hat.

Heather überlegt, was sie antworten soll, während sie sich bemüht, die Soße genau nach Barneys Anweisungen auf dem Teller zu verteilen: reichlich auf Fleisch und Kartoffeln, aber nichts auf die Möhren und die Füllung, was nicht ganz einfach ist. »Ich war in der Bibliothek. Hab ein paar alte Zeitungsartikel durchgesehen.«

»Und?«

»Können wir das nach dem Essen besprechen?«, erwidert Heather mit einem Blick auf Alice und Barney.

Faith nickt, aber ihr Mund verspannt sich.

Sie stirbt vor Neugier, denkt Heather. Ist es so falsch, dass sie sich ein wenig an dieser Vorstellung labt, während sie in aller Ruhe ihr Essen genießt, bis auch der letzte Klecks Soße vom Teller gekratzt ist?

Nach dem Essen geht Matthew mit den Kindern in den Garten. Es hat aufgehört zu regnen, und so holt er einen Ball, damit die beiden ihre aufgestaute Energie loswerden können, während Faith und Heather sich um den Abwasch kümmern.

Heather hat keine Lust auf dieses Gespräch, aber da sie weiß, dass sie ihm nicht entkommt, erzählt sie Faith von den Artikeln, die sie in der Bibliothek gefunden hat. Sie fasst nur knapp die wesentlichen Fakten zusammen und hofft wider besseres Wissen, dass es damit gut ist.

Als sie geendet hat, seufzt Faith. »Wenn wir doch nur

wüssten, wo Tante Kathy ist. Sie könnte uns bestimmt noch mehr dazu sagen.«

»Aber das wissen wir nicht.«

»Nein. Sie ist kurz nach dem, was mit dir passiert ist, aus unserem Leben verschwunden. Sie und Mum haben sich ohnehin ständig gestritten, aber nachdem du wieder da warst, wurde es noch viel schlimmer, und eines Tages war sie dann einfach weg.«

Heather schnaubt nur. Es wundert sie gar nicht, dass ihre wunderbare Tante Kathy den Kontakt abgebrochen hat. Ihre Mutter hatte ein ausgesprochenes Talent dafür, Leute zu vertreiben. »Worüber haben sie denn gestritten?«

»Hauptsächlich über den Krempel.«

Heather nickt. Das passt. Wenn ihre Mutter nach ihrem Verschwinden mit der Horterei angefangen hat, haben Familie und Freunde sie sicher darauf angesprochen. Und das konnte sie gar nicht leiden.

»Zu schade, dass wir sie nicht finden können. Ich habe mich oft gefragt, ob es etwas in Mums Vorgeschichte gab, das ihr späteres Verhalten erklären könnte.«

»Ja, vielleicht.«

»Sie und Tante Kathy waren als Kinder bei einer Pflegefamilie, nur für ein paar Monate, aber das hat doch sicher Spuren hinterlassen, meinst du nicht? Vielleicht sollten wir Dad mal fragen, wenn wir nachher mit ihm skypen?«, schlägt Faith vor.

»Nein«, sagt Heather leise, aber entschieden.

»Warum nicht?«

»Weil … weil …«, stammelt Heather.

Weil sie und ihr Vater nie über ihre Mutter oder das Haus in der Hawksbury Road sprechen. Das ist ein ungeschriebenes Gesetz zwischen ihnen. Selbst wenn sie über diese Zeit sprechen wollte (was nicht der Fall ist), würde ihr Vater eine Möglichkeit finden, das Thema zu wechseln. Es ist, als wollte er sein Leben vor der Begegnung mit Shirley auslöschen. Heather versteht das. Das Dumme ist nur: Nun, da sie von ihrem Verschwinden, ihrer Entführung weiß, vermutet sie, dass sie ein größerer Teil seiner ungeliebten Vorgeschichte ist, als sie bisher dachte. Vielleicht ist das der Grund für die Distanziertheit zwischen ihnen? Schließlich scheint ihre Schwester dieses Problem nicht zu haben.

»Weil …?«, bohrt Faith nach.

»Weil er schon genug durchgemacht hat«, sagt Heather und sieht ihre Schwester unverwandt an. »Weil diese Zeit auch für ihn sehr schmerzlich gewesen sein muss. Ich will ihn damit nicht belasten, solange ich nicht alle anderen Möglichkeiten ausgeschöpft habe.«

Ihre Antwort klingt altruistisch, was sie auch ist – zumindest teilweise. Sie will ihrem Vater weiteren Kummer ersparen. In den Jahren mit ihrer Mutter hat er mehr Mist erduldet, als sie ihrem schlimmsten Feind wünschen würde. Und sie und Faith auch. Aber tief in ihrem Innern hat sie Angst, dass es ihre Beziehung, die ohnehin am seidenen Faden hängt, völlig zerstören könnte, wenn sie diese Büchse der Pandora noch einmal öffnet.

Doch Faith, die sich stets bemüht, christliche Nächstenliebe walten zu lassen, auch wenn diese sich nie auf ihre jüngere Schwester erstreckt, gibt sich damit zufrieden. »Okay, das verstehe ich.«

Als sie alle Teller eingeräumt haben und die Spülmaschine vor sich hin brummt, geht Faith auf die Terrasse und wischt die Gartenmöbel ab. Sie nehmen ihre Kaffeetassen mit nach draußen und sehen zu, wie die Kinder einem bunt gepunkteten Ball nachjagen. Beide schweigen, aber Heather weiß, dass die Gedanken im Kopf ihrer Schwester herumwirbeln wie die Punkte auf dem Ball.

»Glaubst du, die Frau, die dich entführt hat ... diese Patricia Waites ... war geistesgestört?«, platzt Faith schließlich heraus.

»Woher soll ich das wissen?«, entgegnet Heather.

»Na ja, hast du denn nicht weiter nachgeforscht, ob es einen Prozess gab?«

»Nein. Bisher nicht.«

»Und, tust du's?« Faith beugt sich neugierig vor.

Das ist Heather zu nah. Abrupt steht sie auf und geht ein paar Schritte. »Meine Güte, Faith! Hör auf, ja?«

»Aber ich dachte, du wolltest herausfinden, wer diese Frau war und was passiert ist?« Als sie Heathers starren Blick sieht, gibt sie überraschenderweise klein bei. »Tut mir leid«, sagt sie zerknirscht. »Ich weiß, ich bedränge dich. Es ist nur ... Ich bin so ... so ... «

Ein Dutzend verschiedene Gefühle huschen über Faiths Gesicht, aber es geht so schnell, dass Heather sie nicht identifizieren kann. So aufgewühlt hat sie ihre Schwester noch nie erlebt. »So was?«, fragt sie verwirrt.

»So *wütend*«, erwidert Faith. »Ich bin so verdammt wütend, dass diese Frau, diese Fremde, dir das angetan hat. *Uns* das angetan hat.«

Auf dem Gesicht ihrer Schwester liegt eine Grimmigkeit, die Heather durchaus vertraut ist; dennoch ist sie so überrascht, dass sie sich wieder hinsetzt. Es ist derselbe Ausdruck wie neulich, als Heather nicht Verstecken spielen wollte, aber diesmal richtet sich der Zorn nicht gegen sie, sondern er dient ihrer Verteidigung. Mit einem Mal spürt Heather dieselbe Solidarität zwischen ihr und Faith wie früher, als sie sich gegen den Krempel verbündet hatten.

Faiths Arme zucken, als wollte sie Heather umarmen, wäre aber unsicher, ob ihre Schwester das akzeptiert. Heather würde ihr gerne zu verstehen geben, dass es in Ordnung ist, weiß aber nicht, wie, und so sehen sie sich nur an.

»Es tut mir so leid, dass das passiert ist«, sagt Faith. »Ich wusste ja immer davon, aber wenn ich es jetzt aus Erwachsenensicht betrachte, sehe ich es in ganz anderem Licht.« Sie seufzt. »Ich weiß, es ist nicht sehr christlich, aber am liebsten würde ich die Frau für das, was sie unserer Familie angetan hat, windelweich prügeln.«

»Ich hasse sie«, sagte Heather leise, und sie merkt, dass sie dabei fast mit den Zähnen knirscht. »Es ist mir egal, wer sie ist oder was in ihrem Kopf los war. Ich hasse sie aus tiefster Seele.«

Es heißt immer, Hass sei ein zerstörerisches Gefühl, aber Heather ist sich da nicht so sicher. Dieses Lodern in ihr ist wild, lebendig, kraftvoll. Sie kommt sich vor wie ein Racheengel. Sie trinkt den Rest ihres Kaffees und steht wieder auf, aber diesmal nicht, weil sie sauer auf Faith ist, sondern weil dieses Gefühl nach Bewegung verlangt.

»Wie passiert so was? Wachst du eines Morgens auf und sagst dir: Ach, heute ruiniere ich mal eine Familie? Ich reiße sie auseinander, sodass sie nie wieder dieselbe sein wird?« Sie sieht Faith an, in der Hoffnung auf Zustimmung, und findet sie. »Und die arme Mum! Kein Wunder, dass sie so durch den Wind war. Wie kommt man über so was hinweg?«

Wärme überflutet ihr Herz. Seit Jahrzehnten hat sie nicht mehr so viel Mitgefühl für ihre Mutter empfunden, und jetzt kommt es mit solcher Macht, dass Heather darunter zusammenbricht. Sie sackt wieder auf den Gartenstuhl und vergräbt schluchzend das Gesicht in den Händen.

Kurz darauf spürt sie, wie ihr jemand sanft über den Rücken streicht. Da muss sie nur noch mehr weinen.

»Mummy! Tante Heather! Oh –« Alice' Stimme kommt näher und verstummt dann. Heather hört, wie Matthew leise mit den Kindern spricht und sie ins Haus schickt. Sie kann den Kopf nicht heben und weint nur, bis sie keine Tränen mehr hat. Dann nimmt sie die Packung Taschentücher, die ihre Schwester ihr reicht, und putzt sich geräuschvoll die Nase.

»Hast du mal darüber nachgedacht, mit jemandem über all das zu reden?«, fragt Faith sanft, als Heather das Taschentuch zusammengefaltet und in ihre Hosentasche gestopft hat.

»Ich rede doch mit dir, oder?«

»Nein«, sagt Faith noch sanfter. »Du weißt, was ich meine.«

Heather lacht halb ungläubig, halb verletzt und starrt sie an. Hat sie nicht immer geahnt, dass Faith sie für schwach hält? Für beschädigt? Aber es ist eine Sache, so etwas zu vermuten, und eine ganz andere, es tatsächlich aus dem Mund ihrer Schwester zu hören.

Sie wusste ja, dass es zu schön war, um wahr zu sein. Nach diesem wunderbaren Moment des Verstehens und der Solidarität musste eine von ihnen etwas sagen oder tun, damit alles wieder so wird wie immer. »So denkst du also über mich? Dass ich verrückt bin? Na, besten Dank auch!« Sie springt auf, bereit zur Flucht.

»Heather …«

»Was? Habe ich etwa kein Recht, wütend zu sein? Das ist doch nicht meine Schuld!«

Faith steht ebenfalls auf und geht zu ihr. »Ich weiß. Und ich halte dich nicht für verrückt! Jeder, der so was durchgemacht hat, und das gerade erst begreift, wäre … angeschlagen.«

Heather verschränkt die Arme vor der Brust. »Ich *bin* nicht angeschlagen«, faucht sie. »Mir geht's gut.«

Faith schüttelt den Kopf. Es fängt leicht an zu regnen, aber keine der beiden rührt sich. »Heather …«, sagt sie in demselben Tonfall, den sie den Kindern gegenüber verwendet, wenn sie weiß, dass sie flunkern.

Das reicht, um Heathers ohnehin wackelige Fassung zum Einsturz zu bringen. »Nicht!« Sie weicht zurück, als Faith sie mitfühlend berühren will. »Fass mich nicht an! Du verstehst das nicht! Wie denn auch?«

Faith zieht ihre Hand zurück und schiebt sie unter die gegenüberliegende Achsel. Sie sieht verletzt aus, was seltsam ist, denn Faith sieht nie verletzt aus. Sondern immer nur fähig, ruhig und tüchtig. Aber darüber kann Heather jetzt nicht nachdenken, sie ist vollauf damit beschäftigt, nicht in eine Million winzige Teilchen zu explodieren. Wie das wohl in dem perfekt gepflegten Garten ihrer Schwester aussähe!

»Können wir nicht in Ruhe darüber reden?«, bittet Faith.

»Dir kann man es auch nicht recht machen«, entgegnet Heather. »Wenn ich ruhig bleibe, fresse ich alles in mich hinein. Wenn ich mich aufrege, muss ich zum Psychiater. Kannst du dich vielleicht mal entscheiden?« Faith sieht völlig verdattert aus, und dazu hat sie auch allen Grund, aber es ist herrlich befreiend für Heather, endlich mal all das rauszulassen, was sie sonst immer für sich behält, um nicht alles noch schlimmer zu machen. Doch viel schlimmer kann es jetzt wohl nicht mehr werden, und so feuert sie drauflos. »So, und jetzt pass mal auf. Stell dir vor, du findest raus, dass du als Kind entführt worden bist und weiß Gott was durchgemacht hast, und dass deine Rückkehr der Auslöser für das ganze Chaos in deiner Familie war, und dann versuch mal, ruhig zu bleiben!«

Sie stapft ins Haus, schnappt sich Tasche und Mantel und steuert auf die Tür zu. Hinter sich hört sie ihre Schwester rufen: »Heather! Komm zurück! Wir haben noch nicht mit Dad geskypt!« Doch Heather beachtet sie nicht, marschiert hinaus, ohne die Haustür zu schließen, und steigt in ihr Auto.

Matthew und die Kinder stehen mit offenem Mund da, als sie aus der Parklücke zieht. Im Rückspiegel sieht sie, wie Faith dazugelaufen kommt, doch es kümmert sie nicht. Sie tritt aufs Gas und fährt los.

21

Ein paar Tage nach dem fürchterlichen Besuch bei Faith zieht Heather zurück in ihre Wohnung. Das Hotel ist zu teuer, außerdem sind die Reparaturarbeiten abgeschlossen: Das Rohr ist wieder dicht, und ihr Gästezimmer ist getrocknet und hat einen neuen Teppichboden bekommen. Die Männer haben sogar alle Kisten, Kartons und Tüten aus dem Flur wieder hineingeräumt. Sie kann es nicht länger hinausschieben.

Nachdem er sich lange geziert hat, kommt der Sommer nun richtig in Gang, mit einer dieser plötzlichen Hitzewellen, die die ganze Nation dazu verleiten, in Shorts und mit knallrot verbrannter Haut herumzulaufen.

Doch das schöne Wetter hält Heather nicht vom Stehlen ab. Ein Sonnenhut, ein blauer Spielzeugelefant und ein Zweierpack Schnuller sind in ihre Kommodenschublade gewandert. Dass sie nun mehr über die Entführung weiß, hat nichts an ihrem Zwang geändert. Vielleicht hat es sogar alles noch schlimmer gemacht.

Faith ruft nicht an. Wobei das so kurz nach Heathers Besuch auch nichts Ungewöhnliches ist. Meistens meldet sich ihre Schwester erst wieder, wenn das nächste gemeinsame Sonntagsessen ansteht, aber jedes Mal, wenn Heather das Telefon im Wohnzimmer ansieht, kann sie Faiths Schweigen förmlich spüren. Das Telefon klingelt *absichtlich* nicht, und das zwei volle Wochen lang.

Das Schlimmste dabei ist: Nun, da sie sich beruhigt hat, weiß sie, dass Faith recht hat. Zumindest was die Fortführung ihrer Nachforschungen betrifft. So kann es nicht weitergehen. Fürs Erste lässt sie die Tür des Gästezimmers verschlossen, aber sie macht sich daran, weiter in ihrer Vergangenheit zu graben, und zwar im Internet. Die Informationen, die sie dort hoffentlich findet, werden das Friedensangebot für ihre Schwester sein, wenn sie sich das nächste Mal sehen.

Das Schwierige dabei ist nur, dass ihre Geschichte, so enorm und folgenschwer sie auch für sie selbst gewesen sein mag, nur ein kleiner Zwischenfall in einem langweiligen Londoner Vorort war, der neben all den viel bedeutsameren Ereignissen im Land untergegangen ist. Außerdem ist das alles zu einer Zeit geschehen, als das Internet noch in den Kinderschuhen steckte. Sooft sie auch »Patricia Waites« in die Suchmasken eingibt, sie findet nie die Frau, die sie sucht. Entweder sind sie zu alt (längst gestorben und Teil eines Familienstammbaums) oder zu jung (mit zahllosen Selfies auf Instagram), oder sie leben in einem anderen Land. Es ist, als hätte sich die Frau, die sie sucht, in Luft aufgelöst.

Eines Abends, als sie gerade die Post auf der Konsole durchsieht und ihre Rechnungen von denen für Jason und Mrs Rowe im zweiten Stock trennt, hört sie, wie ein Schlüssel ins Haustürschloss gesteckt wird. Jason kommt herein, in einem Anzug und sichtlich weniger verschwitzt als sie, obwohl sie eine Klimaanlage im Auto hat und er mit einem überfüllten Zug gefahren ist.

»Hi«, sagt er, und es sieht fast so aus, als würde er sich freuen, sie zu sehen.

Heather reicht ihm ein paar nichtssagende Umschläge und eine Gasrechnung. »Sag nicht, ich würde dir nie etwas geben«, scherzt sie.

Er faltet die Briefe in der Mitte und schiebt sie in die Tasche seines Jacketts, doch dann zieht er das Jackett aus und lockert seine Krawatte. »Puh«, stöhnt er. »Es ist viel zu heiß, um heute Abend irgendwas zu tun. Ich hab nicht mal Lust, in meine Wohnung zu gehen.«

Heather nickt; sie weiß, was er meint. Zu Beginn des Sommers bleibt das Haus dank seiner dicken Backsteinwände und der hohen Decken angenehm kühl, sodass es eine Wohltat ist, wenn man abends nach Hause kommt, doch mittlerweile hat sich die Luft so aufgeheizt, dass es in ihrer Wohnung immer stickig ist, ganz gleich, wie viele Fenster sie aufreißt.

»Ich ziehe mich nur kurz um, dann setze ich mich in den Garten«, sagt Jason. »Ich glaube, ich werfe den Grill an und esse draußen. Willst du dazukommen?«

Heather stellt sich vor, wie sie auf einem der Gartenstühle sitzt, während die Sonne hinter den Hügeln untergeht und den Himmel golden färbt, und wie es allmählich kühler wird und ein leichter Wind über ihre Haut streicht. »Gern.«

»Ich habe Steaks im Kühlschrank, aber sonst nur noch einen schlappen Salat und ein paar Tomaten. Kannst du an der Front vielleicht noch was beisteuern?« Er lächelt sie so strahlend an, dass sie trotz der Hitze sofort zum Supermarkt laufen würde, wenn sie nicht eine gut ausgestattete Gemüseschublade hätte.

»Was hältst du von einem gemischten Salat mit Zitronen-Thymian-Dressing und Pellkartoffeln?«

»Klingt himmlisch.«

Sie lächelt ebenfalls. »Gut, dann bis gleich.«

Heather hat Schmetterlinge im Bauch, als sie eine Stunde später ihre Terrassentür öffnet und in den Garten hinaustritt. Jason ist schon ewig da draußen, aber sie hat sich nicht getraut, einfach so rauszugehen und sich zu ihm zu setzen. Etwas zu essen mitzubringen, gibt ihr einen Aufhänger, einen Grund, hier zu sein.

Er lächelt, als er sie erblickt, und nimmt den Deckel vom

Grill, um das Fleisch aufzulegen. »Wow!«, sagt er zu dem farbenfrohen Salat, den sie zubereitet hat. »Das sieht großartig aus!« Er deutet auf die Steaks. »Die brauchen nicht lange. Möchtest du etwas zu trinken?«

Heather nickt, geschmeichelt von seinem Lob, und er reicht ihr eine Flasche Cola aus seiner Kühltasche. Sie ist wunderbar kalt, und der markante, süße Geschmack löscht sofort ihren Durst. Ein paar Minuten später setzen sie sich mit ihren gefüllten Tellern an den Holztisch.

»Ich habe dich kaum zu Gesicht bekommen, seit du wieder hier eingezogen bist«, sagt Jason, während sie essen.

Heather ist froh, dass sie gerade den Mund voll hat und nicht sofort antworten kann. »Die Arbeit. Hatte viel zu tun«, sagt sie schließlich, obwohl das nicht so ganz stimmt; es war nicht stressiger als sonst. Tatsächlich empfand sie das gemeinsame Frühstück als so besonders, so intim, dass sie sich aus Scheu vor einer erneuten Begegnung absichtlich zurückgezogen hat. Nur das zufällige Zusammentreffen vorhin im Flur hat ihren Plan durchkreuzt. »Aber erzähl mir doch mal von deiner Arbeit«, fügt sie rasch hinzu, um von sich abzulenken. »›Erbenjäger‹ klingt ein bisschen wie Indiana Jones, nur dass es dabei wohl nicht um einen Schatz, sondern um Leute geht.«

Er lacht über ihren Scherz, und sie wird rot. »Streng genommen bin ich Nachlassgenealoge. Dazu gehört eine gewisse Menge Detektivarbeit – ich muss alte Geburts-, Heirats- und Sterbeurkunden durchsehen, um mich zu vergewissern, dass ich die richtige Familie erwischt habe, bevor ich die Begünstigten kontaktiere –, und ich muss schnell sein, denn oft sind mehrere Firmen auf denselben Fall angesetzt, und die Provision kriegt natürlich derjenige, der zuerst fündig wird.«

Sie stellt noch mehr Fragen, und als er in die Einzelheiten geht, kommt ihr plötzlich in den Sinn, dass er ihr vielleicht Tipps geben kann, wie sie mit ihrer eigenen Suche weiterkommt. »Wie findest du denn heraus, wo die Verwandten leben, damit du sie über das Erbe informieren kannst? Mein Schwager hat vor ein paar Jahren versucht, ein bisschen mehr über seine Vorfahren herauszubekommen, aber er sagte, viele amtliche Unterlagen und Kirchenbücher dürfen erst nach hundert Jahren eingesehen werden.«

»Ah.« Er trinkt einen Schluck von seinem Bier. »Wir haben Zugriff auf Dokumente, die der Allgemeinheit verschlossen sind. Sonst wäre es fast unmöglich, unsere Arbeit zu machen.«

»Wenn ich also jemanden finden wollte, der noch lebt – zum Beispiel einen verschollenen Verwandten oder so –, dann wäre es wesentlich schwerer?«

»Ja, leider. Die Datenschutzgesetze sind da sehr streng.« Heather nickt. Mist. Also zurück auf Los.

Sie sprechen noch ein wenig über ihre Arbeit und stellen fest, dass sie beide die Leidenschaft antreibt, die Wahrheit über Menschen aus der Vergangenheit herauszufinden und diese Wahrheit sinnvoll einzusetzen – sie, um Wissen und Verständnis zu verbreiten; er, damit noch lebende Verwandte zu ihrem Recht kommen. Er erzählt ein paar wirklich interessante Geschichten über Fälle hier und im Ausland und darüber, wie viel man allein durch die wenigen offiziellen Unterlagen über einen Menschen in Erfahrung bringen kann.

Aber nur, wenn man weiß, wo man anfangen muss, denkt Heather trübsinnig. Sie überlegt, ob sie eine Geburtsurkunde für Patricia Waites finden kann, tut die Idee aber sofort als unsinnig ab. Nach allem, was Jason gesagt hat, würde sie das nicht weiterbringen. Selbst wenn sie Namen und Beruf der

Eltern sowie Geburtsort und -datum der Frau herausbekäme, würde das keine ihrer Fragen beantworten.

Das Gespräch versiegt, während sie über diese Dinge nachdenkt, und der Himmel wechselt von einem blassen Orange zu einem silbrigen Violett. Die umstehenden Bäume tauchen ihren Garten in Schatten und lassen ihn kleiner und intimer erscheinen. Obwohl sie sich das Hirn zermartert, fällt Heather partout nichts mehr ein, was sie sagen könnte, und sie ist sehr erleichtert, als Jason nach mindestens fünf Minuten das Schweigen durchbricht. »Man kann dich wirklich gut um sich haben, Heather. Das gefällt mir an dir.«

Heather ist froh, dass er in dem Dämmerlicht nicht sehen kann, wie sie rot wird. »Wirklich?«

»Wirklich«, sagt er, lehnt sich in seinem Stuhl zurück und streckt die Beine aus.

Heather runzelt die Stirn. »Ich dachte immer, ich wäre zu schüchtern … zu still, um interessant zu sein.«

Er wendet den Kopf zu ihr. »Gesprächig ist nicht unbedingt dasselbe wie interessant«, sagt er weise. »Ich weiß, wovon ich rede – ich habe vier Schwestern! Manchmal konnte ich zu Hause vor lauter Geplapper nicht mehr klar denken.«

Heather muss lachen, obwohl er sicher übertreibt.

»Außerdem liegt das Interessante manchmal weniger in dem, was gesagt wird, als in dem, was *nicht* gesagt wird. Ein kleines Geheimnis hat durchaus seinen Reiz.«

Nun sieht er sie direkt an, und Heather schluckt. Ihr Herz hämmert wieder, wie so oft, wenn sie in seiner Gegenwart ist. Sie weiß, was er damit sagen will: Stille Wasser sind tief. Das Dumme dabei ist nur, dass er vermutlich an Korallenriffe oder versunkene Schätze in Südseegewässern denkt. Ihre Tiefen sind trüber, wie ein Kanal voll rostiger Einkaufswagen und giftigem Schlamm.

Sie muss daran denken, was Faith bei ihrem letzten Treffen gesagt hat. Ihre Schwester hält sie für kaputt. Jedenfalls zu kaputt für diesen Mann. Sie sollte wieder reingehen und sich und ihm die Enttäuschung ersparen, sie näher kennenzulernen. Dennoch vergeht eine weitere halbe Stunde, bevor sie sich dazu durchringt aufzustehen, ihm für das Steak zu danken und ihm eine gute Nacht zu wünschen.

22

Heather flattert das Herz in der Brust, während sie darauf wartet, dass Jason die Tür aufmacht. Vor ein paar Tagen ist sie um drei Uhr morgens aufgewacht, aus Träumen voll lauer Nacht, Blütenduft … und ihm. Sie hat sich aufgesetzt und sich das Haar aus dem Gesicht gestrichen. Und da ist ihr plötzlich etwas eingefallen. Eine Lösung. Eine Möglichkeit, mit ihrer Suche nach Antworten weiterzukommen. Aber sie hat ein paar Tage gebraucht, um ihren Mut zusammenzunehmen.

Heute Morgen ist sie früh aufgestanden und in die Küche gegangen. Sie hat diverse Zutaten aus den Küchenschränken genommen, ihre leckeren, schön klebrigen Schokoladenbrownies gebacken und sie noch warm in gleichmäßige Rechtecke geschnitten. Hoffentlich gehört Jason nicht zu den Leuten, die an einem Samstag bis nachmittags im Bett liegen bleiben.

Doch als er die Tür öffnet, ist er angezogen und offenbar frisch geduscht. »Hast du die Kaffeemaschine schon eingeweiht?«, fragt Heather, wie sie es sich sorgfältig zurechtgelegt hat. »Ich habe vorhin gebacken und dachte mir, die hier würden perfekt dazu passen.«

»Äh, ja … habe ich.« Ihr sinkt der Mut. Sie hat gewusst, dass es eine blödsinnige Idee ist. Es war nur die Verzweiflung, die sie dazu getrieben hat. »Aber man kann diese Geräte ja zum Glück mehrmals benutzen.« Lächelnd öffnete er die Tür weiter, und sie folgt ihm hinein.

Sie hatte recht – seine Wohnung ist fast genauso geschnitten wie ihre, aber sie wirkt ganz anders. Maskuliner. Viel Holz und Leder, und der Flur ist in einem gedeckten Rot gestrichen. Eigentlich müsste es den Raum klein und dunkel machen, aber irgendwie wirkt es warm und einladend. Heather denkt an ihre weißen Wände und fragt sich zum ersten Mal, ob andere sie vielleicht ein wenig steril finden.

Sie gehen in die Küche. Die Schränke sind anders angeordnet, wahrscheinlich weil die Hintertür fehlt, und in der einen Ecke steht ein kleiner runder Tisch. Jason bedeutet ihr, sich zu setzen, während er die kompakte Kaffeemaschine auf der Arbeitsfläche bedient. Eine Minute später steht eine dampfende Tasse vor ihr. Er macht sich selbst auch einen Kaffee, setzt sich auf den anderen Stuhl und greift mit fragender Miene nach dem Teller. Heather nickt.

Nach dem ersten Bissen schließt er die Augen und stöhnt genüsslich, sodass ihr vor Stolz ganz warm wird. Sie backt nur selten, obwohl sie es wirklich gut kann. Hauptsächlich weil niemand da ist, mit dem sie das Ergebnis teilen kann, und ein ganzes Blech Brownies allein zu essen, ist ungesund.

»Wahnsinn«, murmelt Jason, als er wieder halbwegs sprechen kann. »Wenn ich geahnt hätte, dass du so gut backen kannst, hätte ich schon viel eher darauf bestanden, dass du raufkommst.«

Heather wird rot. »Ich … ich wollte mich nur noch mal bedanken, für alles, was du bei dem Rohrbruch für mich getan hast.«

Er nimmt sich noch einen Brownie, diesmal ohne ihr Einverständnis abzuwarten. »Es wäre ziemlich mies gewesen, dich da unten allein absaufen zu lassen. Außerdem ist das ja schon Wochen her.«

»Und für das nette Abendessen neulich.«

»Na ja, die Hälfte davon hast du ja gemacht – und die kompliziertere Hälfte noch dazu. Aber wenn ich das hier als Dankeschön für ein paar angekokelte Steaks kriege, will ich mich nicht beschweren.«

Mit seinem hinreißend schiefen Lächeln schnappt er sich einen dritten Brownie. Heather beginnt sich zu fragen, ob es wirklich so eine gute Idee war hierherzukommen, aber jetzt ist es zu spät für einen Rückzieher. Sie schweigt eine ganze Weile, weil ihr trotz verzweifelter Suche nichts Passendes einfällt.

Jasons Miene wird ernst, und er wischt sich mit dem Handrücken die dunklen Krümel von den Lippen. »Ist alles in Ordnung?«

Sie nickt. »Es ist nur … Ich …«

»Ja?«

Heather seufzt. Also gut. »Es gibt da jemanden, den ich finden muss – jemanden aus meiner Vergangenheit –, und ich komme nicht weiter.«

»Ich nehme an, du hast es schon mit Google, Facebook und so weiter versucht?«

Sie nickt erneut. »Ich weiß nur den Namen der Person und dass sie vor etwa zwanzig Jahren hier in der Gegend gelebt hat. Aber alle Versuche, übers Internet mehr rauszubekommen, sind fehlgeschlagen.«

»Wie ärgerlich.«

»Ärgerlich ist gar kein Ausdruck.« Heather blickt hinunter auf ihre Hände. »Na ja, und da dachte ich … ob du vielleicht …?«

Sie hebt den Kopf. Jason sieht sie abwartend an. Wenn sie sich je bei irgendwem sicher genug gefühlt hat, um einen so großen Gefallen zu bitten, dann ist er es. Warum, weiß sie nicht. Normalerweise bleibt sie bei Männern immer auf Abstand, aber bei diesem hat sie das Gefühl, dass sie ihm vertrauen kann. »Würdest du mir dabei helfen?«, fragt sie mit wild pochendem Herzen.

Er strahlt sie an. »Na klar!« Sofort springt er auf, läuft

hinaus und kommt Sekunden später mit seinem Laptop zurück. Heather wird vor Erleichterung ganz schwindelig. Sie hätte nie gedacht, dass es so leicht sein würde!

Er zieht seinen Stuhl ein Stück herum und stellt den Laptop so auf den Tisch, dass sie beide den Bildschirm sehen können. Er klappt ihn auf, gibt das Passwort ein, und schon kann es losgehen. Er öffnet den Browser.

Heather starrt auf den Bildschirm. »Das ist Google. Das habe ich schon probiert.«

Jason sieht verwirrt aus. »Aber ich dachte, ich soll dir helfen?«

Sie schüttelt den Kopf. »Nein. Ich meine, doch, aber …«

Da fällt der Groschen. Sie sieht, wie das Licht in Jasons Augen erlischt. »Du willst, dass ich meine professionellen Möglichkeiten nutze, um dir zu helfen, diese Person zu finden.«

Die Welt scheint stillzustehen. Heather zwingt sich, das Wort zu sagen, aber es klingt zittrig und heiser. »Ja.«

Er klappt den Laptop zu und steht auf. »Das kann ich nicht machen«, sagt er mit finsterer Miene.

Heather fühlt sich, als würde sie innerlich sterben und zusammenschrumpfen. Aber sie kann jetzt nicht aufgeben. Das hier ist ihre einzige Chance. »Nicht einmal, wenn es wirklich sehr, sehr wichtig wäre? Wenn es mein Leben verändern könnte?«

Er sieht sie mit einer Mischung aus Genervtheit und Fassungslosigkeit an – kurioserweise genau derselbe Ausdruck, den Faith auch immer hat – und geht zur anderen Seite der Küche, wo er sich an die Arbeitsfläche lehnt, die langen Beine vor sich ausgestreckt. Er senkt den Kopf, und als er ihn wieder hebt, sieht er nicht sie an, sondern den halb leeren Teller. »Deshalb die Brownies, stimmt's? Und ich dachte, du magst mich wirklich.«

Sie schluckt. Selbst wenn sie in diesem Moment sprechen könnte, könnte sie es nicht leugnen. Offenbar sieht er es ihr an, denn er schnaubt verächtlich.

»Es ist nicht so, wie du denkst!«, bringt Heather mühsam hervor. Sie will nicht, dass er glaubt, sie mag ihn nicht, denn das stimmt nicht. Es ist ja nicht ihre Schuld, dass er zufällig genau den richtigen Beruf hat, um ihr zu helfen. Und wenn sie ehrlich ist, wäre es ihr auch viel lieber gewesen, wenn sie jemand anderen hätte fragen können.

»Nein?«, entgegnet er. »Das, worum du mich bittest, ist unmoralisch, und selbst wenn es das nicht wäre, weiß ich nicht, ob ich es tun würde. Du benutzt mich, Heather – wahrscheinlich um irgendeinen lausigen Exfreund zu finden, ohne den du nicht leben kannst –, und von mir aus kannst du so viele Kuchen backen, wie du willst, die Antwort ist nein.«

Heathers Augen brennen, aber sie kämpft gegen die Tränen an. Sie darf sich nicht noch weiter demütigen, indem sie jetzt auch noch anfängt zu weinen.

»Du solltest jetzt besser gehen.« Er tritt an den Tisch und hebt den Teller mit den Brownies hoch. »Und die kannst du mitnehmen.«

Sie wünschte, sie könnte ihm sagen, dass er sich irrt. In Bezug auf den Exfreund stimmt das ja auch, aber was den Rest angeht, hat er schon recht. Und so nimmt sie den Teller, zieht den Kopf ein und flüchtet aus seiner Wohnung.

23

Ich dachte immer, Puschen wären fröhliche Schuhe, warm, bequem und tröstlich – nichts, was einen traurig machen könnte. Doch dann sah ich eines Tages einen einzelnen Frotteeschlappen mitten auf der Straße liegen. Er sah seltsam aus, dort auf dem Asphalt. Einsam. Schmuddelig. Ich wollte hingehen und ihn aufheben. Ich wollte ihn retten.

Heathers Dad hält ihr die Hand hin und wartet darauf, dass sie sie nimmt. Heather möchte sie nehmen. Sie will ihn nicht enttäuschen, aber …

Sie dreht sich um, sieht zu ihrer Mutter, die immer noch weinend auf dem Boden kauert, und schüttelt den Kopf.

»Mäuschen …«

»Nein«, sagt Heather. Sie hat ihren Vater noch nie unterbrochen, aber jetzt kann sie nicht anders. Das hier ist wichtig. »Das ist gemein. Wir können Mummy nicht allein lassen.«

Ihre Mum schnieft, dann hebt sie den Kopf. Manchmal denkt Heather, ihre Mutter ist zu sehr mit all dem Zeug beschäftigt, um sie überhaupt noch richtig wahrzunehmen, aber jetzt treffen sich ihre Blicke. Die Augen ihrer Mum glänzen vor Dankbarkeit und Liebe. Es fühlt sich an, als wäre sie zurückgekommen, obwohl sie gar nicht fort war.

»Heather!«, sagt Faith wütend. »Sei doch nicht so dumm!«

»Hör auf!«, schreit Heather sie an. »Du tust immer so, als wärst du klüger als ich, aber das bist du gar nicht! Du bist bloß älter. So ist es gerecht. Ein Erwachsener und ein Kind.«

»Du spinnst doch! Das ist deine Chance, aus dem Haus rauszukommen!«

Heather betrachtet die nackten Wände und den freigeräumten Fußboden. »Aber das Haus ist doch wieder schön. Es gefällt mir so. Und ich will in meinem neuen Zimmer schlafen.« Sie blickt zu ihrem Vater. Er hört ihr zu und überlegt.

»Also gut«, sagt er schließlich. »Wenn du hierbleiben willst, zwinge ich dich nicht mitzukommen.« Er wendet sich zu Heathers Mutter. »Chris? Du musst dich zusammenreißen, um Heathers willen, okay? Und wie es nun weitergeht …« Er zuckt die Achseln. »Wir reden morgen.«

Als er sich zum Gehen wendet, fängt ihre Mum wieder an zu weinen. Sie erhebt sich mühsam und folgt ihm und Faith in ihren Puschen die Treppe hinunter bis nach draußen. Mittlerweile ist es fast dunkel und auch ziemlich kühl, deshalb bleibt Heather in der Haustür stehen.

»Bitte, Stephen! Bitte …«

Ihr Dad und Faith sitzen jetzt im Auto. Der Motor startet. Das Weinen ihrer Mutter wird lauter. Genau genommen hört es sich gar nicht mehr wie Weinen an, sondern wie ein Heulen. Obwohl sie zittert, geht Heather leise den Weg hinunter, denn jemand muss sich um ihre Mum kümmern, und ihr Dad wird es offensichtlich nicht tun.

Das Auto fährt los, und ihre Mum läuft hinterher. Faith schaut durch die Heckscheibe, und sie sieht aus, als hätte sie Schmerzen, doch dann schüttelt sie den Kopf, dreht sich um und lässt sich in den Sitz fallen.

Ihre Mum läuft vom Gehweg auf die Straße. Sie verliert ihre Puschen, erst den einen, dann den anderen, aber sie bleibt erst stehen, als der rote Sierra nur noch ein winziger Punkt in der Ferne ist.

Einige von den Nachbarn sind aus ihren Häusern gekommen und blicken die Straße rauf und runter, um zu sehen,

171

was da los ist. Heather steht an der Pforte, die Arme um den Körper geschlungen. Ihr gefällt nicht, wie sie ihre Mum ansehen, deshalb läuft sie auf dem Gehweg zu ihr.

Unterwegs sieht Heather den einen Puschen ihrer Mutter und zögert. Eigentlich darf sie nicht allein auf die Straße, aber hier fahren kaum Autos, nur die von den Leuten, die in der Straße wohnen, und so läuft sie rasch hinüber und hebt ihn auf. Der andere liegt nur ein kleines Stück weiter, und den schnappt sie sich auch.

Ihre Mutter hockt wie ein Häufchen Elend mitten auf der Straße. Heather hört nichts, aber der ganze Oberkörper ihrer Mum bebt. Das ist jetzt das Weinen, bei dem kein Geräusch herauskommt. Heather kennt das, denn sie weint genauso, wenn Patrick Hull und seine Bande sie nach der Schule verfolgen.

Sie geht zu ihrer Mutter und streicht ihr über den Rücken, als wollte sie sie aufwecken. Ihre Mum zuckt zusammen, aber es dauert ein paar Sekunden, bis sie aufblickt.

»Komm«, sagt Heather. »Wir sollten besser wieder reingehen.«

Im ersten Moment scheint ihre Mum sie nicht zu verstehen, doch dann nickt sie und schließt sie in die Arme. Heather lässt es geschehen, obwohl es ihr furchtbar peinlich ist, dass die Nachbarn zusehen. Als ihre Mum sie loslässt, hält Heather ihr die Puschen hin und versucht zu lächeln. Da fängt ihre Mum gleich wieder an zu weinen. »Meine süße, kleine Heather«, schnieft sie. »Was würde ich bloß ohne dich tun?«

Heather sagt nichts darauf. Sie hilft ihr nur hoch und führt sie zurück ins Haus.

24

Auch in dieser Nacht kann Heather nicht schlafen. Sie muss immerzu an Jason denken und an den Ausdruck von Enttäuschung und Abscheu in seinem Gesicht. Sie wusste nicht, dass sie jemanden so verletzen kann.

Stundenlang brütet sie darüber; erst in den frühen Morgenstunden sinkt sie in einen unruhigen Schlaf, und dann brütet sie den ganzen nächsten Tag weiter darüber. Bei der Arbeit katalogisiert sie Briefe, was ihr normalerweise Spaß macht, aber sie kann sich nicht konzentrieren. Bei jedem einzelnen muss sie mehrmals auf das Datum und die Adresse schauen, bevor sie ihn einsortiert, weil sie beides immer wieder vergisst.

Abends kauft sie auf dem Heimweg eine gute Flasche Rotwein und nimmt sich vor, mit ihrem Friedensangebot nach oben zu gehen und an Jasons Tür zu klopfen. Sie denkt zwei Stunden und siebenundzwanzig Minuten darüber nach, nimmt sogar mehrmals die Flasche und steuert auf die Tür zu, läuft aber jedes Mal zurück ins Wohnzimmer und stellt die Flasche wieder auf den Beistelltisch neben dem Sofa.

Während sie dasitzt, das Gesicht in den Händen vergraben, hört sie mit einem Mal ein leises Pfeifen. Als sie den Kopf hebt, erblickt sie Jason draußen im Garten. Die Sonne ist bereits untergegangen, und sie hat noch kein Licht eingeschaltet, sodass er sie wahrscheinlich nicht sehen kann, aber sie sieht ihn, wie er in der Dämmerung über den Rasen schlendert und die laue Abendluft genießt.

Ohne nachzudenken, öffnet sie die Terrassentür und geht hinaus. Das Gras unter ihren nackten Füßen ist kühl und weich. Jason steht am Ende und blickt über das Tal, sodass er sie zunächst nicht bemerkt, aber dann hört er sie offenbar und dreht sich um. Als er sie erkennt, erstarrt er.

»Es tut mir leid«, sagt sie.

Seine Miene ist undurchdringlich. »Schon gut.« Er dreht sich wieder um und betrachtet die Aussicht. Heather gräbt die Füße ins Gras, um sich am Weglaufen zu hindern, und holt tief Luft.

»Bitte gib mir die Chance, es dir zu erklären.«

Er seufzt und antwortet, ohne den Kopf umzuwenden. »Du hast fünf Minuten.«

Sie nickt. Das wird nicht reichen, aber es ist mehr, als sie verdient. »Genau genommen wäre es einfacher, es dir zu zeigen, als es zu erklären.«

Nun blickt er sich doch um. Er ist immer noch wütend auf sie, aber sie hat seine Neugier geweckt.

»Kommst du mit?«

Nach kurzem Zögern nickt er, und Heather führt ihn durch den Garten zurück und in ihre Wohnung. Schweigend holt sie den Schlüssel zum Gästezimmer und schließt mit zitternden Händen die Tür auf. Seit ihrer Rückkehr aus dem Hotel hat sie den Raum nicht mehr betreten, und beim Anblick des aufgetürmten Krempels wird ihr schwindelig.

»All das«, sagt sie, »gehörte meiner Mutter.« Sie wendet den Blick von der Kommode, in der sich ihr Diebesgut von Mothercare befindet.

»Ja, das sagtest du schon.« Jason sieht sie an. Sie ist nicht besonders gut darin, Mienen zu deuten, aber sie spürt, dass er nicht mehr so wütend ist, dass er vielleicht sogar verstehen möchte; doch dazu braucht er mehr. Das ist Heather klar, aber dieses »Mehr« hat sie noch nie jemandem erzählt.

»Meine Mutter war … psychisch krank«, fährt sie leise fort. »Sie war …« Es ist so schwer, diese Worte auszusprechen. Es ist, als würde sie etwas über sich selbst preisgeben, nicht über ihre Mutter. Schließlich stößt sie es förmlich hervor. »Sie war eine zwanghafte Horterin, ein Messie.«

Jason sieht überrascht aus, aber nicht entsetzt. Er ist noch nicht weggelaufen. »Und das ist …«

»Der Rest ihrer Sachen. Das Ordnungsamt hatte sie angewiesen, das Haus aufzuräumen, und als sie …« Sie bricht ab, und in ihren Augen brennen Tränen. Normalerweise schafft sie es, sie zurückzudrängen, aber sie ahnt voller Panik, dass ihre übliche Taktik ihr diesmal nicht helfen wird.

Sie muss hier weg. Sie läuft durch den Flur zurück ins Wohnzimmer, stellt sich in die Mitte und atmet tief durch. Es kümmert sie nicht einmal, dass Jason ihr gefolgt ist und sie bei ihrem Ritual sieht.

Er stellt sich hinter sie, wahrt aber Abstand. Als er spricht, ist die Schärfe aus seiner Stimme verschwunden. »Wie ist sie gestorben, Heather?«

Stille, weit und geräumig. Heather sammelt sich und füllt sie mit ihren Worten.

»Sie hatte Bluthochdruck. Wahrscheinlich hatte sie ihre Medikamente in dem ganzen Durcheinander verloren und keinen Nachschub besorgt, und dann hatte sie einen Schlaganfall.« Das ist vermutlich genug Information, aber nun, da sie angefangen hat, kann sie irgendwie nicht mehr aufhören. »Der Postbote hatte einen Rettungswagen gerufen, aber die Sanitäter kamen wegen des ganzen Zeugs nicht mit der Trage ins Haus. Es hat Stunden gedauert, sie da rauszuholen. Wer weiß, wenn sie einfach hätten reingehen können, wäre sie vielleicht …« Sie schluckt und schweigt einen Moment. »Aber so haben sie kostbare Zeit verloren. Ein paar Tage später ist sie gestorben.«

Jason sagt nichts, sondern geht einfach nur auf sie zu

und nimmt sie in die Arme. Sie legt den Kopf an seine Schulter, und dann kommen die Tränen. Was für eine Erleichterung. Es kommt ihr so vor, als hätte sie sich fast ihr ganzes Leben allein aufrecht gehalten, ohne jemanden, der sie hält. Während ihre Gedanken auf die seltsamste Weise abdriften, fragt sie sich, ob sie nicht für immer so bleiben kann, warm und beschützt, doch nach einer Weile löst Jason sich von ihr und tritt einen Schritt zurück, damit er sie ansehen kann.

»Und das Zeug da in dem Zimmer, ist das alles?«

Heather schüttelt den Kopf. »Wie ich schon sagte, das Ordnungsamt hatte sie zum Aufräumen verdonnert, und als meine Mutter starb, haben sie eine Firma beauftragt. Ich wusste zunächst nichts davon und kam erst dazu, als sie schon drei Tage ausgemistet hatten.«

Jason sieht sie entgeistert an. »Du hattest keine Chance, die Sachen durchzusehen?«

»Nein. Und um ehrlich zu sein, wollte ich das auch gar nicht. Die Leute hatten immerhin alles aufgehoben, was nach wichtigen Papieren, Familienerinnerungen oder noch irgendwie brauchbar aussah, und es in Kisten und Kartons gepackt. Ich hinderte sie daran, noch mehr wegzuwerfen – meine Mum bewahrte wertvolle Sachen an den seltsamsten Orten auf –, mietete mir einen Transporter und brachte den Rest hierher. Eigentlich hatte ich vor, alles durchzusehen, aber … «

Er nickt. »Horten ist eine Art Sucht, nicht?«

»Ich glaube schon. Zumindest konnte meine Mutter nicht damit aufhören, selbst in den seltenen Phasen, in denen sie erkannte, wie zerstörerisch es war.«

Jason geht zum Sofa und setzt sich auf die Armlehne. »Nun ja, mit Horten kenne ich mich nicht aus, aber mit Suchtverhalten. Mein Dad ist Alkoholiker.«

Ein langer, leiser Seufzer löst sich aus Heathers Körper.

Es ist, als wäre sie viele Jahre lang auf höchster Alarmstufe gewesen, und nun ist die Bedrohung auf ein erträglicheres Maß abgesunken. Sie sieht Jason zum ersten Mal richtig an, blickt hinter das zerzauste dunkle Haar und den gut gebauten Körper. Ihr Bild von ihm passt nicht zu dem, was er ihr gerade erzählt hat. Jason kann keine Probleme haben. Jedenfalls keine echten. Dazu ist er zu perfekt, zu normal.

Sein Mund verzieht sich zu einem schiefen »Wir sitzen im selben Boot«-Lächeln. Da muss auch Heather lächeln, zumindest ein bisschen.

»Okay«, sagt er und setzt sich etwas bequemer hin. »Jetzt verstehe ich ein paar Dinge besser – warum du bei dem Rohrbruch so panisch warst und danach für Wochen verschwunden bist.«

»Es waren nur sechs Tage«, erwidert sie und denkt mit einem Anfall von Nostalgie an das Park Lodge Hotel zurück.

»Und ja, ich war neulich sauer auf dich, aber jetzt bin ich bereit, dir zuzuhören. Ich verstehe allerdings noch nicht, was all das« – er deutet mit einer Handbewegung Richtung Gästezimmer – »mit dem zu tun hat, worum du mich gebeten hast.«

Heather geht zum Regal und holt die Plastikkiste, in der die Fotoalben und der erste Zeitungsartikel verstaut sind. Sie stellt sie sorgfältig auf den Tisch, öffnet sie und nimmt mit zitternden Händen die Mappe mit dem Zeitungsartikel heraus. Dann reicht sie Jason das dünne Stück Papier.

»Das bin ich«, sagt sie. »Das Mädchen auf dem Foto bin ich.«

Jason blickt abrupt auf. »Ach du Scheiße.« *Ja*, denkt Heather. *Das trifft's ziemlich gut.*

»Das Horten wird oft durch ein traumatisches Erlebnis ausgelöst«, fügt sie hinzu.

»Und du glaubst, das hier war bei deiner Mutter der Auslöser?«

Sie zuckt nur leicht die Achseln.

Er flucht erneut und schüttelt ungläubig den Kopf. »Puh. Ich meine … so aufzuwachsen, mit diesem Wissen …«

»Genau das ist ja der Punkt. Ich habe es gerade erst herausgefunden.«

Jason starrt sie fassungslos an. »Niemand hat dir das gesagt?«

»Nein. Das war wohl ein Familiengeheimnis. Eigentlich nicht weiter überraschend. Darin ist meine Familie nämlich richtig gut.«

Und sie selbst auch. Sie ganz besonders. Aber das behält sie für sich.

Jason sieht sie an, und sie weiß, dass er versteht.

»Ich muss …«, beginnt sie, doch dann fragt sie sich, was sie eigentlich genau muss. Mehr, als sie ihm erzählen kann, so viel ist klar. Sie will ihn nicht noch mit ihren eigenen Marotten verschrecken; die ihrer Mutter sind schon schlimm genug. Sie atmet aus und nimmt einen neuen Anlauf. »Ich muss mehr herausfinden. In meinem Kopf schwirren lauter Fragen herum. Ich muss sie beantworten, sortieren und wegräumen. Vielleicht schaffe ich es dann, das alles hinter mir zu lassen.«

Und vielleicht schaffe ich es dann doch noch, nicht so zu werden wie meine Mutter, fügt sie in Gedanken hinzu.

»Deshalb bin ich zu dir gekommen … Deshalb meine Frage …«

Er schweigt eine Weile, dann sagt er schließlich zögernd: »Okay.«

»Ich habe noch mehr Artikel darüber gefunden«, fährt sie fort. »Ich weiß jetzt, wie die Frau heißt, die mich entführt hat.« Sie geht zur Terrassentür und starrt hinaus in die Dunkelheit. »Ich wollte einfach nur wissen, wer sie ist und warum sie es getan hat. Ich wollte versuchen, sie zu finden. Ich konnte an nichts anderes denken.« Sie dreht sich mit einem kleinen Lachen um. »Verrückt, ich weiß.«

Er steht auf und kommt mit ernster Miene auf sie zu. »Überhaupt nicht, in Anbetracht der Umstände. Mir ginge es wahrscheinlich genauso.«

»Das sagst du jetzt nur so.«

»Nein. Als ich sechzehn war, ist mein Dad eines Tages einfach gegangen und hat sich jahrelang nicht blicken lassen. Ich weiß, wie sehr diese Ungewissheit an einem nagen kann. Einmal habe ich sogar die Schule geschwänzt und bin mit dem Zug nach Bristol gefahren, um herauszufinden, ob er vielleicht bei meinem Onkel war. Meine Mum war stocksauer, vor allem weil ich an dem Tag eigentlich meine Abschlussprüfung in Geschichte hatte.« Er zuckt die Achseln. »Wie du sagtest: verrückt – aber manchmal zwingt uns das Leben, verrückte Dinge zu tun.«

»Wie ging es weiter?«

»Oh, er ist wieder aufgekreuzt, nachdem ich mit dem Studium angefangen hatte. Mum wollte ihn zum Glück nicht wieder zurückhaben, und so treibt er irgendwo am Rand unseres Lebens herum, versteckt sich, wenn er trinkt, und taucht ab und zu auf, wenn es ihm besser geht.«

Heather schweigt einen Moment. »Ich meinte eigentlich die Geschichtsprüfung, aber …«

Jason lacht, und sie sieht ihn verwundert an. Wie kann er lachen, nachdem er ihr gerade etwas so Schmerzliches erzählt hat?

»Oh, ich habe sie nachgeschrieben. Und mit sehr gut bestanden.«

»Das freut mich«, sagt sie, und dann schweigen sie wieder. Diesmal liegt eine Wärme in der Stille, die vorher nicht da war. »Es tut mir leid, dass ich dich gebeten habe, gegen die Regeln zu verstoßen«, sagt sie nach einer Weile. »Ich war verzweifelt. Ich hatte alles versucht, was mir einfiel – im Internet und auf anderen Wegen. Aber ich hätte dich nicht in diese Position bringen dürfen. Es tut mir wirklich leid.«

»Wenn du mir das alles gleich erzählt hättest, hätte ich wahrscheinlich auch nicht Ja gesagt, aber ich wäre nicht wütend geworden.«

Heather nickt. Jetzt erscheint ihr das vollkommen offensichtlich, aber sie war bisher so daran gewöhnt, stets nur ein Minimum an Informationen über sich preiszugeben, dass es ihr gar nicht in den Sinn gekommen ist, sich ein wenig mehr zu öffnen, bis ihre eigene Ungeschicklichkeit sie dazu gezwungen hat. »Du verzeihst mir also?«

Er lächelt. »Ja, wir sind wieder Freunde.«

Da ist das Wort wieder. Freunde. *Schade, dass man Worte nicht sichtbar machen kann*, denkt Heather. *Dann würde ich sie einfangen wie Schmetterlinge und in einem Glas aufbewahren.* Und dieses Wort von Jason wäre ihr erstes Sammelobjekt.

Sein Lächeln wird breiter. »Gibt es irgendeinen Grund, weshalb wir hier im Dunkeln herumstehen?«

Heather lacht, und als sie hinübergeht, um die Lampe neben dem Sofa einzuschalten, fällt ihr Blick auf die Weinflasche, die sie zuvor dort hingestellt hatte. Sie drückt auf den Schalter, und das Wohnzimmer wird von sanftem, warmem Licht erfüllt. Sie hält die Flasche hoch. »Magst du ein Glas?« Dann fällt ihr ein, worüber sie gerade gesprochen haben, und sie fügt hastig hinzu: »Aber ich weiß natürlich nicht, wie du zu … Ich meine, ob du überhaupt …« Sie weiß noch, dass es bei der Grillparty Bier gab, aber wenn sie jetzt so darüber nachdenkt, kann sie sich nicht entsinnen, Jason mit einer Flasche gesehen zu haben.

Doch zum Glück rettet Jason sie. »Nein, ist schon okay. Ich trinke Alkohol, aber nur in Maßen. Ich möchte nicht nach einem Gelage morgens in den Badezimmerspiegel schauen und dort meinen Vater erblicken.«

Heather nickt – sie erinnert sich nur zu gut, wie Faiths Vorwurf sie getroffen hat – und geht mit der Flasche in die Küche. Sie kommt mit zwei halb gefüllten Gläsern Merlot zurück und gibt eins davon Jason. Dann setzt sie sich in den Sessel, und Jason lässt sich auf dem Sofa nieder.

Sie unterhalten sich eine Weile über andere Dinge – Bücher, Musik, Fernsehsendungen, was sie mögen und was nicht –, doch als Jason sein Glas geleert hat, steht er auf. »Danke. Ich bin froh, dass wir uns wieder vertragen haben.«

»Ich auch.« Heather erhebt sich ebenfalls und geht auf ihn zu.

»Und ich möchte mich auch entschuldigen – dafür, dass ich neulich so überreagiert habe.«

Heather macht eine wegwerfende Handbewegung. »Nein, nein, nicht doch …« Sie weiß, es war ihre Schuld.

»Das Ganze hat mich nur im ersten Moment an jemand anderen erinnert, an jemanden, der mich ausgenutzt hat.«

»Eine Frau?«, fragt Heather, erstaunt über ihre eigene Kühnheit.

»Ja.« Er seufzt. »Hat damals ziemlich wehgetan, aber es ist besser so. Sie war nicht diejenige, für die ich sie gehalten habe. Aber ich hätte das nicht an dir auslassen dürfen.« Er streckt die Hand aus und berührt sie an der Schulter, nur ganz leicht, ganz kurz.

Als er die Hand wieder zurückzieht, würde sie ihr am liebsten folgen. Sie möchte sich an seiner breiten Brust verkriechen und seine Arme um sich spüren. Diese Umarmung vorhin hat offenbar eine neue Sucht in ihr geweckt, denn sie verzehrt sich die ganze Zeit nach diesem Gefühl.

Er lächelt sie an. »Wenn es irgendwas gibt, was ich für dich tun kann – etwas Legales, meine ich –, dann sag es. Das meine ich ernst.«

Sie nickt, diesmal jedoch ohne Überzeugung, denn als sie ihn zur Tür begleitet und sich von ihm verabschiedet, kann sie an nichts anderes denken als daran, dass er so nett zu ihr war und sie das gar nicht verdient, weil sie auch nicht diejenige ist, für die er sie hält.

25

Jason klopft an Heathers Tür. Sie weiß, dass er es ist, weil sie seine verschwommene Silhouette hinter dem geriffelten Glas erkennt. Als sie aufmacht, reicht er ihr wortlos eine dünne Mappe.

Heather sieht ihn überrascht an. »Was ist das?«

Diesmal lächelt er nicht. »Sieh es dir an.«

Sie schlägt die Mappe auf. Es ist nur ein Blatt mit ein paar Zeilen darauf, aber das genügt, um zu erahnen, was sie da in der Hand hält. Sie schnappt nach Luft. »Komm rein.«

Er tut es und schließt sofort die Tür.

Heather geht mit pochendem Herzen in die Küche. »Ist es das, was ich vermute?«

Jason nickt.

»Aber … Du sagtest doch …«

»Ich weiß, ich weiß. Aber ich musste immer wieder daran denken, was du mir erzählt hast. Normalerweise halte ich mich an die Regeln, aber …« Er zuckt die Achseln. »Du brauchtest meine Hilfe. Es erschien mir richtig.«

Heather nimmt das Blatt aus der Mappe. Ohne den Blick davon zu wenden, schaltet sie den Wasserkocher ein, dann liest sie laut vor, was dort steht, weil sie die Worte hören muss: »Patricia Waites, 14c Hill Croft Road, Hastings.«

»Die Adresse ist über zehn Jahre alt«, sagt Jason.

Heather runzelt die Stirn. »Hastings?«

Jason blickt über ihre Schulter auf das Papier, obwohl er weiß, was dort steht. »Gibt's ein Problem?«

»Da hat sie mich hingebracht! Warum um alles in der Welt ist sie wieder dorthin zurückgekehrt? Das ist ja gruselig!«

Jason nickt. »Ja, als hätte der Tatort sie magisch angezogen.« Er schweigt einen Moment. »Ist sie für das, was sie getan hat, im Gefängnis gewesen?«

»Das weiß ich nicht. Ich habe noch mal ein bisschen weiter geforscht und herausgefunden, dass sie verhaftet und vor Gericht gestellt wurde. Der Richter hat ein psychiatrisches Gutachten angeordnet, deshalb ist nicht klar, ob sie ins Gefängnis gekommen ist oder nicht.«

»Na, dann sieht es doch ganz so aus, als wäre sie nicht zurechnungsfähig gewesen.«

Heather öffnet einen Küchenschrank, nimmt zwei perfekt angeordnete Becher heraus und bereitet darin einen Tee. Dann setzen sie sich mit den Bechern in der Hand an den Tisch.

»Aber eigenartig ist es schon«, sinniert Jason. »Warum ist sie dorthin zurückgekehrt? Hat sie damals, als … als das passiert ist, auch schon da gelebt?«

Heather schüttelt den Kopf und trinkt einen wohltuenden Schluck von dem heißen Tee. »Nein, das ist es ja. Laut den Zeitungsberichten hat sie hier in der Gegend gewohnt, was auch naheliegt. Ich wurde entführt, als ich nach der Schule darauf gewartet habe, dass meine Mum mich abholt. Es war vermutlich einfach Zufall.«

Er nickt. »Zur falschen Zeit am falschen Ort.«

»Ja. Das habe ich zumindest gedacht, seit ich die Einzelheiten herausgefunden habe. Aber was ist, wenn sie doch in Hastings gewohnt hat? Das ist fast achtzig Kilometer von hier, über eine Stunde Fahrt. Falls das stimmt, kann es kein Zufall gewesen sein, dann war es …«

»Geplant«, beendet Jason den Satz für sie. Sie ist froh, dass sie es nicht aussprechen musste; ihr Magen spielt ohnehin schon verrückt.

»Ja«, flüstert sie und schließt die Augen, konzentriert sich auf die Wärme des Bechers in ihrer Hand. Sie wünschte, sie könnte sich an damals erinnern, aber immer wenn sie versucht, sich Hastings ins Gedächtnis zu rufen, fällt ihr nur der Urlaub mit Tante Kathy ein, voller Lachen und Spaß und Sonnenschein. Aber das war in Eastbourne, nicht in Hastings. Es ergibt keinen Sinn. Ihre einzige Theorie dazu ist, dass sie unbewusst die traumatischen Erlebnisse mit etwas Schönerem überlagert hat. Die Erinnerung daran ist verloren. Begraben. Wie ein vergessener Fetzen Müll unter den Krempelbergen ihrer Mutter.

Jasons Stimme dringt durch ihre Gedanken. »Du bist stärker als ich … so, wie du damit umgehst. Zumal du es erst nach so langer Zeit herausgefunden hast. Ich an deiner Stelle wäre völlig zusammengeklappt.«

Heather schüttelt den Kopf. Sie ist nicht stark. Ganz im Gegenteil.

»Mach dich nicht so klein«, beharrt Jason. »Es braucht eine Menge Mut, um in so einem Fall der Wahrheit auf den Grund zu gehen.«

Heather lächelt schwach, aber sie fühlt sich überhaupt nicht mutig.

»Was hast du jetzt vor?«

Sie seufzt. »Ich weiß es nicht. Wahrscheinlich wieder vor dem Altar von Google niederknien und hoffen, dass die Götter der Suche mir jetzt, da ich mehr weiß, wohlgesinnter sind.«

Jason steht auf, stellt seinen Becher in die Spüle und sieht sie an. »Wenn du Hilfe brauchst, ruf mich einfach an.« Er blickt zu der Mappe auf dem Tisch und fügt hinzu: »Abgesehen von der vertraulichen, jobgebundenen Art. Tut mir leid, mehr geht nicht. Aber wenn du mit jemandem reden willst … «

Heather lässt ihren Becher los und steht ebenfalls auf. »Danke«, sagt sie heiser. Sie verspürt den blödsinnigen Drang, ihn auf die Wange zu küssen. Rasch nimmt sie die Mappe und drückt sie an die Brust, um sich davon abzuhalten. *Das ist ein guter Mann*, denkt sie. Er hat gesagt, sie sind Freunde, und im Gegensatz zu anderen Männern in der Vergangenheit hat er es mit Worten und Taten bewiesen. Sie hofft nur, dass diese plötzliche Wärme, die sie für ihn empfindet, nichts weiter ist als Dankbarkeit.

Doch dann berührt er wieder ihre Schulter, und da kann sie nicht anders – sie stellt sich auf die Zehenspitzen und drückt ihre Lippen sanft auf seine Wange. Sofort schämt sie sich, fürchtet, dass sie sich zum Narren gemacht hat, und senkt den Kopf, als sie sich von ihm löst. Gerade als sie sich entschuldigen will, veranlasst sie etwas, den Kopf wieder zu heben. Er ist ganz nah. Ist nicht zurückgewichen. Hat nicht angewidert das Gesicht verzogen. Er sieht ihr mit einem Ernst in die Augen, den sie an ihm noch nicht kennt. Sie kann den Blick nicht von ihm lösen, vor allem als sie sieht, wie sein Blick ein Stückchen tiefer wandert. Ihre Lippen fangen an zu kribbeln. Sie will etwas sagen, aber sie ist wie erstarrt …

Und dann – *zack!* – ist der Moment vorbei. Ihre Blicke kreuzen sich wieder, und sie sieht die Gedanken hinter seinen Augen herumwirbeln. Wahrscheinlich tausend Gründe, warum er nicht tun sollte, was er – da ist sie sich absolut sicher – gerade tun wollte.

»Mach's gut«, sagt er leise, und dann ist er fort. Heather steht mit der Mappe in der Hand da, erleichtert und enttäuscht zugleich, dass er die Bremse gezogen hat.

26

Auf halbem Weg über die M25, als Heather gerade auf den höchsten Punkt der North Downs zusteuert, hört sie plötzlich ein seltsames Sirren. Sie fährt noch ein paar Minuten weiter, in der Hoffnung, dass sich nur etwas in den Lüftungsschlitzen verfangen hat, doch dann hält sie auf dem Standstreifen. Obwohl kein Warnlämpchen blinkt, schaltet sie den Motor aus und überlegt, was sie tun soll. Vielleicht sollte sie noch einen Versuch starten, bevor sie den Pannendienst ruft?

Sie dreht den Zündschlüssel, doch der Anlasser hustet nur müde und gibt dann auf. Sie versucht es erneut. Dasselbe. Wieder und wieder dreht sie den Zündschlüssel, bis nur noch ein asthmatisches Keuchen ertönt.

Na super.

Sie ist ohnehin schon spät dran, wegen eines Unfalls kurz hinter Orpington, und jetzt kann sie froh sein, wenn sie mittags bei der Arbeit ist. Immerhin regnet es nicht, wie eigentlich vorhergesagt. Und zum Glück knallt auch nicht die Sonne vom Himmel, als sie aus dem Auto steigt, ihre Handtasche vom Beifahrersitz nimmt und über die Leitplanke auf den Grasstreifen klettert. So kriegt sie wenigstens keinen Hitzschlag, während sie auf den Pannendienst wartet.

Nachdem sie dort angerufen hat, setzt sie sich hin. Das lange Gras kitzelt sie in den Kniekehlen. Um sich die Zeit zu vertreiben, öffnet sie Google Maps auf ihrem Handy und tippt den Namen des Orts ein, aus dem der Mann vom Pannendienst kommt. Bei den derzeitigen Verkehrsverhältnissen dürfte er in einer halben Stunde da sein.

Die vorbeifahrenden Autos anzusehen, ist langweilig, und so holt sie nach einer Weile erneut ihr Handy heraus. Wieder ruft sie Google Maps auf und gibt nach kurzem Zögern ein Ziel ein. Von hier aus sind es genau fünfundsiebzig Kilometer bis Hastings, einfach die M21 runter, bis zum Meer.

Sie versucht, sich die Stadt ins Gedächtnis zu rufen, in die ihre Eltern vor der Scheidung öfter mit ihnen für ein langes Wochenende gefahren sind. Wie sie dort abends bei Sonnenuntergang auf der Promenade Fish & Chips gegessen und ihr Taschengeld in den Spielautomaten auf den Kopf gehauen haben. Ein paar Erinnerungsfetzen kommen, aber sie sind vermischt mit denen anderer, ähnlicher Städte an der Küste von Kent und Sussex. Sind sie echt, oder rutschen Bilder aus Eastbourne, Margate und Brighton dazwischen und verfälschen die Wahrheit? Schwer zu sagen. Selbst die Erinnerungen, die sie eindeutig zuordnen kann, ähneln sich auf erschreckende Weise – breite Strände voll großer, dunkler Kieselsteine, verwitterte Buhnen und viktorianische Piers. Woher soll sie wissen, was wohin gehört?

Ihr geht durch den Kopf, dass sie während ihrer Kindheit aufmerksamer hätte sein sollen. Vielleicht hätte sie Erinnerungen horten sollen, so wie ihre Mutter Sachen gehortet hat. Doch damals schien es gefährlich, irgendetwas zu sammeln, und sie konnte ja nicht wissen, dass sie sie noch brauchen würde. Warum auch? Schließlich hatte ihre Mutter unzählige Dinge zu Hause, jedes mit einem Stück Familiengeschichte verbunden.

Außerdem war es schön gewesen, einfach alles aus ihrem Kopf fliegen zu lassen. So hatte sie nicht darüber nachdenken müssen, wie armselig ihr Leben war und wie sehr sie es hasste.

Während der letzten Tage war die Versuchung groß, die ganze Sache mit der Entführung fallen zu lassen und nach vorn zu blicken, doch nun spürt sie einen vertrauten Schmerz in ihrer Brust. All die Dinge, die sie verloren hat. All die Dinge, die sie wegen der Horterei ihrer Mutter nie hatte. Der Schmerz wird zu einer Glut, und die Glut beginnt zu schwelen. Heather steht abrupt auf, obwohl der Pannendienst noch nirgends zu sehen ist.

Diese Frau darf nicht ungestraft davonkommen.

Na gut, zumindest in einer Hinsicht ist sie das auch nicht, das weiß Heather. Vielleicht hat sie ihre Schuld gegenüber der Gesellschaft beglichen, wie auch immer das laut Gericht ausgesehen hat. Aber was ist mit der Familie Morgan? War diese Schuld beglichen? Die Hitze, die sich in ihrem Innern ausbreitet, und das Gefühl, aus der Haut fahren zu müssen, lassen nicht darauf schließen. Sie will dieser Patricia Waites gegenübertreten und ihr in die Augen blicken, um zu sehen, ob sie weiß, was sie angerichtet hat. Ob es sie überhaupt kümmert. Aus irgendeinem Grund ist das wichtig.

Als der Mann vom Pannendienst schließlich eintrifft und feststellt, dass das Geräusch tatsächlich aus der Lüftung kommt, ihre Batterie aber so gut wie hin ist, hat Heather einen Plan gefasst. Sie bedankt sich bei dem Mann für die Starthilfe und fährt zu dem Einkaufszentrum außerhalb von Swanham, an dem sie auf dem Weg zur Arbeit immer vorbeikommt. Dort gibt es ein Geschäft, in dem man Reifen, Auspuffrohre und dergleichen kaufen kann. Die müssten ihr Auto wieder flottkriegen können.

Das hofft sie zumindest, denn sie wird es dieses Wochenende brauchen. Wahrscheinlich ist es sinnlos, aber sie wird zu dieser Adresse in Hastings fahren und dort an die Tür klopfen.

Könnte es sein, dass die Frau sie während der sechzehn Tage dorthin gebracht hat?

Nein, in der Zeitung stand, dass man sie in einer Pension

gefunden hat – nicht direkt am Wasser, sondern in einer Seitenstraße, ohne Meerblick. Trotzdem …

Wer weiß, vielleicht erinnert sie sich ja an etwas Wichtiges, wenn sie wieder in Hastings ist.

Am Samstagmorgen um sieben Uhr packt sie das Nötigste ins Auto – Sonnencreme und ein paar Flaschen Wasser – und vergewissert sich, dass ihre Scheibenwischanlage aufgefüllt ist. Sie stellt sich vor, wie ihr Lebenspartner (wenn sie denn einen hätte) sie sanft aufziehen würde, dass sie ja nur nach Hastings will und nicht in die hintere Mongolei, und schmunzelt. Sie weiß, dass sie eine große Sache daraus macht, aber für sie *ist* es eine große Sache. Die ihr Angst macht. Und diese kleinen Vorbereitungen geben ihr ein Gefühl von Kontrolle.

Um 7.18 Uhr ist sie startbereit. Sie sieht noch einmal nach, ob ihre Handtasche auf dem Beifahrersitz liegt, atmet tief durch und zieht die Autotür zu. Doch als sie den Zündschlüssel im Schloss dreht, tut sich gar nichts. Was ist das denn jetzt? Die Batterie ist doch nagelneu! Sie steigt wieder aus, öffnet die Motorhaube und starrt auf die stillen Innereien ihres Kombis.

»Gibt's ein Problem?«

Sie fährt hoch und stößt sich fast den Kopf an der Motorhaube. Neben ihr steht Jason, in T-Shirt, Shorts und Laufschuhen, ausgestöpselte Ohrhörer um den Hals.

»Das Auto springt nicht an.«

Er nickt und späht unter die Haube. »Versuch mal, es zu starten.«

Heather setzt sich auf den Fahrersitz und dreht den Zündschlüssel, mit demselben Ergebnis wie zuvor.

»Wie alt ist die Batterie?«

Heather stöhnt genervt. »Vier Tage! Ich habe sie gerade

austauschen lassen, daran kann es also nicht liegen.« Sie steigt wieder aus, löst die Stütze und lässt die Motorhaube mit einem Knall zufallen. »Na super. Noch mehr Ärger. Noch mehr Kosten.«

Jason stemmt die Hände in die Hüften und starrt auf die geschlossene Motorhaube, als hätte er einen Röntgenblick und könnte genau sehen, was darunter los ist. »Es könnte am Anlasser liegen oder vielleicht auch an der Lichtmaschine, aber das muss sich jemand ansehen. Ich könnte dir Starthilfe geben, aber dann sitzt du beim nächsten Halt wieder fest.«

Er bemerkt die große Tasche auf dem Rücksitz. »Willst du abhauen?«

»Nein.« Sie ist ein wenig irritiert, dass er ihr das zutraut. »Ich will einen Ausflug ans Meer machen.«

Erst lächelt er, doch dann fällt der Groschen. »Nach Hastings?«

Sie nickt.

»Und da willst du allein hin?«

»Ja.« Sie ist so daran gewöhnt, alles allein zu tun, dass sie gar nicht daran gedacht hat, jemanden zu fragen, ob er mitkommt.

»Und da sagst du, du seiest nicht mutig …«

»Ich glaube nicht, dass ich mutig bin«, entgegnet Heather. »Ich will nur endlich die Wahrheit wissen.« Sie blickt auf ihr Auto und seufzt. »Ich fürchte, dann muss ich das wohl auf nächstes Wochenende verschieben.«

»Noch eine Woche zu warten, würde mich wahnsinnig machen«, sagt er.

Heather lächelt müde und zuckt die Achseln. »Mich auch, aber was soll ich denn tun? Wie du schon sagtest, riskiere ich, dass ich unterwegs wieder liegen bleibe, und ich will nicht noch mal die Pannenhilfe bezahlen müssen, damit ich wieder nach Hause komme.«

Jason nickt schweigend. Er sieht aus, als wäge er etwas ab. Schließlich fährt er sich durch das ohnehin schon zerstrubbelte Haar und sagt: »Wenn du willst, fahre ich dich nach Hastings. Ich habe ohnehin nichts anderes vor – abgesehen vom Wochenendeinkauf, zusammen mit halb Bromley –, und ein Ausflug ans Meer ist der perfekte Vorwand, um mich davor zu drücken.«

Heather weicht einen Schritt zurück. »Das kann ich nicht von dir verlangen!«

»Du verlangst es ja nicht – ich biete es dir an. Außerdem fühle ich mich ein bisschen verantwortlich, schließlich habe ich dir die Adresse gegeben.«

»Aber …«

»Und wenn ich an deiner Stelle wäre, würde ich jemanden bei mir haben wollen. Es kann natürlich sein, dass die Frau längst da weggezogen ist, aber was, wenn nicht? Das ist eine Riesensache, Heather.«

Sie schluckt. Das weiß sie.

»Außerdem, wer würde an so einem Tag nicht an den Strand fahren wollen?«

Das stimmt natürlich, denkt Heather. Sie sucht verzweifelt nach einem Grund, das Angebot abzulehnen, aber all die kleinen Sprechblasen, die in ihrem Kopf aufploppen, sind leer. Die Wahrheit ist, sie hätte gerne jemanden bei sich, und wenn sie sich diesen Jemand aussuchen könnte, wäre es Jason. »Also gut«, sagt sie. »Das wäre sehr nett. Danke.«

Er strahlt sie an. »Super! Macht es dir was aus, noch eine halbe Stunde zu warten? Ich würde gerne erst duschen. Ich bin um Viertel vor acht wieder unten, okay?«

Fünfundzwanzig Minuten später kommt Jason frisch und sauber aus dem Haus, etwas Schwarzes über dem Arm und in der Hand einen Motorradhelm, den er ihr hinhält. »Der ist für dich.«

»W-was? Ich dachte, wir fahren mit deinem Auto!«, stammelt sie.

Er grinst nur und packt das Schwarze noch obendrauf. »An so einem Tag kann man nicht mit dem Auto nach Hastings fahren! Das wäre geradezu ein Verbrechen!«

Als sie genauer hinschaut, sieht sie, dass er eine schwarze Lederhose anhat, wie sie bei Motorradfahrern üblich ist, und dass das schwere Zeug auf ihrem Arm eine ganz ähnliche Hose mit der dazugehörigen Jacke ist.

»Die müssten passen«, sagt er. »Sie war ein bisschen größer als du, aber der Rest sollte hinkommen.«

»Sie?«, fragt Heather.

»Ist lange her«, erwidert er nur. Heather denkt an die Frau, von der er neulich gesprochen hat. Wenn er sich die Mühe gemacht hat, ihr die nötige Ausstattung zu kaufen, um mit ihm Motorrad zu fahren, muss es etwas Ernstes gewesen sein. »Sie wird die Sachen nicht mehr brauchen.«

»Was soll ich denn … äh …«, Heather schluckt, »da drunter anziehen?«

»Was du anhast, ist völlig okay, aber die Jeans würde ich ausziehen«, sagt er mit einem prüfenden Blick. Heather fühlt sich plötzlich ganz befangen. Er deutet auf das Haus und scheucht sie hinein. »Es dauert nur zwei, drei Minuten, das Zeug überzuziehen. In der Zwischenzeit mache ich das Motorrad startklar.« Und damit steuert er auf die Garage zu, die neben dem Haus angebaut ist.

Als sie wieder herauskommt, fühlt sie sich ein wenig seltsam, als wäre eine neue Person über die langweilige alte

Heather gemalt worden. Das Leder knarzt bei jeder Bewegung. In der Einfahrt bleibt sie stehen und blickt auf die Taschen, die auf dem Boden liegen. Jason startet das Motorrad. Er hat jetzt auch einen Helm auf, schwarz mit getöntem Visier, das hochgeklappt ist, und er trägt eine Lederjacke, die trotz der vorhergesagten sommerlichen Temperaturen bis zum Kinn geschlossen ist. »Was ist mit meinen Sachen?«, ruft sie über den Motorlärm hinweg.

Jason hält inne, und der Lärm verstummt. Er mustert die prall gefüllte Reisetasche und die Handtasche. »Was davon brauchst du wirklich?«

Ihr Portemonnaie. Ihr Handy. Sonst eigentlich nichts. Alles Wichtige – die letzte bekannte Adresse von Patricia Waites und der Weg dorthin – ist in ihrem Kopf abgespeichert. Sie nimmt Portemonnaie und Handy aus ihrer Handtasche und verstaut sie in den Innentaschen der Jacke.

Jason hatte recht, die Sachen passen. Die Ärmel sind ein bisschen zu lang, aber sonst sitzt alles gut. Sie packt die Taschen in den Kofferraum ihres Autos und schließt sorgfältig ab.

»Okay«, sagt sie. »Und jetzt?«

Sein Lächeln ist hinter dem Kinnschutz des Helms verborgen, aber sie sieht es in seinen Augen. »Jetzt fahren wir. Steig auf.«

Sie zögert kurz, dann schwingt sie ein Bein über das Motorrad und setzt sich hinter ihn. »Aber du fährst doch nicht zu schnell, oder?«, fragt sie und überlegt, was sie mit ihren Armen machen soll.

Er dreht sich um und sieht sie über die Schulter hinweg an. »Keine Sorge, das ist eine Harley. Die ist eher ein Rolls Royce als ein Ferrari. Ist das dein erstes Mal auf einem Motorrad?« Heather nickt. »Dann werde ich ganz vorsichtig sein«, sagt er mit einem spitzbübischen Funkeln im Blick und klappt das Visier herunter.

Heather braucht nicht mehr zu fragen, was sie mit ihren Armen machen soll, denn als er den Motor erneut startet und losfährt, schlingt sie sie um seine Taille, schließt die Augen und drückt sich an seinen Rücken.

27

Es ist eine ziemlich billige Tasche, schwarz und nicht mal aus echtem Leder. Sie hat drei goldglitzernde Reißverschlüsse auf der Vorderseite (hauptsächlich zu Dekorationszwecken) und keine brauchbaren Innentaschen. Obwohl mindestens drei andere Mädchen bei mir in der Schule die gleiche haben, liebe ich sie über alles.

Heather hängt sich ihre Tasche über die Schulter und geht über den Schulhof zum Tor. In ihren ersten Wochen an der Highstead Grammar hatte sie einen riesigen Rucksack, den ihre Mum sogar extra für sie gekauft hat, weil sie so stolz war, dass Heather es auf das Gymnasium geschafft hatte. Heather freute sich auch darüber, aber nicht aus demselben Grund wie ihre Mutter.

Die meisten Kinder aus Heathers Grundschule sind auf weiterführende Schulen rund um Bromley gewechselt, aber Gymnasien haben ein größeres Einzugsgebiet, und Highstead Grammar ist in Sidcup, nicht weit vom Stadtzentrum entfernt. Hier kennt sie niemand.

Aber die Kinder hier sind genauso gemein, wenn sie beschließen, dass du nicht dazugehörst. Heather hat schnell gemerkt, dass der Rucksack ein Riesenfehler war, obwohl er auf der Anschaffungsliste der Schule stand. Die älteren Mädchen – vor allem die aus der Achten, die allen klarmachen wollen, dass sie die Stärkeren sind – piesacken die jüngeren, die damit herumlaufen. Heather ist jedes Mal nervös geworden, wenn sie einer Gruppe älterer Mädchen begegnete, weil sie gesehen hat, wie sie die Jüngeren am Tragegriff des Rucksacks packen und nach hinten ziehen, sodass die sich fast die Schultern ausrenken. Dann sagen sie lachend: »Tschuldigung«

und mustern ihr Opfer mit einem verächtlichen Blick, weil sie wissen, dass es sich nicht traut, sich zu wehren. Zweimal ist ihr das auch passiert, dann hat sie ihrer Mum gesagt, sie habe ihren Rucksack irgendwo im Haus verloren. Das ist nicht mal richtig gelogen, denn er ist im Haus – Heather hat ihn sehr sorgfältig im einstigen Gästezimmer vergraben.

Ihr Dad fragt sie jedes Wochenende, wenn sie ihn in seiner Wohnung besucht, nach dem Zustand des Hauses, und dann zuckt sie die Achseln und sagt, es sieht mehr oder weniger genauso aus. Auch das ist nicht gelogen – sie ist mittlerweile ziemlich gut darin, die Wahrheit zurechtzubiegen –, denn wenn sie jeden Samstag ein Foto von dem Haus in der Hawksbury Road machen würde, *würde* es mehr oder weniger genauso aussehen wie in der Woche davor. Aber sie erzählt ihrem Vater nicht, dass es wieder fast genauso schlimm ist wie damals, bevor er ausgezogen ist.

Zwei Jahre sind seither vergangen. Nur zwei Jahre! Das große Ausmisten hat überhaupt nichts genützt. Im Gegenteil, es scheint das Problem ihrer Mutter noch verstärkt zu haben.

Sie hat ihrer Mum versprechen müssen, dass sie ihm nichts davon sagt, aber das war vor über einem Jahr, als nur das Esszimmer und ein paar von den Schlafzimmern wieder vollgepackt waren. Jetzt wünschte sie, sie hätte sich nicht darauf eingelassen, aber versprochen ist versprochen, oder?

Und wenn sie es ihrem Vater erzählt, wird er dafür sorgen, dass sie zu ihm zieht. Das würde sie eigentlich auch ganz gerne, aber sie kann doch ihre Mum nicht ganz allein in dem Haus zurücklassen. Sie hat ja jetzt schon Albträume, dass ihre Mum darin lebendig begraben wird. Wenn Heather nicht mehr da wäre und ab und zu heimlich aufräumen würde, würden diese Träume womöglich wahr, und dann wäre es ihre Schuld.

»Ich kann es mir nicht leisten, dir einen neuen Rucksack zu kaufen«, hatte ihre Mutter gesagt, ohne jeden Vorwurf, aber auch ohne Schuldgefühle. Heather zuckte nur die Achseln und versuchte sich ihre Erleichterung nicht anmerken zu lassen. Denn genau darauf hatte sie gesetzt. Allerdings entging es ihr nicht, dass ihre Mutter genug Geld hatte, um noch am selben Nachmittag auf dem Werbesender eine ganze Kiste voll teurer Haarpflegeprodukte zu kaufen.

»Kann ich die hier nehmen?«, fragte Heather und hielt eine nagelneue Schultertasche aus unechtem Leder hoch, die sie morgens in der Gästetoilette gefunden hatte. Sie hatte absichtlich mit der traurigen Nachricht über den »verlorenen« Rucksack gewartet, bis sie im Haus einen brauchbaren Ersatz gefunden hatte.

»Hmm.« Ihre Mutter nahm die Tasche, drehte sie um, öffnete die Klappe und spähte hinein. »Bist du sicher, dass das passend ist?«

»O ja«, erwiderte Heather und nahm sie rasch wieder an sich, bevor ihre Mum auf die Idee kam, sie für sich selbst zu behalten (obwohl sie dann vermutlich wieder unbenutzt in der Gästetoilette landen würde). »Viele von den Mädchen haben solche Taschen.« Und das stimmte sogar. Zumindest die beliebten.

Und so geht Heather jetzt vom Schulgebäude zum Tor und fühlt sich den Mädchen mit den Stoffumhängetaschen und den Rucksäcken ein klein wenig überlegen, weil sie weiß, dass ihre XL-Handtasche mit den goldenen Reißverschlüssen gut aussieht. Vielleicht sogar ein bisschen cool.

»Hey.« Ein Mädchen gesellt sich zu ihr.

»Hey«, erwidert Heather in gespieltem Gleichmut, obwohl alles in ihr jubelt. Das ist Claudia Morris. Sie ist in Heathers Englischklasse. Heather ist jetzt seit einem Monat an der Highstead Grammar, und das ist das erste Mal, dass jemand freiwillig neben ihr hergeht und nicht nur, weil ihr Drachen von Sportlehrerin ihnen befiehlt, sich zu zweit zusammenzutun.

»Wahnsinn, deine Karikatur von Miss Adams vorhin war echt witzig!«, sagt Claudia.

Heather lächelt. Sie sitzen in der Klasse nebeneinander, und heute hat sie die Direktorin gezeichnet, während die einen endlosen Vortrag über Dickens gehalten hat. Miss Adams ist groß und dünn, und sie hat die lustige Angewohnheit, sich zurückzulehnen und dann den Kopf vorzurecken, um nicht umzukippen, und das hat Heather einfach ein bisschen übertrieben. Claudia hat zu ihr herübergesehen, als sie gerade fertig war.

»Kann ich sie einer Freundin zeigen?«, fragt sie. »Komm mit!« Claudia zieht sie zum Rand des Schulhofs, und Heather traut ihren Augen nicht, als sie sieht, wer da unter dem einsamen Baum steht, der aus der Betonwüste ragt: Tia Paine. Sie ist das coolste Mädchen in ihrem Jahrgang, weil ihr Onkel einen der Ärzte in der Krankenhaus-Serie *Casualty* spielt. Sie erzählt ständig, welche berühmten Leute während der Sommerferien bei ihnen zu Hause in Blackheath zum Grillen vorbeigekommen sind.

Claudia stupst Heather in die Seite. »Na los. Du hast sie doch noch, oder?«

Heather nickt und kramt in ihrer Tasche, heilfroh, dass sie gestern den Rucksack losgeworden ist.

»Hey, Tia!«, ruft Claudia. »Sieh dir das mal an.«

Tia wendet sich von ihrem Gefolge ab, das sie stets umgibt: Charlotte, Summer und Henri – die »Backgroundsängerinnen«, wie Heather sie im Geist nennt – und blickt mit hochgezogener Augenbraue in ihre Richtung.

»Zeig's ihr«, sagt Claudia. Heather zögert kurz, dann klappt sie die entsprechende Seite in ihrem Englischbuch auf. »Na, wer ist das?«

»Ich fasse es nicht!«, ruft Tia aus, und ihre Augen leuchten auf. »Das ist ja die Abartige Adams!« Prompt kommen die Backgroundsängerinnen dazu und geben anerkennende Geräusche von sich; eine kichert sogar. »Irre! Hast du noch mehr? Kannst du auch andere zeichnen?«

Heather schüttelt den Kopf. »Ich könnte es versuchen ...«

Tias Lächeln ist breit, perfekt und strahlend. Sie sieht Heather zwei volle Sekunden lang an, dann wendet sie sich Claudia zu. »Wir wollen in die Stadt, zu McDonald's. Kommst du mit, Claudie?«

Claudia leuchtet förmlich auf. »Klar«, sagt sie mit einem Seitenblick zu Heather. »Warum nicht?«

Und so kommt es dazu, dass Heather die Straße ins Zentrum von Sidcup hinunterschlendert, als gehörte sie zu Tia Paines Clique. Sie wird ein Stück größer und wirft ihr Haar über die Schulter, wie es die anderen tun, als sie an einer Ampel warten. Die Backgroundsängerinnen zucken nicht mal mit der Wimper. Heather sieht, dass Claudia – beziehungsweise nun wohl Claudie, da Tia ihr diesen Spitznamen gegeben hat – fast platzt vor Freude, obwohl sie sich bemüht, sich nichts anmerken zu lassen.

Ihr wird klar, dass Claudia sie benutzt. Heather ist ihre »Eintrittskarte«. Aber das ist ihr egal, weil sie jetzt auch dazugehört. Genau auf so etwas hat Heather gewartet. Als das Grüppchen bei McDonald's ankommt, ist sie so voller Hoffnung und Sonnenschein, dass sie ganz durcheinanderkommt und Ewigkeiten braucht, um ihre Bestellung aufzugeben. Sie hat nur ein Pfund fünfzig, deshalb ist die Auswahl nicht sehr groß. Letzten Endes nimmt sie eine Sprite und eine Portion

Pommes, aber es wäre ihr auch egal gewesen, wenn sie ihr frittierten Kehricht serviert hätten.

Sie verteilen sich um zwei Tische und nehmen mehr Platz ein, als es für sechs Mädchen nötig wäre. Jedes Mal, wenn ein paar Jungs in Schuluniformen hereinkommen, um sich ihre Portion Junkfood zu holen, kichern die Backgroundsängerinnen und blicken verstohlen zu ihrer Anführerin, bevor sie sehnsüchtig seufzen oder sich über sie lustig machen. Die meisten Jungs werfen den Mädchen nur einen flüchtigen Blick zu, als wären sie zu cool, um sich von Gymnasiumsuniformen beeindrucken zu lassen, aber eine Gruppe nimmt es mit ihnen auf.

»Hey, Süße, kriegen wir 'n paar Chips?«, ruft der Anführer Tia zu.

Sie wirft ihr Haar zurück und wendet hochnäsig den Kopf ab. »Pff! Als wenn ich irgendwem von der St. Joseph's auch nur einen Blick schenken würde. Träumt weiter, ihr Realschulbubis.«

Heather grinst spöttisch, wie es die anderen Mädchen auch tun, und will gerade ebenfalls ihr Haar zurückwerfen – mittlerweile kann sie das schon ziemlich gut –, als sie sieht, dass der freche Kerl nicht irgendein anonymer Junge ist, sondern Patrick Hull, der Fiesling von der St. Michael's. Anstatt das Haar zurückzuwerfen, lässt sie es wie einen Vorhang vor ihr Gesicht fallen. Zitternd und still sitzt sie da, voller Angst, dass er sie erkennt und »Penner-Heather!« ruft. O Gott, bloß das nicht! So haben sie sie die ganze Grundschulzeit über genannt. Der Wechsel zum Gymnasium sollte eigentlich ihre Befreiung sein.

Doch offenbar sind die Götter ihr wohlgesinnt, denn er macht nur eine anzügliche Bemerkung, über die seine Kumpel prustend lachen, dann gehen sie zur Theke, um sich ihre

Cheeseburger zu holen. Heather stößt einen erleichterten Seufzer aus, und als sie sicher ist, dass sie weit genug weg sind, hebt sie den Kopf wieder.

Die Mädchen stehen mit erhobener Nase auf und treten wieder hinaus auf die staubige High Street. »Kommt, wir gehen zu Boots und gucken uns die Nagellacke an«, sagt Tia und marschiert los. Heather zögert. Sie wohnt nicht in der Stadt, und im Gegensatz zu Tia hat sie auch kein Au-Pair, das mit Mamas Mercedes Chauffeurin spielt. Sie hätte schon vor zehn Minuten an der Bushaltestelle sein sollen.

Aber sie verabschiedet sich nicht. Wie könnte sie? Das ist schließlich Tia Paine mit ihrer Clique! Selbst die aus der Neunten und Zehnten sind nett zu ihr, wegen ihres Onkels. Sie darf auf keinen Fall riskieren, dass Tia sie für uncool hält.

Auf dem Weg zu Boots entdecken sie auf der anderen Straßenseite eine weitere Highstead-Uniform. »Seht mal, da ist Fatty«, spottet Tia. »Voll peinlich, dieser Speck.«

»Genau«, sagt Charlotte. »Die müsste sich mal absaugen lassen!«

Heather sieht zu dem Mädchen hinüber. Sie ist gar nicht richtig dick. Nur nicht so spindeldürr wie Tia und die Backgroundsängerinnen. Das Mädchen auf der anderen Straßenseite sieht unglücklich aus. Einsam. Aber Heather kann nichts sagen, um sie zu verteidigen. So leid ihr das Mädchen auch tut, sie würde beinahe alles tun, um nicht mit ihr da drüben zu stehen, während Tia und ihre Clique sie verhöhnen.

»Ich hab gehört, die wohnt in dem Sozialwohnungsblock«, sagt Henri. »Ihr wisst schon, diese schmuddeligen grauen Türme in Orpington, wo die Prolls immer randalieren.«

Summer lacht. »Wahrscheinlich zündet sie abends mit denen Autos an.«

Heather fühlt sich wie der letzte Dreck, weil sie nichts

sagt. Es ist bestimmt nicht leicht an der Highstead, wenn man aus solchen Verhältnissen kommt. Obwohl es bei der Vergabe der Plätze eigentlich um die schulischen Fähigkeiten gehen sollte, sind an diesem Gymnasium sehr viele Mädchen aus reichen Familien, vermutlich weil ihre Eltern genug Geld haben, um sie mit viel Nachhilfe durch die berüchtigte Aufnahmeprüfung zu boxen.

»He, Fatty!«, ruft Summer über die Straße. »Warum gehst du nicht zurück in deinen Mietbunker und knutschst mit den Prolls, die du so liebst!«

Im ersten Moment ist das Mädchen wie erstarrt stehen geblieben, doch nun dreht es sich um und läuft davon. Sie ist zu weit weg, um Einzelheiten sehen zu können, aber irgendwie weiß Heather, dass ihr Tränen übers Gesicht laufen.

Dann verschwindet das Mädchen in einer Seitenstraße, und als Heather sich umwendet, merkt sie, dass Tia sie mit hartem Blick mustert. »Heather, richtig? Wo wohnst du?«

»In Bickley«, stammelt Heather.

»Wo in Bickley?«

»Kennst du die Blackbrook Lane? Da in der Nähe.«

Tia lächelt, zufrieden mit der Antwort. »Meine Tante wohnt in Bickley. Nette Gegend.«

Mit »nett« meint sie vermutlich »teuer«, und das trifft auch auf viele Häuser dort zu, aber Heather verrät ihr nicht, dass das Haus ihrer Familie der Schandfleck des Viertels ist.

An dem Abend kommt sie erst spät nach Hause. Sehr spät. Es ist schon fast dunkel, aber ihre Mutter sagt nichts dazu. Vielleicht hat sie nicht mal bemerkt, dass Heather gar nicht da war, sondern dachte, ihre Tochter hockt irgendwo in dem Chaos und macht ihre Hausaufgaben.

Am nächsten Tag geht Heather zu ihrem Dad und wirft ihre Schultasche und die Tasche mit den Kleidern fürs Wochenende auf das obere Bett in dem Zimmer, das sie sich mit Faith teilt.

»Neue Tasche?«, fragt Faith und sieht sie sich genauer an.

»Ja.« Heather kann sich ein Lächeln nicht verkneifen.

»Wieso grinst du denn wie ein Honigkuchenpferd?«, fragt Faith misstrauisch.

»Nur so«, erwidert Heather. Ihr Geheimnis behält sie für sich. Bald wird sie eins von den beliebten Mädchen sein, und dann kann Faith sie nicht mehr herumkommandieren. Heather möchte so wie Tia Paine sein, obwohl die eine Zicke ist. Sie möchte, dass ihr alles egal ist. Dass sie zur Abwechslung mal diejenige ist, zu der alle aufschauen. Und wenn sie dafür ihre Seele an einen zwölfjährigen Teufel mit perfekten Zähnen verkaufen muss, dann sei's drum.

28

Als sie im Stadtzentrum von Hastings ankommen und an einer Ampel halten, dreht sich Jason zu Heather um und ruft: »Sollen wir direkt zu der Adresse fahren?«

»Nein!« Das Knattern des Motorrads ist so laut, dass sie zusätzlich den Kopf schüttelt. Der Helm ist schwer. Sie kann es kaum erwarten, das Ding loszuwerden und endlich wieder richtig Luft zu kriegen. Aber sie ist noch nicht bereit, an Patricia Waites' Haustür zu klingeln.

Jason versteht sie offenbar, denn als es grün wird, steuert er auf das Meer zu anstatt in das Straßengewirr der Altstadt. Am östlichen Ende des Strands, hinter den hohen alten Fischerhütten aus schwarz gestrichenem Holz, ist ein Parkplatz. Er nimmt Heather den Helm ab und verstaut ihn in einem abschließbaren Koffer hinter der Sitzbank, dann gehen sie beide in stummer Einigkeit Richtung Stadt. Als sie beim Vergnügungspark ankommen, fragt Jason: »Was willst du zuerst machen?«

Heather blickt auf den Autoscooter und das Karussell, dann auf das Meer dahinter. »Ein bisschen herumgehen, um ein Gefühl für die Stadt zu kriegen?« Sie seufzt. »Ich erinnere mich nicht daran, hier gewesen zu sein.«

»Überhaupt nicht?«

»Nein.« Sie setzt sich wieder in Bewegung. Sie will den Strand sehen, ohne den ganzen Touristenrummel. Vielleicht hilft das. Jason folgt ihr. »Aber ich erinnere mich ohnehin kaum an etwas aus meiner Kindheit. Ich dachte immer, das liegt daran, dass mein Gedächtnis anders funktioniert als bei anderen Leuten, aber seit ich das … von damals weiß, frage ich mich, ob ich einfach alles ausgeblendet habe.« Sie verstummt und kaut nachdenklich auf ihrer Unterlippe. »Vielleicht ist das hier der Grund. Vielleicht hat dieser ›Gedächtnisverlust‹ hier angefangen.«

Sie sind an einer Stelle angekommen, wo der Weg dicht am Kiesstrand vorbeiführt, und Jason bleibt stehen, schiebt die Hände in die Taschen seiner Lederhose und blickt aufs Meer. Obwohl die Sonne scheint, ist das Wasser nicht leuchtend blau wie auf den Postkarten, sondern eher grau, mit einem grünlichen Schimmer. »Das würde mich nicht wundern. In meiner Kindheit gibt es auch Abschnitte, die ich sehr gerne im Nebel der Zeit verlieren würde.«

Heather stellt sich neben ihn. Sonst sieht er sie oft an – mal mit einem verständnisvollen Lächeln, mal mit besorgter Miene –, doch jetzt hält er den Blick auf den Horizont gerichtet. »War es so schlimm?«, fragt sie leise.

»Nein … Doch.« Er atmet laut aus. »Es ist schwer zu erklären. Nicht alle Alkoholiker sind rasende Mistkerle, die keinen Job behalten und jeden Abend ihre Familie verprügeln.«

Sie gehen wieder weiter, auf den Strand und zum Wasser. Es scheint Ebbe zu sein, und der Kies fällt in geschwungenen Schichten zum Meeressaum ab. Heather weiß, dass sie neugierig ist, aber sie kann nicht anders. Es kommt nur selten vor, dass sie mit jemandem über die bedeutsamen Dinge im Leben spricht, und sie merkt erst jetzt, wie sehr ihr das gefehlt hat. »Wie war es denn?«

»Äußerlich wirkte er ziemlich normal. Er hatte einen ganz ordentlichen Job, obwohl er ohne den Alkohol wahrscheinlich eine bessere Position hätte haben können – dass er bei Beförderungen oft übergangen wurde, gehörte zu den Dingen, die ihn richtig in Wallung gebracht haben. Viele von seinen Kollegen wussten bestimmt, dass er gerne mal was trank, aber ich glaube, keiner von ihnen ahnte, wie schlimm es wirklich war.«

Heathers Magen krampft sich vor Mitgefühl zusammen. Sie weiß, wie das ist. »Es ist furchtbar, nicht? Noch dazu als Kind. Da ist dieses riesige Geheimnis, um das man nie gebeten hat und das man liebend gerne loswerden würde. Es ist, als hätten die Eltern es einem aufgeladen, damit man es für sie trägt, und es dann vergessen, sodass man es für den Rest seines Lebens mit sich herumschleppt.«

Sie sind jetzt am Wasser angekommen. Jason schaut zu, wie die Wellen mit den kleineren Kieseln spielen, dann hebt er den Kopf und sieht sie voller Erleichterung an. »Genau.«

Sie bleiben einen Moment so stehen, die Blicke in wortlosem Verständnis miteinander verwoben, dann geht Jason wieder weiter, dicht am Wasser entlang. Heather tut es ihm gleich, und durch den abschüssigen Strand ist sie nun fast auf Augenhöhe mit ihm.

»Er konnte fies sein, aber unterm Strich war es nicht so sehr das, was er getan hat, als das, was er *nicht* getan hat. Von dem Zeitpunkt an, als ich ungefähr acht war, ist er nie mehr zu einem Fußballspiel oder einer Aufführung gekommen ...«

Heather lächelt. »Du spielst Theater?« Die Vorstellung gefällt ihr.

Jason räuspert sich. »Nicht ganz. Meine nächstältere Schwester ist tanzverrückt, und meine Mum hat mich immer zum Unterricht mitgenommen, damit ich Dad nicht in die Quere kam.« Er lächelt sie verschmitzt an. »Ich will ja nicht unbescheiden sein, aber ich bin ein recht ordentlicher Stepptänzer.«

»Nein!« Heather fängt an zu lachen.

»Doch«, entgegnet er ohne jede Verlegenheit. Er wirkt sogar ein wenig stolz.

»Haben die anderen Kinder in der Schule dich nicht damit aufgezogen?«

»Das war mir egal. Es hat mir Spaß gemacht, und ich war gut darin.«

Heather schüttelt, immer noch lachend, den Kopf. Sie glaubt ihm nicht, und das weiß Jason. Er nimmt ihre Hand und läuft mit ihr den steilen Kiesstrand hoch. Mittlerweile muss er auch lachen, und als sie oben auf dem Weg ankommen, sind sie beide völlig außer Atem. Er lässt ihre Hand los, richtet sich auf und legt mit seinen dicken Motorradstiefeln eine Steppeinlage hin, die mit einer Pirouette endet. Zwei alte Damen, die das Ganze beobachtet haben, klatschen Beifall, und er verneigt sich kunstvoll.

»Okay, okay, du hast mich überzeugt«, japst Heather. Als das Lachen verebbt, sinniert sie still vor sich hin. In mancher Hinsicht sind sie sich ganz ähnlich, aber in anderer völlig verschieden. »Das war ziemlich beeindruckend«, sagt sie. »So was könnte ich nie.«

»Das dachte ich auch, bevor ich es versucht habe. Ich habe am Rand mitgemacht, während meine Schwester Unterricht hatte, und irgendwann meinte meine Mum, dann könnte ich ja auch richtig teilnehmen. Jess ist immer noch sauer auf mich, weil ich bei der Abschlussprüfung eine bessere Note bekommen habe als sie.«

Fast ohne nachzudenken, setzen sie sich wieder in Bewegung. Jason blickt sich um. »Kommt dir irgendwas hier bekannt vor?«

Heather sieht zur Pier. Normalerweise ist das immer das erste Ziel, wenn sie irgendwo ans Meer kommt. Aus irgendeinem Grund zieht es sie wie ein Magnet dorthin. Sie geht immer bis zum Ende, lehnt sich ans Geländer und schaut hinaus aufs Meer. Auch jetzt verspürt sie den Impuls, es zu tun, aber sie ignoriert ihn. Dies ist kein normaler Ausflug. Sie ist aus einem bestimmten Grund hier, und die Pier wird ihr keine Antworten geben, weil sie noch nie darübergegangen ist. Vor zehn Jahren hat ein Brand das viktorianische Original fast völlig zerstört, und die wiederaufgebaute Pier ist seltsam nüchtern und minimalistisch. Falls es irgendwelche damit verbundenen Erinnerungen gab, sind sie ebenfalls in Flammen aufgegangen.

»Nein, nichts«, sagt sie.

Wieder taucht das Bild eines roten Mantels in ihrem Kopf auf, und sie verflucht sich dafür, dass sie ihre Erinnerungen nicht sorgfältig sortiert, beschriftet und aufbewahrt hat, wie sie es mit den Dingen bei ihrer Arbeit tut. Ihr graust bei der Vorstellung, dass sie, was das angeht, genau wie ihre Mutter ist – sie wirft sie achtlos weg oder lässt sie vermodern, bis nur noch Fragmente davon übrig sind. Sie seufzt. »Ich glaube, ich bin jetzt so weit.«

»Sollen wir hinfahren?«

Sie nickt. Deshalb sind sie schließlich hergekommen. Sie kann es nicht ewig vor sich herschieben.

29

Gerade als Heather und Jason bei der Hill Croft Road 14 ankommen, spürt sie einen Regentropfen auf ihrem Kopf, was seltsam ist, denn es ziehen zwar große Wolken vorbei, aber direkt über ihnen ist der Himmel blau. Sie fragt sich gerade, woher der Tropfen kommt, da spürt sie schon weitere, dann schiebt sich eine Wolke vor die Sonne, und es fängt richtig an zu regnen.

Nummer 14 ist ein unauffälliges viktorianisches Reihenhaus mit Erkerfenstern und Schieferdach. Rechts und links davon stehen noch drei nahezu identische Häuser, und alle vier sind weiß verputzt. Es gibt keinen Vorgarten, nur ein schmiedeeisernes Geländer und Betonstufen, die nach unten zu einem weiteren Erkerfenster und einer weiteren Haustür führen. Heather vermutet, dass das Haus in einzelne Wohnungen unterteilt ist, und da das ganze Gebäude nicht sehr groß ist, müssen die Wohnungen winzig sein.

»14c«, sagt Jason. »Das ist da unten. Willst du klingeln?«

Heather starrt auf die Tür. »Ich weiß nicht.«

»Soll ich?«

»Nein«, entgegnet sie scharf und entschuldigt sich sofort. Sie ist so daran gewöhnt, Faith anzufahren, wenn sie wütend ist und ihr alles zu viel wird, dass sie es automatisch tut. »Ich meine, ich muss das allein machen. Ich brauche nur noch einen Moment.«

Er nickt und tritt einen Schritt zurück. Heather ist sich nicht sicher, ob er ihr Raum geben will, oder ob er verstimmt ist.

»Okay«, sagt sie und setzt sich in Bewegung, obwohl sie sich alles andere als okay und alles andere als bereit fühlt.

Vorsichtig geht sie die Stufen hinunter und drückt auf die Klingel, bevor sie es sich anders überlegen kann. Der Klingelton klingt wie Big Ben. Fast hätte sie die Flucht ergriffen, doch da geht die Tür auf. Vor ihr steht eine junge Frau in Jogginghose und kurzem Top, die ein Baby auf dem Arm hält. »Ja?«, sagt sie und sieht Heather misstrauisch an.

»Äh … Hallo.«

Danach weiß Heather nicht weiter. Der Blick der Frau wird noch misstrauischer, und sie beginnt die Tür wieder zu schließen. Heather streckt die Hand aus, als wollte sie sie daran hindern, aber sie traut sich nicht, die Tür tatsächlich zu berühren, und so bleibt ihre Hand zögernd in der Luft stehen.

»Kennen Sie zufällig eine Frau namens Patricia Waites?«, sprudelt sie hervor, als würde der immer schmaler werdende Spalt zwischen Tür und Rahmen die Worte aus ihr herauspressen. »Sie hat mal hier gewohnt.«

Der Spalt wird immer kleiner. »Tut mir leid, kenn ich nicht. Bin erst seit einem halben Jahr hier.«

Und dann ist die Tür zu. Heather dreht sich um und geht die Stufen wieder hinauf zu Jason. Oben angekommen, schüttelt sie den Kopf, obwohl er den Wortwechsel gehört haben muss.

»Alles in Ordnung?«

Sie nickt, aber dann merkt sie, dass sie auch das vielleicht nur automatisch tut. »Im Grunde war es ja zu erwarten, oder? Wir wussten, dass die Chance nicht sehr groß ist. Ich meine, *ich* wusste es … « Verlegen senkt sie den Blick, weil sie ihn so selbstverständlich in ihre Gedanken einbezogen hat.

Sie kehren um und gehen zurück zum Strand. Jason schlägt vor, einen Tee zu trinken, und sie setzen sich in ein nettes kleines Café in der Nähe des Vergnügungsparks, mit Wänden aus hell lasiertem Holz, blauen Tischen und Bildern von Booten und vom Meer. Doch das heitere Dekor hebt Heathers Stimmung kein bisschen. Das Ganze fühlt sich an wie eine Niederlage.

Als sie ihren Tee ausgetrunken haben, steht Jason auf. »Komm.«

Heather sieht zu ihm hoch. Sie würde lieber noch eine Weile zusammengesunken hier am Tisch sitzen.

»Du brauchst eine Aufmunterung«, sagt er. »Und ich weiß da genau das Richtige.«

Heather hält ihn für verrückt, aber er reicht ihr seine Hand. Seit seiner Stepptanzeinlage sehnt sie sich danach, ihn wieder zu berühren, und so erhebt sie sich und lässt sich von ihm führen.

Fünf Minuten später stehen sie vor einem kleinen Häuschen. Jason bezahlt, und der Mann darin gibt ihm zwei Schläger und zwei Golfbälle. Jason reicht jeweils einen davon an Heather weiter, und sie mustert den kitschigen Minigolfparcours im Piratenstil mit Plastikpalmen und sogar einer spanischen Galeone in der Größe eines Lieferwagens. »Das ist nicht dein Ernst.«

Er grinst frech. »Da kommst du jetzt nicht mehr raus, ich habe schon bezahlt.« Er dreht sich zu dem Mann im Häuschen um. »Und eine Erstattung ist nicht möglich, stimmt's?«

Der Mann starrt Jason erst verwirrt an, doch dann kapiert er. »Stimmt.«

Heather glaubt keinem von beiden, aber sie hat nie wirklich gelernt sich zu wehren – außer vielleicht gegenüber ihrer Schwester – und so marschiert sie stumm zum ersten Loch.

Sie ärgert sich über Jason, obwohl sie weiß, dass er nur nett sein will. Zur Strafe wird sie diese Runde gewinnen, koste es, was es wolle. Außerdem hilft die Konzentration auf den kleinen gelben Ball und die sorgfältige Berechnung von Richtung und Schlagkraft, sie von dem misstrauischen Blick der jungen Mutter abzulenken, der ihr immer noch im Kopf herumschwirrt. Heather weiß genau, was die gedacht hat, als sie da vor der Tür stand und nach einer fremden Frau gefragt hat: Die spinnt.

Heathers Entschlossenheit trägt Früchte: Nach der Hälfte der Runde hat sie fünf Punkte Vorsprung. Sie bemerkt nicht mal, dass es richtig angefangen hat zu regnen, zumal es auf dem Parcours lauter Wasserfälle und andere Verrücktheiten gibt, bei denen es spritzt, wenn man schlägt. Als sie sich der Galeone nähern – aus der Kanonendonner und Piratenflüche vom Band schallen –, ertönt plötzlich ein Knall, und genau in dem Moment, als sie mit einem zugekniffenen Auge zielt, um den Ball einzulochen, kippt jemand einen Eimer Wasser über sie.

»He!« Wütend lässt sie den Schläger fallen und dreht sich zu Jason um, der mit Unschuldsmiene die Hände in die Luft hält. Aber er grinst, der elende Kerl, und auch ihre Lippen zucken, doch dann ertönt ein weiterer Knall, und als sie sich zur Galeone umdreht, bekommt sie eine zweite Dusche aus einer der Kanonen. Da hält es Jason nicht mehr, und er fängt an zu lachen.

Es ist ein hübsches Lachen, leise und tief, und unwillkürlich stimmt sie ein, obwohl sie vom Kopf bis zur Taille klatschnass ist. Zum Glück hat sie noch die Lederjacke an, die Jason ihr geliehen hat, denn sie bezweifelt, dass sie der Typ »Miss Wet T-Shirt« ist, sowohl was das Selbstbewusstsein angeht, als auch die körperliche Ausstattung betreffend.

»Das reicht!«, ruft sie. »Jetzt bist du dran!«

»Wieso?« Er versucht, den Empörten zu spielen, kann

aber nicht aufhören zu grinsen. »Ich hab damit nichts zu tun. Das war reines Pech!«

Heather verengt die Augen zu Schlitzen. »Das glaube ich dir nicht«, entgegnet sie, und dann legt sie richtig los. Sie gewinnt mit vollen zehn Punkten Vorsprung, woraufhin Jason sie als Minigolf-Fanatikerin bezeichnet und fragt, woher sie das so gut kann.

»Keine Ahnung«, antwortet sie, selbst überrascht von ihrem Erfolg. »Ich scheine ein angeborenes Talent dafür zu haben.«

»Wer's glaubt, wird selig«, brummt er, dann gehen sie zu dem Häuschen und geben ihre Ausrüstung zurück.

»Ich möchte noch mal ans Meer«, sagt Heather, als sie das Gelände verlassen. »Vorhin war ich zu angespannt, und es ist ewig her, dass ich an einem Strand war. Dabei habe ich sie früher so geliebt, sogar die steinigen wie hier.«

Gemeinsam schlendern sie hinunter zum Ufer. Mittlerweile ist das Wasser ein gutes Stück zurückgekommen, aber der Strand ist immer noch breit genug. Heather stellt sich auf den Kies und betrachtet einfach nur die Wellen, wie sie unermüdlich heranrollen und schäumend brechen. Sie hört, dass Jason sich um sie herum bewegt, aber sie dreht sich erst zu ihm um, als er zu ihr tritt. »Hier … «

Sie blickt auf seine ausgestreckte Hand, in der eine zarte orangefarbene Muschel liegt.

»Ich dachte mir, du solltest wenigstens etwas Schönes haben, das du mit nach Hause nehmen kannst. Es tut mir leid, dass die Fahrt hierher nichts gebracht hat.«

Heather kann nichts darauf erwidern, weil sich in ihrer Kehle all die Worte ballen, die sie gerne sagen möchte, aber wahrscheinlich niemals sagen wird. Sie betrachtet die Muschel in seiner Hand. Wenn jemand sie heute Morgen gefragt hätte, ob sie etwas vom Strand mitbringen würde – Muscheln, Federn, Kieselsteine –, hätte sie das als verrückt abgetan. Ihre Mutter machte so etwas, aber sie doch nicht. Niemals.

Dennoch nimmt sie die Muschel, und ihre Fingerspitzen streifen dabei die weiche Haut seiner Handfläche. Sie schließt die Faust darum, voller Freude darüber, dass sie nun etwas Greifbares hat, das sie an diesen Augenblick erinnert, und zugleich voller Panik, weil ihr diese Vorstellung so gefällt.

Als sie wieder aufblickt, ist Jasons Gesicht ganz nah. Der Wind weht ihm die Haare in die Stirn, und seine Augen sehen sie forschend an.

»Danke …«, beginnt sie leise, doch weiter kommt sie nicht, denn Jason neigt sich zu ihr und küsst sie.

30

Im ersten Moment ist Heather perplex. Sie rührt sich nicht, reagiert nicht, weiß nicht, was sie tun soll, und das nicht nur, weil Jason sie vollkommen überrascht hat. Doch dann bemerkt er offenbar ihre mangelnde Reaktion, denn sie spürt, wie er zögert. Ihr bleibt nichts anderes übrig, als den Kuss zu erwidern.

Und das tut sie. Sie ergreift den Rand seiner Lederjacke und zieht ihn näher zu sich heran.

Oh, wow. Der Strand und die Wellen und die bunten Farben des Vergnügungsparks verschwinden, nichts existiert mehr außer ihr und Jason und den Stellen, an denen sie sich berühren. Seine Hände legen sich so zärtlich um ihr Gesicht, dass sie fürchtet, zu zerschmelzen und von der Flut davongeschwemmt zu werden.

Sie hat keine Ahnung, wie viel Zeit vergangen ist, als er sich von ihr löst. Ihre Augen bleiben geschlossen, ihr Gesicht nach oben gewandt, die kleine orange Muschel fest umschlossen in ihrer Hand.

»Ist alles in Ordnung?«, fragt er leise und ein wenig besorgt.

Heather will ihre Lippen nicht bewegen, weil dann vielleicht dieses Kribbeln aufhört, und so nickt sie nur.

»Du zitterst ja.«

Sie öffnet die Augen. »Ich … Weil …« Sie schluckt und nimmt einen neuen Anlauf. »Tut mir leid.«

Er ist verwirrt. »Wofür entschuldigst du dich denn jetzt?«

»Ich … Ich bin das nicht gewohnt.«

Er lächelt. »Sich am Strand zu küssen? Ich glaube, das ist nicht viel anders als anderswo.«

Sie holt tief Luft, bevor sie antwortet. »Nein, ich meine einfach das Küssen. Das war das erste …« Sie verstummt, bringt es nicht über sich, die Worte auszusprechen. Jasons Augen weiten sich überrascht. Sie schüttelt den Kopf; das hat er falsch verstanden. »Nicht das erste Mal überhaupt.« Nicht ganz. »Aber das erste Mal seit sehr langer Zeit.« Sie erzählt ihm nicht von den anderen Küssen, dem anderen Jungen. Die zählen nicht. Sie waren gestohlen. Erschwindelt.

Er sieht sie an, betrachtet ihr Gesicht, doch sie spürt kein Urteil, keine Reue. »Ich mag dich, Heather«, flüstert er.

Sie kämpft gegen die Tränen an. Die würden alles ruinieren. Aber das hat noch nie jemand zu ihr gesagt, jedenfalls nicht so klar und deutlich. Doch anstatt ihr Herz zu wärmen, lassen es seine Worte zu Eis erstarren. Es ist gefährlich, etwas so zu wollen. Sie schüttelt den Kopf. »Ich glaube, das ist keine so gute Idee.«

»O Gott! Entschuldige bitte. Du steckst gerade mitten in dieser unglaublichen Sache, und da komme ich und … Ich habe einfach nicht nachgedacht.«

Er will einen Schritt zurücktreten, doch sie hält ihn an der Jacke fest. »Nein, das ist es nicht. Es liegt nicht an dir. Es …« Sie weiß, was sie gleich sagen wird, und windet sich innerlich. Sie hat es schon so oft gehört und gelesen und sich jedes Mal gefragt, wie die Leute so fantasielos sein können. Jetzt versteht sie es. »Es liegt an mir. Jemanden wie mich willst du nicht haben.«

Statt einer Erwiderung küsst er sie erneut, diesmal entschiedener, und in Heather bricht ein Damm, von dessen Existenz sie gar nichts wusste.

Sie schiebt die Muschel in ihre Tasche, legt beide Hände um seinen Hals und zieht ihn so eng wie möglich an sich. Wahrscheinlich ist es dumm, ihm zu zeigen, wie sehr sie ihn begehrt, aber sie kann nichts dagegen tun. Eine Stimme in ihrem Kopf flüstert: *Das hast du schon mal gemacht, weißt du nicht mehr? Hast dich einfach mitreißen lassen … und was daraus geworden ist, wissen wir ja.* Doch sie ignoriert sie. Das war damals. Jason ist anders.

Sie holen sich bei einer der billig aufgemachten Imbissbuden an der Promenade Fish & Chips und essen sofort im Stehen, ohne sich erst einen netten Platz zu suchen, wo sie sich hinsetzen können. Das Essen ist überraschend gut, die leckersten, saftigsten Scampi, die Heather seit Langem gegessen hat.

Die wieder aufgebaute Pier lockt sie erneut, und diesmal gibt Heather nach. Was kann es schon schaden? Außerdem wäre es der perfekte Abschluss dieses Ausflugs, also gehen sie darauf zu.

Es hat aufgehört zu regnen, und die Wolken brechen auf. Es ist, als wüsste Hastings an diesem Tag nicht so recht, was es mit sich anfangen soll. Aber die Sonne ist wieder herausgekommen, und der golddurchwirkte Himmel spiegelt sich im unruhigen schiefergrauen Meer. Sie schlendern zum Ende der Pier, umweht von der salzigen Luft und dem Geruch nach Essig und Frittiertem.

Auf der Pier ist nicht mehr viel los. Die Familien sind zum Abendessen in ihre Hotels zurückgekehrt, zu einem Imbiss oder in ein Restaurant gegangen, und nun sind nur noch ältere Paare und Teenager dort. Jason und Heather steuern auf das Geländer am Ende zu, wo nur eine einzelne Person steht. Eine Frau. Bei ihrem Anblick verspürt Heather ein leises Kribbeln auf der Haut, aber sie beachtet es nicht weiter; schließlich hat sie seit heute Morgen, als sie zu Jason auf das Motorrad geklettert ist, alle möglichen seltsamen Dinge verspürt.

Die Frau stützt die Hände auf das Geländer, stellt sich aufrechter hin, und das Kribbeln verstärkt sich. Heathers Finger bleiben über dem Stück Pommes frites, das sie sich gerade in den Mund stecken will, in der Luft hängen, und sie starrt die Frau an. Da ist irgendetwas an ihr …

Plötzlich taucht ein Bild aus den Tiefen ihrer Erinnerung auf, so klar und deutlich und mit solcher Macht, dass sie abrupt stehen bleibt.

Der rote Mantel.

Dann ein seltsames Flirren, und ein anderes, ganz ähnliches Bild legt sich darüber, von einer anderen Frau zu einer anderen Zeit, die genauso dasteht. Heather sackt der Magen in die Knie.

Gerade als es ihr gelingt, sich auf das reale Bild zu konzentrieren – die Gestalt mit dem dunklen Rock und dem türkisfarbenen Anorak –, scheint die Frau ihre Gegenwart zu spüren, ihren Blick, nur wenige Meter entfernt. Sie dreht sich um. Ihre Augen sind traurig und leer wie die einer Schaufensterpuppe.

Heather lässt ihr Essen fallen. Das Päckchen landet mit einem dumpfen Geräusch auf den Holzplanken. »Sie!«, sagt sie laut, obwohl sie keine Ahnung hat, wer diese Frau ist; sie weiß nur, dass da irgendwo in den dunklen Tiefen ihrer Erinnerung ein Erkennen ist, das sich nicht von der Hand weisen lässt.

Jason wendet sich zu ihr. Einen Moment lang hatte sie ganz vergessen, dass er da ist. »Heather?«

Der Gesichtsausdruck der Frau war reserviert gewesen, fragend, doch nun starrt sie sie fassungslos an. »Heather?«, krächzt sie und streckt wie in Zeitlupe die Hand nach ihr aus.

Doch dann ist der Augenblick vorbei, und mit einem Schlag sind sie wieder in der Wirklichkeit, im Hier und Jetzt.

Die Frau scheint es ebenfalls zu spüren, denn sie macht kehrt und läuft davon.

»Wer war das?«, fragt Jason.

Heather versucht zu antworten, doch es geht nicht. Sie hat nichts zu sagen, zumindest nichts Sinnvolles. Warum kommt ihr diese Frau so vertraut vor? Und warum hat sie sie in Tante Kathys rotem Mantel gesehen?

Da begreift sie mit einem Mal. Durch ein Bauchgefühl, das so klar und stark ist, dass sie es nicht wegdrücken oder ignorieren kann.

»Das ist sie«, stößt Heather hervor. »Die Frau – das ist die, die mich entführt hat.«

31

Die Rückfahrt ist nicht annähernd so fröhlich wie die Hinfahrt. Heather schmiegt sich an Jasons Rücken und hält ihn eng umschlungen, aber die Hügel und Täler, die pittoresken Dörfer und atemberaubenden Blicke auf die Kalkfelsen rauschen nur matt und verschwommen vorüber.

Sie sind der Frau gefolgt, als sie von der Pier geflüchtet ist, aber sie hatte zu viel Vorsprung. Ein paarmal leuchtete die türkisblaue Jacke noch im Touristengewimmel auf der Promenade auf, doch dann verschwand sie in einer Seitenstraße. Heather und Jason hatten über eine Stunde lang die Gegend abgesucht, aber schließlich aufgegeben.

»Bist du sicher, dass sie es war?«, hatte Jason mehrfach gefragt, während sie durch die Straßen gestreift waren.

Es war schwer gewesen, ihm eine definitive Antwort zu geben. Auf der logischen Ebene ist Heather klar, dass die Chancen, der Frau hier einfach über den Weg zu laufen, eins zu einer Million stehen, dass ihr Verstand – und vielleicht auch ihr Gedächtnis – ihr vermutlich einen Streich gespielt hat, aber auf der intuitiven Ebene, tief in ihrem Innern, weiß sie es einfach.

Als es dunkel wird, fällt es ihr schwer, wieder auf das Motorrad zu steigen und den Heimweg anzutreten. Es fühlt sich an, als würde sie ein Stück von sich zurücklassen. Doch je größer die Entfernung zwischen ihr und Hastings wird, desto mehr verwandelt sich die drückende Traurigkeit in etwas Kraftvolleres. Patricia Waites – wenn sie denn die Frau auf der Pier war – ist ein verdammter Feigling. Wie kann sie es wagen, wegzulaufen und all die kostbaren Antworten mitzunehmen? So ein selbstsüchtiges Miststück!

Als sie schließlich in ihre Einfahrt rollen, kocht Heather. Sie schwingt sich vom Sitz, noch bevor Jason den Motor ausgeschaltet hat, und marschiert ins Haus. Sie weiß, dass er ihr hinterherstarrt, aber es ist ihr egal. Sie lässt ihre Wohnungstür für ihn offen, zieht den Helm ab und wirft ihn aufs Sofa, dann schnappt sie sich den Schlüssel aus der Schreibtischschublade und geht zum Gästezimmer.

Nach ein paar tiefen Atemzügen stößt sie die Tür so heftig auf, dass sie von einem Stapel Zeug abprallt und ihr um ein Haar ins Gesicht geknallt wäre. Heather muss einen großen Sack mit Kleidern davorlegen, damit sie offen bleibt.

Und dann packt Heather einfach, was ihr in die Finger kommt, und schleudert es in den Flur. Sie braucht einen Container. Sobald der Flur voll ist, wird sie übers Internet einen bestellen. Hoffentlich findet sie eine Firma, die ihn gleich am Montag bringen kann.

Ein Knarzen auf den Dielen beim Eingang erinnert sie daran, dass Jason auch noch existiert und ihr in die Wohnung gefolgt ist. Sie wirft ihm über die Schulter einen Blick zu, ohne mit ihrem wilden Geräume aufzuhören. Sie kann nicht.

»Was wird das?«

»Ich tue etwas, das ich schon vor langer Zeit hätte tun sollen – ich miste aus! Das Zeug muss weg, und zwar sofort.«

»Das ist nicht die richtige Art, damit umzugehen«, sagt er mit nervtötend ruhiger Stimme.

»Ach nein?«, fährt sie ihn an. Sie weiß, dass sie ihre Wut am Falschen auslässt, aber wenn Jason so dumm ist, in die Schusslinie zu geraten, hat er halt Pech gehabt. »Was schlägst du denn vor? Jedes Wochenende nach Hastings runterfahren, in der Hoffnung, dass sie uns noch mal über den Weg läuft? Jetzt, wo sie weiß, dass wir sie suchen, ist sie bestimmt vorsichtig. Die finden wir nie wieder.«

Jason kommt zu ihr und berührt sie sanft am Arm. »Ich verstehe schon.«

»So?«, erwidert sie, fast mit einem hysterischen Lachen. »Dann hast du mir was voraus.«

»Du bist wütend«, sagt er schlicht. »Und das aus gutem Grund.«

Seine vernünftigen Worte stechen wie eine Nadel in ihren Ballon aus Wut. Aber sie will dieses Gefühl nicht verlieren – es ist das Einzige, was die Tränen im Zaum hält, und sie will sich vor ihm nicht diese Blöße geben.

Er führt sie zwischen den umgekippten Kisten und Kartons im Flur hindurch zum Wohnzimmer und schließt die Tür, sodass das Chaos aus ihrem Blick verschwindet.

»Im ersten Moment tut der Zorn gut«, sagt er, »aber auf Dauer schadet er mehr, als er nützt. Glaub mir.«

Sie erinnert sich an das, was er ihr erzählt hat, und nickt. Vielleicht versteht er es wirklich und will sie nicht einfach nur besänftigen. Es ist schrecklich – sie ist schon so lange allein, dass sie manchmal vergisst, dass andere Leute auch Probleme haben, nicht nur sie. »Ich weiß nicht, was ich sonst tun soll«, gesteht sie mit zittriger Stimme.

»Es gibt doch sicher einen Grund, warum du die ganzen Sachen von deiner Mutter aufgehoben hast. Es wäre schade, die guten Dinge – die Erinnerungen und Familienschätze – zusammen mit dem Müll wegzuwerfen. Vielleicht solltest du das tun, was deine Mutter nie geschafft hat, und alles in Ruhe durchsehen.«

Heather atmet aus. »Vielleicht.« Er hat recht, aber sie hat keine Lust, in den Sachen ihrer Mutter herumzuwühlen, und es ist so verlockend, einfach alles wegzuschmeißen.

»Bei deinem Job müsstest du doch eigentlich gut im Aussortieren sein.«

Heather hebt ruckartig den Kopf und sieht ihn an.

»Ich meine, dafür wirst du doch bezahlt, oder? Die Sachen anderer Leute durchzusehen, sie zu sortieren und zu katalogisieren? Vielleicht ist es an der Zeit, das für deine Mum zu tun. Und es wäre eine gute Art, dich von dem Zeug zu befreien.«

Heather schweigt. Sie denkt nach. So hat sie das Ganze noch nie betrachtet – vielleicht weil die Sachen ihrer Mutter für sie nur dreckiger Müll sind, während ihr die Besitztümer von jemandem wie Cameron Linford bedeutsam erscheinen.

Für ihre Mutter war jedes einzelne Teil auf eine Weise wichtig, die Heather nie nachvollziehen konnte. Es war, als hätte ihre Mum eine andere Sicht, eine Art speziellen Horterblick, mit dem sie einen Wert in den Dingen wahrnahm, den niemand außer ihr sehen konnte.

Heather setzt sich aufs Sofa und stützt nachdenklich die Ellbogen auf die Knie. Wie eigenartig. Sie möchte das tatsächlich machen. Und nicht nur um ihrer selbst willen; sie will es für ihre Mutter tun. Es ist, als könnte sie nun, da die wahre Schuldige für ihr verkorkstes Leben gefunden ist, ihren Zorn endlich dorthin richten, wo er hingehört. Sie steht wieder auf und nickt. »Gut«, sagt sie. »Du hast recht. Also fangen wir an.«

»Jetzt?«

Sie seufzt hilflos. »Ich muss irgendwas tun, sonst drehe ich durch.«

Einen Moment lang sieht Jason perplex aus, doch dann zuckt er die Achseln. »Okay.«

Sie gehen zurück zum Gästezimmer. Obwohl es nur ein paar Minuten her ist, seit Heather die Sachen in den Flur geschleudert hat, zögert sie, als sie das Durcheinander aus Kisten, Kartons und Säcken sieht.

Je näher sie darauf zugeht, desto knapper wird die Luft.

Ohne den wunderbaren, befreienden Zorn, der sie antreibt, kommen die alten Neurosen zurückgekrochen. Sie kriegt dieses Herzflattern, das sie mittlerweile kennt, und klammert sich an Jasons Arm. Sie darf jetzt keine Panikattacke bekommen, nicht vor ihm!

»I-ich habe ein paar Sendungen über Messies gesehen«, sagt sie, obwohl sie kaum weiß, wie sie gleichzeitig atmen und sprechen soll. »Da läuft das … so, dass der Betroffene an einer Stelle bleibt, und das Team bringt ihm die Sachen, damit er … Ja oder Nein sagen kann. D-das geht schneller …« Sie ringt nach Luft. »Meinst du … wir könnten das auch so machen?« Plötzlich erscheint es ihr unmöglich, irgendetwas davon anzufassen.

Jason runzelt die Stirn. »Okay«, sagt er erneut. Heather hat das schreckliche Gefühl, dass er weiß, was in ihr vorgeht, und einfach nur nett sein will. Sie weiß nicht, was schlimmer ist – das Gefühl, durchschaubar zu sein, oder die Tatsache, dass er sie garantiert bemitleidet. »Wo sollen wir anfangen?«

Er blickt durch die offene Tür auf die Kommode, in der all ihre schlimmsten, pastellfarbenen Geheimnisse verborgen sind. Heather zeigt auf die Kartons im Flur, damit er in die andere Richtung sieht. »Da. Wir fangen da an.«

Sie lässt sich an der Wand hinuntergleiten, bis sie auf dem Boden sitzt. Jason stellt den Karton neben ihm richtig hin und klappt ihn auf. Er nimmt einen Stapel Papier heraus und hält ihn Heather hin. Sie schüttelt den Kopf – es sind Auszüge von den verschiedenen Konten ihrer Mutter, die alle nach ihrem Tod aufgelöst worden sind –, und Jason legt sie neben sich auf den Fußboden.

So geht es eine Weile weiter. In den ersten beiden Kartons ist nur Papier: noch mehr Kontoauszüge, Versicherungsurkunden (obwohl Heather bezweifelt, dass irgendwer mehr als 20 Pence bezahlt hätte, falls das Haus ihrer Mutter abgebrannt wäre) und zahllose Kaufbelege. Sie behält nur die Geburtsurkunde ihrer Mutter, was sie zu der Frage bringt, wo ihre eigene abgeblieben ist. Sie hat das Original nie zu Gesicht bekommen, nur die Kopie, die ihre Mutter ihr irgendwann gegeben hat, als sie sich darüber beschwerte, dass sie keine besaß.

Als sie mit dem dritten Karton fertig sind, ist die Enge in ihrer Brust verschwunden, und sie plaudert mit Jason über den Inhalt. Er greift nach einer blauen Plastikkiste, nimmt den Deckel ab und reicht ihr das Erste, was er findet. Es ist ein Spielzeughase mit hellrosa Fell und einem Schlappohr. »War das deiner?«, fragt er.

Sie betrachtet den Hasen kurz, dann gibt sie ihn Jason zurück. »Nein, ich glaube nicht. Der kann weg.«

»Zum Secondhandladen?«

Sie nickt, und er fängt einen neuen Haufen an. »Meine Mum hat so was gesammelt. Sie war verrückt nach allen möglichen Spielsachen.«

Jason mustert den Hasen. »Hast du eine Ahnung, warum?«

Nein. Mit einem Mal fällt Heather auf, dass sie sich diese Frage nie gestellt hat. Als sie klein war, hatte ihre Mum das eben getan, und später wollte sie nicht darüber nachdenken.

So arbeiten sie weiter: Jason gibt Heather eine Sache, sie nimmt sie in die Hand, untersucht sie und gibt sie ihm dann zurück, damit er sie auf einen der verschiedenen Haufen legen kann. Es geht nur langsam voran, aber kurz vor Mitternacht sind sie mit dem letzten Karton fertig, den Heather in den Flur geschleudert hatte. Sie streckt sich, was ihr ein Knacken im Knie einträgt, und steht auf.

»Wir können nicht die ganze Nacht so weitermachen«,

sagt sie zu Jason, der ebenfalls aufsteht. »Genau genommen hättest du das überhaupt nicht machen müssen. Danke.«

Er lächelt ihr zu, muss dann jedoch gähnen. »Kein Problem.«

»Warum hast du es getan?« Heather weiß, dass sie bedürftig und unsicher klingt, aber sie wird kein Auge zutun, wenn sie die Antwort darauf nicht weiß.

Er tritt auf sie zu, näher, als ihr lieb ist, und sieht sie an. »Ich weiß nicht, ob es dir aufgefallen ist, aber ich bin gerne mit dir zusammen.« Und bevor Heather irgendetwas darauf erwidern kann, fasst er sie sanft am Kinn und gibt ihr einen schmetterlingsleichten Kuss.

Warum?, flüstert die Stimme in Heathers Kopf erneut. Nicht, dass sie sich beschweren will, aber das alles erscheint ihr zu schön, um wahr zu sein. Vielleicht ist es nur ein Traum, und sie wacht gleich mit wild pochendem Herzen und zerwühlten Laken auf.

»Ruh dich aus«, sagt Jason und geht zur Tür. Heather nickt, und er zieht sie leise hinter sich zu und ist fort.

Sie atmet aus, dann wendet sie sich zum Gästezimmer um. Sie hat die Hand schon auf dem Knauf, um die Tür zu schließen, da besinnt sie sich plötzlich anders und tritt in den Raum. Sie will noch nicht aufhören, obwohl Jason nicht mehr da ist, um ihr die Sachen anzureichen.

Mittlerweile hat sie mindestens hundert davon berührt, ohne zu hyperventilieren, da kann sie ja vielleicht noch ein paar allein schaffen. Nun, da sie angefangen hat, will sie weitermachen, bis der Raum leer ist und der himmlische Moment der Erleichterung kommt. Und so setzt sie sich auf das Stück freien Boden, den der abendliche Einsatz geschaffen hat, zieht eine Kiste zu sich heran und schaut hinein.

32

Eigentlich will Heather nur noch einen Karton durchsehen, um sich zu beweisen, dass sie es auch allein schafft, aber irgendwie kann sie nicht aufhören. Die Zeiger der Uhr wandern weiter. Eins. Zwei. Drei …

Es ist ein langsamer Prozess, ganz anders als ihre eigenen Sachen durchzusehen – was sie regelmäßig tut –, denn dabei wird alles, was ihr auch nur ansatzweise überflüssig erscheint, ohne Umschweife aussortiert. Nun jedoch nimmt sie jedes Teil so vorsichtig aus dem Karton wie ein Bombenentschärfer ein verdächtiges Objekt, dreht es langsam hin und her und betrachtet es von allen Seiten.

In einigen Kartons ist noch mehr Papierkram, hauptsächlich Handarbeitszeitschriften, obwohl ihre Mutter weder Häkeln noch Stricken konnte. Die auszusortieren, ist leicht. Schnittmuster hebt sie für den Secondhandladen auf, die Zeitschriften kommen auf den Altpapierhaufen. Doch ganz unten in einem Karton findet sie ein kleines gestricktes Figürchen. Sie starrt es einen Moment verwirrt an, aber dann taucht plötzlich eine Erinnerung auf, so klar und deutlich, dass sie überrascht nach Luft schnappt.

Jemand hat es ihr geschenkt.

Sie sieht eine Hand, die es ihr reicht, und eine sanfte Stimme, die sagt, das könnte ihr vielleicht gefallen. Es ist ein Engel, kaum größer als ihre Handfläche, mit schneeweißen Flügeln und dottergelbem Haar. Hinten an seinem Kopf ist eine Wollschlaufe befestigt, was darauf schließen lässt, dass er als Christbaumschmuck gedacht ist, aber jetzt erinnert sie sich daran, wie sie ihn an sich gedrückt hat und nicht wieder hergeben wollte. Ihre Lehrerin, Miss … wie auch immer …

hatte ihnen eine Geschichte über Schutzengel vorgelesen, und Heather hatte sich in den Kopf gesetzt, wenn sie ihn immer bei sich trug, sogar nachts, in das Gummi ihres Schlüpfers geklemmt, würde er sie beschützen.

Sie betrachtet den schmuddeligen Engel. Sein Heiligenschein ist schief – wie passend. *Du hast deine Aufgabe nicht besonders gut gemacht, oder?*, sagt sie im Geist zu ihm, aber sie zögert, als sie ihn auf den Haufen für den Secondhandladen werfen will. Der Engel baumelt ein paar Sekunden darüber, dann nimmt sie ihn und legt ihn in einen der »Behalten«-Kartons, der nicht für Papierkram gedacht ist. Bis eben war er leer.

Sie sieht auf die Uhr: fast halb vier. Sie sollte wirklich schlafen gehen, denkt sie, greift dann aber nach einer Plastikkiste ohne Deckel. Nur die noch.

Das erste Teil, das sie in die Hand nimmt, bringt sie zum Lachen. Es ist ein gerahmter Druck eines altmodischen Teddybären, der auf einem rüschenverzierten Kissen sitzt. Die schwarzen Augen des Bären blicken schräg nach unten. Es war eines der Lieblingsbilder ihrer Mutter. Aber lachen muss sie, weil sie im Geist die Stimme ihres Vaters hört: »Der sieht aus, als hätte er Verstopfung!« Jedes Mal, wenn er das sagte, hatte ihre Mutter ihn böse angeguckt.

Immer noch lächelnd, legt Heather ihn zu dem Engel. Sie findet das Bild zwar hässlich, aber es gefällt ihr, dass sie ihren Vater hören kann, wenn sie es ansieht. So fühlt sie sich ihm viel näher als bei Faiths schrecklichen Skype-Sitzungen. Doch mit einem Mal wird ihr eiskalt. Genau das hat ihre Mutter doch auch getan, oder? Sie hat Sachen aufgehoben, weil die sie an Orte oder Menschen oder Erlebnisse erinnerten. Heather greift nach dem Karton, um den Engel und das Bild auf den »Wegwerfen«-Haufen zu kippen, bremst sich jedoch im letzten Moment. *Zwei Teile*, argumentiert sie innerlich. *Das ist noch vertretbar.* In den Haufen für Recycling, Wegwerfen und Secondhandladen sind mindestens fünfzig Mal so viele. So machen es normale Leute: Sie heben ein paar Lieblingsstücke auf, die mit schönen Erinnerungen verbunden sind. Nur bei ihrer Mutter ist dieser Drang völlig außer Kontrolle geraten. Heather atmet aus, stellt den »Behalten«-Karton wieder hin und widmet sich dem restlichen Inhalt der Kiste.

Zunächst löst nichts darin weitere Erinnerungen aus, was einerseits enttäuschend, andererseits aber auch erleichternd ist. Größtenteils sind es in Zeitungspapier gewickelte Dekofiguren und dazwischen ein paar Plüschtiere. Fast alles davon landet auf dem Haufen für den Secondhandladen.

Unten in der Kiste liegt eine rechteckige, schmale Schachtel, etwa fünfzig Zentimeter lang. Ein Schauer überläuft Heather, noch bevor sie den Inhalt durch das Zellophan auf der Oberseite richtig sehen kann.

Cassandra.

Ihre kastanienbraunen Locken sind immer noch makellos und glänzend, ihre babyblauen Augen mit dem starren, hochmütigen Blick und das Porzellangesicht unangetastet von der Zeit. Vorsichtig berührt Heather die Wange der Puppe. Einen Moment lang fürchtet sie, die Panik würde sie wieder überrollen. In ihrer Brust wird es eng, und ihr Puls beschleunigt sich, doch sie atmet tief ein und aus und schließt die Augen, um die kleine Usurpatorin auszublenden. *Ich schaffe das*, sagt sie sich. *Es ist bloß eine Puppe.*

Sie hat Geduld mit sich, wartet, bis sie ihre Gefühle wieder unter Kontrolle hat, dann öffnet sie langsam die Augen und sieht in Cassandras ausdrucksloses Gesicht. »Ich habe dich gehasst«, sagt sie zu der Puppe. »Und ich glaube, ich hasse dich immer noch.«

Dennoch legt sie sie nicht auf den »Wegwerfen«-Haufen, sondern begründet einen neuen: »Ebay«. Ihre Mum hat immer wieder behauptet, es sei eine wertvolle Sammlerpuppe, und jetzt ist es an der Zeit herauszufinden, ob das stimmt. Abgesehen davon, dass ein bisschen Geld nie schaden kann, gefällt Heather die Vorstellung, Cassandra zu verkaufen. Zu sehen, wie sie offiziell in den Besitz einer anderen Familie übergeht, während sie selbst in der Familie Morgan bleibt.

Nachdem sie die Puppe beiseitegelegt hat, holt sie die letzten beiden Dinge aus der Kiste. Fotoalben! Sie hatte schon fast die Hoffnung aufgegeben, noch welche zu finden. Sie nimmt das obere und schlägt es auf. Die Bilder darin überlappen sich, und an manchen Stellen hat ihre Mutter Eintritts- oder Postkarten dazwischengeklebt, sodass es aussieht wie ein Sammelalbum. Heather betrachtet die lächelnden Gesichter. Wie talentiert ihre Mutter war, eine richtige Künstlerin. Welche Ironie, dass genau die Dinge, die sie wegen der kreativen Möglichkeiten gehortet hat, sie daran hinderten, ihre Fähigkeiten auszuleben.

Das erste Album stammt offenbar aus der Zeit, als Heather acht war. Auch hier gibt es kaum Aufnahmen vom Haus, sondern hauptsächlich von Urlauben und Ausflügen, aber sie vermutet, dass viele Familienalben vor der Ära der Digitalkameras und Selfies so aussehen. Sie erinnert sich, dass sie als Teenager eine Kamera benutzt hat, die ihre Mutter auf dem Flohmarkt erstanden hatte, und daran, wie sie immer genau überlegt hat, welches Motiv es wert war, fotografiert zu werden, weil sie immer nur vierundzwanzig Aufnahmen hatte. Jetzt kann sie mit ihrem Handy jeden Tag Tausende von Fotos machen. Es erscheint ihr geradezu achtlos. Verschwenderisch.

Sie legt das Album in den »Behalten«-Karton und schlägt

das andere auf. Auf den Bildern ist sie noch kleiner, und da ist ein Foto von Faith in ihrer Grundschuluniform. Sie schätzt ihre Schwester auf ungefähr acht, und sie selbst war damals wohl fünf.

Heather richtet sich auf. Das muss also *davor* gewesen sein. Vor der Entführung. Vor der Horterei. Sie betrachtet die Fotos aufmerksam, sucht nach Hinweisen, obwohl sie keine Ahnung hat, wie die aussehen könnten. Doch es gibt kaum etwas Bemerkenswertes.

Sie hat gehofft, ein paar Aufnahmen aus dem Inneren des Hauses zu finden, einerseits zur Bestätigung dessen, was sie bereits vermutet, nämlich dass die Horterei ihrer Mutter durch die Entführung ausgelöst wurde, andererseits aus purer Neugier. Sie hat es gehasst, in dem Haus zu leben, fand es hässlich und vollgestopft und abstoßend, aber als sie es neulich von der anderen Straßenseite aus betrachtet hat, erschien es ihr in einem anderen Licht. Früher musste es sehr hübsch gewesen sein. Ein richtiges, glückliches Zuhause.

Noch eine Erinnerung ist plötzlich wieder da, genauso klar und deutlich wie die anderen, aber nicht so überraschend. Sie sieht ihre Mutter und ihren Vater, wie sie am Weihnachtsmorgen im Bett sitzen und lachen. Sie und Faith hocken bei ihnen auf dem Fußende des Betts, und alle sind dabei, ihre Weihnachtsstrümpfe auszupacken. Mum und Dad fischen gleichzeitig eine Miniflasche Baileys aus ihrem Strumpf und prusten los, weil sie beide dieselbe Idee gehabt haben.

Heather lässt das Album auf ihren Schoß sinken und lehnt sich lächelnd an einen Stapel Kartons, doch dann rollen ihr Tränen übers Gesicht, und wenig später wird sie von heftigen Schluchzern geschüttelt.

Sie hat nicht die geringste Ahnung, warum sie weint. Sie ist nur unendlich froh und erleichtert, weil sie plötzlich wieder weiß, dass sie mal eine ganz normale Familie waren.

Nach einer Weile beruhigt sie sich schließlich und blättert weiter. Ohne zu wissen, warum, bleibt ihr Blick auf der vorletzten Seite an einem Gesicht hängen. Es ist ein Gruppenfoto, draußen aufgenommen, wahrscheinlich in ihrem Garten, bevor er völlig zugewuchert war, denn im Hintergrund sieht man unscharfe Farbkleckse, vermutlich Blumen. Ihre Mutter und ihr Vater stehen in der Mitte, sie und Faith davor. Faith isst gerade einen Hotdog, und auf ihrem weißen T-Shirt ist ein Senfklecks, vielleicht haben sie gegrillt. Außer ihnen sind noch drei Erwachsene auf dem Foto, zwei Männer und eine Frau. Es ist die Frau, die sie neugierig macht. Sie lacht in die Kamera und hat einen Arm um die kleine Heather gelegt. Heather selbst blinzelt grinsend unter ihrem langen Pony hervor und scheint nichts dagegen zu haben.

Heather betrachtet die Frau genauer, mustert ihre dunklen Locken, ihre lächelnden Augen. Sie blättert die letzte Seite um, überfliegt die vier Fotos, die daraufgeklebt sind, und entdeckt sofort dieselbe Frau, diesmal vor ihrem Haus in der Hawksbury Road.

Sie trägt den roten Mantel.

Er sieht genauso aus, wie Heather ihn in Erinnerung hat, bis in die letzten Details. Es schockiert sie, dass ihr Gedächtnis, das sie in vielerlei Hinsicht völlig im Stich lässt, so perfekt funktioniert, was diesen Mantel betrifft.

Nun ja, fast. Denn als sie sich von der wundersamen Wiedererkennung des roten Mantels erholt hat und sich das Gesicht genauer ansieht, das daraus hervorlugt, findet der schreckliche Verdacht, der ihr seit dem Vorfall auf der Pier in Hastings im Kopf herumschwirrt, endlich seine Bestätigung.

Das ist nicht ihre Tante Kathy. Das ist *sie*. Patricia Waites.

Und sie ist nicht im fernen Hastings, sondern steht vor Heathers früherem Zuhause in der Hawksbury Road und lächelt ihr aus dem Fotoalbum ihrer Mutter entgegen.

33

Gelb, ramponiert, hässlich. Der Container ist mit Rostflecken übersät und voller Müll. Da wird anscheinend ein Haus ausgeräumt, wahrscheinlich weil jemand gestorben ist. Ein hübscher Stuhl mit gedrechselten Beinen ragt aus dem Durcheinander – welch trauriger Anblick. Eines der Beine ist gebrochen, und unter dem goldbraunen Lack schaut helles Holz hervor wie Knochen aus aufgerissener Haut. Ist er dort hineingeworfen worden, weil er kaputt war, oder ist er erst durch das Wegwerfen kaputtgegangen? Er ist sicher mal liebevoll ausgesucht worden, vielleicht zusammen mit mehreren anderen, die genauso aussehen, aber jetzt liegt er umgestürzt und einsam da. Meine Mutter wird von solchen Containern angezogen wie eine Motte vom Licht, aber ich mag sie nicht. Sie haben so etwas Deprimierendes.

Die nächsten Wochen sind für Heather wie ein Traum. Claudie wird ihre Beraterin und ihr Vorbild, während sie sich beide bemühen, ein fester Teil von Tias Clique zu werden, statt nur am Rande mitzulaufen. Claudie weiß, wann sie sich dem Grüppchen nähern dürfen, wann sie aufgeregt aussehen müssen und wann cool und herablassend. Heather saugt all diese Informationen auf wie ein Schwamm.

Der Oktober wird vom November davongeweht. In den Geschäften in der Stadt funkeln die ersten Lichterketten. Auch Heather verspürt ein seltsames, hoffnungsvolles Funkeln in ihrem Inneren, das ihr vollkommen neu ist, und es wird mit jedem frostigen Morgen stärker.

Nicht wegen Weihnachten, denn das feiert ihre Mutter nie wirklich. Wo sollten sie in diesem Haus auch einen Weihnachtsbaum hinstellen? Und es ist nie genug Geld für richtige

Geschenke da, obwohl ihre Mutter Trillionen beim Fernseh-shopping ausgibt. Sie behauptet, so hätte sie für jede Gelegenheit das passende Geschenk, falls sie eins braucht. Aber natürlich gibt sie nie irgendwas davon her. Doch dieses Jahr kümmert Heather das nicht, denn ihr Leben außerhalb des Hauses ist bunt und schillernd und entschädigt sie für alles.

Eines Sonntagnachmittags sitzt sie in ihrem Zimmer auf dem Fußboden, mit dem Rücken an der Heizung, die Bettdecke wie einen Mantel um sich gelegt. Das Zeug wirkt tatsächlich wie eine Isolierung, besonders im Sommer, wenn sich das Haus wie eine Sauna aufheizt, aber momentan ist es draußen sehr kalt, und überall sonst im Haus blockieren die Krempelhaufen die Heizkörper, sodass die Wärme nicht zirkulieren kann.

»Heather!«, ruft ihre Mutter von unten herauf. »Ich brauche dich!«

Heather erstarrt, ohne den Blick von ihren Englisch-Hausaufgaben zu lösen. Das klingt nicht gut.

Vor ein paar Tagen hat ihre Mum um die Ecke in der Park Road einen Container entdeckt, und da wusste Heather sofort, dass es nur eine Frage der Zeit wäre, wann sie hingehen und darin wühlen würde. Und sie wusste auch, dass ihre Mutter sie mitschleppen würde, damit sie ihr hilft. Das tut sie immer. Aber diesmal kommt noch dazu, dass ihre Mum sich vor Kurzem den Knöchel verstaucht hat. Sie ist über einen Karton gestolpert, der auf einen der Kaninchenpfade gefallen war, und hat dort fast eine Stunde halb verschüttet gelegen, bis Heather von der Schule nach Hause gekommen ist und sie ausgegraben hat.

»Heather!«

Der Ruf klingt leiser. Heather zieht den Kopf ein. Wenn sie sich nicht muckst, besteht eine gute Chance, dass sie dieser Containerwühlexpedition entgeht. Wenn das Zusammenleben mit einer Krempelsammlerin einen Vorteil hat, dann den, dass sie sich leicht ablenken lässt. Mit etwas Glück entdeckt ihre Mum in dem Durcheinander irgendwas Interessantes und vergisst, dass sie eigentlich rausgehen wollte – zumindest bis es ohnehin zu dunkel und zu kalt ist, um noch loszuziehen.

Etwa zwanzig Minuten lang kommt kein weiterer Ruf, und Heather entspannt sich. Sie riskiert sogar einen Vorstoß, um ihr Wörterbuch aus dem Wohnzimmer zu holen, doch gerade als sie wieder die Treppe hochschleichen will, kommt ihre Mutter aus der Küche und sieht sie.

»Ah, da bist du ja! Ich brauche dich, komm mal mit.« Schon nimmt sie einen Mantel vom Haufen im Flur und geht zur Haustür. Als Heather sich nicht rührt, blickt sie über die Schulter. »Mach schon. Wir müssen uns beeilen, es wird bald dunkel.«

»Ich soll für Englisch ein Gedicht schreiben.«

»Es dauert doch nur zehn Minuten.«

Resigniert zieht Heather ihren Mantel unter einem Stapel Einkaufstüten hervor. Es hat keinen Sinn zu streiten. Ihre Mutter würde nur weinen, betteln und flehen, bis sie nachgibt. Wenn sie jetzt mitgeht, hat sie es zumindest bald hinter sich, auch wenn es garantiert deutlich länger dauern wird als zehn Minuten. Aber immerhin ist sie dann wieder drinnen und kann an ihrem Gedicht weiterschreiben, bevor es richtig kalt wird.

Sie zieht den Reißverschluss ihres Mantels hoch, bis er unter ihrem Kinn kratzt, und folgt ihrer Mutter nach draußen, wobei sie auf dem kurzen Weg zur Park Road ein paar Schritte hinter ihr bleibt.

Heathers Straße ist hübsch, aber die Park Road ist sogar

noch hübscher. Als sie klein war, dachte sie, die Häuser wären Schlösser. Der Container steht vor einer Villa, die mindestens dreimal so groß ist wie ihr Haus. Drinnen brennt kein Licht, und der Garten ist zugewachsen, aber man kann sehen, dass jemand angefangen hat, die Pflanzen zurückzuschneiden und Ordnung zu schaffen.

Doch die Architektur interessiert ihre Mum kein bisschen. Warum auch, wenn der leuchtend gelbe Container lockt? »Oh, schau mal!«, sagt sie aufgeregt. »Kommst du da dran, Heather? Da ist ein schöner alter Metalleimer.«

»Mum. Der ist kaputt.«

»Macht nichts. Den kriege ich schon wieder hin.«

Heather starrt den Eimer an. Er ist so verrostet, dass der Boden dünn wie Papier ist und fast zerbröselt. Sie sagt es ihrer Mutter, aber es hat keinen Sinn. Letzten Endes muss sie sich über den Rand des Containers beugen und ihn herausfischen.

»Oh, und was ist das da drunter?«

Die Augen ihrer Mutter leuchten. Sie streifen über den Inhalt des Containers, als hätte sie gerade das Grab von Tutanchamun gefunden. Sie zeigt auf Dinge, und Heather holt sie heraus, weil es einfacher ist nachzugeben, als in der eisigen Kälte zu debattieren.

Bald hat ihre Mutter die Arme voll. Sie legt ein paar ihrer Beutestücke – einige Türknäufe und einen kleinen, zerrissenen Lampenschirm – in den Eimer, doch die schwereren Teile fallen unten raus. Heather seufzt.

»Kommst du an den Stuhl heran?«, fragt ihre Mutter hoffnungsvoll. »Ich würde es ja selbst versuchen, aber …« Sie hebt entschuldigend ihren Fuß.

»Mum, der ist alt und kaputt. Das eine Bein ist abgebrochen. Außerdem kriegst du ihn mit deinem verletzten Knöchel doch gar nicht nach Hause.«

Ihre Mutter runzelt die Stirn, aber, o Wunder, ihr Blick wandert weiter. Plötzlich zeigt sie auf etwas, so aufgeregt, dass sie fast alles fallen lässt, was sie in den Händen hält. »Da, Heather! Siehst du sie? Die Vase?«

Heather hat wirklich keine Lust mehr, sich über den Container zu beugen – er stinkt –, aber sie tut es trotzdem. Ganz unten, zwischen Haufen von Pappe, Metall und Dreck, erblickt sie den Hals einer Vase. Er ist aus cremefarbenem, halb transparentem Glas, das oben und unten in Braun übergeht, mit einer Andeutung von aufgemalten Blumen.

Ihre Mutter hüpft fast vor Aufregung. »Die ist bestimmt was wert!«

Heather verdreht die Augen. Wenn die Vase das einzige Teil mit einem gewissen Wert ist, warum schleppt sie dann den ganzen anderen Müll nach Hause? So nützlich es wäre, wenn ihre Mutter tatsächlich etwas fände, das sie verkaufen könnte (Heather braucht neue Schuhe, und das nicht erst seit gestern), weiß Heather doch genau, dass sie sich nie davon trennen wird. Ihr genügt allein die *Möglichkeit*, dass es wertvoll sein könnte. Und selbst wenn die Vase wertvoll wäre, es würde diese unsägliche Marotte nur verstärken, weil ihre Mutter dann überzeugt wäre, dass in jedem Mülleimer oder Container weitere »Schätze« zu finden sind.

»Wer weiß?«, erwidert Heather. »Aber es ist egal. Da komme ich auf keinen Fall dran.«

Ihre Mutter starrt die Vase an, als könnte sie sie allein durch die Kraft ihres Willens zum Schweben bringen, dann wendet sie sich zu ihrer Tochter. »Spring doch kurz rein und hol sie für mich, ja? Du bist so leicht, und du kannst bestimmt auf dem flachen Metallstück da stehen.«

»Nein«, sagt Heather. »Auf keinen Fall.«

Fünf Minuten später schwingt Heather mit flammend

rotem Gesicht ein Bein über den eiskalten Rand des Containers. Ihre Mutter hat Tränen im Gesicht, weil sie sich gerade mitten auf dieser hübschen Straße gestritten haben, und gleichzeitig funkeln ihre Augen triumphierend, weil sie wieder einmal ihren Willen bekommen hat. *Ich hasse dich*, denkt Heather, während sie nach einem festen Halt für ihren Fuß sucht, und diesmal meint sie es wirklich so.

Ihre Mutter nervt sie mit wenig hilfreichen Anweisungen – *Nicht dahin! Stell den Fuß auf den Rand vom Regal!* –, aber schließlich findet Heather eine Position, von der sie die Vase mit den Fingerspitzen erreicht.

Gerade als sie sich packt und herauszieht, passiert das Allerschlimmste. Sie hört Leute kommen! Und zwar direkt aus dem Haus nebenan. Heather duckt sich. Sie hasst es schon, wenn jemand sieht, wie sie mit ihrer Mutter von einer dieser Expeditionen zurückkehrt, beladen mit Krempel, aber tatsächlich im Container erwischt zu werden? Da könnte sie sich auch gleich umbringen.

»Du liebe Güte!«, ruft jemand aus, gefolgt von leicht entsetztem Lachen. Heather duckt sich noch tiefer.

»Das ist legal!«, sagt ihre Mum. »Ich stehle nichts. Ich habe den Besitzer gefragt!«

Das wäre das erste Mal, denkt Heather.

Die Leute lachen noch mehr, weil ihre Mum nicht begreift, dass die Situation als solche auf schreckliche Weise komisch ist, und es gar nicht um die Frage geht, ob sie eine Erlaubnis hat oder nicht.

»Voll peinlich!«, sagt eine jüngere Stimme, und vor Überraschung verliert Heather fast das Gleichgewicht.

O nein, o nein, o nein, wimmert sie innerlich. *Das kann nicht sein! Bitte nicht.*

Jemand kommt näher, bis an den Rand des Containers.

Ein Teil von Heather will es unbedingt wissen und hofft verzweifelt, dass sie sich irrt, und vielleicht ist es dieser Teil, der vergisst stillzuhalten, denn sie gerät ins Kippeln und muss sich aufrichten, um nicht zu fallen.

Sie hebt den Kopf und blickt direkt in die Augen von Tia Paine. Man muss kein Genie sein, um zu begreifen, dass das Haus nebenan ihrer Tante gehört. Ihre ganze Familie steht da – ihre Mum, ihr Dad und ihre jüngere Schwester –, und alle starren sie entgeistert an.

»Tia?«, fragt ihre Mum besorgt. »Kennst du diese Person?«

Tias Lippen verziehen sich langsam zu einem Lächeln. »Nein, ich glaube nicht«, antwortet sie, ohne Heather aus den Augen zu lassen. »Ich würde mich doch nie mit Gesindel einlassen.«

Heather lässt die Vase fallen. Sie zerschellt in tausend Stücke.

34

Heather zerrt das Zellophan von der Seite und löst das Foto mit der Frau im roten Mantel von der klebrigen Pappe, wobei eine Ecke abreißt. Sie hält es hoch und starrt darauf.

Das ist sie doch, oder? Ihr Herz hämmert *ja, ja, ja.*

Sie kann den Blick nicht davon abwenden, doch je länger sie es betrachtet, desto schwächer wird das bestätigende Pochen in ihrer Brust. *Sehe ich nur, was ich sehen will?*, fragt sie sich. *Vermische ich eine Erinnerung mit einer anderen?* Schließlich waren die Erinnerungen an ihre frühe Kindheit bis vor Kurzem unzuverlässig bis nicht existent. Vielleicht befreit die Wahrheit sie gar nicht, sondern treibt sie langsam in den Wahnsinn.

Doch dann hebt sie ruckartig den Kopf: Jason. Er hat die Frau auf der Pier ebenfalls gesehen, wenn auch nur für einen kurzen Moment. Sie kann ihn fragen. Sie kann …

Heather ist schon halb an der Tür, als sie innehält. Es ist Viertel nach vier – kaum der richtige Zeitpunkt, um ihn zu bitten, sich ein Foto anzusehen, selbst wenn es sich um einen lebensverändernden Notfall handelt. Aber das ist nicht das Einzige, was sie davon abhält, die Treppe hochzulaufen und an seine Tür zu klopfen. Das andere ist die Erkenntnis, dass sie es so gerne möchte. Sie wird zu abhängig von ihm. Verlässt sich zu sehr auf ihn. Sie sollte zumindest bis zum Morgen warten.

Um acht Uhr sitzt sie fertig angezogen im Wohnzimmer, das Foto mittig vor sich auf dem Tisch, und nippt an einem Becher lauwarmem Tee. Seit zwei Stunden ist sie schon hier und wartet.

Doch obwohl sie in der Wohnung über ihr gedämpfte

Schritte hört, dann das Zuschlagen einer Tür und kurz darauf das Ächzen und Gurgeln der frisch reparierten Leitungen, geht sie nicht hoch zu Jason. Irgendwie weiß sie, dass er spätestens in einer Viertelstunde die Treppe runterläuft und zu ihr kommt.

Zehn Minuten lang trinkt sie weiter ihren kalten Tee und betrachtet das Foto, dann, als das Ächzen und Gurgeln über ihr verstummt, greift sie rasch danach, steckt es in ihre Handtasche und schlüpft zur Tür hinaus.

Da ihr Auto immer noch nutzlos in der Einfahrt steht, läuft sie ins Stadtzentrum von Bromley und nimmt den nächstbesten Zug nach Oxted. Von dort sind es viereinhalb Kilometer Fußmarsch bis zu Faith, weil es in Westerham keinen Bahnhof gibt, aber sie bewegt sich lieber, als endlos in einem Bus zu sitzen, der an jeder Milchkanne hält.

Faiths Gesicht ist ungeschminkt, als sie die Tür öffnet, und bei Heathers Anblick sieht sie verwirrt aus. Es ist, als fehlte ihr ohne Make-up auch das Große-Schwester-Gehabe. Sie wirkt sogar ehrlich besorgt. »Heather? Ist alles in Ordnung? Was tust du hier?«

Heather hat das Foto in der Hand und hält es ihrer Schwester vor die Nase. »Erkennst du sie?«, fragt sie ohne Umschweife. Sie weiß, dass sie sich zumindest für ihr unangekündigtes Auftauchen entschuldigen sollte, aber die Frage, die sie umtreibt, hat ihre Manieren beiseitegekegelt.

Faith runzelt die Stirn. »Ich glaube nicht. Wer ist das?«

»Ich glaube, es ist die Frau, die … du weißt schon … die mich entführt hat.«

Faith reißt überrascht die Augen auf. Sie betrachtet das Foto noch einmal eingehend, schüttelt dann aber den Kopf. »Das ist sie? Woher weißt du das?«

Heather späht in den Flur. Mit einem Mal spürt sie die Erschöpfung des langen Marschs. »Kann ich … Können wir reingehen?«

»Natürlich! Entschuldige.« Sie führt Heather in die große Wohnküche, wo die Kinder gerade frühstücken. Die beiden blicken auf, lassen ihre Apfelschnitze fallen und laufen zu ihrer Tante. Alice sieht aus, als wollte sie sie umarmen, doch im letzten Moment bleibt sie mit schüchterner Miene stehen. Barney schlingt die Arme um ihre Knie und strahlt zu ihr hoch. Heather streicht zögernd über sein seidiges Haar, und zu ihrer Überraschung duckt er sich nicht weg.

»Seid ihr fertig mit eurem Apfel?«, fragt Faith. Beide nicken. »Dann geht und guckt *Peppa.*«

Aufgeweckt wie immer, entgegnet Alice: »Aber du hast doch gesagt, Schluss mit *Peppa.*«

»Genau«, sagt Barney. Heather schmunzelt. Ihr gefällt, dass die beiden zusammenhalten, anstatt sich zu kabbeln.

»Nun, dann habe ich meine Meinung eben geändert«, erwidert Faith.

Alice runzelt die Stirn. »Aber –«

»Wollt ihr *Peppa* gucken oder nicht?«

Das lassen sie sich nicht zweimal fragen. Lärmend laufen sie rüber ins Wohnzimmer. Als wieder Ruhe einkehrt, setzen sie sich an die Küchentheke. Faith legt das Foto, das Heather ihr gegeben hat, auf die glänzende, schwarz gesprenkelte Granitplatte, und beide blicken darauf.

»Bist du sicher, dass sie es ist?« Faith flüstert beinahe.

»Ich glaube schon. Es sind ein paar … Erinnerungen hochgekommen.«

Jetzt starrt Faith Heather noch überraschter an als vorhin an der Tür. »Was für Erinnerungen?«

Heather sieht Angst in den Augen ihrer Schwester, Angst,

dass sie etwas Furchtbares schildern wird, das ihr zugestoßen ist. »Nichts aus *der* Zeit«, erwidert sie, und Faith entspannt sich sichtlich. »Ich war nur gestern in Hastings, um zu sehen, ob es meinem Gedächtnis auf die Sprünge hilft. Ich habe herausgefunden, dass Patricia Waites dort lebt.«

Faith fällt fast vom Hocker. »Du hast versucht, sie zu finden? Mit ihr zu reden? Oh, Heather, ich glaube, das ist keine gute Idee!«

Heather schüttelt den Kopf. »Es war eine alte Adresse, und die Chance war nicht sehr groß. Das wussten wir, als wir losgefahren sind.«

»Trotzdem … Glaubst du nicht, es ist besser, die Vergangenheit ruhen zu lassen? Ich meine, das könnte Dinge aufrühren, an die du dich lieber nicht erinnern willst.«

»Das hat es schon«, sagt Heather leise. »Aber ich kann jetzt nicht einfach aufgeben.«

Faith nickt. Heather weiß, dass sie nicht glücklich über diese Entwicklung ist – sie hat ihre kleine Schwester immer gerne unter Kontrolle –, aber immerhin versteht sie es.

»Warte mal. Woher hast du das Foto überhaupt? Das habe ich noch nie gesehen.«

»Es war in einem von Mums alten Alben.«

Faith sieht sie verwirrt an, und Heather merkt, dass sie einen Fehler gemacht hat. »Aber es war nicht in den beiden, die du mir gezeigt hast. Du hast doch gesagt, das sei alles, was noch da ist.«

Heather zwingt sich, ihr in die Augen zu sehen. »Ich habe gelogen«, sagt sie schlicht. »Es ist noch jede Menge Zeug da. Tut mir leid. Ich … hab's einfach nicht über mich gebracht, das alles durchzusehen.«

Faith öffnet den Mund, schließt ihn dann jedoch wieder und schüttelt den Kopf. »Ist schon okay. Ich finde es nicht gut, dass du mich angelogen hast, aber unter den Umständen … verstehe ich es.«

Heather ist perplex. Sie hat mit einer wesentlich heftigeren Reaktion gerechnet. Aber sie hält den Mund; sonst reißt sie ihre Schwester womöglich noch aus dieser ungewöhnlich verständnisvollen Stimmung.

Faith wendet sich wieder dem Foto zu. »Aber wenn das in Mums Album war, dann bedeutet das doch …«

Heather nickt. Genau dieser Gedanke ist ihr letzte Nacht auch gekommen. »Das bedeutet, dass Mum und Dad sie kannten. Dass sie wahrscheinlich eine Freundin war.«

»Oder sogar eine Verwandte!«, ruft Faith aus. »Mum hat doch immer von ihren Cousinen erzählt, zu denen sie keinen Kontakt mehr hatte. Vielleicht gab es ja einen Grund dafür.«

»Ja, vielleicht.« Heather ist auf einmal seltsam ruhig. »Ich erinnere mich an diesen roten Mantel und an den Ausflug ans Meer. Ich dachte immer, es wäre Kathy gewesen, aber als ich diese Frau dort am Geländer stehen sah, war es, als würde alles, was die ganzen Jahre über verschwommen gewesen ist, schlagartig gestochen scharf.«

Faith starrt sie an. »An welchem Geländer? Willst du damit sagen, du hast sie gesehen? *Gestern*?«

Heather nickt, dann zuckt sie die Achseln. »Ich weiß nicht. Ich glaube schon. Es war total seltsam.«

Sie weiß, dass sie sich nicht sehr geschickt anstellt, dass sie ihrer Schwester eine Ungeheuerlichkeit nach der anderen um die Ohren haut, aber das ist das Problem, wenn man immer alles für sich behält – sie hat nie gelernt, wie man so was richtig macht.

»Sie hat mich auch gesehen. Und dann ist sie weggerannt.« Heather atmet geräuschvoll aus. »Wir sind ihr gefolgt, aber sie ist in der Menge verschwunden.«

»Du liebe Güte.« Faith sackt in sich zusammen und starrt in die Luft. »Und was machen wir jetzt?«

Wir. Dieses eine Wort ist der Grund für Heathers Besuch. »Ich weiß es nicht«, erwidert sie. »Deshalb bin ich hergekommen.«

Faiths verwirrte Miene verwandelt sich in ein Lächeln. Sie weiß, welche unausgesprochene Bitte hinter Heathers Antwort steht, und sie freut sich darüber. Das ist etwas völlig Neues, für sie beide.

»Danke, dass du mir hilfst«, sagt Heather leise.

»Danke, dass du mich helfen lässt.« Faith beugt sich zu ihr und umarmt sie, so gut das von Hocker zu Hocker geht. Es fühlt sich seltsam an. Aber gut. »Du weißt, dass ich nie etwas anderes wollte, oder?« Ihre Stimme klingt rau. Sie sitzt ganz still da, und Heather weiß, dass sie mit den Tränen kämpft. Sie rührt sich nicht, bis Faith tief durchatmet und ihr über den Rücken streicht.

»Ja, das weiß ich«, sagt Heather, und ihr werden klar, dass sie irgendwo in ihrem Inneren immer gewusst hat, dass Faith für sie da ist, wenn es hart auf hart kommt.

Doch diese Offenheit und Verletzlichkeit werden ihr allmählich zu viel, und so richtet sie sich auf und greift wieder nach dem Foto.

»Das ist vor unserem Haus aufgenommen, nicht?«, fragt Faith, nachdem sie es eine Weile schweigend betrachtet haben. »Da ist doch die große Tanne von den Nachbarn.«

Heather nickt. »Genau das habe ich auch gedacht.«

»Und du sagst, du kannst dich jetzt wieder an einiges erinnern, seit du in Hastings warst?«

»Ja.«

»Dann fällt mir nur eine Sache ein, die helfen könnte.«

Heather runzelt die Stirn.

»Wir müssen dahin, wo dieses Foto aufgenommen wurde«, sagt Faith, und jetzt klingt sie wieder fast so diktatorisch wie immer. »Wir fahren in die Hawksbury Road.«

35

Matthew kommt, um Faith und Heather zum Abschied zu winken, und die Kinder klettern auf ihm herum, während er ihnen nachsieht. Heather ist dankbar, dass er so verständnisvoll reagiert hat. Während sie zurück nach Bromley fahren, löchert Faith sie mit Fragen. Heather antwortet, so gut sie kann, dann herrscht eine Weile Stille, während Faith die Informationen verarbeitet. Ein paar Minuten später kommt die nächste Frage. Sie haben Hastings und die Hawksbury Road durchgekaut und darüber spekuliert, aus welchem Jahr das Foto stammt und wer die Frau sein könnte, als Faith einen neuen Aufhänger für Fragen findet.

»Als du vorhin von der Begegnung mit der Frau in Hastings erzählt hast …«, beginnt Faith, während sie in den Rückspiegel blickt und auf die rechte Spur zieht, um einen LKW zu überholen.

»Ja?«

»Da hast du ›wir‹ gesagt.«

Heather schweigt.

»Du hast gesagt, ›wir sind ihr gefolgt‹. Du warst also nicht alleine?«

Heather wartet, bis sie an dem LKW vorbei und wieder auf der linken Spur sind. »Ich war mit meinem Nachbarn dort. Wie ich dir vorhin schon erklärt habe, springt mein Auto nicht an, deshalb hat er mich gefahren. Das ist alles.« Sie blickt starr geradeaus und hofft, dass Faith das leichte Zittern in ihrer Stimme nicht bemerkt hat.

»So, so, dein Nachbar. Jung? Alt?« Faith lässt nicht locker.

»Älter als ich, aber du würdest ihn vermutlich als jung

bezeichnen.« Heather späht zur Seite. Faith grinst selbstge-
fällig.

»Hat dieser ›eher junge‹ Mann auch einen Namen?«

Heather schluckt. »Jason.« Sie sieht wieder auf die Straße, spürt aber immer noch Faiths Grinsen.

»Jason«, wiederholt Faith, als hätte sie den Schlüssel zu
einem großen Geheimnis bekommen. »Und, ist er sexy?« Hitze steigt in Heathers Gesicht, und natürlich bemerkt Faith es
sofort. »Ha! Er ist sexy, und du magst ihn!«

»Hör auf!«, sagt Heather, aber jetzt grinst sie auch. »Das
ist Unsinn. Er hat mich bloß mit seinem Motorrad nach Hastings gefahren, weiter nichts. Er ist nur ein guter Freund.«

»Ihr seid mit dem Motorrad gefahren?!«

Heather nickt. Darauf ist sie ziemlich stolz.

»Du hast dich eine Stunde lang eng an einen Kerl in Leder geschmiegt – nein, zwei, zurück ja auch noch! –, und du
willst mir erzählen, dass ihr nur gute Freunde seid?«

»Ja.« Heather spürt, wie ihr Gesicht zu glühen beginnt.

Faith lacht leise. »Wer's glaubt, wird selig.«

»Ach, jetzt hör schon auf!«, schimpft Heather, aber sie
muss ebenfalls lachen. Im Grunde hat sie gar nichts gegen
diese Neckerei. Dadurch fühlt es sich an, als wären sie und
Faith richtige Schwestern. Die Atmosphäre bleibt heiter, bis
sie den Stadtrand von Bromley erreichen, aber je mehr sie
sich ihrem Ziel nähern, desto stiller wird es im Auto.

»Ich komme nicht mehr hierher, wenn es sich vermeiden lässt«, sagt Faith mit einem grimmigen Blick auf die gepflegten Gärten und Häuser.

»Ich auch nicht.«

Sie biegen in die Hawksbury Road ein, und Faith parkt
gegenüber ihrem früheren Haus. Sie haben angefangen, die
Einfahrt zu erneuern, bemerkt Heather. Als Faith den Motor

abstellt, hören sie nur noch Vogelgezwitscher. Sie sehen sich an, dann steigen sie aus und stellen sich nebeneinander auf den Gehweg, ein Stück vom Auto entfernt, sodass sie einen freien Blick haben.

»Wow«, sagt Faith erleichtert. »Das hat sich aber verändert.«

»Ja.«

Faith holt das Foto aus ihrer Handtasche. Heather hatte es schon fast vergessen. Sie vergleichen es mit der Realität und kommen zu dem Schluss, dass die Frau im roten Mantel vor dem Zaun zwischen ihrem früheren Haus und dem daneben gestanden haben muss. Faith überquert die Straße, bedeutet Heather, ihr zu folgen, und positioniert sie an entsprechender Stelle, damit sie abschätzen kann, von wo die Aufnahme gemacht worden ist. Schließlich steht sie da, wo früher ihre Pforte war, bevor es die breite neue Einfahrt gab. Irgendwie erscheint ihnen das bedeutsam.

Sie sehen sich lange an, um das alles wirken zu lassen, dann steckt Faith das Foto wieder ein. »Komm«, sagt sie und geht die Einfahrt hinauf.

Heather trabt nervös hinter ihr her. »W-was hast du vor?«

»Ich schau mich mal um.« Faith tritt an die vorhanglosen Fenster und späht hinein.

»Aber … Aber wir …«

»Hier ist niemand. Das hast du doch vorhin gesagt, oder?«

»Ja, aber …«

»Es ist halb elf an einem Sonntagmorgen, da ist hier doch nichts los. Wer soll uns schon sehen?«

»Ich glaube, wir sollten …« Heather bleibt stehen. Solange sie ihr hinterhertrottet, wird Faith keine Ruhe geben.

Faith bleibt ebenfalls stehen, und Heather bemerkt einen weiteren Riss im scheinbar so unerschütterlichen Selbstbewusstsein ihrer Schwester. Sie fragt sich, ob diese Risse schon immer da waren und sie sie nur nicht wahrgenommen hat, oder ob die neue Situation Faith verändert hat. »Bitte, Heather. Ich muss das Haus und den Garten in ordentlichem Zustand sehen. Ich muss wissen, dass nichts mehr an früher erinnert.«

Heathers Widerstand schwindet. Sie nickt und folgt Faith, die um die Hausecke biegt. Kurz darauf stehen sie im neu angelegten Garten.

Faith lächelt. »Erinnerst du dich noch an den Baum?«, fragt sie und geht zu der großen Kastanie am Ende des Grundstücks. Sie ist das einzige Vertraute, das übrig geblieben ist. »Im Herbst habe ich immer die Kastanien gesammelt und bei mir auf die Fensterbank gelegt. Jedenfalls so lange, bis ich keine weitere ›Sammlung‹ mehr im Haus ertragen konnte. Nachdem ich neun war, habe ich es nie wieder getan. Traurig, nicht?«

Heather nickt. Sie blickt hoch in den Baum. Die Blütenkerzen am Ende der Zweige sind verblüht, und es ist noch zu früh für die stacheligen hellgrünen Kugeln, in denen die Früchte reifen, aber als sie die knorrige Rinde betrachtet, rauscht es plötzlich in ihren Ohren, und sie fühlt sich wieder ganz seltsam, wie am Tag zuvor auf der Pier. Dann beginnt es in ihrem Gedächtnis zu flackern, und mit einem Mal sind die Bilder so klar, dass sie fast meint, die Szene vor sich zu sehen.

Ein Gesicht lächelt sie über den Zaun hinweg an. Sie weicht zurück, stolpert beinahe und schlägt die Hand vor den Mund.

»Was ist?« Faith eilt zu ihr und blickt sich aufmerksam um. »Was siehst du?«

Nichts, denkt Heather. *Zumindest nichts, was hier und jetzt einen Sinn ergibt.* »Ich … Ich glaube, ich habe mich gerade an etwas erinnert«, antwortet sie und ist plötzlich sehr froh, dass ihre Schwester da ist. Allein würde sie das nicht gerne tun. Und Faiths Anwesenheit macht das, was sie erlebt, realer, weniger ... verrückt.

»Woran denn?« Jetzt sieht Faith besorgt aus, so, wie wenn sie die Stirn der Kinder berührt, um zu prüfen, ob sie Fieber haben.

»An sie. Wie sie mich über den Zaun hinweg anschaut. Lächelnd.«

Faith starrt Heather an. Heather sieht, wie es in ihrem Kopf arbeitet, wie sie ihre eigenen Erinnerungen an die Zeit durchforstet, und auf Faiths Gesicht zeichnet sich erst Verwirrung ab, dann Ungläubigkeit und schließlich Schock. »Aber das ist unmöglich – es sei denn ...«

»Es sei denn, sie hat da drüben gewohnt«, beendet Heather den Satz. Sie fühlt sich merkwürdig atemlos.

Die beiden Schwestern rennen durch den Garten ihres einstigen Zuhauses, die Einfahrt hinunter und zurück auf die Straße. Dort wenden sie sich gleichzeitig nach links und laufen weiter, bis der Zaun und die Sträucher ihnen nicht länger die Sicht versperren.

Wieder sieht Heather zwei verschiedene Versionen der Wirklichkeit: einen Bungalow aus den 1930er Jahren mit einem hübschen Rosengarten und den deutlich größeren Neubau, der jetzt dort steht. Sie ist nicht überrascht, dass das alte Haus nicht mehr existiert. Es wirkte zwischen den schmucken viktorianischen und edwardianischen Villen immer fehl am Platz.

Obwohl der Bungalow nicht mehr da ist, sieht sie ihn ganz deutlich vor sich: den Waschbetonweg, der zur Haustür führte, gesäumt von Petunien, Margeriten und Ringelblumen. Hinter der verglasten Haustür mit dem Sonnenstrahlenmuster der Flur mit der geblümten Tapete und dem pistaziengrünen Teppich, und dann die gelbe Küche. Sie hatte das Innere des Hauses geliebt. Die Pastellfarben hatten sie immer an Eiscreme erinnert, und es war so viel heller und fröhlicher als die schmuddeligen Braun- und Grautöne bei ihr zu Hause.

Eiscreme.

Die Erinnerung trifft Heather mit solcher Wucht, dass sie sich fast mitten auf den Gehweg setzt.

Pfefferminz-Schoko-Eis. Das hatte die Frau ihr immer gegeben, wenn sie den Blumenweg hinauf und in die gelbe Küche gelaufen war.

Heather schnappt nach Luft, und Faith stürzt zu ihr, aber da sie nicht weiß, was los ist und was sie tun soll, legt sie nur den Arm um ihre Schwester, während die mühsam um Atem ringt.

Lydia!

»Lydia«, sagt sie laut, und sie weiß sofort, dass es der richtige Name ist. Sie sieht Faith an. »Patricia ist Lydia, und Lydia ist Patricia. Sie war unsere Nachbarin!«

36

Obwohl es eine »gute« Schule ist, bestätigt ein Besuch der Mädchen-
toiletten, dass die Leute alle gleich sind – wie privilegiert sie auch
sein mögen. An der Innenseite der Türen findet man keinen Tenny-
son oder Shakespeare, sondern das gleiche Geschmiere wie überall
sonst, entweder ins Holz geritzt oder mit Filzstift auf den abgeblätter-
ten Lack gekritzelt. Es gibt zehn Kabinen, und ich weiß, dass hinter
den Türen von Nummer zwei, fünf und neun (klingt wie in einer
Gameshow, nicht?) Sachen stehen, die direkt auf mich gemünzt sind.
Eine davon sogar mit Zeichnung. Ich glaube, ich habe noch nie etwas
so Gemeines und Verletzendes gelesen, aber damit muss man heut-
zutage auf einem Gymnasium wohl rechnen.

Heather beobachtet, wie der große Zeiger der Uhr über der Ta-
fel weiterwandert. In fünf Minuten klingelt es. Jetzt oder nie.
Sie hebt die Hand.

»Ja, was ist?«, fragt Mr Salter, ihr ziemlich mürrischer
Geschichtslehrer.

»Kann ich bitte zur Toilette gehen, Sir?«

Seine Schultern sacken nach vorne, und er verkneift sich
nur knapp ein Augenrollen. »Kannst du nicht warten, bis die
Stunde vorbei ist?«

Sie schüttelt den Kopf. »Ich muss wirklich ganz dringend.«

»Meine Güte, wie alt bist du? Drei? Die paar Minuten
wirst du doch wohl noch aushalten können.«

Heather wird blass. Sie wird es sagen müssen. Das ist ihre
einzige Chance. »Aber ich habe meine Tage, Sir.«

Die halbe Klasse kichert los. Es ist hochnotpeinlich, aber
immer noch das kleinere Übel.

Mr Salter seufzt. »Wenn's unbedingt sein muss …«

Erleichtert schnappt Heather sich ihre Tasche, drückt sie an die Brust und eilt aus dem Klassenzimmer, ohne sich noch einmal umzusehen. Nur für den Fall, dass jemand es überprüft, läuft sie zur Mädchentoilette, bleibt aber hinter der Tür stehen. Sie geht nicht in eine der Kabinen. In erster Linie weil sie Mr Salter eine dicke Lüge erzählt hat – ihre Tage sind erst nächste Woche dran.

Als sie glaubt, die Luft ist rein, späht sie vorsichtig zur Tür hinaus. Der Flur ist leer. Perfekt. Sie wendet sich in die entgegengesetzte Richtung ihres Klassenzimmers und läuft los, zur Tür hinaus, über den Spielplatz und dann auf Umwegen, damit niemand sie durch die großen Fenster sieht, zwischen den verschiedenen Schulgebäuden hindurch bis zum Sportplatz. Dort rennt sie über die offene Rasenfläche, wobei sie inständig hofft, dass niemand sie bemerkt, und versteckt sich hinter dem Pavillon.

Mit wild pochendem Herzen lässt sie sich auf den nassen Rasen sinken, den Rücken an die weiß getünchte Ziegelmauer gelehnt. *Puh. Geschafft.* Jetzt muss sie nur noch warten.

Während sie schnaufend dort sitzt, denkt sie daran, wie Tia Paine vorhin im Deutschunterricht immer wieder mit einem boshaften Grinsen zu ihr herübergesehen hat. Heather wusste, dass es wieder einer dieser Tage war, an denen es Tia nicht genügen würde, hinter ihrem Rücken zu tuscheln oder Zettelchen herumzuschicken, damit die anderen über sie lachen konnten.

Sie weiß nicht, wie Tia ihren alten Spitznamen herausbekommen hat, aber sie hat es geschafft, und nun hat sie es sich zur Aufgabe gemacht, den Namen Heather Morgan aus dem kollektiven Gedächtnis der Stufe zu löschen und ihn zu ersetzen durch das kurze, knackige *Pennerin*.

Tia hat ein Faible für die blutrünstige Jagd, und seit der Begegnung am Container vor vier langen Jahren ist Heather ihre liebste Beute. Heather weiß nicht, warum Tia sie so erbarmungslos verfolgt. Neid kann es nicht sein. Vielleicht weil es ihr beinahe gelungen wäre, Tia auszutricksen und sich in ihre Clique zu schleichen. Was auch immer der Grund sein mag, sie kennt keine Gnade.

Und als Heather vorhin das genüsslich-boshafte Funkeln in Tias Augen gesehen hat, wusste sie, dass sie etwas Drastisches tun musste. Tia und ihre Backgroundsängerinnen, einschließlich Claudie, warten jetzt wahrscheinlich am Schulhoftor auf sie. Aber sie wird sich da nicht blicken lassen. Sie erträgt es einfach nicht, sich noch mal den Blazer zerreißen zu lassen oder hilflos zusehen zu müssen, wie der Inhalt ihrer Schultasche in die Mülltonne geworfen wird (wo Dreck wie sie anscheinend hingehört).

Gerade als Heathers Atem sich wieder beruhigt hat, hört sie Schritte. Sofort ist sie auf den Beinen, bereit wegzurennen.

Aber was da um die Ecke des Pavillons kommt, ist keine Mädchenbande, sondern ein Junge. Und nicht irgendein Junge, sondern Ryan Fellowes, Star der Theater-AG und der heißeste Typ der ganzen Stufe. Falls er überrascht ist, Heather hier vorzufinden, lässt er es sich nicht anmerken. Während sie mit großen Augen dasteht, ihre Schultasche an die Brust gedrückt, lehnt er sich lässig an die Mauer, holt eine Schachtel Zigaretten aus der Tasche seines Blazers und zündet sich eine an.

»Du hast doch nichts dagegen, oder?«, fragt er. Da Heather bezweifelt, dass er sie ausdrücken würde, wenn sie etwas dagegen hätte, schüttelt sie den Kopf. Er hält ihr die Schachtel hin. »Willst du auch?« Sie schüttelt erneut den Kopf. »Du bist Heather Morgan, stimmt's?«

Sie starrt ihn an, zu überrascht, um auch nur zu nicken. Ryan Fellowes kennt ihren Namen.

Er lacht. »Kannst du auch sprechen, oder hat Tia Paine mit ihrer Behauptung recht, du wärst taubstumm?«

Heather schluckt. »Ich kann sprechen.« Nicht originell, nicht witzig, aber es erfüllt seinen Zweck.

»Das ist vielleicht 'ne Zicke«, sagt Ryan und zieht ausgiebig an seiner Zigarette. Normalerweise findet Heather rauchen eklig, aber bei ihm sieht es fast cool aus. Jetzt ist sie fasziniert. Wie kann es sein, dass sie beide die einzigen in der ganzen Stufe sind, die Tia durchschauen? Alle anderen vergöttern sie, und seit ihr Onkel als Arzt in *Casualty* beim Einsturz des Krankenhauses ums Leben gekommen ist, ist es sogar noch schlimmer geworden, denn jetzt hat er eine Rolle als einer der Lehrer in der Verfilmung von *Harry Potter* bekommen. Der Rest der Schule behandelt sie wie eine verdammte Prinzessin.

Ryan raucht schweigend seine Zigarette zu Ende, dann drückt er sie an einem der Ziegelsteine aus und legt den Stummel in eine Dose, in der früher Pfefferminzbonbons waren, weil er, wie er erklärt, keine Spuren hinterlassen will. Er stößt sich von der Mauer ab und wendet sich zum Gehen.

»Ich bin morgen wieder hier«, sagt er. »Du auch?«

Fast hätte Heather aus Gewohnheit wieder den Kopf geschüttelt, aber sie schafft es gerade noch, daraus ein Schulterzucken zu machen.

Seine Mundwinkel verziehen sich zu einem Lächeln. Heather sacken fast die Knie weg.

»Schön. Dann vielleicht bis morgen ...« Damit schlendert er davon und erspart es ihr, eine Antwort hervorbringen zu müssen.

37

Faith und Heather stehen über eine halbe Stunde auf dem Gehweg und kramen Erinnerungen hervor, bis ein paar neugierige Gesichter an den Fenstern erscheinen und ein älterer Mann, der aussieht, als wäre er früher beim Militär gewesen, ihnen im Vorbeigehen einen forschenden Blick zuwirft. Sie gehören nicht hierhin. Nicht mehr. Doch seltsamerweise fühlt Heather sich diesem verfluchten Haus jetzt auf eine Weise verbunden, wie es früher nie der Fall war.

Als sie wieder ins Auto steigen, bietet Faith Heather an, sie nach Hause zu fahren, aber Heather bittet sie stattdessen, sie im Zentrum von Bromley abzusetzen.

Sie ist noch nicht bereit, in ihre Wohnung zurückzukehren. Ihr gehen zu viele Dinge durch den Kopf, die sie vermutlich bei der leisesten Aufforderung sofort erzählen wird, und sie ist sich nicht sicher, ob das klug ist. Sie muss das Ganze erst sortieren, bevor sie sich wieder mit Jason trifft. Bei Faith ist es etwas anderes; sie war ja dabei. Zumindest den größten Teil der Zeit. Sie weiß Bescheid.

Doch in die Stadt zu gehen, war keine gute Idee. Heather versucht, die High Street zu meiden, und flüchtet sich stattdessen in die Einkaufspassage. Aber irgendwie – wahrscheinlich, weil sie den Fehler macht, im Marks & Spencer zu stöbern, das zwei Ausgänge hat, einen zur Passage und einen zur Straße – steht sie plötzlich vor Mothercare.

Ich gehe nur kurz rein und schaue mich um, sagt sie sich. Barney hat bald Geburtstag, und sie braucht noch ein Geschenk für ihn. Sie wird die Kleider und Babysachen überhaupt nicht beachten, sondern direkt zur Spielzeugabteilung durchgehen. So kann bestimmt nichts passieren.

Sie steuert auf das Regal mit den realistisch aussehenden Plastiktieren zu – aus ihrer Sicht kein besonders aufregendes Geschenk, aber Barney liebt sie, und Faith hat ihre Zustimmung gegeben. Heather beschließt, fünf oder sechs davon zu kaufen – sie sind nicht sehr teuer –, dann kann Barney zusammen mit denen, die er schon hat, einen richtigen Zoo aufmachen.

Das Aussuchen macht ihr sogar Spaß. Sie überlegt, ob sie lauter gleiche oder lauter verschiedene Tiere nehmen soll oder eine Familie – also zum Beispiel Mummy und Daddy und ein paar Babytiger – und entscheidet sich schließlich für eine Mischung. Sie nimmt zwei große weiße Tiger, einen umherstreifenden und einen, der liegt, und ein niedliches Junges, das seine winzige rote Zunge herausstreckt. Dann schaut sie, was sie noch dazugeben könnte. Keine Löwen – von denen hat Barney schon ein ganzes Rudel. Aber ein Killerwal käme bestimmt gut an, mit seinen kleinen Plastikzähnen und dem glatten, festen Körper. Sie nimmt noch einen Delfin, weil es so aussieht, als würde er sie anlächeln, und hält Ausschau nach einem letzten Teil.

Sie entdeckt es fast sofort: eine Qualle, halb durchsichtig, mit einer mattweißen Kuppel und neonpinkfarbenen Tentakeln. Barney wird begeistert sein. Und wen kümmert es schon, dass dieses kleine Meereslebewesen halb so groß ist wie der Killerwal in ihrer anderen Hand? In der Welt der Plastiktiere sind realistische Größenverhältnisse egal.

Zufrieden mit ihren Funden macht sie sich auf den Weg zur Kasse, doch dann passiert etwas Merkwürdiges. Als sie in der Mitte des Geschäfts ankommt, biegt sie nicht auf den breiten Pfad zwischen den Rüschenkleidchen und den Babyschuhen ab, um für ihre Waren zu bezahlen, sondern geht einfach immer weiter, auf den Ausgang zu.

Stopp, befiehlt sie sich. *Stopp!* Doch ihre Füße gehorchen nicht. Sie bleiben nicht stehen, obwohl sie weiß, dass es falsch ist, dass sie Barneys Geburtstagsgeschenk nicht stehlen darf. Wenn sie ihm die Tiere so gibt, macht sie ihn quasi mitschuldig. Kann ein Vierjähriger eigentlich wegen der Annahme gestohlener Güter haftbar gemacht werden?

»Verzeihung!«, sagt eine Stimme laut und deutlich hinter ihr. Sie beschleunigt ihren Schritt. »Verzeihung, Madam!«

Sie ist schon fast an der Tür, wo frische Luft und Freiheit locken. Da legt sich eine Hand auf ihre Schulter. Sie dreht sich um und steht einer der Verkäuferinnen gegenüber – der energischen mit dem scharfen Blick –, die ganz rot im Gesicht ist und genervt wirkt. »Madam … ich glaube, Sie haben vergessen, mit diesen Sachen zur Kasse zu gehen.« Sie blickt auf Heathers Hand, die die Plastiktiere an ihre Brust drückt.

»Äh … Ich …«, stammelt Heather. Sie hat keine Ahnung, wie sie sich da rauswinden soll.

Die Energische lächelt. So sieht sie gleich viel netter aus. Ihr Blick wandert auf Heathers Bauch. »So was kommt im Hormonchaos schon mal vor. Damals bei meiner Ersten hätte ich fast das Haus abgefackelt, weil ich Reis kochen wollte, aber vergessen habe, Wasser in den Topf zu tun.«

Zuerst versteht Heather nicht, was die Frau sagt, doch als der Groschen fällt, legt sie rasch die freie Hand auf ihren Bauch. Die Verkäuferin denkt, sie ist schwanger – oder bietet ihr zumindest einen akzeptablen Ausweg –, doch anstatt verärgert oder peinlich berührt oder dankbar zu sein, verspürt Heather nur einen schmerzlichen Stich, dass es nicht so ist. Ihr Schoß ist leer, und sie hat Angst, dass es immer so bleiben wird, dass sie ihre Chance gehabt und es versiebt hat.

Sie merkt, dass die Frau sie immer noch abwartend ansieht, und so nickt sie und folgt ihr zur Kasse. Sie brennt vor

Scham, aber sie ist auch erleichtert. Die Verkäuferin hat sie gerettet.

»Tut mir leid«, murmelt sie, während die Frau die Preise für die Tigerfamilie und die Meereslebewesen einscannt. »Ich … Ich weiß nicht, was ich mir dabei gedacht habe.«

»Ist ja nichts weiter passiert.«

Doch als Heather mit weichen Knien zum Ausgang geht, spürt sie den rasiermesserscharfen Blick der Verkäuferin im Rücken.

38

Jemand klingelt hartnäckig an der Tür. Heather stellt die Serienfolge, die sie sich gerade im Fernsehen ansieht, auf Pause und springt auf. Sie erwartet ein Päckchen. Sie hat für Barney ein paar Bilderbücher bestellt, von denen sie hofft, dass sie ihm gefallen werden. Sie kann ihm die Tiere nicht schenken. Sie kommen ihr besudelt vor, obwohl sie sie bezahlt hat. Vielleicht zu Weihnachten …

Als sie in den Hausflur läuft, kommt Jason gerade die Treppe herunter, und ihr Herz gerät ins Stolpern. Sie ist vor ihm an der Tür, nimmt das Päckchen entgegen, bedankt sich bei dem Boten und macht die Tür wieder zu. Jason springt von der letzten Stufe.

»Warum bist du runtergekommen?«, fragt sie verdutzt. »Er hat doch bei mir geklingelt.«

Jason steuert auf sie zu, und sie drückt das Päckchen an sich. »Ich habe dich seit drei Tagen nicht gesehen, und ich wollte schauen, ob bei dir alles in Ordnung ist.« Er atmet aus. »Das am Samstag war ganz schön schräg, selbst für mich.«

Sie nickt und drückt das Päckchen noch fester. »Mir geht's gut.«

»Wirklich?«

Sie lächelt ihm zu. »Wirklich.« Und dann seufzt sie. Seine sanfte Besorgnis hat eine Mauer in ihr eingerissen. Seit sie ihm alles gesagt hat, ist es, als würden die Worte einfach aus ihr herausfließen, selbst wenn sie es gar nicht will. »Sonntag war ich bei meiner Schwester, und wir haben noch ein Eckchen des Puzzles zusammengesetzt.«

»Tatsächlich?«

Sie nickt, dann blickt sie zu ihrer offenen Wohnungstür. »Willst du reinkommen? Dann erzähle ich es dir.«

Er überlegt einen Moment und lächelt. »Ich habe eine bessere Idee.«

Sie steigen in Jasons Auto, und er fährt sie zu einem netten kleinen Pub, das er kennt, eine halbe Stunde entfernt und mitten auf dem Land. Es liegt am Rand der Downs und hat eine Terrasse mit einem spektakulären Ausblick auf die Täler, die darunterliegen. Heather mag eigentlich keine sprudelnden Getränke, aber sie schließt sich Jason an, der ein großes Glas Limonade bestellt – genau das Richtige für das Ende eines heißen Sommertags.

Sie schließt die Augen, als sie davon trinkt, und fragt sich, woher diese plötzliche Erkenntnis kommt. Prompt blitzt eine weitere Erinnerung auf: ihr Vater, der ihr ein Glas mit bitzelnder, zischender Flüssigkeit gibt, die erfrischende Kühle in ihrem Innern, das Klirren der Eiswürfel, als sie fast ausgetrunken hat. Immer häufiger tauchen jetzt solche Erinnerungen in ihr auf, wie aus dem Nichts.

Der Sonnenuntergang ist kein feuriges Spektakel in Orange und Purpur, nur eine dezente Variation von Pastelltönen am Horizont. Während der Himmel allmählich in ein mattes Violettgrau übergeht, berichtet Heather Jason von dem Foto, dem Haus in der Hawksbury Road und von Lydia.

»Und du bist sicher, diese Lydia ist die Frau, die du auf der Pier gesehen hast?«

Heather seufzt. »Mein Bauchgefühl sagt mir Ja, aber das Gedächtnis ist so eine vertrackte Sache.« Sie reibt sich über die Stirn, als wollte sie den Schmutz von einem trüben geistigen Fenster wischen. »Aber sie hat doch meinen Namen gesagt, oder?«

Jason nickt. »Es klang zumindest so, aber ...« Er starrt in sein halb leeres Glas. »Vielleicht dachte sie ja, du wärst jemand anders? Es kann alle möglichen Gründe geben ...«

»Aber wir waren in Hastings, genau da, wo sie mich damals hingebracht hat. Alles passt zusammen«, sagt Heather, nun überzeugter. »Es kann kein Zufall gewesen sein.«

Als sie ihre Limonade ausgetrunken haben, schlendern sie durch den Garten des Pubs, vorbei an einem kleinen Spielplatz mit zwei Schaukeln und einem Klettergerüst, der jetzt aber verlassen daliegt, bis sie ganz am Ende ankommen. Sie stützen sich auf den Holzzaun und blicken über die wogenden Felder, die im Dämmerlicht daliegen.

Ein paar Sträucher schirmen sie von neugierigen Blicken ab, und so beugt Jason sich vor und küsst sie.

»Jedes Mal, wenn ich dir etwas Trauriges oder Traumatisches aus meinem Leben erzähle, küsst du mich«, flüstert Heather, als sie sich voneinander lösen.

»Das ist aber nicht der Grund dafür.«

Nicht?, denkt Heather. Sie kann sich keinen anderen Grund vorstellen. Dazu ist er zu sehr der edle Ritter und sie die Jungfrau in Nöten. Er kann wahrscheinlich nicht anders, auch wenn er etwas anderes behauptet. Und für sie ist es das denkbar schlechteste Timing, obwohl sie sich so lange danach gesehnt hat, dass jemand so nett zu ihr ist und sie auf diese Weise ansieht. Sie ist einfach noch nicht bereit, sich auf jemanden einzulassen. Dazu herrscht noch zu viel Chaos in ihr.

»Was ist mit ihr passiert?«, fragt sie unvermittelt. »Mit der Frau, der die Motorradkluft gehörte?«

Jason seufzt. »Sie hieß Jodie. Sie war die Schwester meines früheren Mitbewohners Alex. Vor ein paar Jahren kam sie zu uns – eigentlich sollte es nur vorübergehend sein, bis sie sich berappelt hatte.«

»Sie war in Schwierigkeiten«, sagt Heather. Es ist keine Frage.

»Ja.« Er seufzt erneut. »Sie hatte sich von ihrem Freund getrennt. Sie hat nicht viel erzählt, aber ich hatte den Eindruck, dass es eine zerstörerische Beziehung war. Er hat sie kontrolliert, sie sogar bestohlen, und irgendwann musste sie einfach da raus. Aber sie hatte finanzielle Probleme, deshalb ist sie bei uns untergeschlüpft.«

»Und ihr zwei seid ein Paar geworden?«

Er nickt und blickt hinaus über das Tal.

»Wie war sie so?« Einerseits will Heather die Antwort darauf gar nicht wissen, andererseits ist sie neugierig, was Jason an einer Frau anzieht.

Er zuckt die Achseln. »Lebendig, witzig … aber verletzlich. Ich weiß nicht warum, aber sie hat mich an einen Schmetterling erinnert.«

Heather senkt den Kopf. »Du mochtest sie wirklich, nicht?«

»Ich war kurz davor, sie zu fragen, ob sie mich heiraten will.«

Oh. Damit hat sie nicht gerechnet. Genau genommen wünschte sie, er hätte das nicht gesagt. Was kann sie im Vergleich zu dieser wunderbaren, faszinierenden Frau schon zu bieten haben?

Die nächste Frage braucht sie gar nicht zu stellen, weil Jason sie von sich aus beantwortet. »Eines Tages standen ein paar muskelbepackte Typen bei uns vor der Tür. Zuerst wollte ich die Polizei rufen, weil ich dachte, die hätte ihr Ex geschickt, aber wie sich herausstellte, schuldete sie ihrem Chef Geld – viel Geld.«

»Drogen?«, flüstert Heather.

Er schüttelt den Kopf. »Glücksspiel. Jodie war wohl regelrecht süchtig. Als alles rauskam, war *ich* plötzlich der Kontrollfreak, der sie tyrannisierte. Sie verstand einfach nicht, warum es mich so verletzte, dass sie mir nichts davon gesagt und mich die ganze Zeit angelogen hatte. Das sind die schlimmsten Lügen, weißt du?«, sagt er und sieht Heather an. »Nicht die kleine – oder auch große – Notlüge in der Hitze des Gefechts, sondern die, die bewusst und gezielt aufgebaut werden, um die Wahrheit zu verschleiern.«

Heather wird flau im Magen.

Jason lacht leise. »Mir tat ihr Ex sogar ein bisschen leid, als mir klar wurde, dass die Geschichte vermutlich noch eine ganz andere Seite hatte und dass sie vielleicht gar nicht vor ihm weggelaufen war. Ich kam mir vor wie der letzte Idiot. Da war der Verlobungsring, in meiner Sockenschublade versteckt, und ich hatte keine Ahnung, wer diese Frau war.«

»Hat sie dich verlassen?«

»Nein«, erwidert er, und sein Ton wird härter. »Ich habe ihr gesagt, sie soll ausziehen, und als sie sich weigerte, weil es die Wohnung ihres Bruders war und sie meinte, sie könne bleiben, solange sie wollte, habe ich meine Sachen gepackt und bin gegangen. So bin ich da gelandet, wo ich jetzt bin. Es war die erste Wohnung, die infrage kam.«

Heather nickt nur, weil sie nicht weiß, was sie sagen soll.

Er sieht sie eindringlich an. »Das ist also meine Geschichte, aber die ist vorbei. Ich will, dass du das weißt, und damit komme ich zurück auf unser ursprüngliches Gesprächsthema. Ich mag dich, Heather. *Deshalb* küsse ich dich. Du bist nett, fantasievoll und witzig. Aber wenn du das nicht möchtest, können wir auch wieder nur Freunde sein … oder Nachbarn. Ich kann mit dem Küssen aufhören. Die Entscheidung liegt bei dir.«

Heather überlegt einen Moment, dann schlingt sie die

Hände um seinen Hals und zieht ihn zu sich. »Nein«, flüstert sie. »Nicht aufhören.«

Dummkopf, Dummkopf, Dummkopf. Aber anscheinend ist Jason nicht der Einzige, den es erwischt hat.

Als Heather später nach Hause kommt, fällt ihr Blick auf die Plastiktiere für Barney, die sie beinahe gestohlen hätte und deren Umrisse deutlich durch die Einkauftstüte zu sehen sind, die im Flur am Haken hängt.

Gestärkt durch den schönen Abend nimmt sie die Tüte und geht damit ins Gästezimmer. Es ist jetzt zur Hälfte aussortiert, aber auf der einen Seite stehen noch etliche Kisten und Kartons. Bisher hat sie sich nicht getraut, die Kommode auch nur anzurühren, aber jetzt zieht sie die mittlere Schublade heraus, in der all die Sachen sind, über die sie nicht nachdenken will, und stopft die Plastiktiere dazwischen. Die Schublade ist mittlerweile zum Bersten voll.

Da passt kein einziges Teil mehr hinein. Und diese schreckliche Marotte passt auch nicht mehr in ihr Leben. Sie muss damit aufhören. Sie *muss.* Denn wenn sie es schafft, diesen Zwang – diese Sucht – zu besiegen, gibt es nichts mehr, was sie vor Jason verheimlichen muss. Nichts, weswegen sie lügen muss. Und dann gibt es vielleicht Hoffnung, weil sie die Frau werden kann, für die er sie hält. Und diese Frau möchte sie sehr, sehr gerne sein.

39

Das Sommerkleid ist aus gelber Baumwolle, mit Spaghettiträgern und einem leicht ausgestellten Rock. Es ist hell und optimistisch, der Inbegriff all der mädchenhaften Unschuld und Hoffnung, die mich an diesem Abend erfüllt. Ich weiß, dass ich gut darin aussehe. Aber wie gut, merke ich erst, als es zu spät ist.

Es ist Freitagabend. Heather steigt beim Queen Mary's Hospital aus und geht die Straße hinunter, bis sie die geschwungenen Rasenflächen von Sidcup Place sehen kann. Oben auf dem Hügel steht ein einzelner Baum; dort wartet sie. Nervös zupft sie an ihrem Kleid herum. Ryan hat sie noch nie in etwas anderem als ihrer Schuluniform gesehen. Sie möchte, dass er sie hübsch findet, und dieses Kleid ist das hübscheste, das sie besitzt. Na ja, genau genommen gehört es ihrer Mutter. Sie hat es heute Morgen aus dem Krempel gezogen.

Seit drei Wochen hat Heather sich jeden Tag nach dem Unterricht mit Ryan hinter dem Pavillon getroffen. Er redet mit ihr. Und zwar richtig. Und er sagt, sie bringt ihn zum Lachen. Meistens tut sie es unabsichtlich, aber manchmal gelingt es ihr auch gezielt.

An diesem Nachmittag hat er vorgeschlagen, sich mal anderswo zu treffen. Ihr wurde ganz warm, als er das sagte. Sie war immer überzeugt, dass Geheimnisse etwas Schlimmes, Schmutziges sind, aber dieses – ihre Freundschaft mit Ryan Fellowes, von der niemand in der Schule etwas ahnt – fühlt sich wunderbar an. Sie behält es für sich, weil es zu kostbar ist, nicht weil sie sich schämt.

Sie hat sich am frühen Abend aus dem Haus geschlichen, und sie setzt darauf, dass ihre Mutter zu sehr damit beschäftigt ist, *Big Brother* zu schauen, um mitzubekommen, dass sie nicht da ist.

Sie blickt über das Tal. Das Gebäude hinter ihr war wahrscheinlich mal ein prächtiges Anwesen, aber jetzt ist ein Pub darin, und der einstige Vorgarten ist asphaltiert und dient als Parkplatz. Doch der Rest des Parks ist noch da: ein kleiner formal bepflanzter Bereich und dahinter die sanft geschwungenen, baumbewachsenen Hügel. Nur schade, dass der Ausblick von der A20 ruiniert wird, die direkt unterhalb entlangführt.

Doch Heather blendet diese Verunstaltung aus und spinnt sich eine traumhafte Geschichte zusammen. Sie stellt sich vor, sie und Ryan wären Figuren in einem historischen Liebesfilm à la Jane Austen, die sich zu einem geheimen Stelldichein verabredet haben. Es kommt ihr ziemlich gewagt vor, sich so etwas auszumalen, denn sie kann immer noch nicht glauben, dass er sie wirklich mag. Aber er muss sie ja mögen, denn warum hätte er sonst dieses Treffen vorschlagen sollen?

Da kommt er schon. Er schlendert lässig über den Rasen, zwei Dosen Cider in der Hand. Er lächelt ihr zu, und wieder wird Heather ganz heiß. Sie gehen ein Stück den Hügel hinunter, weg von der Straße und von neugierigen Blicken. Nun, da die Spuren der Zivilisation außer Sichtweite sind, kommt es ihr fast so vor, als wäre ihre Fantasie Wirklichkeit geworden.

Sie setzen sich unter einen Baum mit tief hängenden Zweigen, und Ryan öffnet – ganz gentlemanlike, wie Heather findet – die erste Dose Cider für sie und reicht sie ihr. Sie sitzen da und trinken und unterhalten sich, bis Heather anfängt zu kichern. Da rückt Ryan näher an sie heran. »Du weißt, dass ich dich mag«, sagt er, und dann beugt er sich vor und küsst sie. So richtig.

Heather flüstert: »Ich mag dich auch.«

Er küsst sie erneut, zieht sie näher an sich heran, und legt die Hand auf ihre Brust. Sie zuckt zurück, hauptsächlich vor Überraschung. In ihrem Kopf läuft immer noch der Historienfilm, und Mr Knightley hätte so etwas unter diesen Umständen nie getan. Aber als Ryan flüstert, sie soll sich entspannen, sagt sie ihm nicht, dass er aufhören soll. Das ist der ultimative Beweis, dass Ryan Fellowes, der Mädchenschwarm von ganz Highstead, sie wirklich und wahrhaftig mag.

Nach einer Weile hört seine Hand auf, ihre Brust zu kneten, und wandert an ihrem Körper hinunter, unter ihren Rock und an ihrem Schenkel hinauf. Das löst da unten ein sehr angenehmes Kribbeln aus, aber sie hat auch Angst. Es geht alles so schnell. Sie denkt, dass er nur ihre Beine streicheln und sie ein bisschen heiß machen will, doch dann berührt er die Stelle, wo das Kribbeln am stärksten ist, und sie schnappt nach Luft.

Ryan nimmt das als Ermunterung und macht weiter. Heather möchte etwas sagen, aber sie ist so geschockt, dass sie keinen Ton herausbringt. So hat sie sich das nicht vorgestellt. Sie hat immer gedacht, es würde sanfter und romantischer sein, nicht so, als würde er da unten nach einem verlorenen Schlüssel suchen.

Das Prickeln von dem billigen Cider ist jetzt verschwunden. Heather überlegt, ihn zu bitten, etwas langsamer zu machen, aber gerade als sie allen Mut zusammengekratzt hat, flüstert er ihr ins Ohr: »Du bist so scharf, Heather, und du fühlst dich so gut an. Ich kann dir nicht widerstehen. Du machst mich wahnsinnig.« Und dann küsst er sie ganz zart am Hals.

In dem Moment verändert sich alles. Was macht es schon, wenn es nicht genau so ist, wie sie es sich vorgestellt hat? Vielleicht liegt es nur daran, dass sie keine Erfahrung hat. Vielleicht geht es allen so, wenn sie so was zum ersten Mal erleben. Außerdem ist es nicht wichtig. Wichtig ist, dass Ryan etwas für sie empfindet, und er hat ihr gerade gesagt, dass er sie mag und dass sie etwas Besonderes ist. Sie schlingt die Arme um seinen Hals und erwidert seine Küsse leidenschaftlicher. Sie wird das hier nicht ruinieren.

Und so dauert es nicht lange, bis ihr Schlüpfer neben ihren Füßen auf dem Boden liegt und Ryan stöhnend auf ihr. Sie umarmt ihn und versucht, sich nicht daran zu stören, dass ihr Kopf rhythmisch gegen eine Baumwurzel stößt. Er hat die Augen geschlossen und sieht sehr konzentriert aus. Er scheint völlig in sich versunken zu sein. Heather kann kaum glauben, dass sie das in ihm auslöst. Es ist ganz schön berauschend, wenn man so das Zentrum der Aufmerksamkeit eines anderen ist. Sie bildet sich sogar fast ein, dass es ihr ein wenig gefällt.

Trotzdem fragt sie sich, während sie zwischen dem Geäst über ihnen hindurch zum Himmel blickt, wie lange es wohl dauert, bis es vorbei ist.

40

Heather betrachtet sich im Spiegel, während sie einen baumelnden silbernen Ohrring ansteckt. Ihr Haar ist glänzend gebürstet, und ihre Augen wirken dank des sorgfältigen Einsatzes von Wimperntusche und einem Hauch Eyeliner riesig. Sie sieht völlig verändert aus.

Sie tritt einen Schritt zurück und begutachtet sich im Ganzen. Ihr Herz flattert ein wenig. Hoffentlich gefällt ihm, was er sieht.

Gerade als sie ihre Handtasche vom Fußende des Betts nimmt, klingelt es. Sie zwingt sich, ruhiger zu atmen, ermahnt sich, nicht albern zu sein, und geht, um die Tür zu öffnen. Jason steht da, mit einem wunderschönen Blumenstrauß in der Hand. Keine langweiligen Treibhausrosen, sondern ein wilder Mix von Farben und Formen, und Heather ist begeistert davon. Sie errötet. »Danke.«

Er lächelt nur.

»Ich stelle die nur schnell ins Wasser, dann können wir los.«

Anschließend gehen sie durch den Park Richtung Zentrum und landen schließlich bei einem Italiener in Bromley North. Während sie zu ihrem Tisch geführt werden, mustert Heather die anderen Gäste – größtenteils junge Paare, die entspannt beisammensitzen –, und am liebsten würde sie durch das Restaurant laufen und ihnen allen die Hand schütteln, weil sie sich mit ihnen verbunden fühlt, als gehörten sie zum selben Club. Bisher war sie immer die Außenseiterin, die neidisch zuschaut; die Frau, die allein mit einem Buch dasitzt und so tut, als wäre es völlig in Ordnung, allein zu essen. Doch wenn jetzt jemand in das Restaurant kommt, wird sie ihm nicht als die Eine auffallen, die aus der Menge heraussticht. Sie hat ein Date. Sie hat wirklich und wahrhaftig ein Date!

Sie lächelt Jason zu, während sie die Speisekarte aufschlagen.

»Was ist?« Er erwidert das Lächeln, wirkt aber ein wenig verwirrt.

»Nichts. Ich genieße nur den Abend.«

Er lacht. »Wir sind doch erst fünf Minuten hier.«

Sie zuckt die Achseln. »Ich bin halt leicht zufriedenzustellen.«

Und es ist leicht, mit Jason zu reden, während sie ihre Vorspeise essen und sich dann an den Hauptgang machen. Das Gespräch wandert von Episoden ihrer Lebensgeschichte – auf Heathers Seite sorgfältig zensiert – zu Studienverläufen, Jobs, in denen sie gearbeitet haben, und Filmen, die sie gut oder schlecht finden, doch als sie fertig gegessen haben und darauf warten, dass die Kellnerin ihre Teller abträgt, wird Jason plötzlich ernst.

»Ich muss dir etwas sagen«, beginnt er.

Heathers Lächeln erstarrt. O nein. Jetzt kommt's. Gleich sagt er ihr, dass sie doch lieber nur gute Freunde bleiben sollten. Sie wusste, es war zu schön, um wahr zu sein. Sie setzt eine neutrale Miene auf.

»Na ja, genau genommen sind es zwei Sachen. Das Erste ist, dass ich beschlossen habe, den Verlobungsring, den ich für Jodie besorgt hatte, zu verkaufen. Ich habe ihn ihr damals nicht gegeben und werde es auch nie tun. Der Gedanke an deine Mum und daran, wie sie an all den Dingen festgehalten hat, die sie gar nicht mehr brauchte, hat meinen Blick auf meine eigenen Besitztümer geschärft.« Er zuckt die Achseln. »Mir ist klar geworden, dass ich bereit bin, loszulassen und nach vorn zu blicken. Und ich glaube, das habe ich dir zu verdanken.«

Heather lächelt nervös. Nummer eins war ja okay, aber da ist noch Nummer zwei …

»Das Zweite ist, dass ich heute Nacht um drei Uhr aufgewacht bin und nicht wieder einschlafen konnte. Da habe ich angefangen, an dich zu denken …« Bei diesem Geständnis errötet Heather erneut. »Und dann habe ich an dich und diese Frau gedacht – Patricia beziehungsweise Lydia. Und da mir das keine Ruhe ließ, bin ich aufgestanden, habe meinen Laptop geholt und ihren Namen noch mal bei Google eingegeben.«

Heather runzelt verwirrt die Stirn. Sie war so sicher, dass er ihr einen Korb geben würde, dass sie ihm nicht folgen kann.

»Doch diesmal habe ich nicht nach Patricia Waites gesucht, sondern nach Lydia Waites.«

Seine Worte sind wie ein Felsbrocken, der in einen ruhigen, kalten Teich fällt. Es spritzt so, dass sie klatschnass wird, und schlagartig ist sie hellwach. Schmerzhaft wach.

»Du hast etwas gefunden?«, flüstert sie.

Er nickt, dann holt er sein Handy heraus und zeigt es ihr. Der Browser ist geöffnet und zeigt das Banner einer Website: Haven Women's Mental Health Project. Sie späht auf den Bildschirm.

»Scroll nach unten«, sagt Jason. »Zum Abschnitt Aktuelles.«

Heather tut es, aber ihre Finger fühlen sich groß und ungeschickt an, und sie schießt an der Stelle vorbei und muss sich mühsam wieder hocharbeiten.

Förderung von der National Lottery erhalten … TV-Star als neue Schutzpatronin ernannt … Wohltätigkeits-Galadiner …

Ah, da ist es:

Ab jetzt können Sie wieder Karten für unser alljährliches Galadiner erwerben, zum Preis von 75 Pfund. Bitte klicken Sie auf den Link unten, wenn Sie uns auf diese Weise unterstützen wollen. Neben dem hervorragenden Essen im Palm Court Hotel und einem unterhaltsamen Abend bieten wir auch eine stille Auktion an. Wenn Sie etwas für die Auktion spenden möchten – Dinge oder Dienste –, wenden Sie sich bitte an Lydia Waites unter info@HWMHproject.org.uk und vermerken Sie im Betreff das Stichwort »Auktion«.

Sie sieht Jason an, das Handy noch in der Hand, den Finger über dem Bildschirm. »Ich weiß, es ist kein sehr verbreiteter Name, aber glaubst du wirklich, das ist sie? Es könnte auch – «

»Lies weiter«, sagt Jason ernst. Heather überfliegt den Rest des Absatzes. Da steht nichts weiter, nur Angaben zu dem Hotel, in dem die Veranstaltung stattfindet. Doch als sie die Adresse sieht, zuckt sie vor Überraschung zusammen und lässt beinahe Jasons Handy fallen.

»Hastings!«, sagt sie so laut, dass das Paar am Nebentisch sich zu ihr umdreht. Das Gefühl, zum selben Club zu gehören, hat sich aufgelöst. Jetzt ist sie nur eine Frau, die im Restaurant eine Szene macht. »Hastings?«, wiederholt sie leiser. Jason sieht sie nur schweigend an.

»Das wäre ein bisschen viel Zufall, oder?«, fragt sie und weiß, dass er genau dasselbe denkt.

»Es gibt nur eine Möglichkeit, das herauszufinden«, antwortet er.

Am folgenden Montag nehmen Jason und Heather sich beide frei und machen sich erneut auf den Weg nach Hastings. Diesmal fahren sie mit ihrem Auto, das inzwischen in der Werkstatt war und wieder tadellos anspringt. Dies ist kein motorradtauglicher Besuch.

Um halb zwölf betritt Heather das Büro des Haven Women's Mental Health Project, während Jason draußen wartet. An der Rezeption sitzt eine Frau, die den Kopf gesenkt hält, weil sie etwas notiert. Sie hat welliges dunkles Haar, ein bisschen wie die Frau auf dem Foto, aber Heather kann ihr Gesicht nicht sehen. Mit wild pochendem Herzen nähert sie sich dem Tresen. Komisch, obwohl sie diesmal weiß, mit wem sie es zu tun hat, fühlt sie sich mit einem Mal unvorbereitet.

Die Frau hebt den Kopf. Sie ist es nicht.

Heather atmet aus, gleichermaßen erleichtert wie enttäuscht.

»Entschuldigen Sie«, sagt sie. »Könnte ich wohl mit Lydia Waites sprechen?«

Heather rechnet damit, dass die Empfangsdame höflich lächelt und nach dem Telefon greift, aber sie tut weder das eine noch das andere. »Worum geht es?«, fragt sie und mustert Heather streng von Kopf bis Fuß.

»Ich … Ich …« Heather versucht sich an das Sprüchlein zu erinnern, das sie sich auf der Fahrt hierher zurechtgelegt hat. »Ich habe etwas, das ich für die stille Auktion spenden möchte, die sie organisiert. Bei dem Galadiner.«

Der Blick der Empfangsdame wird ein wenig milder, aber nicht viel, und Heather fragt sich, wie um alles in der

Welt sie diese Stelle bekommen hat. Die Frau muss doch jeden verscheuchen, der nicht Nerven wie Drahtseile hat.

»Ah. Das ist ja nett. Was wollen Sie denn spenden?«

Heather tritt nervös von einem Fuß auf den anderen. So gründlich sie sich dieses Gespräch unterwegs auch zurechtgelegt hat, sie hat nicht damit gerechnet, gleich bei der ersten Hürde ausgefragt zu werden.

»Das würde ich gerne mit Lydia selbst besprechen, wenn es Ihnen nichts ausmacht.«

Die Frau strafft die Schultern und sieht Heather abfällig an. Offensichtlich macht es ihr etwas aus.

»Sie ist nicht hier.«

Heather blickt zu der Reihe unbequem aussehender Polsterstühle an der Wand. »Können Sie mir sagen, wann sie zurückkommt? Ich warte gerne.«

Die Frau lächelt dünn, dann spielt sie ihre Trumpfkarte aus. »Tut mir leid, aber sie arbeitet gar nicht hier.«

»Aber auf der Website stand –«

»Sie ist ehrenamtlich tätig«, sagt die Frau. »Aber wenn Sie etwas für die Auktion haben, können Sie sich an diese Mailadresse wenden.« Sie schiebt Heather einen bunten Flyer über das Galadiner zu. Doch noch bevor Heather danach greift, sieht sie, dass darauf genau dieselben Informationen stehen wie auf der Website.

»Gibt es irgendeine Möglichkeit, Ms Waites direkt zu kontaktieren? Es ist ziemlich wichtig. Können Sie mir ihre Mailadresse oder Telefonnummer geben?«

Sie hat gehofft, Lydia von Angesicht zu Angesicht gegenübertreten zu können, aber jetzt sieht sie ihre Chancen schwinden. Selbst wenn die Frau ihr gibt, was sie will, ist die Wahrscheinlichkeit, dass Lydia auf eine Mail oder einen Anruf antwortet, verschwindend gering.

»Tut mir leid«, erwidert die Empfangsdame, ohne im Geringsten bedauernd auszusehen. »Datenschutz, Sie wissen schon. Aber wenn Sie wollen, kann ich meine Chefin holen. Sie betreut Lydia, wenn sie hier ist.«

»Nein, nein. Ist nicht nötig …« Heather blickt zur Eingangstür und wünscht sich, sie könnte sich auf die andere Seite beamen, wo Jason auf sie wartet. »Ich werde einfach …«

Jetzt sieht die Frau sie misstrauisch an. Sie öffnet den Mund ein wenig, als überlegte sie, ob sie ihre Chefin nicht trotzdem rufen soll.

»Ich werde einfach eine Mail schreiben«, stammelt Heather, dann macht sie auf dem Absatz kehrt und eilt hinaus, bevor die Frau noch etwas sagen kann.

Jason steht vor einem netten kleinen Café ein paar Häuser weiter und mustert die Karte. »Das ging aber schnell«, sagt er, als er sie erblickt, wendet sich jedoch sofort wieder der Karte zu, und Heather beschließt, dass sich ihre Geschichte besser bei einem Sandwich und einer Kanne Tee erzählen lässt.

Sie setzen sich an einen kleinen Tisch im Hinterhof, und Heather schildert Jason ihr Erlebnis am Empfang der Wohltätigkeitsorganisation in allen Einzelheiten. »Diese Lydia ist wirklich sehr gut darin zu verschwinden, wenn es nötig ist«, schließt sie seufzend. »Jetzt sind wir wieder da, wo wir angefangen haben.«

Jason starrt in die Ferne, während er den Rest seines Sandwichs isst. »Vielleicht auch nicht«, sagt er.

»Hast du eine Idee?«, fragt Heather. »Denn abgesehen davon, den Eingang da drüben ein paar Wochen lang zu überwachen, fällt mir nichts ein.«

Lächelnd tippt er auf den Flyer, der zwischen ihnen auf dem Tisch liegt.

»Hast du das Datum gesehen?«

Heather blickt auf den Flyer, dann zu ihm. Das Kribbeln setzt wieder ein.

»Das Galadiner ist dieses Wochenende. Wir wissen zwar nicht, wo Lydia Waites in diesem Moment ist, aber wir wissen ganz genau, wo sie in sechs Tagen und neun Stunden sein wird.«

41

Am Samstagabend steht Heather vor dem Palm Court Hotel, wo das Galadiner des Haven Project stattfinden soll. Nervös zupft sie am Saum des neuen Kleids, das sie sich auf Faiths Rat hin gekauft hat. Als sie ihrer Schwester von ihren Wochenendplänen erzählt hat, ist die sofort ins Auto gesprungen und nach Bromley gefahren, um mit Heather shoppen zu gehen. Geworden ist es schließlich ein Modell aus Chiffon in Mitternachtsblau. Bei der Anprobe im Geschäft war Heather froh über den züchtigen Ausschnitt, aber ihr ist nicht aufgefallen, wie viel Bein es beim Gehen zeigt.

Sie blickt zu Jason. Er sieht aus wie immer: entspannt, zuversichtlich, bereit für alles, was das Leben ihm vor die Füße werfen mag. Heather wünschte, sie wäre genauso locker. Ihr Inneres fühlt sich an wie ein Wollknäuel, nachdem eine Katze damit gespielt hat: völlig zerrupft und verknotet.

Nachdem sie die Eintrittskarten gekauft hatte, musste sie noch etwas auftreiben, was sie für die stille Auktion spenden konnte. Zuerst war sie ratlos, doch dann hatte sie die perfekte Idee: Cassandra. Ausnahmsweise hat ihre Mutter recht gehabt: Die gelockte Gruselpuppe ist tatsächlich wertvoll, selbst mit ihren abgebrochenen Fingern.

Heather wollte die Puppe eigentlich während der Woche im Büro vorbeibringen, in der Hoffnung, sie Lydia Waites persönlich übergeben zu können, aber die Frau vom Empfang war genauso unnachgiebig wie zuvor, obwohl Heather sogar einen falschen Namen angegeben hat. Sie bestand darauf, dass die Puppe ins Büro geschickt werden sollte, und so hat Heather sie verpackt und zur Post gebracht. Und nun ist sie hier. Voll angespannter Erwartung.

Sie holt tief Luft, als sie und Jason das Hotelfoyer betreten. Dort wimmelt es von Leuten in eleganter Abendgarderobe und mit einem Sektglas in der Hand. Ein paar Frauen tragen sogar Ballkleider. Alles wirkt sehr edel. Heather kommt sich vor wie am ersten Schultag, und sie weiß, was für eine Qual die Schule sein kann. Sie ist sehr froh, dass sie Jasons große, warme Hand in ihrer spürt.

Plötzlich fällt ihr Blick auf einen kastanienbraunen Lockenschopf und ein Paar stechende blauen Augen, die sie von einem Tisch im hinteren Bereich der Lobby anstarren. Sie bleibt abrupt stehen. Das müssen die Auktionsobjekte sein. Jason hält ebenfalls inne und will sie gerade fragen, was los ist, doch dann folgt er ihrem Blick und begreift. Heather weiß, dass sie hingehen und nachschauen sollte, ob Lydia dort ist – schließlich ist sie deshalb hierhergekommen –, aber ein tiefsitzender, archaischer Selbsterhaltungstrieb drängt sie, kehrtzumachen und zu fliehen. Doch dann kommt Bewegung in die Leute, und sie sieht, dass die Person neben dem Tisch ein steif aussehender Mann von mindestens siebzig Jahren ist.

Also nicht Lydia.

Weiß sie es?, fragt Heather sich. *Spürt sie, dass mein Netz sich um sie schließt, dass sie sich für ihr Verbrechen verantworten muss – nicht gegenüber der Polizei oder der Gesellschaft, sondern mir gegenüber, ihrem Opfer?*

»Nicht die Hoffnung aufgeben«, sagt Jason leise. »Sie muss hier irgendwo sein, selbst wenn sie sich in den Kulissen versteckt.«

Heather nickt, löst jedoch nicht den Blick von dem Mann, als sie Richtung Ballsaal gehen. Er bemerkt es, sieht sie durchdringend an und richtet sich auf, als gälte es, seine Schätze zu verteidigen, bis sie und Jason im Saal verschwinden.

Das Dinner beginnt. Es gibt einen Salat und eine Sängerin, die den Verzehr musikalisch untermalt, doch Heather bekommt weder von dem einen noch von dem anderen viel mit. Als die Teller abgetragen werden, nutzt sie die Gelegenheit, um zur Toilette zu gehen. Die befindet sich nämlich im Foyer, gleich neben dem Auktionstisch. Der perfekte Vorwand.

Sie eilt mit wehendem Kleid hinaus, und erst als sie fast beim Tisch angekommen ist, hebt sie den Blick. Was sie sieht, lässt sie erstarren.

Da ist sie. Lydia. Steht da neben den ausgestellten Sachen, als hätte sie jedes Recht der Welt, ein normales Leben zu führen und normale Dinge zu tun. Sie ist nicht so schick angezogen wie die meisten anderen, sondern trägt nur ein glitzerndes Top, eine schlichte schwarze Hose und grottenhässliche Schuhe. Sie blättert in einem Papierstapel und bemerkt Heather zunächst nicht, doch offenbar spürt sie, dass jemand in der Nähe ist, denn nach ein paar Sekunden hält sie inne und blickt auf.

»Oh!«, sagt sie. »Heather.« Nüchterne Worte, vollkommen im Kontrast zu dem Entsetzen in ihrem Gesicht.

»Ja«, erwidert Heather. »Ich bin's. Wieder.«

Lydia schüttelt langsam den Kopf. Obwohl ihre Füße sich nicht von der Stelle bewegen, hat Heather das deutliche Gefühl, dass sie zurückweicht. »Ich glaube, das ist keine –«

»Bitte ... Ich muss mit Ihnen reden.«

Lydia holt zitternd Luft. »Das ist keine gute Idee.«

Heather tritt einen Schritt auf sie zu. »Für Sie vielleicht nicht, aber für mich«, sagt sie, überrascht über ihre eigene Kühnheit. »Das ist das Mindeste, was Sie für mich tun können.«

Lydia schluckt, dann strafft sie die Schultern. »Also gut.«

Sie blickt über die Schulter zu einer großen Glastür, die zum Garten des Hotels führt. »Vielleicht irgendwo, wo wir unter uns sind?«

Heather nickt, und sie gehen schweigend nebeneinander durch das Foyer und hinaus auf die Terrasse. In einer abgelegenen, von Sträuchern geschützten Ecke bleibt Lydia stehen und dreht sich um. Sie wehrt sich nicht und versucht auch nicht zu flüchten. Es ist, als hätte sie gewusst, dass dieser Moment kommen würde, und nun, da es so weit ist, ergibt sie sich ihrem Schicksal.

Sie sieht nicht aus wie ein Ungeheuer, mit ihrem krausen dunklen Haar, dem zurückhaltenden Make-up und der billigen Supermarktkleidung. Sie sieht … ganz normal aus.

Das macht Heather wütend. Warum sollte diese Frau einen solchen Luxus haben? Bis zu diesem Moment wusste sie nicht, wie sie anfangen sollte, aber jetzt strömen die Worte nur so aus ihr heraus. »Sie haben mir meine Kindheit gestohlen«, sagt sie zu Lydia. »Ich will, dass Sie das wissen. Was Sie getan haben, hat alles verändert. Es hat meine Familie zerstört.«

Lydia senkt den Kopf und lässt die Schultern hängen. »Es tut mir so furchtbar leid.«

Obwohl Heather ihre Augen nicht mehr sehen kann, kann sie die Reue regelrecht spüren. Sie weiß, wie Lydia sich fühlt: gedemütigt, beschämt und voller Schuldgefühle, wie ein Stück Scheiße am Schuh eines anderen. Heather hat sich den größten Teil ihres Lebens genauso gefühlt.

Eigentlich müsste sie jetzt triumphieren. Sie hat gesucht und gefunden, ist in den Kampf gezogen und hat gesiegt, und nun steht sie endlich der Frau gegenüber, die sich ihr so lange entzogen hat. Und obendrein ist ihre Gegnerin sogar reumütig. Dennoch spürt Heather, dass es nicht mal annähernd genug ist. Der Wirbelwind in ihrem Inneren beruhigt sich nicht, im Gegenteil, er wird noch stärker.

»Das ist alles, was Ihnen dazu einfällt?«, faucht sie. »*Tut mir leid?*«

Lydia nickt kaum merklich. »Wenn ich das Ganze rückgängig machen könnte, würde ich es tun. Ich wollte niemandem etwas Böses …«

Heather stößt ein lautes, bitteres Lachen aus, und Lydia weicht zurück. Heather packt sie am Arm. Das überrascht sie beide. Doch Heather wundert sich nicht nur über ihre blitzartige Reaktion, sondern über das Gefühl festen Fleisches unter ihren Fingern. Zu lange ist diese Frau ein Geist gewesen, der verschwommene Umriss einer Erinnerung, die nie richtig Konturen angenommen hat. Lydia hebt den Kopf und sieht sie flehend an.

»Ich fürchte, ich kann Ihnen nicht geben, was Sie wollen«, flüstert sie. »Ich würde es ja gerne, aber nichts, was ich sagen kann, wird es jemals besser machen. Deshalb wollte ich nicht mit Ihnen reden.«

»Die Entscheidung liegt ja wohl bei mir.« Heather wartet, bis sie Einverständnis in Lydias Blick sieht, dann lässt sie sie los, langsam, einen Finger nach dem anderen, in dem Wissen, dass die andere nicht ohne ihre Einwilligung gehen wird.

In dem Moment treten ein Mann und eine Frau an die Glastür und schauen hinaus in den dunklen Garten. Wahrscheinlich können sie die beiden Frauen nicht sehen, die halb verborgen im Schatten der Sträucher stehen, aber sicherheitshalber gehen Heather und Lydia ein Stück weiter bis zu einer von Blauregen überwucherten Pergola. Die Blüte ist vorbei, aber das dichte, herabhängende Blattwerk bietet ihnen einen guten Schutz.

Bis zu diesem Augenblick hat Heather sich stark gefühlt, als diejenige, die die Zügel in der Hand hält, aber während sie von der kühlen Abendluft umweht werden, wird ihr klar, dass es eigentlich andersherum ist. Lydia wirkt zwar kleinlaut und gefügig, aber trotzdem muss sie vorsichtig sein. Diese Frau hat das, was sie haben will – Antworten –, und wenn Heather sich nicht beruhigt, wird sie vielleicht nie welche bekommen. Sie atmet tief durch. Sie muss aufhören zu reagieren und sich überlegen, welche Fragen sie Lydia stellen will, bevor die wieder im Nebel verschwindet.

»Ich erinnere mich nur an ein paar Dinge«, sagt sie und spricht zum ersten Mal mit der Frau, als wäre sie ein menschliches Wesen und kein Ungeheuer aus einem Albtraum. »Ich erinnere mich an Ihre gelbe Küche und an das Pfefferminz-Schoko-Eis … Ich weiß aus den Zeitungsausschnitten von damals, dass Sie mich zwei Wochen lang nach Hastings … mitgenommen haben und dass ich dann unversehrt nach Hause zurückgekommen bin, aber das ist nicht die ganze Geschichte. Es gibt noch einiges, was ich nicht weiß, aber wissen muss. Helfen Sie mir?«

»Was denn zum Beispiel? Was wissen Sie noch?«

»Nicht viel. Ich war sechs. Es ist alles verschwommen, nur ein paar Bilder hier und da. Ich habe keine Ahnung, was echt ist und was ich mir nur zusammengereimt habe, seit ich vor einigen Wochen von alldem erfahren habe.«

Lydia starrt sie entgeistert an. »Sie konnten sich nicht daran erinnern?«

»Nein. Und während der letzten sechsundzwanzig Jahre hat es auch niemand aus meiner Familie für nötig gehalten, es mir zu erzählen. So verkorkst waren wir. Und zwar Ihretwegen.« Heather verstummt. Das wollte sie gar nicht sagen. Vielleicht hat sie jetzt alles ruiniert. »Im Grunde genommen«, fährt sie rasch und mit ruhigerer Stimme fort, »gibt es nur eins, was ich wissen will: die Wahrheit.«

Davon gab es in Heathers Leben bisher verdammt wenig, aber sie ist die Klinge, die all die Knoten durchtrennen kann. Die Wahrheit wird sie befreien. Sie muss.

»Ich will wissen, warum.«

42

Er liegt zusammengeknüllt in einer Ecke des Schulhofs, einst in den Stand einer Tormarkierung erhoben, nun jedoch das einzige Überbleibsel eines Fußballspiels. Zurückgelassen und vergessen. Der Pulli tut mir leid. Ich frage mich, ob er wohl traurig ist, ob er weiß, welches Schicksal ihn erwartet. Er wird vom Regen durchweicht, mit Füßen getreten und in den Dreck am Rand des Schulhofs gekickt werden. Irgendwann wird er nicht einmal mehr ein nützliches Kleidungsstück sein. Nur ein Stück Müll, das in die Tonne geworfen wird.

3. Juli 1992

Das Toben und Kreischen nach Schulschluss ist verebbt. Alle sind nach Hause gegangen. Nur Danny Wisemans Pulli und Heather sind noch auf dem Schulhof. Heather reckt den Kopf, beide Hände um den Griff ihrer Tasche geschlungen, und schaut, ob ihre Mummy angelaufen kommt, außer Atem und voller *Tut-mir-Leids*, aber weit und breit ist niemand zu sehen.

Ein winziger Regentropfen landet auf ihrem Arm. Sie hat an Regen gedacht, als sie zu dem Pulli hinübergesehen hat. Ob sie dafür gesorgt hat, dass es regnet? Sie wollte immer schon magische Kräfte haben, denn das bedeutet, dass man etwas Besonderes ist. Heather wäre gerne etwas Besonderes.

Sie beschließt, sich stärkeren Regen herbeizuwünschen, und fast augenblicklich werden die Tropfen größer und schwerer. Zuerst freut sie sich, weil es geklappt hat, aber dann merkt sie, dass es eine dumme Idee war, denn jetzt wird sie klitschenass – so wie Faith, als sie im Keston Park ins Wasser gefallen ist. In ihrem Kopf befiehlt sie den Wolken, mit dem

Regen aufzuhören, aber sie gehorchen nicht, sondern schütten immer mehr Wasser auf sie.

Sie blickt über die Schulter zur Eingangstür. Die ist jetzt zu. Ihre Mum hat gesagt, sie soll immer auf Faith warten, falls sie mal zu spät kommt (was sie dauernd tut, obwohl sie mindestens dreißig Uhren im Haus haben), aber Faith hat heute Trampolin, und es dauert noch ewig, bis sie Schluss hat. Heather will nicht die ganze Zeit im Regen warten, aber was soll sie sonst tun?

Nach einer Weile kommt ihr ein Gedanke. Miss Perrins hat gesagt, sie ist ein großes Mädchen, jetzt, da sie sechs ist und zur Schule geht, und dass es ihr guttut, wenn sie Verantwortung übernimmt. Heather weiß nicht so genau, was das ist, aber Miss Perrins hat ihr die Aufgabe zugeteilt, nach dem Kunstunterricht die Pinsel auszuwaschen, und das gefällt ihr, weil das Wasser dann bunt wie ein Regenbogen wird. Wenn Verantwortung etwas mit Regenbogen zu tun hat, dann will Heather gerne mehr davon.

Aber es bedeutet auch, dass sie groß genug ist, um Dinge allein zu tun, also zum Beispiel ihre Schuhe zubinden und sich den Po abwischen. Heather überlegt. Sie weiß, dass sie auch groß genug ist, um allein nach Hause zu finden.

Ohne sich noch einmal zur Schule umzusehen, überquert sie den Schulhof. Im Vorbeigehen blickt sie auf den Pulli. Eigentlich sollte er ihr nicht leidtun, weil Danny Wiseman heute gesagt hat, sie stinkt. Sie sollte sich freuen, dass er ganz nass und dreckig wird. Außerdem, wenn hier einer stinkt, dann ist es Danny. Jedes Mal, wenn er in ihre Nähe kommt, riecht er nach alten Keksen. Eklig. Sie macht kehrt und versetzt dem Pulli einen Tritt, bevor sie sich wieder auf den Weg macht.

Sie richtet sich ganz gerade auf, als sie durchs Tor geht.

Sie schlurft nicht über den Gehweg und zieht ihre Schulta-sche nicht hinter sich her. So was machen große Mädchen nicht. Sie gehen mit hochgerecktem Kinn, so wie Heather jetzt.

Die Straßen zu überqueren, ist ihr ein bisschen unheim-lich. Sie versucht, Ampeln zu benutzen, aber es gibt nicht überall welche. Einmal hupt ein Fahrer und guckt sie ganz böse an, sodass Heather wegläuft und sich hinter der nächs-ten Ecke versteckt, bis er fort ist. Es dauert ewig, bis sie zu Hause ankommt – viel, viel länger, als wenn sie den Weg zu-sammen mit Faith oder ihrer Mutter geht –, aber schließlich biegt sie in die Hawksbury Road.

Nach dem langen Marsch hat sie Durst und muss zur Toi-lette, deshalb läuft sie ums Haus herum zur Hintertür, aber die geht nicht auf. *Komisch*, denkt Heather. *Das Schloss ist doch schon ganz lange kaputt.* Da es immer noch regnet, kehrt sie nach vorne zurück, setzt sich unter das Vordach und wartet.

Sie starrt erschöpft auf den Boden, als sie plötzlich je-mand anspricht.

»He, Schätzchen!« Sie blickt auf und sieht die nette Frau von nebenan an der Pforte stehen. »Warum sitzt du denn hier draußen im Regen?«

Heather zuckt die Achseln. »Ich warte. Die Tür geht nicht auf, und Faith ist beim Trampolin.«

»Wo ist denn deine Mum? Ist die nicht zu Hause?«

»Ich glaub nicht.« Heather steht auf, merkt jedoch, dass das keine gute Idee war. Sie tritt unruhig von einem Fuß auf den anderen.

»Musst du mal?«, fragt Lydia.

Heather nickt.

»Dann komm doch einfach mit zu mir, da kannst du zur Toilette gehen.«

Heather presst die Beine zusammen und kämpft mit den Tränen. »Ich glaub, so lange halte ich nicht mehr aus. Die Hintertür klemmt, und ich hab nicht genug Kraft, um sie aufzudrücken. Unser Gästeklo ist gleich dahinter. Kannst du mir helfen?«

Lydia tritt durch die Pforte, nimmt ihre Hand und begleitet Heather zur Rückseite des Hauses. Da die Tür beim ersten Versuch nicht aufgeht, drückt sie stärker dagegen. Die Tür öffnet sich einen Spalt, fällt aber sofort wieder zu. »Da scheint etwas im Weg zu sein«, sagt sie und versucht es erneut. Sie lehnt sich mit der Schulter gegen die Tür und drückt mit aller Kraft dagegen. Erst bewegt sich nichts, doch dann gibt plötzlich etwas nach, und die Tür schwingt ein Stück weit auf, bis sie an einem verrutschten Haufen Zeitungen hängen bleibt.

Die Lücke ist zu schmal für Lydia, aber für Heather reicht es gerade. Sie zwängt sich hindurch, springt über die Papierhaufen wie eine von den Bergziegen, die sie im Fernsehen gesehen hat, und rennt zur Gästetoilette.

Als sie erleichtert wieder hinaustritt, findet sie Lydia auf dem Teppich aus Zeitungen vor, der den ganzen Flur bedeckt. Sie steht wie erstarrt da, mit großen Augen und offenem Mund. Das tut sie so lange, dass Heather sich fragt, ob sie Lydia aus Versehen in eine Statue verwandelt hat. Gerade als sie hingehen will, um zu fühlen, ob ihre Haut jetzt tatsächlich hart und kalt ist, rührt Lydia sich und sieht sie an. »Ist es … Ist es hier immer so?«

Heather blinzelt. »Wie – so?«

Lydia mustert sie, als würde sie überlegen, ob Heather sie auf den Arm nimmt. »Na ja … so halt.« Sie deutet mit einer Handbewegung um sich. »Mit so viel Zeug.«

Heather blickt sich nun auch um. Das Haus ist genau wie immer: voll. Kein bisschen anders als sonst. Doch dann erinnert sie sich an Lydias gelbe Küche und an das schöne Wohnzimmer mit dem geblümten Sofa, und da fällt ihr auf, wie *nicht*-voll Lydias Haus ist.

»Sieht dein Zimmer auch so aus?«, fragt Lydia. »Wo schläfst du denn?«

»Ich zeig's dir«, sagt Heather, und nun nimmt sie Lydias Hand. Wenn man es nicht gewohnt ist, kann man auf dem Zeug leicht ausrutschen. Heather führt sie durch den Flur, an der Küche vorbei und ins Wohnzimmer. Als Lydia den Raum betritt, stößt sie ein komisches Quieken aus und schlägt die Hand vor den Mund.

»Hier drüben.« Heather führt Lydia zu ihrer Ecke. Seit die Stapel auch ihr Zimmer erobert haben, schläft sie hier, in einem Sessel, den ihre Mutter vor dem Sperrmüll gerettet hat. Er ist lila, Heathers Lieblingsfarbe, und der Stoff fühlt sich fast wie Samt an. Außerdem ist es ein Zaubersessel, denn wenn man an einem Hebel zieht, verwandelt er sich von einem normalen Sessel in eine Art Zickzack-Liegesessel, fast wie ein Bett. Und da Heather klein ist, hat er genau die richtige Größe für sie.

Sie zeigt Lydia ihr Lieblingskissen und ihre Bettwäsche mit Arielle, der kleinen Meerjungfrau. Und sie zeigt ihr den kleinen gestrickten Engel, den Lydia ihr zu Weihnachten geschenkt hat und der neben ihrem Kissen sitzt und auf sie aufpasst. Lydia nimmt ihn in die Hand und fängt an zu weinen.

»Nicht traurig sein«, sagt Heather und drückt ihren Arm. »Fehlt dir die Puppe? Willst du sie zurückhaben?«

Sie schüttelt den Kopf und zieht Heather an sich. Heathers Gesicht wird gegen ihr Kleid gedrückt, aber das stört sie nicht, weil es eine schöne Umarmung ist. »Bist du sicher, dass du sie nicht zurückhaben willst?«, fragt Heather und blickt zu ihr hoch.

Lydia schüttelt unter Tränen den Kopf. »Nein, ich habe sie für meine Tochter gemacht, aber sie … Sie braucht sie nicht mehr. Deshalb dachte ich, ich schenke sie dir. Du erinnerst mich an sie.«

Heather strahlt. Was Lydia gesagt hat, macht sie glücklich. Sie wünschte, Lydias kleines Mädchen würde auch nebenan wohnen. Dann könnten sie alle zusammen spielen.

Kopfschüttelnd blickt Lydia sich erneut im Wohnzimmer um. Zuerst zittert ihr Mund so wie bei Faith, wenn sie versucht, nicht zu weinen, aber dann presst er sich zu einer harten Linie zusammen.

Heather zupft an ihrer Hand. »Können wir jetzt in dein Haus gehen und ein Eis essen?«

Lydia rührt sich nicht. Heather denkt, sie ist wieder zu einer Statue geworden, doch dann sieht sie plötzlich mit ganz breitem Lächeln zu ihr hinunter. »Weißt du was? Ich habe eine viel bessere Idee!«

»Besser als Pfefferminz-Schoko-Eis?«

Lydia nickt. »Weißt du, was mein kleines Mädchen und ich manchmal nach der Schule gemacht haben? Wir sind ans Meer gefahren, haben riesengroße Waffeln mit Sahneeis gegessen und im Meer geplanscht.«

Heather springt aufgeregt auf und ab. »Ans Meer!«, ruft sie. »Ich *liebe* das Meer!«

»Dann lass uns fahren.«

Lydia steuert Heather aus dem Haus, mit der Hand auf ihrem Rücken. Sie gehen ein bisschen zu schnell, so als ob Lydia es kaum erwarten kann, wieder an die frische Luft zu kommen, und sie rutschen auf den heruntergefallenen Zeitschriften weg. Draußen hat es aufgehört zu regnen, und hinter einer Wolke lugt die Sonne hervor. Heather freut sich noch mehr. Am Strand ist es viel schöner, wenn die Sonne scheint.

Sie verlassen Heathers Garten und gehen nach nebenan. Lydia bittet Heather, beim Auto zu warten, während sie ihren tollen roten Mantel holt, mit den großen, glänzenden Knöpfen. Als sie wieder aus dem Haus kommt, hat sie den Mantel an und auch einen für Heather dabei. Er sieht aus wie die von den Kommissaren im Fernsehen, aber statt eklig braun ist er hellrosa. Sie probiert ihn an, und die Ärmel sind ein ganzes Stück zu lang, aber Lydia krempelt sie um, und dann steigen sie ins Auto und fahren los.

43

Die Terrasse ist von einer niedrigen Mauer umgeben, und Heather setzt sich darauf. Die rauen Steine kratzen durch die Nylons an der Rückseite ihrer Beine. Lydia hat ihre Geschichte zu Ende erzählt, und nun ist nur noch das Rascheln des Windes in den Blättern über ihnen zu hören.

Das … Das ist nicht das, was sie erwartet hat. Und doch spürt sie die Wahrheit darin. Es ist wie ein Déjà-vu, das tiefe Wissen, dass etwas vertraut ist. Da sie das alles erst mal sacken lassen muss, wendet sie sich etwas anderem zu, das Lydia gesagt hat.

»Was ist mit Ihrer Tochter passiert?« Lydia, die zu Boden gesehen hat, blickt ruckartig auf. »Sie haben gesagt, sie brauche den Engel nicht mehr – ich habe ihn übrigens immer noch. War sie schon erwachsen und ausgezogen?«

Lydia schüttelt den Kopf. »Sie ist gestorben«, sagt sie leise, ausdruckslos. »Als sie neun war. Ein Aneurysma im Gehirn.« Heather beobachtet sie, während sie spricht. Sie ist weit weg. In einer anderen Zeit. »Man denkt immer, das gibt es nur bei Erwachsenen, nicht? Aber es kann jedem passieren – eine angeborene Schwachstelle in einer Vene, wie eine tickende Zeitbombe in ihrem Kopf …« Sie hält inne, holt Luft. »Man konnte nichts tun. Es war niemandes Schuld.«

»Aber es fühlt sich nicht immer so an, stimmt's?« Heather hat den kalten Stein an ihren Beinen vergessen. Ein Kind zu verlieren … Was auch immer diese Frau getan hat, Heather empfindet Mitgefühl für sie.

»Nein.« Lydia seufzt. »Und es hat meine Ehe zerstört. Zwei Jahre später waren wir getrennt. Ich konnte es nicht mehr ertragen, in Hastings zu leben, jeden Tag auf dem Weg zum Einkaufen an ihrer Schule vorbeizugehen, in der Küche zu stehen, mit offener Hintertür, ein Kind lachen zu hören und dann zu begreifen, dass es nicht sie war. Deshalb bin ich umgezogen. Nach Bickley, weit genug weg, aber nah genug an der A21, sodass ich jederzeit ins Auto steigen und ihr Grab besuchen konnte. Eine Nabelschnur aus Asphalt, die mein altes und mein neues Leben verband. Das Haus in der Hawksbury Road sollte ein Neuanfang sein.«

»Haben Sie mich deshalb hierhin gebracht? Nach Hastings?«

Lydia sieht sie hilflos an. »Vielleicht. Ich weiß es wirklich nicht.« Sie schüttelt erneut den Kopf. »Irgendwas in mir ist einfach ausgehakt. Ich dachte, es ginge mir besser, ich wäre einigermaßen darüber hinweg, aber offensichtlich stimmte das nicht. Und als ich dich damals in dem Haus sah …« Selbst jetzt rümpft sie noch angewidert die Nase. »Dieser grässliche, verlauste Sessel, auf dem du schlafen musstest. Ich konnte an nichts anderes mehr denken als daran, wie furchtbar es ist, wenn bezaubernde, fröhliche kleine Mädchen so etwas ertragen müssen. Sie sollten lachen und hüpfen, Zuckerwatte essen und hübsche Kleider tragen. Sie sollten Kinder sein dürfen.

Ich dachte daran, wie ich manchmal nach der Schule mit Natalie an den Strand gefahren war, wie sehr sie die frische Luft und die Wellen liebte, und da beschloss ich einfach, dass du mal etwas Schönes erleben solltest.« Sie sieht Heather einen Moment eindringlich an. »Mehr sollte es gar nicht sein, nur ein Ausflug. Ich hatte nicht vor, dich länger als einen Nachmittag bei mir zu behalten, aber ich konnte damals nicht klar denken. Ich habe nicht darüber nachgedacht, wie weit es nach Hastings ist, und dass deine Mutter sich Sorgen machen würde. Ich wollte dich einfach nur aus diesem schrecklichen Haus herausholen.«

Sie verstummt. Heather hat das Gefühl, sie müsste etwas sagen, zumindest eine Art Verständnis äußern, aber sie kann es nicht. Obwohl Lydia ihr leidtut, ist es noch zu früh, zu frisch, und diese neuen Fakten hocken wie kantige Holzblöcke in ihrem Kopf – solide und greifbar, aber sie passen in keine Lücke, ergeben keinen Sinn. Noch nicht.

»Warum sind Sie – bist du neulich, als du mich auf der Pier gesehen hast, weggelaufen?«, fragt Heather.

»Du hast es ja selbst gesagt: Ich habe etwas Furchtbares getan. Ich habe deine Familie zerstört.« Lydias Augen sind voller Tränen, und sie schlägt sich mit der Faust gegen die Brust. »Ich weiß, wie es ist, ein Kind zu verlieren! *Ich weiß es!* Und trotzdem habe ich genau das einer anderen Mutter angetan. Es ist unverzeihlich! Deshalb bin ich weggelaufen. Ich dachte, ich wäre der letzte Mensch, dem du begegnen wolltest.«

In Heathers Kopf schwirrt es nur so vor lauter neuen Informationen, aber plötzlich fällt ihr etwas auf. Etwas Wichtiges. »Lydia?«

Sie blickt auf. »Ja?«

»Ich weiß, das klingt jetzt wahrscheinlich seltsam, nach dem, was du mir gerade erzählt hast, aber bist du sicher, dass es bei uns zu Hause schon so chaotisch war, *bevor* wir nach Hastings gefahren sind?«

Lydia runzelt die Stirn. »Ja, natürlich. Sonst wäre ich doch nie auf die Idee gekommen –«

Heather springt auf. Das ergibt keinen Sinn. Überhaupt keinen.

»Tut mir leid«, sagt sie. »Das ist alles ein bisschen viel. Ich muss erst mal …« Und damit wendet sie sich ab und tritt hinaus auf den dunklen, sorgfältig gemähten Rasen. Freier Raum hilft ihr immer beim Nachdenken, und hier gibt es jede Menge davon.

Da ihre Absätze in dem weichen Boden versinken, schlüpft sie aus den Schuhen und geht einfach weiter, bis sie in der Mitte der großen Rasenfläche angekommen ist. Normalerweise wäre sie hier von allen Seiten sichtbar, aber sie ist weit genug entfernt vom Hotel, sodass die Lichter sie nicht erreichen und die Dunkelheit sich wie ein schützender Mantel um sie legt.

Als sie das Gefühl hat, weit genug weg von allem zu sein, bleibt sie stehen, stellt die Füße parallel nebeneinander, schließt die Augen und streckt die Arme zu den Seiten aus, wo nichts als die laue Abendluft ist. Und dann beginnt sie zu atmen.

44

Etwa zehn Minuten später findet Jason sie dort, mit gesenkten Armen und geschlossenen Augen. Sie atmet immer noch. *Ein … aus. Ein … aus.*

»Ich habe mir schon Sorgen gemacht«, sagt er. »Ich habe sogar auf der Damentoilette nachgesehen und eine arme Frau erschreckt!«

Heather hört es, nimmt es auf. Innerlich lächelt sie leicht. Sie kann sich die Szene vorstellen, kann nachvollziehen, dass es komisch gewesen sein muss, aber es hat nichts mit ihr zu tun. Es ist, als säße sie in einem dicken Glasbehälter, gefangen wie ein Schmetterling, und der Rest der Welt ist »da draußen«. Sie kann sie sehen, hört gedämpft ihre Geräusche, aber sie ist vollkommen davon abgetrennt.

So soll es im Moment auch sein. Auch Jason muss außerhalb des Glases bleiben, weil sie nicht weiß, was passiert, wenn sie dieses labile Gleichgewicht nicht aufrechterhalten kann. Sie will es auch gar nicht wissen.

Jason legt von hinten die Arme um sie. Sie spürt seine Wärme an ihrem Rücken, aber sie lehnt sich nicht an ihn. Noch nicht. Sein Mund ist dicht neben ihrem Ohr, und als er spricht, spürt sie seinen Atem an ihrem Hals.

»Ich habe sie gesehen – Lydia –, wie sie zurück ins Hotel gegangen ist. Du hast sie also gefunden?«

Heather nickt ganz leicht. Mehr braucht es nicht als Antwort. Je weniger sie sich bewegt, desto besser.

»Ist alles in Ordnung? Du wirkst so ruhig.« Sie hört die Sorge in seiner Stimme, weiß, dass er sich nicht täuschen lässt.

»Sie hat mir alles erzählt«, sagt sie. »Es war nicht ihre Schuld.«

»Was? Du meinst, sie war gar nicht diejenige, die dich entführt hat?«

»Doch, das schon. Aber es war … nicht so, wie es in der Zeitung stand.«

Sie denkt an Lydia, die ihr Kind verloren hat, und nicht nur das Versprechen eines Kindes, sondern ein lebendiges Wesen, das sie angelächelt, »Mummy« zu ihr gesagt und die Arme um sie geschlungen hat. Die Vorstellung ist so schwer zu ertragen, dass Heather sich kaum aufrecht halten kann.

»Sie war durcheinander und voller Schmerz. Aber sie wollte helfen, sich um mich kümmern. Es ist nur einfach furchtbar schiefgegangen.«

Heather weiß, wie es ist, im Gefühlsüberschwang spontane Entscheidungen zu treffen, und welche katastrophalen Folgen so etwas haben kann. Und mit einem Mal sind die Erinnerungen da, zwei Wochen, ein ganzer gestohlener Urlaub: Strände, warme Donuts, der Spaß auf dem Minigolfplatz. Wie sie es sich abends gemütlich gemacht und zusammen Geschichten gelesen haben. Wie Lydia sie ins Bett gebracht hat. Heiße Schokolade und Softeis mit Erdbeersoße.

Ohne sich von der Stelle zu rühren, die Augen noch immer geschlossen, erzählt sie Jason die ganze Geschichte. Als sie fertig ist, dreht er sie um und nimmt sie in die Arme. Da lässt sie los. Öffnet die Augen, obwohl sie nur den Stoff seines Dinnerjacketts sehen kann.

Es ist, als wäre mit Jasons Umarmung ein Schlüssel in ein Schloss geglitten, und nun, nach einer winzigen Drehung, liegt alles offen für ihn da. Sie hat ihm mehr über sich enthüllt als je irgendeinem anderen Menschen, und er ist nicht weggelaufen, hat nicht gesagt, sie sei verkorkst. Sie spürt, wie ihr Tränen in die Augen steigen. Sie quellen über ihren Lidrand und fallen auf sein Revers.

Das ist es. Sie liebt ihn.

Dieses Wissen macht ihr Angst und erfüllt sie zugleich mit jubelnder Freude, aber sie ist noch zu benommen von dem Gespräch mit Lydia, um festzustellen, was stärker ist. Das Tauziehen in ihrem Inneren ist ziemlich ausgeglichen, sodass sie zumindest nach außen hin einigermaßen gefasst wirkt.

»In meiner ganzen Kindheit«, sagt Heather, »war sie die Einzige, die versucht hat, etwas gegen das Chaos und das Zeug zu unternehmen und mein Leben zu verbessern. Faith hat getan, was sie konnte, aber sie war ja selbst noch ein Kind. Aber warum hat sonst niemand etwas unternommen? Mein Vater zum Beispiel? Auch wenn Mum ihm nach seinem Auszug die Wahrheit verheimlicht hat, konnte er sich ja denken, was los war. Ich vermute, er hat es einfach ausgeblendet, weil er sich nicht damit auseinandersetzen wollte. Tante Kathy hat es ein paarmal versucht, aber irgendwann aufgegeben. Und was ist mit den Nachbarn? Den Lehrern? Es muss doch Anzeichen gegeben haben!« Sie löst sich ein wenig von ihm, damit sie ihm in die Augen sehen kann. »Warum hat niemand sonst versucht, etwas zu unternehmen, um mich zu retten? Lydia war die Einzige.«

»Schon, aber –«

»Ich weiß, ich weiß. Sie hat das Falsche getan. Wahrscheinlich hat sie auf lange Sicht sogar alles noch schlimmer gemacht, aber zwei Wochen lang – *zwei ganze Wochen!* – war ich richtig glücklich. Ich habe geweint, als sie uns gefunden haben und ich zurück nach Hause musste, daran erinnere ich mich jetzt. Tagelang war ich untröstlich. Es war, als würde man ein Tier wieder in den Käfig sperren, nachdem es einmal die Freiheit gekostet hat. Ich kann sie nicht länger dafür hassen. Ich kann's einfach nicht.«

Als Heather sich diese Worte sagen hört, herrscht plötzlich Ruhe in ihrem Kopf und ihrem Herzen. Sie ist wieder da, wo sie angefangen hat. Es läuft immer auf dasselbe hinaus, und sie hat es so unendlich satt. Ihre Mutter ist an allem schuld. Natürlich ist ihre Mutter an allem schuld. Wie hat sie nur etwas anderes glauben können?

Da wallt der Zorn wieder in ihr hoch und droht sie zu verschlingen. Kein Wunder, dass ihre Mutter all die Jahre nie darüber reden wollte. Sie wusste, dass sie schuld war. Mehr noch, sie wollte nicht, dass jemand etwas davon erfuhr, denn dann wären Fragen gekommen. Sie hätte ihre Horterei eingestehen und das Zeug loswerden müssen, und das konnte sie nicht. Das Zeug war ihr wichtiger als alles andere. Auf jeden Fall wichtiger als ihre Kinder, wenn selbst die Tatsache, dass eines davon entführt worden war, nichts daran änderte.

Aber damit darf sie sich jetzt nicht befassen. Das ist nicht der richtige Ort und nicht der richtige Moment. Sie nimmt ihren Zorn, presst ihn zu einer harten, heißen kleinen Kugel und versteckt ihn in ihrem Inneren.

»Was willst du jetzt tun?«, fragt Jason.

Heather blickt zum Hotel hinüber. »Ich glaube, wir sollten wieder reingehen. Wir haben wahrscheinlich schon den Hauptgang verpasst.«

»Hast du Hunger?«

Sie schüttelt den Kopf. »Eigentlich nicht. Aber wenn wir schon mal hier sind, können wir die Spendenaktion ja auch unterstützen.«

Jason wirft ihr einen seltsamen Blick zu. Sie weiß, dass sie zu ruhig ist, sich merkwürdig verhält.

»Bist du sicher? Willst du wirklich wieder da rein?«

»Ja.« Denn was sollten sie sonst tun? Er nimmt ihre Hand, und sie gehen gemeinsam über den federnden Rasen zurück zur Terrasse. Heather schlüpft in ihre Schuhe, und als sie das hell erleuchtete Foyer betreten, erblickt sie sich in einem Spiegel. Sie bleibt stehen und löst ihre Hand aus Jasons. »Ich gehe mich nur kurz frisch machen«, sagt sie und deutet auf ihre verwischte Wimperntusche.

Er nickt und sieht ihr nach, wie sie in der Damentoilette verschwindet, dann kehrt er in den Ballsaal zurück. Heather richtet ihr Gesicht her, so gut es geht, betrachtet sich mit einem tiefen Seufzer im Spiegel und folgt Jason.

Der Weg führt sie erneut an dem Tisch mit den Auktionsobjekten vorbei. Cassandra steht immer noch da, aufrecht wie immer, und lässt ihren hochmütigen Blick über die anderen Dinge schweifen, als entsprächen sie nicht ihren Anforderungen. *Tschüss*, flüstert Heather ihr im Geist zu. *Ich bin froh, dass ich dich los bin.*

Mit einem Mal verspürt sie den Drang, die Puppe an ihren glänzenden Locken zu packen und quer durch das Foyer zu schleudern, aber sie reißt sich zusammen. Sie darf die wohltätige Organisation nicht um das Geld betrügen, das bereits auf die Puppe geboten worden ist. Um das Feuer zu löschen, das in ihrer Brust lodert, zwingt sie sich, den Blick auf etwas anderes zu lenken, ganz egal, was.

Eine Handtasche.

Sogar eine recht hübsche, von einer bekannten Designermarke und aus weichem rotem Kalbsleder. Sie betrachtet sie genauer – die Form der Schnallen und Verschlüsse, die Nähte auf dem Schulterriemen.

Es soll ein Ablenkungsmanöver sein. Sie hat nicht vor, die Hand danach auszustrecken, das Leder zu berühren und danach zu greifen. Sie hat ebenso wenig vor, sie vom Tisch zu nehmen, sich umzudrehen und loszugehen, nicht zum Ballsaal und zu Jason, sondern zum Ausgang.

In ihrem Kopf brüllt sie verzweifelt »Stopp!«, aber ihre Beine bewegen sich einfach weiter.

»He!«, ruft eine Stimme hinter ihr. »He, Sie!«

Heather fängt an zu laufen.

»Halt!« Eine Hand packt Heather an der Schulter und dreht sie herum. »Was machen Sie denn da?« Es ist die Empfangsdame aus dem Büro des Haven Project. Sie trägt ein scheußliches limonengrünes Ballkleid mit lauter Strasssteinen, das an den unvorteilhaftesten Stellen eng geschnitten ist.

»Ich … Ich …« Mehr bringt Heather nicht heraus. Sie weiß nicht, was sie da macht. Sie versucht, sich dem Griff zu entwinden, aber die Frau lässt sich nicht austricksen, und schon eilt ein Mitarbeiter des Hotels von der Rezeption herbei.

Und dann kommen noch mehr Leute: Hotelangestellte, Gäste des Galadinners, zwei Männer von der Security … Heather umklammert immer noch die Handtasche und drückt sie an sich, als wäre es ein schutzbedürftiges Kind.

Die grässliche Empfangsdame ruft dem einen Security-Mann zu: »Sie hat versucht, die Tasche zu stehlen! Die ist für die Auktion!«

Heather schüttelt den Kopf. »Nein … Ich …«

»Ich hab's gesehen!«, erklärt ein Kellner mit einem leeren Tablett in der Hand. »Ich habe gesehen, wie sie sie genommen hat und losgelaufen ist.«

»Madam?«, sagt der zweite Security-Mann und blickt von ihr zu der Tasche.

Danach verschwimmt alles. Laute Stimmen, von der Empfangsdame und anderen, dann führen die beiden Security-Männer sie zum Rand des Foyers, lösen die Handtasche aus ihren Fingern und halten dann rechts und links von ihr Wache, bis jemand mit mehr Befugnissen auftaucht.

Angelockt vom Lärm, kommen immer mehr Gäste aus

dem Saal, und bald ist Heather umringt. Es ist alles zu viel. Sie schließt die Augen und versucht, ruhig zu atmen, aber es gelingt ihr nicht. Sie spürt, wie die große schwarze Welle anrollt, und weiß, dass sie gleich eine Panikattacke bekommt.

Nein. Nicht hier. Nicht jetzt.

»Heather?«

Es ist Jason. Sie reißt die Augen auf und entdeckt ihn sofort in der Menge. Er sieht verwirrt aus, sogar besorgt. Heather hält seinen Blick fest und fleht wortlos: *Hilf mir!*

»Das ist doch lächerlich!«, sagt Jason, als er einen Gesprächsfetzen aufschnappt. »Das muss ein Missverständnis sein.«

Die Empfangsdame fährt zu ihm herum. »Von wegen! Ich habe selbst gesehen, wie sie die Tasche genommen hat.«

Jason schüttelt den Kopf, und in Heathers Innerem schmilzt etwas noch ein wenig mehr. Er setzt sich für sie ein. Kämpft für sie. Obwohl sie es nicht verdient.

Alle weiteren Diskussionen verstummen, als zwei Polizisten, ein Mann und eine Frau, sich durch die Menge schieben. Sie übernehmen sofort das Kommando und führen Heather zum Büro des Geschäftsführers, gefolgt von dem Kellner, den Security-Männern und der Empfangsdame. Heather sieht zu Jason hinüber, bis eine Säule ihr den Blick versperrt.

Es folgen noch mehr wütende Vorwürfe, Erklärungen und Beschreibungen. Heather bekommt nicht mehr mit, wer spricht, weil sie still auf dem Stuhl sitzt, den man ihr zugewiesen hat, und auf den Teppich starrt.

Das Letzte, was sie klar und deutlich hört, ist die merkwürdig sanfte Stimme der Polizistin. »Heather Morgan, ich verhafte Sie wegen versuchten Diebstahls. Sie haben das Recht zu schweigen …«

46

Heather sitzt auf einer Reihe blauer Plastikstühle, die fest miteinander und mit dem Boden verschraubt sind. Nur ein weiterer Platz ist besetzt, und zwar von der kräftigen Polizistin, die sie verhaftet hat. Vor ihnen pöbelt ein betrunkener Mann Anfang zwanzig den Beamten am Tresen an und ist alles andere als kooperativ.

»Möchten Sie einen Tee?«, fragt PC Calder, als das Gebrüll so weit nachlässt, dass man sich verständlich machen kann.

Heather schüttelt den Kopf. Allein bei dem Gedanken daran, etwas zu sich zu nehmen, wird ihr übel. Außerdem ist sie vollauf damit beschäftigt, das marmorierte Muster des PVC-Belags zu betrachten. Das ist das Einzige, was sie davon abhält durchzudrehen.

Es fühlt sich seltsam an, so freundlich gefragt zu werden, ob sie einen Tee möchte, als wäre sie bei jemandem zu Besuch. Sie hat immer gedacht, Polizisten wären grob und herablassend zu Leuten, die sie verhaften, aber diese Polizistin ist nett zu ihr. Geradezu mütterlich. Allerdings hat Heather ihr und ihrem Kollegen auch keinen Grund gegeben, grob zu werden. Sie haben ihr nicht mal Handschellen angelegt.

Es dauert zehn Minuten, um den Namen und die Adresse aus ihrem Mithäftling herauszubekommen, aber schließlich wird er abgeführt, und der Beamte bedeutet Heather vorzutreten.

PC Calder rattert die wesentlichen Informationen zu der Verhaftung herunter: Name, Zeit, Ort, Delikt. Erst danach wendet sich der Beamte an Heather und beginnt ihr Fragen zu stellen. Sie antwortet mechanisch, nickt zur Bestätigung ihres Namens, nennt Geburtsdatum und Adresse. Nein, sie leidet nicht an einer Krankheit und nimmt auch keine Medikamente. Ja, sie hat an diesem Abend Alkohol getrunken – ein halbes Glas Champagner, vor ungefähr zwei Stunden –, aber keine Drogen genommen.

Daraufhin wird sie angewiesen, ihre Taschen zu leeren (das Kleid hat keine, das fällt also weg) sowie ihre Handtasche. Sie steht da und sieht zu, wie der Beamte ihre Sachen durchgeht. Es fühlt sich an wie ein Übergriff, als er alles in eine durchsichtige Plastiktüte steckt. Sie nehmen ihr die Highheels ab und geben ihr stattdessen ein Paar Stoffschuhe, natürlich ohne Schnürsenkel. Ihren Seidenschal behalten sie auch.

Heather hat sich ihr ganzes Leben lang bemüht, ihre dunklen Ecken vor der Welt zu verbergen und alle davon zu überzeugen, dass sie ein ehrliches, produktives Mitglied der Gesellschaft ist, und es ist ihr ziemlich gut gelungen, deshalb weiß sie nicht, ob sie verärgert oder erleichtert darüber sein soll, dass diese Leute bei ihr zunächst einmal mit dem Schlimmsten rechnen.

Sie wird gefragt, ob sie über ihre Rechte informiert wurde, ob sie alles verstanden hat und ob sie etwas fragen möchte, dann bietet man ihr an, jemanden anzurufen. Sie nutzt die Gelegenheit sofort. Es gibt nur einen Menschen, den sie anrufen will. Anschließend führt PC Calder sie durch einen Flur zu einer Zelle.

Als die Tür hinter ihr ins Schloss fällt, blickt sie sich um. Es sieht mehr oder weniger genauso aus wie im Fernsehen: eine Betonbank mit einer dünnen blauen Matratze und einer zusammengefalteten Decke und in der Ecke, abgeschirmt durch eine Trennwand, die Toilette. An der Decke gibt es eine Lampe, aber keinen Schalter, um sie an- oder auszumachen, und eine weitere Glaskuppel, vermutlich mit einer Überwachungskamera. Sie greift nach der Decke, faltet sie auseinander und legt sie sich um die Schultern, doch auch die zusätzliche Wärme hilft nicht; sie kann nicht aufhören zu zittern.

Heather setzt sich auf die Bank und rutscht nach hinten, bis sie mit dem Rücken an der Wand lehnt, dann zieht sie die Beine heran und hüllt sich ganz in die Decke, bis nur noch der Kopf rausschaut. Die Stoffschuhe stehen ordentlich nebeneinander auf dem Boden.

Sie schließt die Augen und fragt sich, was Jason wohl denkt. Sie hat sein Gesicht gesehen, als sie abgeführt und in den Streifenwagen verfrachtet wurde. Sie hat gehört, wie er versucht hat, die Hotelangestellten, die Männer von der Security und sogar die Polizisten davon zu überzeugen, dass eine Verwechslung vorliegen muss, dass die Heather Morgan, die er kennt, so etwas niemals tun würde. Da ist sie freiwillig schneller gegangen, Hauptsache weg von dort.

Selbst mit geschlossenen Augen ist das Deckenlicht zu grell. Sie konzentriert sich auf das Gefühl der nackten Wand an ihrem Rücken, die Härte des Betons unter der dünnen Matratze, das Geräusch ihres Atems, rhythmisch wie die Wellen am Strand, keinen Kilometer von hier entfernt.

Heather verliert jegliches Zeitgefühl, und stattdessen verspürt sie etwas, das eigentlich gar nicht zur Situation passt – Frieden. Man hat ihr alles genommen außer den Kleidern an ihrem Körper, und sie sitzt in dieser winzigen Zelle fest, ohne irgendetwas tun zu können, aber seltsamerweise hat sie sich seit Jahren nicht mehr so frei gefühlt.

47

Weiße Baumwolle. Marks & Spencer. Mit einer kleinen Schleife vorne, die ich ein bisschen babyhaft finde, und Spitzengummi an den Beinöffnungen. Der Schlüpfer ist nichts Besonderes. Er gehört zu einem Viererpack, und alle vier sehen gleich aus. Also eigentlich überhaupt kein Grund, deswegen ein Theater zu machen.

Als Heather am Montagmorgen aus dem Bus steigt, sitzt Ryan mit seinen Freunden auf der Mauer neben der Haltestelle. Sie fängt kurz seinen Blick auf, senkt den Kopf und geht weiter, damit die anderen nichts von ihrem Geheimnis mitbekommen. Sein Lächeln ist besitzergreifend, und sie beginnt von Kopf bis Fuß zu glühen. Sie lächelt leise in sich hinein, als sie durch das Schultor geht.

Sie erkennt sich selbst kaum wieder. Sie weiß nicht, wer diese kühne Heather ist, die diese neuen und gewagten Sachen macht. Obwohl sie Freitagabend, als sie nach Hause kam, sofort unter die Dusche gegangen ist und sich gründlich abgeschrubbt hat, verspürte ein Teil von ihr auch eine triumphierende Freude.

An dem Abend ist sie ohne etwas unter ihrem Kleid nach Hause gegangen. Ryan hat ihren Schlüpfer eingesteckt und gesagt, die Vorstellung, wie sie ohne Unterwäsche nach Hause geht, macht ihn an. Sie kann es kaum erwarten, bis der Unterricht vorbei ist und sie sich wieder hinter dem Pavillon treffen.

Den ganzen Tag über ist sie flatterig und aufgeregt und kann sich überhaupt nicht konzentrieren. Es ist ihr sogar egal, dass Tia Paine noch bissiger ist als sonst. Tia zählt nicht mehr. Und wenn Heathers Geheimnis herauskommt und die anderen mitkriegen, dass sie und Ryan ein Paar sind, ist Schluss mit der »Pennerin«. Lang lebe Heather Morgan.

Sobald es klingelt, schnappt sie sich ihre Tasche und läuft zum Pavillon. Noch bevor sie ihn sehen kann, spürt sie, dass er da ist und auf sie wartet. Das letzte Stück rennt sie, doch als sie um die Ecke kommt, bleibt sie abrupt stehen.

Ryan ist da, aber auch noch alle möglichen anderen Leute. Heather runzelt verwirrt die Stirn. Das ist ihr Treffpunkt, ihr geheimer Ort. Was machen die anderen hier? Gibt es eine Sporteinheit, von der sie nichts weiß?

Nach und nach nimmt sie die Gesichter wahr. Da ist Tia Paine mit ihrer Clique und noch eine Handvoll anderer aus ihrem Jahrgang. Heather blickt fragend zu Ryan.

Er lächelt ihr zu, und sie erwidert das Lächeln, denn jetzt weiß sie, dass alles gut wird. Vielleicht hat er beschlossen, dass es genug ist mit der Heimlichtuerei, dass er den anderen von ihnen erzählen will, doch dann zieht er langsam etwas aus der Tasche seines Blazers und hält es hoch. Erst als sein Arm ganz gestreckt ist, begreift Heather, was da an seinem Finger baumelt.

Ihr Schlüpfer.

»Na, was verloren?«, sagt er, immer noch lächelnd, und alle prusten los.

Heather versucht, etwas zu erwidern, doch es kommt kein Ton heraus.

»Billige, geile Schlampe«, sagt Tia Paine. »Du hast Ryan in Rekordzeit rangelassen, und das ist der Beweis!«

Heather sieht Ryan fragend an. Das muss ein Missverständnis sein. Tia hat ihn irgendwie ausgetrickst.

Doch dann sieht sie seinen Gesichtsausdruck. Es ist derselbe wie am Morgen, als sie an ihm vorbei auf den Schulhof gegangen ist, aber diesmal ist ihre Interpretation eine andere.

Was sie da sieht, ist nicht Leidenschaft, sondern Triumph. Nicht »Ich will dich«, sondern »Du gehörst mir«, was ganz und gar nicht dasselbe ist. Ihr steigen Tränen in die Augen.

»Ich verstehe nicht.«

Ryan zuckt die Achseln. »Ist ganz einfach. Tia hat mich gebeten, ihr einen Gefallen zu tun und ein bisschen zu schauspielern, und dafür legt sie bei ihrem Onkel ein gutes Wort für mich ein, damit ich beim nächsten *Harry Potter* vorsprechen darf.«

Heather blickt von ihm zu Tia. »Du …?«

Tia lächelt boshaft und sprüht förmlich vor hämischer Freude. Sie tritt einen Schritt auf Heather zu und baut sich feixend vor ihr auf. »So ein Gefallen ist nicht billig, aber das war es wert. Er hat seine Rolle sehr überzeugend gespielt, nicht? Aber ich glaube, wir müssen deinen Spitznamen ändern. Ab sofort heißt du nicht mehr ›Pennerin‹, sondern ›Schlampe‹.«

Da beginnt sie zu begreifen. Tia steckt hinter alldem. Sie hat das Ganze von A bis Z geplant. Die Wahrheit senkt sich auf Heather nieder wie eine mit Messern gespickte Zimmerdecke in einem Actionfilm, die ihre Opfer zermalmt. Sie macht kehrt und flüchtet.

»Willst du deinen Schlüpfer nicht wiederhaben, Schlampe?«, ruft Tia ihr übermütig nach. »Deinen schmuddeligen, stinkigen Pennerschlüpfer?«

Heather würde am liebsten auf der Stelle im Erdboden versinken, aber da das nicht geht, läuft sie, so schnell sie kann.

48

Heather weiß nicht, wie viel Zeit vergangen ist, als die Zellentür wieder aufgeschlossen wird. PC Calder kommt herein. »Sie können gehen«, sagt sie.

Heather sieht sie an, rührt sich jedoch nicht. Sie muss sich verhört haben.

»Die Leute vom Haven Project haben beschlossen, auf eine Anzeige zu verzichten«, erklärt Calder. »Sie sind also frei.«

Es dauert einen Moment, bis Heather begreift. In ihrem Kopf hört sie immer wieder die kreischende Stimme der Empfangsdame: *Ich hab's genau gesehen! So eine Schande, vom Schicksal gebeutelte Frauen zu bestehlen!* Doch dann streckt sie ihre Beine, die nach dem langen Stillsitzen knirschen und kribbeln, schiebt die Füße in die Stoffschuhe und legt die Decke auf die Bank.

Sie folgt PC Calder aus der Zelle und zurück zum Tresen, wo sie die Plastiktüte mit ihren Sachen, ihrem Schal, ihrer Handtasche und ihren Highheels, zurückbekommt. Schweigend gibt sie die Stoffschuhe zurück und zieht ihre eigenen Schuhe wieder an. Ihre Füße scheinen angeschwollen zu sein, denn das Leder drückt, als sie klackernd auf den Hinterausgang der Polizeiwache zugeht.

»Vorne am Empfang wartet jemand auf Sie«, sagt Calder mit einem freundlichen Lächeln. »Gehen Sie über den Parkplatz, dann linksrum und durch den Vordereingang.«

Heather stakst über den Asphalt, die Handtasche an sich gedrückt, als hinge ihr Leben davon ab. Sie biegt um die Ecke, und schon bevor sie bei der Glastür ankommt, sieht sie Jason dort sitzen. Einerseits fürchtet sie sich davor, ihn wiederzusehen, andererseits möchte sie sich einfach an ihn lehnen und vor Erleichterung schluchzen.

Die Tür quietscht ein wenig, als sie sie öffnet, und er blickt auf. Seine Augen sind trüb, als wäre er kurz davor einzuschlafen. Doch als er sie sieht, springt er auf.

»Gott sei Dank!«, sagt er leise, als er sie in die Arme schließt. »Ich habe immer wieder versucht, ihnen klarzumachen, dass sie die Falsche erwischt haben, aber sie wollten einfach nicht auf mich hören! Diese schreckliche Frau in dem grünen Kleid war wie ein Terrier. Zum Glück ist Lydia dazugekommen und hat mit den Polizisten gesprochen –«

»Lydia?«, wiederholt Heather schwach.

Jason nickt. »Ich weiß nicht, was sie denen gesagt hat, weil sie alle zusammen in einem Raum verschwunden sind, aber als sie wieder rauskamen, war das Ganze geklärt. Sie sahen nicht besonders glücklich aus, aber sie haben die Anzeige zurückgezogen. Das habe ich jedenfalls so verstanden. Stimmt das?«

»Ja.«

Jason atmet erleichtert aus, fährt sich durch das zerzauste Haar und lässt sich wieder auf die Sitzreihe fallen. Es ist genau die gleiche wie hinten in der Untersuchungshaft: aus hartem blauem Plastik und offenbar absichtlich so geformt, dass man möglichst unbequem sitzt.

»Dem Himmel sei Dank, dass das vorbei ist«, murmelt er kopfschüttelnd. Er sieht unfassbar gut aus, noch in seinem Dinnerjackett, den obersten Hemdknopf geöffnet und die Fliege lose um den Hals geschlungen. Er blickt zu ihr hoch. »Was ist denn eigentlich passiert? Niemand wollte mir etwas sagen. Wie konnte es überhaupt zu so einem schrecklichen Missverständnis kommen?«

Er sieht sie fragend an, und in seinen Augen liegt so viel

Vertrauen, dass Heather auf den Sitz neben ihn sinkt. Normalerweise würde sie einen Weg finden, sich irgendwie aus der Sache herauszuwinden, aber dieser Selbsterhaltungsdrang ist vollkommen erloschen. Sie kann ihm das nicht länger antun. Er ist jederzeit bereit, auf sein edles Ross zu springen und sie zu verteidigen, doch in Wirklichkeit ist er derjenige, der beschützt werden muss. Und zwar vor ihr.

Als sie in dieser Zelle gesessen hat, nachdem man ihr alles weggenommen hatte – nicht nur ihre Sachen, sondern auch ihren Stolz, ihren Selbstschutz und all die Masken, hinter denen sie sich immer versteckt –, ist ihr klar geworden, was sie tun muss. Sie muss *tabula rasa* machen. Sie muss den Mut aufbringen, das zu tun, was ihre Mutter nie fertiggebracht hat: alles loslassen, auch das, was ihr am kostbarsten ist. Sie holt tief Luft und macht sich bereit für den Sprung von der Klippe.

»Du kennst mich nicht. Du glaubst, du kennst mich, aber so ist es nicht.«

»Aber –«

»Das heute Abend war kein Missverständnis. Ich war's. Ich habe die Handtasche genommen.«

Er sieht sie so verwirrt an, dass es Heather fast das Herz bricht. »Aber du wolltest sie doch sicher nur –«

Heather schüttelt den Kopf. »Es war Absicht. Ich …« Sie schluckt. »Ich habe sie gestohlen. Oder ich wollte sie stehlen. Ich hatte es verdient, in der Zelle zu sitzen. Ich habe dich belogen, Jason. Ich bin nicht die, für die du mich hältst.«

Endlich hört er auf, sie von ihrer Unschuld überzeugen zu wollen, und die Muskeln in seinem Kiefer spannen sich an.

In dem Moment kommt Faith zur Tür herein. Sie sieht wütend und verängstigt und verwirrt aus. Ihr Blick schweift suchend durch den Eingangsbereich, und Heather steht auf.

Faith geht kopfschüttelnd auf sie zu. »Was hast du bloß gemacht?«, fragt sie, aber in ihren Augen glitzern Tränen. Sie zieht Heather an sich und umarmt sie fest. Beschützend.

Als Faith sie wieder loslässt, dreht Heather sich um und deutet mit einer Kopfbewegung auf Jason.

»Das ist Jason«, erklärt sie ihrer Schwester. »Er war auch da, aber er hat nichts mit … alldem zu tun.«

Jason runzelt die Stirn, steht auf und gibt Faith die Hand. Unter den Umständen wirkt die Geste seltsam förmlich, und Heather hätte beinahe gelacht.

»Hi. Sie sind Heathers Schwester, nicht? Ich habe schon viel von Ihnen gehört.«

Faith wirft Heather einen Blick zu. *Das ist ›er‹, stimmt's? Nicht übel.*

Doch Heather hat für so etwas jetzt keine Zeit. »Faith ist hier, um mich abzuholen«, sagt sie leise zu Jason.

»Aber ich warte seit Stunden hier …«

»Ich weiß. Danke, aber ich habe Faith aus der Untersuchungshaft angerufen und sie gebeten herzukommen. Es tut mir leid.«

»Aber –«

»Ich brauche meine Familie«, fährt sie fort, obwohl sie sich mit jedem Wort elender fühlt. »Und wie ich schon sagte, du kennst mich nicht. Und ich dich auch nicht.«

Ihr ist klar, dass es grausam ist, ihn so abzuweisen. Er hat nichts anderes getan, als zu ihr zu halten und an sie zu glauben, aber sie kann nicht riskieren, nett zu ihm zu sein.

»Lebwohl, Jason«, sagt sie. »Vielen Dank.« Und damit nimmt sie ihre Handtasche und den Schal und folgt Faith nach draußen in die Dunkelheit.

Sie blickt sich nicht noch einmal um. Genau wie die Stoffschuhe muss sie ihn zurücklassen. Er war nur geliehen.

49

Es ist fast zwei Uhr morgens, als sie bei Faith zu Hause ankommen. Die Schwestern treten leise ein, ziehen die Schuhe an der Tür aus und gehen auf Strümpfen über das Parkett bis zum Wintergarten, weil der am weitesten von der Treppe entfernt ist und sie so Faiths schlafende Familie am wenigsten stören. Faith macht ihnen beiden einen Becher Kräutertee und sieht im Haushaltsraum nach, ob sie für Heather etwas anderes zum Anziehen findet. Sie kommt mit einem Paar Sportleggings und einem weichen Fleeceoberteil zurück.

»Tut mir leid«, sagt sie. »Ich wollte nicht riskieren, die Kinder zu wecken, deshalb musst du mit dem vorliebnehmen, was ich im Trockner gefunden habe.«

Heather zieht sich im Wintergarten um, macht es sich an einem Ende des großen Rattansofas bequem und nimmt innerlich Anlauf. Seltsamerweise hat Faith sie auf dem Weg nach Westerham nicht ausgefragt. Und noch seltsamer ist, dass Heather gerade deshalb den Drang verspürt, ihr alles zu erzählen.

Sie beginnt mit den nackten Tatsachen: der Begegnung mit Lydia, ihrem Gespräch auf der Terrasse, dem Impuls, als sie anschließend an dem Tisch mit den Auktionsobjekten vorbeigekommen ist. Dann erzählt sie ihrer Schwester von dem Zeug ihrer Mutter, das sie die ganze Zeit über in ihrem Gästezimmer versteckt hat, von ihren Ladendiebstählen und von der Schublade mit der Beute. Sie gesteht ihr sogar den Vorfall mit den Plastiktieren, die sie beinahe gestohlen hätte, als sie ein Geschenk für Barney besorgen wollte. Faith sieht sie überrascht an, schweigt aber, bis Heather geendet hat.

»Meine Güte«, flüstert sie. »Wie lange geht denn das schon?«

»Seit Mums Tod. Oder genauer gesagt, habe ich ungefähr zwei Monate danach zum ersten Mal etwas gestohlen.«

»Und immer Kindersachen?«

Heather nickt. »Da ist einfach so ein schreckliches Gefühl in mir, und das wird immer stärker, bis ich mich nicht mehr bremsen kann.«

»Ach, meine Süße.« Zu Heathers Erstaunen hält Faith ihr keine Gardinenpredigt, weil sie gegen eins der Zehn Gebote verstoßen hat, sondern kommt zu ihr und nimmt sie in die Arme. Sie bleiben eine Weile so, während ihnen lautlos Tränen über die Wangen laufen, und als sie sich wieder voneinander lösen, müssen beide beim Anblick ihrer verheulten Gesichter lachen. »Mum hat dir wirklich übel mitgespielt, nicht?«, sagt Faith leise. »Irgendwie habe ich natürlich mitgekriegt, wie schlimm es war, aber damals dachte ich, das ist einfach Teenager-Bockigkeit, und dann habe ich geheiratet, und dann kamen die Kinder, und … na ja … Es tut mir so leid, Heather. Ich habe es gesehen, aber nicht wirklich wahrgenommen. Ich hätte mehr tun müssen.«

Heather schüttelt den Kopf. »Nein, mach dir keine Vorwürfe. Es war nicht deine Schuld.« Obwohl sie das im Grunde immer gewusst hat, löst sich etwas in ihr, als sie es ausspricht. Es steigt aus ihr heraus wie ein mit Helium gefüllter Luftballon und schwebt davon. »Mum war immer gut darin, anderen die Schuld an ihrem Chaos zuzuschieben, aber in Wirklichkeit war sie ganz allein dafür verantwortlich.«

Faith stupst sie sanft in den Arm. »Sieh mal an, du kannst ja auf einmal über Gefühle und so was reden!«

Heather verdreht die Augen, und wieder müssen beide

lachen. Es erinnert sie an früher, an die seltenen Male, als Faith ihr erlaubt hat, sich zu ihr aufs Bett zu setzen, und ihr eine Geschichte vorgelesen hat, weil ihre Mutter zu beschäftigt war.

Dann wird Faith wieder ernst. »Aber wenn es sonst immer Spielzeug und Babysachen sind, warum hast du die Handtasche genommen?«

Heather zuckt ratlos die Achseln. »Ich weiß nur noch, dass ich mit aller Macht versucht habe, nicht wütend auf Mum zu werden, weil ich den restlichen Abend hinter mich bringen wollte, ohne zu explodieren, und dann war da plötzlich diese Handtasche. Ich habe nicht darüber nachgedacht. Ich habe es einfach getan.«

Faith nickt. »Wenn wir eins aus unserer Kindheit gelernt haben sollten, dann, dass es nie funktioniert, seine Gefühle zu unterdrücken. Selbst in einem Haus, das bis unter die Decke mit Zeug vollgestopft war, konnte Mum ihnen nicht entkommen.«

Heather trinkt einen Schluck von ihrem Tee. »Und du meinst, ich habe dasselbe getan?«

»Ja. Ich glaube, das Stehlen hängt damit zusammen – genau wie Mums Zwang, Dinge zu ›sammeln‹, obwohl sie wusste, dass sie damit ihre Familie zerstört. Und ihr ganzes Leben ruiniert. Irgendwo war da eine Belohnung, etwas, das dafür gesorgt hat, dass sie sich besser fühlt.«

»Aber wie kommt mein verkorkstes Hirn auf die Idee, Stehlen wäre die Lösung für mein Problem?«

Faith zuckt die Achseln und setzt sich wieder in die andere Ecke des Sofas, damit sie sich bequemer ansehen können. »Ich weiß es nicht. Es scheint keinen Sinn zu ergeben. Bei Mum hat auch niemand gewusst, was das Problem war, nicht mal sie selbst, jedenfalls nicht auf einer bewussten Ebene.«

Sie überlegt einen Moment. »Hast du irgendeine Idee, warum es bei dir ausgerechnet Babysachen sind?«

Heather schließt die Augen. Unter ihr tut sich ein Abgrund auf. Sie hat vom Beginn dieses Gesprächs an gewusst, dass sie darauf zusteuert, aber das macht es nicht weniger schlimm.

»Weil …«, flüstert sie, ohne die Augen zu öffnen. »Weil es da etwas gibt, das du nicht weißt. Etwas, das passiert ist, als ich fünfzehn war …«

50

Falls Matthew überrascht ist, am nächsten Morgen seine Schwägerin verschlafen und in den Kleidern seiner Frau auf dem Sofa im Wintergarten vorzufinden, so lässt er sich nichts anmerken. Er geht einfach in die Küche, bereitet zwei Becher Tee zu und leistet ihr schweigend Gesellschaft, bis es Zeit ist, die Kinder zu wecken und für die Kirche fertig zu machen. Er hat sich offenbar daran gewöhnt, dass sie unangemeldet und meist im Krisenzustand bei ihnen aufkreuzt, und das ist kein gutes Zeichen, stellt Heather fest. Es bedeutet, dass sie zu einem Problemfall wird. Sie muss ihr Leben wieder in den Griff kriegen, und zwar bald.

Faith tut etwas, das sie noch nie getan hat: Sie schwänzt den Kirchgang, um bei ihrer Schwester zu bleiben. Während sie in der Sonntagszeitung blättert, liest Heather in einem Roman, den sie auf der Fensterbank im Badezimmer gefunden hat.

»Mir war nicht klar, dass du nicht wusstest, dass das Haus schon vor deiner Entführung so vollgestopft war«, sagt Faith und blickt zu ihrer Schwester hinüber. »Für mich hat es sich so angefühlt, als wäre es nie anders gewesen.«

Heather nickt. »Für mich auch. Erst als das Foto mit den leeren Wänden aufgetaucht ist, habe ich mich gefragt, ob das wirklich stimmt. Aber ich verstehe es nicht.«

Faith zuckt die Achseln. »Mum hat ab und zu einen Aufräumanfall gekriegt. Vielleicht hatte sie gerade ausgemistet, kurz bevor das Foto gemacht wurde, weil Weihnachten vor der Tür stand?«

»Ja, vielleicht«, erwidert Heather. Genau werden sie es wohl nie wissen.

Faith faltet ihre Zeitung sorgfältig zusammen. »Wir sollten jetzt mit Dad skypen, bevor Matthew und die Kinder zurückkommen«, sagt sie. »Ich weiß, er mag nicht darüber reden, aber ein paar Dinge wüsste ich schon gerne, was Mums Horterei betrifft.«

Heather seufzt. »Sprichst du mit ihm manchmal darüber, wie es war, als wir noch alle dort gewohnt haben?«

»Nein. Nachdem wir ausgezogen waren, wurde das Thema ausgeklammert. Um ehrlich zu sein, kann ich es ihm nicht verübeln.«

»Geht mir genauso.« Das ist der Grund, weshalb Heather in all den Jahren nie nachgebohrt hat. Christine Morgan hat ihn auch kaputt gemacht. Sie hat sie alle kaputt gemacht.

»Bist du bereit?«, fragt Faith nervös.

Heather nickt. »Du hast recht. Es gibt ein paar Sachen, die wir wissen müssen. Bisher habe ich versucht, ihn aus alldem herauszuhalten, weil ich keine alten Wunden öffnen wollte.«

»Okay.« Faith steht auf. »Dann mal los.«

Fünf Minuten später sitzen sie am Esstisch und haben Faiths Tablet mit dem leicht verpixelten Bild ihres Vaters vor sich.

»Hallo, ihr zwei!«, sagt er lächelnd, während ihre Stiefmutter sich über seine Schulter beugt und ihnen zuwinkt.

Sie ackern sich durch den unvermeidlichen Small Talk, aber bevor ihr Vater den Anruf beenden kann, holt Heather tief Luft und sagt: »Kann ich dich was fragen, Dad? Wegen Mum?«

Sein Lächeln erstirbt. »Wenn's sein muss.«

»Weißt du, warum sie angefangen hat, all das Zeug zu sammeln? Gab es irgendeinen Grund?«

Er seufzt.

»Ich lasse euch dann mal allein.« Shirley klopft ihm sanft auf die Schulter und zieht sich diskret zurück. Kurz darauf hört man aus einem anderen Raum das Geräusch eines Staubsaugers.

Ihr Vater runzelt nachdenklich die Stirn. »Für mich war sie immer eine von der kreativen Sorte, wisst ihr, ein bisschen unorganisiert und chaotisch, aber das war völlig im normalen Bereich, als ich sie kennenlernte.«

Faith beugt sich vor. »Wann hat es denn angefangen?«

»Nach deiner Geburt«, erwidert ihr Vater. »Anfangs dachte ich noch, das ist bloß der Nestbautrieb, wie bei allen frischgebackenen Müttern. Sie kaufte lauter Kleider und Spielsachen und nützliches Zeug. Wenn wir samstags einkaufen gingen, bekam ich sie kaum wieder aus dem Mothercare-Laden heraus.«

Heather hat plötzlich einen Eisklumpen im Magen. Nach dem, was gestern Abend passiert ist, will sie auf keinen Fall an den Ort ihrer Klauereien erinnert werden.

»Ich flehte sie an, damit aufzuhören – wir hatten kaum Geld, ohne ihr zweites Einkommen und mit einem Baby im Haus –, und sie versprach es mir immer wieder, aber jeden Abend, wenn ich nach Hause kam, stand wieder etwas Neues im Flur. Und dann meinte sie, da sie jetzt nur noch Hausfrau und Mutter sei, brauche sie ein Hobby.« Er seufzt tief. »Ihr wisst ja, wie sie war. Man konnte sich den Mund fusselig reden, aber wenn sie sich etwas in den Kopf gesetzt hatte, war es völlig zwecklos.«

»Okay.« Heather versucht, das Gehörte in ihrem Kopf zu sortieren. »Faiths Geburt war also der Auslöser, aber das kann noch nicht alles sein. Dieser Zwang muss ja irgendwoher kommen. Gab es irgendetwas in ihrer Vergangenheit oder Kindheit?«

»Ich weiß es wirklich nicht«, erwidert ihr Vater. »Die Einzige, die das hätte wissen können, ist Kathy.« Faith und Heather wechseln einen Blick. »Gibt's sonst noch was?«, fragt er, und ihm ist anzusehen, dass er liebend gern das Thema wechseln würde.

»Das genügt fürs Erste«, sagt Heather. Selbst wenn es noch mehr herauszufinden gäbe, im Moment ist ihr Gehirn nicht mehr aufnahmefähig. Bevor sie das Gespräch beenden, verspricht Faith ihm, sich nächste Woche wieder zu melden, und Heather willigt ein, über einen Besuch in Spanien nachzudenken. Vielleicht täte es ihr ja gut, einmal wegzukommen? Und zwar richtig weg, nicht nur bis zu ihrer Schwester.

Die beiden gehen in die Küche, und Faith kocht ihnen einen starken Kaffee. Dabei wirft sie einen Blick auf die Uhr. In ein paar Minuten dürften Matthew und die Kinder zurückkommen, und sie hat offensichtlich noch etwas auf dem Herzen. Heather wappnet sich.

»Das, was du mir heute Nacht erzählt hast ... «

Heather hat schon befürchtet, dass das Thema noch nicht vom Tisch ist, aber darauf gehofft, dass die neu entdeckte Sensibilität ihrer Schwester länger als vierundzwanzig Stunden anhält. Andererseits sind zwei Wunder innerhalb so kurzer Zeit vielleicht ein bisschen viel verlangt.

»Ja?«, sagt sie leichthin.

»Ich weiß, du willst das wahrscheinlich nicht hören, und vielleicht mache ich alles kaputt, wenn ich wieder davon anfange, aber ich finde, du solltest mit jemandem darüber reden. Mit jemandem, der Ahnung hat.«

Heather atmet langsam aus. »Ja, das glaube ich auch.«

»Wirklich?«

»Ja. Ich gebe es nicht gerne zu, aber du hast recht – ich

habe alles, was passiert ist, in mir angesammelt und mich nie mit meinen Gefühlen befasst, hauptsächlich weil ich mich kaum an etwas erinnern konnte. Und das, was ich noch wusste, habe ich beiseitegeschoben. Aber auch wenn ich nicht die geringste Lust dazu habe – es ist Zeit, mal gründlich auszumisten.«

»Ich kenne eine Frau aus der Kirche. Sie hat eine eigene Praxis in Biggin Hill. Sie ist ausgebildete Psychologin, und alles, worüber ihr sprecht, ist absolut vertraulich. Ich erfahre nur dann etwas darüber, wenn du es mir selbst erzählst.«

Heather nickt. »Okay.« Sie vertraut dem Urteil ihrer Schwester, und es ist bestimmt besser, als sich jemanden übers Internet zu suchen. Sie muss endlich klar Schiff machen.

51

Während der nächsten Tage bleibt Heather in Faiths liebevoll eingerichtetem Gästezimmer. Dort steht und hängt ein bisschen mehr Deko-Schnickschnack herum, als ihr lieb ist, aber diesmal nimmt sie es hin, anstatt die Sachen im Schrank zu verstecken und bei ihrer Abreise wieder hervorzuholen, wie sie es Weihnachten getan hat.

Sie leiht sich Faiths Auto, um zur Arbeit zu fahren, und setzt Matthew unterwegs beim Bahnhof ab, sodass Faith seins nehmen kann, um die Kinder zur Schule zu bringen. Sehr schnell finden sie in einen Rhythmus. Fast eine Woche lang versucht sie sich vorzumachen, dass sie einfach nur ihre Schwester besucht und dass es keinen tieferen Grund dafür gibt, warum sie nicht in ihre Wohnung zurückkehrt, aber sie kann sich nicht ewig Klamotten von ihrer Schwester leihen. Und sie kann sich auch nicht länger in die Tasche lügen.

Bei der Vorstellung, wieder nach Hause zu gehen, bekommt sie fast die nächste Panikattacke. Faith hat gesagt, sie kann so lange bleiben, wie sie möchte. Vielleicht noch eine Woche, denkt Heather bei sich. Ihr ist klar, dass sie nicht dauerhaft hier einziehen kann. Sie will den neuen Waffenstillstand mit ihrer Schwester nicht überstrapazieren.

Am Samstagmorgen um sechs nimmt sie den Zug nach Orpington und steigt dort um Richtung Bromley. So kann sie auf dem Rückweg ihr Auto mitnehmen, damit sie unabhängiger ist und Faith und Matthew sich nicht so nach ihr richten müssen. Vom Bahnhof sind es zu Fuß keine zehn Minuten bis zu Heathers Wohnung, trotzdem klebt ihr die Bluse am Rücken, als sie die Haustür aufschließt. Es ist bedeckt und schwül. Kein Lüftchen regt sich.

Sie bemüht sich, möglichst leise zu sein, als sie in den Hausflur tritt, und hofft, dass sie unbemerkt hinein- und wieder hinausschlüpfen kann, bevor die anderen Mieter aufwachen. Die Schlüssel rutschen in ihren klammen Fingern, und sie braucht drei Anläufe, bis sie in ihrer Wohnung ist. Sie lässt die Tür offen – als Erinnerung für sich selbst, dass sie nur kurz etwas holen will und es sich gar nicht erst in der kühlen Stille ihres Wohnzimmers gemütlich machen soll – und geht direkt ins Schlafzimmer.

Ihr ist durchaus bewusst, dass sie vor ein paar Wochen genau das Gleiche getan hat: ein paar Sachen einpacken und sich vor Jason verstecken. Es ärgert sie, dass sie in der Zwischenzeit nicht ein bisschen mehr Rückgrat entwickelt hat. Aber sie braucht jetzt erst einmal etwas Stabilität. Im Moment rutscht alles unter ihr weg wie die Kieselsteine am Strand von Hastings. Bis zum nächsten Wochenende hat sie hoffentlich etwas Festes gefunden, auf dem sie stehen kann, eine Wahrheit, die ihr als Leitstern dient, und dann kann sie anfangen, ihr Leben wieder zusammenzusetzen.

Gerade als sie den Reißverschluss ihres Rollenkoffers schließt, hört sie im Flur ein Geräusch. Sie fährt herum und sieht Jason in der offenen Wohnungstür stehen. Er wirkt größer und solider und vor allem unheilverkündender, als sie ihn in Erinnerung hat.

»Du bist wieder da«, konstatiert er.

Heather schluckt. Es ist schwerer, als sie gedacht hat. »Was tust du hier?«

»An deiner Wohnungstür?« Er zieht eine Augenbraue hoch. »Oder meinst du eher, warum ich schon so früh auf bin, obwohl du dich heimlich rein- und wieder rausschleichen wolltest, ohne dich bei mir zu melden?«

»Ich –«

»Lass gut sein«, sagt er. »Ich weiß nicht, ob ich noch eine Lüge hören will.«

Heathers Lippen zittern, und sie presst sie zusammen, damit er es nicht merkt. Sie hat es verdient. Aber der Drang, zu ihm zu laufen und seine starken, festen Arme um sich zu spüren, ist beinahe übermächtig. Es fühlt sich an, als würde etwas in ihrem Inneren zerreißen.

»Es tut mir leid«, flüstert sie. Das ist das Ehrlichste, was sie ihm im Moment sagen kann.

»Was genau tut dir leid?«, fragt er und verschränkt die Arme vor der Brust. »Dass du verhaftet worden bist und mich dann wie einen Idioten in Hastings sitzen gelassen hast, während du mit deiner Schwester davongesegelt bist? Dass du die ganze Woche über nicht mal den Mut aufgebracht hast, dich bei mir zu melden? Dass du mir nicht mal Bescheid gesagt hast, wie es dir geht und dass du nicht zurückkommst? Oder tut es dir bloß leid, dass du nicht länger die hilflose Maid spielen kannst, die einen großen, starken Mann braucht, um ihr die Detektivarbeit abzunehmen?« Er schüttelt den Kopf. »War das überhaupt echt oder auch nur erfunden?«

Heather wird es ganz kalt, nicht nur wegen seiner Worte, sondern wegen seines Tonfalls. Verächtlich. Selbstgerecht. Sie hat immer gewusst, dass es eine schlechte Idee war, Jason an sich heranzulassen. Es gibt so viel, was sie ihm sagen möchte, aber sie hat Angst, dass sie, wenn sie einmal anfängt, nicht wieder aufhören kann. Und es gibt Dinge, die er niemals wissen darf.

»Es tut mir leid«, murmelt sie erneut, was ihr jedoch nur ein frustriertes Lachen einträgt.

»Tja, ich hätte wohl auch nichts anderes erwarten dürfen.« Ernüchtert schüttelt er den Kopf. »Ich bin wie ein offenes Buch. Das war eine bewusste Entscheidung. Ich schütte nicht sofort jedem mein Herz aus, aber ich verberge nichts. Ich hatte es so satt, wie ich aufgewachsen bin, die ganzen Lügen, die mein Dad erzählt hat, und die Geheimnisse, die wir für ihn bewahren mussten. Ich dachte, das hättest du verstanden.«

»Das habe ich auch«, krächzt Heather.

»Und dann habe ich dir auch noch das mit Jodie erzählt. Gott, was war ich für ein Idiot.«

In Heathers Augen brennen Tränen, doch sie blinzelt sie weg. Es zerreißt sie, dass sie ihm wehgetan hat, aber sie kann kein offenes Buch sein, so wie er, denn wenn Jason je die ganze Geschichte von Heather Morgan lesen würde, hätte er eine Woche lang Albträume. Selbst jetzt würde sie am liebsten vor Scham im Boden versinken, weil er dabei war, als sie verhaftet wurde, weil er bei dem vermutlich demütigendsten Moment ihres Lebens dabei war.

»Am besten tue ich jetzt einfach das, weswegen ich runtergekommen bin, als ich dich gehört habe. Hier, für dich.« Erst da bemerkt Heather den länglichen Karton auf dem Boden neben ihm. Ihr wird flau. *Nein. Das kann nicht sein.* »Ich habe bei dem Galadinner dafür geboten«, sagt er. »Es sollte eine Überraschung sein.«

Er hebt den Karton auf und gibt ihn ihr. Ihr bricht der kalte Schweiß aus, obwohl sie immer noch hofft, dass sie sich irrt, dass es etwas anderes ist.

Doch nein. Cassandras eisblaue Augen starren sie höhnisch an, als wollten sie sagen: *Du dachtest wohl, du wärst mich los, was? Ha!* Am liebsten würde sie den Karton an die Wand pfeffern und wegrennen. Nur die Tatsache, dass Jason sie dann noch mehr hassen würde, hält sie davon ab.

In dem Moment begreift Heather, dass sie das Gummiband, das sie immer wieder zu diesem Mann zurückzieht, durchtrennen muss, und ihr fällt nur ein Weg ein, wie sie das schaffen kann.

»Du willst also die Wahrheit hören?«, fragt sie ihn herausfordernd. »Du willst, dass ich offen bin?«

»Natürlich.«

Immer noch so von sich überzeugt, denkt Heather, *obwohl er keine Ahnung hat, was ihn erwartet.*

»Samstagabend war nicht das erste Mal, dass ich etwas gestohlen habe«, sagt sie.

Sein überraschter Gesichtsausdruck wäre komisch, wenn es ihr nicht das Herz brechen würde, aber sie kann sich jetzt nicht mehr bremsen. Ein rasender, alles beiseitefegender Drang, ihm die Wahrheit entgegenzuschleudern, reißt sie mit sich, zerstörerisch und belebend zugleich.

»Ich habe es schon öfter getan. Komm mit.« Sie nimmt seine Hand, blendet ihre Wärme aus und zieht ihn durch den Flur zum Gästezimmer. Mit der freien Hand reißt sie die Tür auf, dann lässt sie ihn los, damit sie die Schublade der Schande aufziehen kann. Aber sie steht so unter Strom, dass sie zu kräftig zieht; die Schublade rutscht heraus, und die gesammelte pastellfarbene Niedlichkeit purzelt zu Boden.

»Das da habe ich *alles* gestohlen«, sagt sie. »Du willst wissen, wer ich bin? Ich bin eine Lügnerin und Diebin!«

Jason steht einfach nur da. Reglos. Fassungslos. Dann schluckt er, und sein Blick, der auf dem bunten Durcheinander lag, wendet sich wieder ihr zu. Er schüttelt langsam den Kopf.

»Was bin ich für ein Trottel gewesen«, sagt er leise, und Heather kann buchstäblich hören, wie das Herz in ihrer Brust zerbirst. Die Fassungslosigkeit auf seinem Gesicht verwandelt sich wieder in Zorn. »Ich dachte, ich hätte mich in dich verliebt, aber das kann nicht sein. Du hast recht – ich kenne dich überhaupt nicht.«

Und damit wendet er sich ab und geht. Heather folgt ihm. Sie will ihn zurückrufen, ihm sagen, dass alles ein Missverständnis ist, dass sie es schon irgendwie hinkriegen, aber sie weiß, das ist nur Wunschdenken. Sie bleibt in der Wohnungstür stehen, sieht ihm nach, wie er die Treppe hochläuft, immer zwei Stufen auf einmal, und dann hört sie, wie seine Tür zuknallt.

Cassandras Karton liegt auf dem Boden im Flur. Heather hat ihn fallen gelassen, als sie Jasons Hand genommen hat. Durch das Zellophan sieht sie, dass der Porzellankopf der Puppe an der linken Schläfe einen Sprung hat.

Sie nimmt den Karton, marschiert damit ins Wohnzimmer, reißt ihn auf und legt die Puppe sorgfältig in die Mitte des Teppichs. Sie streicht den Rock ihres Kleidchens glatt und zupft die Locken zurecht. Dann hebt Heather den Fuß und tritt mit voller Wucht auf Cassandras Kopf. Immer wieder, bis ihr Fuß blutet und vom kostbarsten Besitz ihrer Mutter nur noch ein gesichtsloser Körper übrig ist.

52

Heather lehnt am Geländer der Pier in Hastings. Lydia steht neben ihr, und beide sehen hinaus auf die grau-grünen, schaumgekrönten Wellen.

»Weißt du, was das Seltsamste an dem Ganzen ist?«, fragt Heather.

Lydia schüttelt den Kopf. »Nein, was denn?«

»Dass es sich *nicht* seltsam anfühlt, mit dir hier zu sein.«

»Ich bin froh, dass du dich gemeldet hast, aber ich muss zugeben, ich verstehe nicht so recht, warum du mich noch mal sehen wolltest.«

»Um mich bei dir zu bedanken«, sagt Heather und kneift die Augen ein wenig zusammen. Obwohl der Himmel vollkommen bedeckt ist, wirkt er überraschend hell. »Für das, was du für mich getan hast. Ich habe erfahren, dass du dich für mich eingesetzt und den Leuten vom Haven Project gesagt hast, dass ich nicht vorhatte … dass ich … ziemlich durcheinander war.«

»Das war das Mindeste, was ich tun konnte«, erwidert Lydia ernst. »Ich weiß, dass du meine Erklärung für das, was damals passiert ist, akzeptiert hast, dass du mir glaubst, und dafür bin ich unendlich dankbar. Du kannst dir nicht vorstellen, wie mich das belastet hat.« Sie hält inne und strafft die Schultern, als hätte sie sich abgewöhnt, über sich nachzudenken. »Trotzdem fühle ich mich verantwortlich – für alles, was du mir vorgeworfen hast und noch mehr. Davon abgesehen war es nicht allzu schwierig, den Begründern einer Wohltätigkeitseinrichtung für psychisch Kranke klarzumachen, was dich zu diesem Verhalten getrieben hat. Wenn irgendwer Verständnis dafür hat, dann sie.«

Heather nickt. Es gefällt ihr nicht, als jemand betrachtet zu werden, der psychische Probleme hat, aber sie kann nicht länger vor den Tatsachen davonlaufen. Leute, die solche Probleme nicht haben, tun nicht, was sie getan hat. »Ich weiß es jedenfalls zu schätzen«, sagt sie. »Das ... und das andere.«

Lydia sieht sie überrascht an. »Was meinst du?«

»Dass du so nett zu mir warst, als ich klein war. Ich hatte vieles davon vergessen, aber mittlerweile kommen die Erinnerungen zurück.« Sie senkt schüchtern den Kopf. »Ich habe in dir immer eine Freundin gesehen.« Nun wagt sie es, Lydia anzusehen, obwohl sie Tränen in den Augen hat. »Du warst freundlich und hilfsbereit, und du hast dir als Einzige die Zeit genommen, mit mir zu reden und zu spielen.«

Lydia schaut auf ihre Füße, und Heather sieht, dass sie mit ihren Gefühlen ringt. »Es freut mich, dass du es so in Erinnerung hast«, sagt sie schließlich und blickt wieder auf. Sie gehen ein paar Schritte, dann fragt Lydia: »Was ist aus dem netten jungen Mann geworden, mit dem du bei dem Galadinner warst?«

Heather zuckt die Achseln. »Das ist nicht mehr aktuell, und selbst wenn es so wäre, würde es wahrscheinlich nicht lange halten. Mein Vertrag läuft in einem Monat aus, und ich habe schon eine neue Stelle.«

»Oh. Wohin geht es denn?«

»Nach Devon, an die Südküste in die Nähe von Dartmouth. Dort ist ein Haus, das früher mal einer berühmten Filmschauspielerin gehört hat – Laura Hastings, kennst du sie? –, und die neue Besitzerin hat offenbar Tagebücher von ihr gefunden, mit denen sie etwas machen will, und Unterlagen über eine Stiftung für Kinder, die die Schauspielerin ins Leben gerufen hat. Und sie glaubt, mit meiner bisherigen Tätigkeit sei ich die perfekte Kandidatin, um alles zu sichten.«

»Wie lange wirst du dort sein?«

»Ein Jahr.«

Lydia nickt. »Dann ziehst du ja sicher dorthin, oder?«

»Ja. Anscheinend gibt es direkt am anderen Flussufer ein hübsches kleines Dorf. Ich habe sogar schon ein Haus im Auge. Dann fahre ich jeden Morgen mit einer winzigen Fähre zur Arbeit – eindeutig netter als die M25!«

Lydia lacht nicht über Heathers Scherz, sondern sieht eher traurig aus.

»Ich komme wieder«, sagt Heather vorsichtig. »Und wir können uns mailen oder über Facebook schreiben. Ich würde gerne in Kontakt bleiben.«

Da lächelt Lydia, und Heather sieht sie plötzlich wieder in dem roten Mantel vor sich, mit schimmernden dunklen Locken und strahlenden Augen. Es ist das erste Mal, seit sie diese mausgraue, scheue Person kennengelernt hat, dass in ihr ein Funke der Frau von damals zu erkennen ist.

»Das wäre schön«, sagt Lydia. »Ich bin ab und zu auf Facebook. Aber bitte schick mir keine Katzenvideos. Die gehen mir fürchterlich auf die Nerven.«

Heather lacht. »In Ordnung.«

Sie sind am vorderen Ende der Pier angekommen und überlegen, wohin es nun gehen soll. Lydia schlägt vor, aus Nostalgie eine Runde Minigolf zu spielen, aber Heather ist noch nicht bereit, an den Ort zurückzukehren, wo sie den zauberhaften Nachmittag mit Jason verbracht hat, bevor sie sich zum ersten Mal geküsst haben. Sie schüttelt den Kopf, und das Licht in ihren Augen verlöscht.

Lydia bemerkt es und wagt einen Schuss ins Blaue. »Bist du sicher, dass das mit dem jungen Mann wirklich vorbei ist?«

»Wie meinst du das?«

Lydia sieht sie mitfühlend an. »Ich erkenne ein gebrochenes Herz, wenn ich es vor mir sehe.« Heather schüttelt den Kopf und wendet den Blick ab. »Glaub mir, weglaufen ist keine Lösung.«

Heather schnürt es die Kehle zu. »Mir einen neuen Job zu suchen, ist nicht weglaufen, sondern eine Notwendigkeit. Außerdem glaube ich nicht, dass die Beziehung zu retten ist. Manche Dinge lassen sich einfach nicht wiedergutmachen.«

Lydia nickt, und sie spazieren am Ufer entlang, auf die alten Fischerhütten am östlichen Ende des Strandes zu. »Okay, ich belästige dich nicht weiter damit.«

»Ist schon in Ordnung«, sagt Heather, und sie merkt, es macht ihr wirklich nichts aus, im Gegenteil, es ist schön, jemanden zu haben, der sich um sie sorgt und ihr auf den Zahn fühlt. Sie seufzt. »Ich muss bald los. Ich habe meiner Schwester versprochen, dass ich zum Abendessen wieder da bin. Mein Neffe hat heute Geburtstag.«

»Wie alt wird er denn?«

Heather lächelt. Es hat ihr gutgetan, eine Weile mit ihrer Nichte und ihrem Neffen zusammenzuleben. Sie ist ihnen gegenüber lockerer geworden, und Barney krabbelt manchmal abends einfach auf ihren Schoß, als wäre es das Natürlichste von der Welt. »Vier. Und er ist ein richtiger kleiner Racker.«

Lydia lächelt ebenfalls, aber Heather bemerkt eine vertraute Leere in ihrem Blick. Sie gehen eine Weile schweigend weiter, dann fragt sie: »Hast du ein Foto von deiner Tochter?«

Lydia nickt und holt ihr Handy aus der Handtasche. Die beiden stehen mitten auf dem Gehweg, während sie ein Bild heraussucht, das offensichtlich eine eingescannte alte Aufnahme ist. Das Mädchen sieht anders aus, als Heather es sich vorgestellt hat. Sie hat damit gerechnet, eine zweite Ausgabe von sich selbst zu erblicken, mit langen blonden Ponyfransen und

frechem Lächeln, doch stattdessen hat sie eine Miniatur-
ausgabe von Lydia vor sich, mit dunklen Locken und großen,
seelenvollen Augen.

»Es tut mir so leid, dass du sie verloren hast«, sagt sie zu
Lydia. »Du warst bestimmt eine wunderbare Mutter.«

»Nein, gar nicht. Ich –«

»Leugnen ist zwecklos«, fällt Heather ihr ins Wort.
»Schließlich weiß ich aus eigener Erfahrung, wie gut du mit
Kindern umgehen kannst.«

Aus einem Impuls heraus tritt sie einen Schritt vor und
umarmt Lydia. Eigentlich war es nur als kurze Geste gedacht,
doch dann halten sie sich ein paar Sekunden lang fest. Als sie
sich wieder voneinander lösen, sieht Lydia sie ernst an.

»Du musst deiner Mum verzeihen.«

Heather spürt, wie all die Wärme von diesem unerwar-
teten Moment der Nähe wieder verfliegt.

»Ich glaube, das kann ich nicht.«

»Ich habe durch meine Arbeit beim Haven Project eine
Menge gelernt«, sagt Lydia. »Über mich selbst und darüber,
was mich zu dem getrieben hat, was ich getan habe, aber auch
über andere Leute. Sie ist nicht aus freien Stücken so geworden. Es ist eine Krankheit, so wie Depressionen, Zwangsneu-
rosen und Angststörungen.« Sie sieht Heather wissend an.
»Oder der Drang, Dinge zu stehlen, obwohl man es gar nicht
will.«

Heather schließt die Augen. Und am liebsten würde sie
sich auch die Ohren zuhalten. Im Grunde will sie nicht aufhören, ihrer Mutter die Schuld zu geben, denn wer bliebe
dann noch übrig? Nur sie selbst, und nach den Vorfällen der
letzten Zeit hasst sie sich schon genug.

»Ich … Das ist alles so kompliziert!«

»Ich habe nicht gesagt, dass Verzeihen leicht ist oder

schnell geht, aber du musst es tun, Heather. Nicht für deine Mutter, sondern für dich selbst. Wenn du diesen Groll nicht loslässt, wirst du vielleicht nie aufhören, auf falsche Weise mit deinen Gefühlen umzugehen und Dinge zu tun, die du gar nicht willst.«

»Ich werde es versuchen«, sagt Heather, den Blick auf den Leuchtturm von Beachy Head gerichtet, aber es ist ungefähr so, als hätte sie versprochen, vom Rand der Klippen zu springen und zu fliegen. Sie könnte es versuchen, aber das bedeutet noch lange nicht, dass es klappt. Oder dass es überhaupt möglich ist.

Und dann fragt sie, weil sie dringend eine Aufheiterung braucht: »Wie wär's mit einem Eis?«

Lydia lächelt. »Nimmst du Pfefferminz-Schoko?«

»Nur wenn du Himbeer nimmst.«

53

Heather steht auf einem Hügel mit Blick über den Dart. Als sie im September hier angekommen ist, waren noch Blätter an den Bäumen, und die Farben eines Indian Summer wärmten die Landschaft. Jetzt ist es November und immer noch schön. Kahle Bäume zeichnen sich vor einem schiefergrauen Himmel ab, und die leuchtenden Farben sind einer Palette von kühlen Blau- und Grautönen gewichen, durchsetzt von Moosgrün.

Der Mietvertrag für ihre Wohnung ist erst vor zwei Wochen ausgelaufen, aber nach dem Abend mit dem Galadinner hat sie dort nicht mehr übernachtet. Faith und Matthew waren wunderbar, haben sie nach ihrer Verhaftung großartig unterstützt und sie bei sich wohnen lassen, bis sie ihren neuen Job angetreten hat. Sie nimmt ihr Handy aus der Tasche und wählt Faiths Nummer.

»Hey, wie geht's dir?«, fragt Faith sofort munter.

»Ganz gut«, antwortet Heather. »Hat mit der Wohnung alles geklappt? Hat Carlton die Kaution zurückgezahlt?«

»Jepp«, sagt Faith, als wäre es nichts Besonderes. Heather weiß, wie knauserig der Kerl ist, aber sie weiß auch, wie kämpferisch ihre große Schwester sein kann, und es ist ein schönes Gefühl zu wissen, dass Faith sich für sie eingesetzt hat. »Die Wohnung ist besenrein übergeben, und deine Sachen sind eingelagert.«

»Danke. Ich wüsste nicht, was ich ohne dich getan hätte.«

»Hab ich doch gerne gemacht.«

Heather schmunzelt. Obwohl es bestimmt harte Arbeit war, ihre Sachen aus der Wohnung zu schaffen, weiß sie, dass ihre Schwester es wirklich so meint. Doch dann wandern ihre Gedanken dorthin, wohin sie in letzter Zeit ständig wandern, und ihre Miene verdüstert sich. »Hast du ihn gesehen?«

Kurzes Schweigen. »Ja. Er hat nach dir gefragt.«

Heathers Augenbrauen wandern in die Höhe. »Wirklich?«

»Er ist wütend auf dich, Heather – und unter den Umständen hat er wohl auch allen Grund dazu –, aber er ist kein Ungeheuer. Ich glaube, trotz seiner Wut will er dir nichts Böses.«

Heather atmet tief durch. Das ist immerhin etwas. »Was hast du ihm gesagt?«

»Dass es dir so weit ganz gut geht. Das stimmt doch, oder?«

»Ja, ich denke schon. Die Sitzungen bei der Therapeutin waren … erhellend.«

»Und dein Problem … Wie ist es damit?«

Wieder muss Heather lächeln. Normalerweise ist Faith immer so direkt, da ist es komisch, wie sie herumdruckst, wenn es um die Verhaftung geht. »Gut. Keine Klauereien mehr.« Ein paarmal hat sie das Kribbeln verspürt, aber sie hat es geschafft, ihm nicht nachzugeben. »Es ist unglaublich schön hier, Faith. Du musst mal mit den Kindern herkommen – vielleicht im Frühling, wenn sie unten am Steg Krabben fischen können.«

»Das klingt nach einem guten Plan. Apropos: Was ist mit Weihnachten? Willst du nicht vorher zu uns kommen, und dann fliegen wir zusammen zu Dad?«

Heather überlegt einen Moment. »Ich könnte zwar direkt von Exeter fliegen, aber das ist vielleicht gar keine schlechte Idee. Ihr fliegt am zweiundzwanzigsten, richtig?«

»Ja, genau.«

»Ist es okay, wenn ich ein, zwei Tage vorher komme? Ich habe noch ein paar Sachen zu erledigen.«

»Na klar!«, sagt Faith. Wie Heather herausgefunden hat,

liebt ihre Schwester es, wenn das Gästezimmer bewohnt ist. »Ich freue mich wirklich auf den Besuch bei Dad in Spanien. Das ist das erste Mal seit Jahrzehnten, dass wir alle zusammen Weihnachten feiern!«

»Das ist bestimmt gut für uns«, erwidert Heather ein wenig ausweichend. Einerseits freut sie sich, dass alle einverstanden waren, dieses Jahr dabei zu sein, andererseits fürchtet sie, dass ihr bei so vielen Leuten in einem kleinen Haus die Decke auf den Kopf fällt. Aber Faith liegt sehr daran, und sie möchte sich bei ihrer Schwester für all die Hilfe und Unterstützung revanchieren.

»Wie ist der Job?«

Heather wendet sich zum Haus. »Interessant. Anders. Es sind nicht nur Briefe und Tagebücher, sondern auch Erinnerungsstücke aus den Hollywood-Zeiten der früheren Besitzerin. Ich arbeite mit einer Filmhistorikerin zusammen, um herauszufinden, was es mit den einzelnen Dingen auf sich hat und zu welchem Film sie gehören. Die Schauspielerin hieß übrigens Hastings. Laura Hastings. Verrückt, oder? Es fühlt sich fast wie Schicksal an, dass ich hier gelandet bin.« Ihr Blick wandert über die strengen, geraden Linien der georgianischen Architektur. »Ich weiß nicht, aber das hier hat irgendwie etwas … Heilendes.«

»Das ist gut«, sagt Faith. »Also, ich melde mich dann morgen wieder und gebe dir die Flugdaten durch.«

Heather lächelt. Faith kann es nicht lassen, sie zu bemuttern. Aber vielleicht macht es ihr Freude, auch wenn sie sich dabei manchmal etwas brüsk und ungeschickt anstellt. »Ich hab dich lieb, Faith«, sagt sie leise.

Ihre Schwester klingt ein bisschen heiser, als sie antwortet. »Ich dich auch. Aber jetzt muss ich mich beeilen, es gibt noch so viel zu tun. Bis bald!«

Und dann ist sie weg. Heather steckt ihr Handy wieder ein und geht zum Haus zurück, wo aus unerfindlichen Gründen der Empfang schlagartig abbricht. Hier draußen auf dem Hügel ist offenbar die einzige Stelle, wo sie telefonieren kann, wenn sie bei der Arbeit ist.

Louisa, ihre Auftraggeberin, ist unten im Salon, in dem bald ein Teil der Erinnerungsstücke aus den Filmen der früheren Besitzerin ausgestellt werden soll. »Hier ist gerade eine Bombe geplatzt, als Sie draußen waren«, sagt sie zu Heather. »Ich habe eine Mail von einem Journalisten bekommen. Er schreibt, dass Jean Blakes Schwester eine ›intime‹ Biografie über ihren Schwager, den Schauspieler Dominic Blake, veröffentlicht hat, in der sie behauptet, er und Laura Hastings hätten eine Affäre gehabt, und nun will er einen Kommentar dazu. Ich bin stocksauer.«

»Stimmt es denn?«

Louise schüttelt den Kopf. »Sie haben sich ineinander verliebt, aber Laura wusste, dass seine Frau psychisch labil war. Deshalb hat sie den Mann, den sie liebte, freigegeben.« Sie lächelt leise. »Das klingt heutzutage so altmodisch, nicht?«

Heather nickt, aber in ihrem Inneren empfindet sie noch mehr Mitgefühl mit der Frau, deren Leben sie seit einigen Wochen erforscht. Sie weiß, wie es ist, sich abzuwenden, das Richtige zu tun.

»Wie dem auch sei, das macht unsere Arbeit nur umso wichtiger«, sagt Louise. »Ich überlege, die Briefe und Tagebücher zu veröffentlichen, wenn wir alle gefunden und durchgesehen haben. Ich möchte Lauras Ruf verteidigen. Diese geldgierige Giftspritze von Schwägerin war zur Zeit dieser angeblichen Affäre noch im Internat, und ich glaube, sie hat sich das größtenteils nur ausgedacht. Sie stellt Laura als männermordendes Ungeheuer dar, aber jede Geschichte hat ihre zwei Seiten, und ich möchte Lauras Seite dagegensetzen.«

»Dann mache ich mich jetzt wohl besser wieder an die Arbeit«, erwidert Heather lächelnd. »Sieht aus, als müssten wir uns für einen Kampf rüsten.« Doch während sie die Treppe zum Dachboden hinaufgeht, wo ihr Büro ist (dekoriert mit einigen Spinnweben, aber die versucht sie zu ignorieren), denkt sie über Louises letzte Worte nach, über die zwei Seiten einer Geschichte, und da setzt sich etwas in ihr in Bewegung.

54

Ein paar Tage bevor sie mit Faith und deren Familie nach Málaga fliegt, macht Heather sich auf den Weg von ihrem neuen Zuhause nach Kent. Normalerweise dauert die Fahrt fünf Stunden, aber die Straßen sind so voll mit Leuten, die genau wie sie die Arbeit für dieses Jahr beendet haben und zu ihren Verwandten wollen, dass sie fast acht Stunden braucht, bis sie bei Faith ankommt und sich erschöpft in einen Sessel fallen lässt.

Als Entschädigung für die Strapazen bringt ihre Schwester ihr einen Teller mit Rinderschmortopf, den sie extra warmgehalten hat. Das ist ein echtes Privileg, denn bei Faith darf sonst niemand irgendwo anders als am Tisch essen – wahrscheinlich, weil sie genau das als Kinder nie konnten. Und weil ihre Mutter ab einem gewissen Punkt quasi in ihrer Sofaecke gelebt hat.

Die Tatsache, dass Faith ihre Regeln gelockert hat, freut Heather aus zwei Gründen: Zum einen scheint ihre Schwester ihre schier unerfüllbaren Ansprüche heruntergeschraubt zu haben, was Heather betrifft, und behandelt sie jetzt wie einen normalen Menschen, und zum anderen denkt Faith offensichtlich nicht mehr, Heather wäre genau wie ihre Mutter, denn sonst hätte sie sie sofort in die Küche gescheucht.

Heather ist froh über die stärkende Mahlzeit, denn sie weiß, dass sie übernatürliche Kräfte braucht, um den nächsten Tag durchzustehen. Als sie ihren Teller leer gegessen und Matthew ihr einen Kaffee gebracht hat, holt sie ihr Handy heraus und schickt Jason eine Nachricht:

Hi. Ich weiß, es ist viel verlangt, aber könnte ich morgen Abend kurz bei dir vorbeikommen? Es ist wichtig. Danke, Heather.

Sie verkneift es sich, ein ›Alles Liebe‹ anzufügen, obwohl sie es gerne tun würde.

Dann wartet sie. Sie sieht förmlich vor sich, wie er überrascht auf sein Handy blickt, es kopfschüttelnd auf den Beistelltisch legt und darüber nachdenkt, ob er ihr überhaupt antworten soll.

Zwei Stunden später sitzt sie im Bett, das Handy griffbereit neben sich auf der Decke. Sie versucht, es zu ignorieren und ihren Roman zu Ende zu lesen, aber es gelingt ihr nur mäßig. Als es schließlich doch noch pingt, fährt sie erschrocken zusammen.

Okay. Bin ab sechs zu Hause. J.

Es fühlt sich an, als wäre am Ende der Nachricht, wo ein Gruß sein sollte, ein Loch. Sie fragt sich, ob er vielleicht etwas aus Gewohnheit getippt und dann wieder gelöscht hat, doch dann lacht sie innerlich hysterisch über diesen Gedanken. Natürlich nicht. Anscheinend macht die Tatsache, dass er überhaupt geantwortet hat, sie übermütig.

Am nächsten Abend fährt sie nach Bromley und parkt vor ihrem früheren Haus. Sie bleibt noch zehn Minuten lang im Auto sitzen, bevor sie die Tür öffnet. Die Wahrheit ist, sie will da nicht rein. So schmerzlich es auch war, ihn nicht zu sehen, hängt doch immer noch Unausgesprochenes zwischen ihnen, das sie verbindet. Was sie ihm heute zu sagen hat, wird das ein für alle Mal ändern.

Schließlich steigt sie aus dem Auto und geht auf die

Haustür zu. Automatisch greift sie in ihre Tasche, um die Schlüssel herauszuholen. Wie dumm von ihr. Faith hat sie ja längst abgegeben. Stattdessen drückt sie auf die Klingel. Der Türöffner summt, und sie betritt den Hausflur. Er sieht genauso aus wie das letzte Mal, als sie hier war – derselbe schwarz-weiß gefliese Boden, dieselbe zerzauste Topfpalme in der Ecke –, aber es fühlt sich unwirklich an, wie ein Filmset.

Sie steigt die Treppe hoch in den ersten Stock, doch in Jasons Tür steht ein missmutig aussehender Typ, der ganz in Schwarz gekleidet ist und den sie noch nie im Leben gesehen hat. »Ja?«, brummt er unfreundlich.

»I-Ich wollte zu Jason«, stammelt sie.

»Unten«, erwidert er und schlägt ihr die Tür vor der Nase zu.

Oh, denkt Heather überrascht. Unten. In ihrer alten Wohnung. *Das wird … interessant.*

Anstatt noch mal nach vorne zu gehen, um auf die andere Klingel zu drücken, klopft sie einfach an die Tür der Erdgeschosswohnung. Ein paar Sekunden später erscheint eine dunkle Gestalt hinter dem Riffelglas, dann wird sie geöffnet, und Jason steht vor ihr.

Er lächelt nicht, begrüßt sie auch nicht, sondern tritt nur zur Seite, um sie hineinzulassen. Unsicher, wohin sie gehen soll, entscheidet sie sich fürs Wohnzimmer. Das Erste, was ihr auffällt, ist, wie voll es wirkt, mit mehr Möbeln, mehr Technik, mehr Sachen insgesamt.

Jason sieht, wie sie sich umschaut. »Möchtest du dich setzen?«

Heather schüttelt den Kopf. Es wäre vielleicht höflicher, aber sie bezweifelt, dass sie stillsitzen könnte, während sie sagt, was sie zu sagen hat. Am liebsten würde sie sich in die Mitte des Raums stellen, wie sie es immer getan hat, wenn sie sich gestresst fühlte, aber da ist jetzt ein Beistelltisch im Weg. Sie wählt stattdessen die freie Fläche vor der Terrassentür, steht da, die Hände schmerzhaft ineinander verschlungen, und überlegt, wie sie anfangen soll.

»Ich möchte mich bei dir entschuldigen«, beginnt sie, als er sich auf die Sofalehne setzt, die Arme verschränkt und sie ansieht. Diesmal versteckt sie sich nicht, weicht nicht aus. Sie nutzt ihre neu erworbene Fähigkeit, sich zu öffnen und die Wahrheit zu sagen, aber anstatt sie als Waffe einzusetzen, wie sie es bei ihrer letzten Begegnung getan hat, hofft sie, ein wenig von dem Schaden, den sie angerichtet hat, wiedergutzumachen. »Es tut mir wirklich leid, was ich dir zugemutet habe. Es war keine Absicht, aber das macht es nicht besser.«

Er nickt nur.

»Und ich schulde dir eine Erklärung. Du willst sie wahrscheinlich nicht hören – ich an deiner Stelle hätte auch keine Lust dazu –, aber ich möchte sie dir trotzdem geben. Darf ich?«

Er schweigt eine Weile, sagt dann jedoch: »Okay.«

Heather atmet ein paarmal. *Ein … aus. Ein … aus.* Dann legt sie los. »Ich habe nach dem Tod meiner Mutter angefangen zu stehlen. Immer Babykleider und Spielsachen. Damals wusste ich nicht, warum. Ich wollte es gar nicht tun. Es … passierte einfach.«

Jasons Miene ist skeptisch, was sie nicht weiter verwundert.

»Ich weiß, ich weiß. Es klingt wie eine Ausrede.« Sie spricht rasch weiter, bevor der Mut sie verlässt. »Du weißt das mit der Horterei meiner Mutter und wie ich aufgewachsen bin, aber es gibt da noch etwas, das ich niemandem erzählt habe, ein Geheimnis, das ich vergraben und nie wieder angeschaut habe.«

Sie sieht, wie sich seine Augen bei dem Wort »Geheimnis« verengen, und senkt den Blick. Das hätte sie besser nicht gesagt, aber nun ist es zu spät. Ihr bleibt nichts anderes übrig, als weiterzusprechen. »Selbst Faith habe ich es erst vor Kurzem erzählt.«

Sie holt tief Luft. Sie darf jetzt nicht feige sein. Wenn sie weiterspricht, wenn sie ihm ihr schlimmstes, schändlichstes Geheimnis verrät, vor dem sie weggelaufen ist, seit sie ein Teenager war, dann muss sie ihn ansehen. Sie hebt den Kopf und sieht ihm in die Augen.

»Als ich fünfzehn war, bin ich schwanger geworden.«

55

*Sie sind so klein. Ich kann sie beide nebeneinander auf meine Hand-
fläche stellen. Sie sind aus fliederfarbenem Cord und mit winzigen
purpurroten Blümchen bestickt. Ich sitze auf meinem Bett und starre
die Babyschuhe an. In mir wächst etwas, das eines Tages in sie hin-
einpassen, darin herumlaufen wird. Ich bin voller Panik und zugleich voller Staunen.*

Heathers Mutter ruft von der Treppe hoch. »Heather? Ich
muss mit dir reden. Komm mal runter!«

Typisch, denkt Heather. *Immer muss ich zu ihr, nie umge-
kehrt.* Ihre Mutter ist so egoistisch.

Sie stellt die Schühchen aufs Bett und steht auf. Sie hat
sie in einer Plastiktüte im Bad gefunden, und sie ist ganz fasziniert davon. Vielleicht haben sie ja mal ihr oder Faith gehört? Aber natürlich können sie genauso gut das Resultat
eines Shoppingrauschs ihrer Mum sein. Sie weiß es nicht.

Bevor sie ihr Zimmer verlässt, dreht sie sich noch einmal
um und versteckt die Schuhe sorgfältig unter ihrem Kopfkissen. Ihre Mutter weiß nicht, dass sie sie gefunden hat, und
Heather kann nicht einschätzen, wie sie reagieren würde, falls
sie es wüsste. Deshalb bleibt es besser ein Geheimnis, eines
von den vielen, die sie schon angesammelt hat.

Auf dem Weg zur Treppe erblickt sie sich im Spiegel.
Sie zieht ihr viel zu großes T-Shirt hoch und mustert ihren
Bauch. Das tut sie jeden Tag mindestens einmal, seit sie es
weiß. Mittlerweile ist da eine kleine Wölbung. Ihr Rock kneift
schon länger, aber noch nicht so, dass es auffällt. Es könnte
genauso gut an zu viel Kuchen, Pommes oder Pfefferminz-
Schoko-Eis liegen.

Sie weiß es jetzt seit genau sechs Wochen. Ihre Mum seit drei. Sie hat mitgekriegt, dass Heather sich mehrmals hintereinander morgens übergeben musste, und zwei und zwei zusammengezählt. In Anbetracht dessen, dass ihre Mum sich den größten Teil ihres Lebens wegbeamt und auf dem Planeten *Zeug* verbringt, ist Heather ziemlich angefressen, dass sie ausgerechnet in diesem Moment einmal aufgepasst hat.

Anfangs war ihre Reaktion eigentlich ganz okay, auch wenn sie darauf bestanden hat, dass Heather noch mal einen Test macht, obwohl sie ihr erklärt hat, dass sie extra mit dem Bus nach Lewisham gefahren ist, wo sie keiner kennt, einen Test gekauft und ihn genau nach Anweisung durchgeführt hat. Aber seit ihre Mum den Schock verdaut hat, sitzt sie ihr ständig im Nacken.

»Heather!«, ruft sie erneut.

Heather seufzt. Wahrscheinlich steht ihr die nächste Runde bevor. Sie lässt den Saum ihres T-Shirts los und schlängelt sich die Stufen hinunter. Ihre Mutter hat wieder angefangen, Bücher an den Seiten zu stapeln, sodass nur noch ein schmaler Pfad frei ist.

Ihre Mum sitzt natürlich im Wohnzimmer, in ihrer Sofaecke, und im Fernsehen läuft der Shoppingkanal in voller Lautstärke.

»Da bist du ja«, sagt sie. »Wir müssen einen Termin beim Arzt machen, damit das Problem gelöst wird.«

Heather runzelt die Stirn. »Du hast gesagt, es ist meine Entscheidung. Und ich habe mich noch nicht entschieden.« Ihr ist klar, dass sie es hinauszögert, aber zum ersten Mal hat sie ein wenig Kontrolle über ihr Leben, ihre Zukunft. Sobald sie eine Entscheidung trifft, ist es damit wieder vorbei.

Ihre Mutter sieht sie genervt an. »Aber du bist schon fast in der elften Woche. Wir haben nicht mehr viel Zeit.«

Heather hält ihrem Blick stand. Sie weiß das. Natürlich weiß sie das; sie denkt an nichts anderes. Sie will nicht eins von diesen Mädchen werden, die mit sechzehn einen Kinderwagen vor sich herschieben. Sie will studieren, damit sie ein für alle Mal aus diesem Drecksloch rauskommt. Ihr ist klar, dass ihre Mutter recht hat mit dem, wozu sie sie die ganze Zeit drängt, und trotzdem …

Unwillkürlich legt sie die Hand auf ihren Bauch, spreizt die Finger über den winzigen Hügel. Als sie gemerkt hat, dass sie schwanger ist, war sie zuerst völlig panisch. Sie hat sich sogar über das Brückengeländer am Bahnhof von Bickley gebeugt. *Ob es wohl sehr wehtun würde*, hat sie sich gefragt, *wenn ich da raufklettere und mich fallen lasse? Würde ich wie ein Blatt hinuntersegeln und einfach verschwinden, oder würde ich mit einem scheußlichen Geräusch aufschlagen und noch leben, wenn die Räder des Zuges über mich hinwegdonnern?* Es hat ihr richtig Angst gemacht, weil sie fast zehn Minuten brauchte, bis sie sich vom Anblick der Gleise losreißen und nach Hause gehen konnte.

Immerhin musste sie den Leuten in der Schule nicht gegenübertreten. Seit der Szene hinter dem Pavillon ist sie nicht mehr hingegangen. Sie hat es einfach nicht über sich gebracht.

Anfangs hat ihre Mum ein Riesentheater gemacht, aber als sie den wahren Grund dafür erfahren hat, hat sie es, wenn auch unter Protest, akzeptiert. Heather hofft, dass sie im Herbst die Schule wechseln kann. Wenn nicht, hört sie eben ganz auf, aber in die Highstead setzt sie keinen Fuß mehr. Und ihre Mutter kann sie nicht zwingen, denn wen könnte sie schon anrufen? Niemanden. Sie wird ihre eigene Tochter nicht wegen Schwänzerei anzeigen, denn das würde bedeuten, dass jemand von der Schule zu ihnen nach Hause käme.

Und dann würde Dad es auch erfahren. Davor hat Heather fast genauso viel Angst wie ihre Mum. Sie will nicht, dass er sie ansieht und denkt, aus seinem Mäuschen wäre eine Schlampe geworden, die es mit jedem treibt. Sie will sein kleines Mädchen bleiben.

»Was ist, wenn ich es behalten will?«, rutscht es ihr plötzlich heraus. So entsetzt sie im ersten Moment auch war, mittlerweile hat sie sich an den Gedanken gewöhnt. Was für eine unglaubliche Vorstellung, dass da etwas in ihr wächst, etwas Lebendiges. Etwas, das klein und niedlich ist und sie anstrahlt und bedingungslos liebt.

Ihre Mutter ist so schockiert, dass sie den Fernseher ausschaltet, und das mitten in der Schnäppchenstunde. »Sei nicht albern, Heather! Du bist viel zu jung. Du hast ja noch nicht mal die Mittlere Reife, Herrgott noch mal! Denk doch mal nach. Ruinier dir nicht dein ganzes Leben.«

All das ist Heather auch schon durch den Kopf gegangen, aber sie ist wütend auf ihre Mutter, denn mit jedem Tag wird deutlicher, dass sie nicht an das Wohl ihrer Tochter denkt, sondern nur an ihr eigenes. Sie will keine Ärzte oder Hebammen oder Sozialarbeiter hier haben, weil das ihr kostbares Zeug gefährden könnte.

»Du hast gesagt, es ist *meine* Entscheidung!«, schreit Heather. »Das heißt, ich kann wählen, und ich muss nicht das tun, was du willst!«

Heather dreht sich um und läuft hinaus, bevor ihre Mutter noch etwas sagen kann, aber anstatt nach oben in ihr Zimmer zu rennen und die Tür zuzuschlagen, stapft sie aus dem Haus und die Straße hinunter. Sie geht immer weiter, bis sich der Hunger meldet, und mit ihm nach einer Weile auch die Übelkeit. Ihr fällt ein, dass in der Küche noch eine Packung Kekse liegt; die helfen ganz gut.

Ich behalte es, beschließt Heather, als sie umkehrt und nach Hause geht. *So, jetzt habe ich meine Entscheidung getroffen.*

Ihr ist egal, wie das Baby entstanden ist und dass sein Vater ein Mistkerl ist, sie wird es lieben. Es ist endlich mal etwas, das ihr ganz allein gehört, etwas, das ihre Mutter nicht verlieren, kaputtmachen oder vergraben kann.

Ein paar Minuten lang fühlt sie sich fast friedvoll, doch als sie sich dem Haus nähert, beginnt sie zu frösteln, als wären Wolken aufgezogen, dabei scheint die Sonne, und der Himmel ist blau.

Als sie an der Pforte ankommt, bleibt sie stehen und betrachtet das Haus. Nicht so, wie man es tut, wenn man schon ganz lange darin wohnt und sich das, was man tatsächlich sieht, mit tausend Erinnerungen daran vermischt, wie es mal war, sondern wie jemand, der es zum ersten Mal sieht.

Heather muss nicht zur Haustür gehen und sie öffnen, um hineinzuschauen. Sie sieht im Geist jeden einzelnen Raum vor sich, mit all seinem Müll und Dreck und Krempel.

Wie kann ich das tun?, fragt sie sich, und das kalte Gefühl in ihrem Magen verstärkt sich. *Wie kann ich ein Kind,* mein *Kind, das ich ganz bestimmt lieben würde, diesem Chaos aussetzen?* Sie weiß genau, wie schädlich das ist, wie das arme Kind leiden würde, selbst wenn sie sich bemühte, die beste Mutter der Welt zu sein.

Nein, sie hat keine Wahl. Denn ihre Mutter hat die Entscheidung bereits für sie getroffen. Schon damals, als Dad und Faith ausgezogen waren und sie von Neuem angefangen hat, das Haus vollzustopfen, obwohl Heather sie immer wieder angefleht hat, es nicht zu tun.

Heather öffnet die Pforte, und ihr Körper fühlt sich an wie Blei. Sie schleppt sich den Weg hinauf. Es ist eine furchtbare Erkenntnis, weil sie sich dadurch so klein und wertlos fühlt, aber sie muss der Tatsache ins Gesicht sehen, dass ihre Mum nie getan hat, was das Beste für ihre Kinder war. In dem Moment, als Heather die Haustür aufschiebt und in das Dämmerlicht und den Mief zurückkehrt, schwört sie sich, niemals so zu werden wie ihre Mutter.

Wie betäubt geht sie ins Wohnzimmer, wo ihre Mutter immer noch vor dem ausgeschalteten Fernseher sitzt.

»Also gut«, sagt sie. »Bring mich zum Arzt. Mach die Termine, die nötig sind.«

Strahlend springt ihre Mum auf, drückt Heather an sich und wiegt sie hin und her, als wäre sie wieder ein kleines Mädchen. Heather lässt sie gewähren, obwohl sie ihr am liebsten auf den Rücken kotzen würde – nicht wegen ihrer morgendlichen Übelkeit, sondern wegen der furchtbaren, würgenden Ungerechtigkeit –, und während ihre Mutter sie in den Armen hält, denkt sie: *Ich hasse dich. Du hast mir das hier gestohlen, und das werde ich dir niemals verzeihen, bis ans Ende deines – und meines – Lebens nicht.*

56

Jason hat geduldig zugehört, bis Heather ihre Geschichte beendet hat, aber keine Miene verzogen.

»Und du glaubst, das ist der Grund, warum du die Sachen mitgenommen hast?«, fragt er schließlich.

Heather nickt. »Faith meint, wegen unserer schrecklichen Kindheit würde ich versuchen, mein inneres Kind zu trösten, aber das glaube ich nicht. Nachdem es … vorbei war, haben meine Mum und ich nie wieder darüber gesprochen. Ich habe ihr nie gesagt, wie ich mich damals gefühlt habe – wie unglücklich und wütend ich war –, und dann ist sie gestorben, bevor ich eine Chance hatte, es nachzuholen. Kurz danach hat das alles angefangen.«

»Aber jetzt hast du damit aufgehört?«, fragt er mit unverhohlener Skepsis.

»Ja. Das hoffe ich zumindest.« Heather senkt wieder den Kopf. Es ist anstrengend, den Blickkontakt zu halten, und sie hat das Gefühl, dass die Kraft sie verlässt. »Ich will es nicht tun. Ich wollte es nie. Aber die ganze Sache mit Lydia … Die Entführung … Da ist irgendwie alles außer Kontrolle geraten. Aber ich bin froh darüber, denn so war ich gezwungen, mich damit auseinanderzusetzen.« Sie wendet sich ab und blickt durch das Fenster in den Garten. »Meine Mutter hat ihre Probleme unter Krempel begraben. Und ich dachte, weil meine Umgebung so anders aussieht als ihre, wäre auch mein Inneres ganz anders. Aber das war offensichtlich ein Irrtum. Auch bei mir gibt es einiges, womit ich mich nie befassen wollte. Aber das tue ich jetzt. Oder ich versuche es zumindest.«

Jason spiegelt sich in der Glasscheibe. Sie sieht, wie er aufsteht. »Gut.«

»Lydia meinte, ich müsste meiner Mutter verzeihen«, sagt Heather zu Jasons Spiegelbild. »Und ich glaube, sie hat recht. Es ist die einzige Möglichkeit, die Vergangenheit wirklich hinter mir zu lassen. Ich habe eine ganze Weile damit gerungen, bis ich erkannt habe, dass das nicht bedeutet, alles abzusegnen, was sie getan hat.«

Er kommt näher, bis er hinter ihr steht. Obwohl sie sich nicht direkt anschauen, versetzt es Heather einen Stich, als sie die Ungläubigkeit auf seinem Gesicht sieht.

»Du hast ihr tatsächlich verziehen? Für das, was du mir gerade erzählt hast?«

Immer wieder diese Fragen. Sie kommt sich ein bisschen vor wie im Verhör, und sie fühlt sich genauso unwohl wie an dem Abend im Polizeirevier, aber sie versteht, warum er fragt. Es gab so vieles, was sie ihm verschwiegen hat.

»Ich habe ihr eine Menge verziehen. Mir mein eigenes Verhalten anzusehen und mit jemandem darüber zu sprechen, der sich mit so etwas auskennt, hat mir geholfen, sie in einem anderen Licht zu sehen. Und je mehr ich verstehe, desto mehr kann ich loslassen. Aber nicht das. Noch nicht.« Sie zuckt die Achseln und spürt, wie ihr die Tränen kommen. »Ich versuch's«, fügt sie heiser hinzu und blinzelt verzweifelt.

Nicht weinen. Nicht jetzt. Nicht hier.

Sie dreht sich wieder um. Eines muss sie noch loswerden, dann kann sie gehen und sich in ihrem Auto verkriechen und weinen. »Deshalb bin ich froh, dass du mir die Chance gegeben hast, dir alles zu erklären. Ich dachte, wenn du mich wenigstens ein bisschen verstehst, würdest auch du mir vielleicht verzeihen können … ?«

Er fährt sich mit der Hand übers Gesicht, und zum ersten Mal lässt er eine Gefühlsregung erkennen. Es sieht so aus, als wollte er einen Schritt näher kommen und sie berühren, aber er tut es nicht. Dennoch verspürt sie einen Funken Hoffnung.

»Ich würde gerne wieder deine Freundin sein«, sagt sie heiser. »Irgendwann jedenfalls.«

Er seufzt. »Ich bin dein Freund, Heather. Es ist nur ... Ich muss das alles erst mal verdauen.«

Sie nickt. »Das verstehe ich. Sehr gut sogar.«

Also nur Freunde. Vielleicht. Mehr nicht.

Sie weiß, dass es mehr ist, als sie verdient, trotzdem würde sie sich am liebsten zusammenrollen und weinen, hier, mitten auf Jasons Wohnzimmerfußboden. Stattdessen strafft sie die Schultern, sieht ihn an und bemüht sich zu lächeln.

»Okay, gut. Danke, Jason. Das ist alles, was ich sagen wollte. Ich lasse dich jetzt in Ruhe.«

57

»Du bist so still, seit du von Jason zurück bist«, sagt Faith
später nach dem Abendessen.

Heather zuckt die Achseln. Das ist ihr bewusst, aber sie
wollte nicht direkt darüber reden, und sie ist ihrer Schwester
dankbar, dass sie nicht gleich nachgebohrt hat.

»Ich habe das getan, weswegen ich hingefahren bin«,
erwidert sie nüchtern. »Und ich *glaube*, es hat geholfen.«

»Aber nicht so, wie du es dir gewünscht hast?«

»Nein.«

Faith seufzt. »Ich wünschte, ich könnte sagen, es wird
alles wieder gut, aber das weiß ich nicht. Was ich weiß, ist, dass
es sehr mutig von dir war, zu ihm zu fahren.«

»So mutig war es gar nicht. Ich hätte das schon vor Monaten tun sollen.«

»Und du hast ihm wirklich *alles* erzählt?«

Heather nickt.

»Ich wünschte, ich hätte davon gewusst«, sagt Faith bedauernd. »Aber das war der Sommer nach meinem Abschluss.
Ich war vollauf damit beschäftigt, mich auf die Uni vorzube-
reiten und mit meinen Freunden zu feiern ...«

»Ich wünschte, ich hätte es dir erzählt«, entgegnet Heather, denn jetzt weiß sie, dass Faith, obwohl sie damals noch
schnippischer und unverblümter war, für sie da gewesen
wäre.

»Du musst eine Riesenangst gehabt haben«, sagt Faith.

»Ja.« Heather blickt hinaus in den Garten, doch draußen ist alles dunkel, und sie sieht nur ihr eigenes blasses Gesicht in der Scheibe. »Und obwohl Mum die ganze Zeit bei
mir war, habe ich mich sehr allein gefühlt.« Sie dreht sich

zu Faith um. »Sie hat mich einfach da durchgeboxt, und ich wusste, sobald das Ganze erledigt war, würde sie den Deckel draufmachen und so tun, als wäre es nie passiert. Ich hätte es gerne genauso gehalten, aber dafür war das Gefühlschaos einfach zu groß. Nun gut, was passiert ist, ist passiert. Ich lerne gerade, das zu akzeptieren.«

Faith nickt verständnisvoll.

Eine Träne rinnt über Heathers Wange, und Faith reicht ihr ein Taschentuch. »Danke«, schnieft Heather und wischt sich übers Gesicht. Die Erleichterung darüber, dass sie keine Moralpredigt zu hören bekommt, ist so groß, dass sie nur noch mehr weinen muss.

Doch als sie sich am nächsten Morgen zusammen mit Faith und ihrem Anhang auf den Weg zum Flughafen macht, beschließt sie, ihre Tränen zu trocknen und das Weihnachtsfest zu genießen, denn es verspricht das beste zu werden, das die Familie Morgan seit Jahren gehabt hat.

Nach der Landung fahren sie mit dem Taxi nach Nerja und kommen müde und zerknautscht beim Haus ihres Vaters an, einem weiß gestrichenen Bungalow in einer modernen Anlage. Während ihr Dad sie begrüßt, wirbelt Shirley herum und bietet allen etwas zu trinken an.

Abends, nachdem die beiden völlig überdrehten Kinder endlich im Bett sind, setzen sich Faith und Heather mit ihrem Vater zusammen, und Heather erzählt ihm alles, sogar das Geheimnis, das sie über fünfzehn Jahre für sich behalten hat. Er sitzt blass und sichtlich schockiert in seinem Sessel, und als sie sich für die Nacht zurückziehen, umarmt er die beiden Schwestern nacheinander und hält sie einen Moment fest.

Am nächsten Tag läuft Shirley wie ein Aufziehmännchen hin und her, kocht, putzt, räumt und zupft, aber jedes Mal, wenn Heather und Faith ihre Hilfe anbieten, scheucht sie sie mit dem Argument davon, sie seien doch im Urlaub. Ob sie nicht zum Swimmingpool im Zentrum der Anlage gehen wollen? Die Kinder finden es bestimmt wunderbar, und es werden sicher noch andere britische Familien da sein, mit denen sie sich anfreunden können.

Und so folgen sie dem Rat. Matthew legt den Kindern Schwimmflügel an und planscht mit ihnen im Pool herum, während Heather und Faith sich in die Sonne legen und eisgekühlte Limo trinken. Während der Nachmittag voranschreitet, wechseln sie zu Sangria, was vermutlich ein Fehler ist.

Heather seufzt. »Gestern Abend vor dem Essen habe ich zufällig mitbekommen, wie Shirley das gesamte Besteck zurechtgerückt hat, obwohl ich mir durchaus Mühe mit dem Tischdecken gegeben habe. Würde mich nicht wundern, wenn sie beim Weihnachtsessen so einen Messstab zückt, wie er bei Staatsdinners im Buckingham-Palast verwendet wird. Wahrscheinlich hat sie so ein Teil immer im Ärmel!«

Faith grinst unter ihrer Sonnenbrille hinweg. »Sie ist ein bisschen zwanghaft, nicht?«

»Ein bisschen? Wenn sie noch ein einziges Kissen aufschüttelt, dann schreie ich!«

»Macht sie dich wahnsinnig?«, fragt Faith.

»Ja!«

»Weil sie keine Hilfe annehmen will und man ständig das Gefühl hat, sie hat Angst, wir bringen ihre Ordnung durcheinander?«

»Genau!«

Faith zieht eine Augenbraue hoch und lächelt sie wissend an. »Kommt dir das nicht irgendwie bekannt vor?«

Heather setzt sich so abrupt auf, dass sie sich fast die Sangria auf den Bauch schüttet. »So bin ich nicht! Auf keinen Fall!«

Faith lacht nur leise.

»So bin ich doch nicht, oder?«, wiederholt Heather ein wenig kleinlaut.

»Vielleicht nicht genauso, aber es gibt eindeutig Parallelen.«

Nachdenklich leert Heather ihr Glas. »Findest du, ich bin zu streng mit ihr?«

»Ein bisschen. Ja, sie ist manchmal etwas anstrengend, aber sie liebt Dad, und sie hat trotz ihres Putzfimmels ein Herz aus Gold. Ich will damit nur sagen, gib ihr eine Chance. Du hast sie ja nie richtig kennengelernt.«

»Meinst du, ich ende mal genauso, wenn ich nicht aufpasse?«, fragt Heather halb im Spaß und halb im Ernst.

»Oh, ganz bestimmt sogar.« Faith stellt ihr Glas weg und lehnt sich auf ihrer Liege zurück. »Zufällig weiß ich, dass der Weihnachtsmann ein Paar leuchtend rosa Gummihandschuhe in deinen Strumpf gepackt hat.«

»Ist nicht dein Ernst!«

Faith lächelt nur, und Heather runzelt die Stirn. Sie weiß, dass Matthew und Faith für alle Strümpfe vorbereitet haben, nicht nur für die Kinder.

»Ach, halt die Klappe und trink deine Sangria!«, grummelt sie schließlich, aber sie lächelt ebenfalls, ignoriert Faith demonstrativ und greift nach ihrem Roman. Als ihr von der Kombination aus Lesen und Alkohol die Lider schwer werden, legt sie das Buch weg und dreht sich zu Faith, die sich keinen Millimeter bewegt zu haben scheint.

»Im Geiste dieser neuen Ehrlichkeit innerhalb der Familie Morgan sollte ich dir vielleicht sagen, dass Lydia mich Ende November besucht hat.«

Damit hat sie die Aufmerksamkeit ihrer Schwester. Faith schiebt die Sonnenbrille auf ihren Kopf und setzt sich auf.

»Lydia? Ist das nicht ziemlich schräg?«

Heather zuckt die Achseln. Von außen betrachtet mag es wohl so wirken, aber sie und Lydia sind in Kontakt geblieben, und irgendwie fühlt es sich jetzt so an, als gehörte sie zur Familie, trotz allem, was damals passiert ist. Oder vielleicht gerade deswegen.

»Sie wohnt in einer scheußlichen kleinen Ein-Zimmer-Wohnung in Hastings, Faith. Die solltest du mal sehen! Und sie hat niemanden. Wahrscheinlich vor allem, weil sie sich all die Jahre für das, was passiert ist, bestraft hat.«

Faith schnaubt. Offenbar erstreckt sich ihre Nachsicht nur auf die eigene Familie. »Vielleicht ist das auch ganz richtig so.«

»Jetzt komm mal runter von deinem Schlachtross«, entgegnet Heather, was ihr ein erneutes Augenbrauenhochziehen einträgt. »Wenn ich darüber hinwegkommen kann, dann kannst du es ja wohl auch. Wie auch immer, Lydia ist völlig begeistert von South Devon. Ich überlege, ob ich sie ermutigen soll, da runterzuziehen. Vielleicht hat Louise ja sogar eine Idee, wo sie einen Job finden könnte. Ich glaube, so ein Neuanfang würde ihr guttun.«

»Ich verstehe ja, dass du sie noch mal sehen wolltest, um dich bei ihr zu bedanken, wegen ihrer Aussage gegenüber der Polizei und so, aber ich begreife nicht, warum du dauerhaft mit ihr in Kontakt bleiben willst«, wendet Faith ein. »Wie ich schon sagte … es ist schräg.«

Für Heather ist es überhaupt nicht schräg, und so überlegt sie einen Moment, wie sie es auf eine Weise formulieren kann, die ihre Schwester versteht.

»Lydia zu helfen hilft auch mir«, erklärt sie. »Denn ich glaube, dass ich das Ganze nicht wirklich loslassen kann, solange sie es nicht kann. Ergibt das einen Sinn?«

»Halbwegs«, gibt Faith widerstrebend zu.

»Sie ist nett. Unter all den Schuldgefühlen und dem Selbsthass verbirgt sich ebenfalls ein Herz aus Gold. Vielleicht solltest *du ihr* eine Chance geben?«

Im ersten Moment sieht es so aus, als würde Faith nach einer geistreichen Retourkutsche suchen, doch dann gibt sie auf. »Touché! Der Punkt geht an dich, kleine Schwester.«

»Heißt das, ich bin die Siegerin und du die Amateurin?«, fragt Heather mit boshaftem Funkeln in den Augen.

Faith dreht sich zu ihr, und Heather weiß, dass sie gleich rennen muss.

»Träum weiter!«, ruft ihre Schwester, reißt sich die Sonnenbrille vom Kopf und springt auf.

Heather ist schnell, aber nicht schnell genug. Zwanzig Sekunden später sind sie beide im Pool, zur großen Freude der beiden Kinder, die das Ganze vom flachen Ende aus verfolgen. Wer letztendlich wen besiegt hat, darüber wird vermutlich noch bis nächstes Jahr Weihnachten debattiert.

Im Trubel der Weihnachtsvorbereitungen kehrt vorübergehend Ruhe ein, und Heathers Vater nutzt die Gelegenheit, als Shirley sich einen wohlverdienten Sekt mit Orangensaft gönnt, um auf der Terrasse mit Heather zu sprechen.

»Ich habe darüber nachgedacht, was ihr beide, du und Faith, mir gestern erzählt habt«, sagt er kopfschüttelnd. »Nachdem du aus der Hawksbury Road ausgezogen warst, um zu studieren, habe ich natürlich mitbekommen, dass Christine so weitergemacht hat wie früher, aber mir war nicht klar, dass es schon kurz nach der Trennung wieder so schlimm geworden war. Vor allem für dich.« Er seufzt schwer. »Heather, es tut mir so leid, dass ich nicht mehr nachgefragt habe.«

Er hat wieder diesen gequälten Blick in den Augen, den

sie seit Jahren nicht mehr bei ihm gesehen hat. Nicht, seit er Shirley kennengelernt hat, fällt ihr auf.

»Dad. Du konntest es nicht wissen. Ich habe dich immer wieder angelogen. Ich war sehr, sehr gut darin, mir nichts anmerken zu lassen.«

»Aber ich wusste, wie loyal du deiner Mutter gegenüber warst. Ich hätte zu euch kommen und mich vergewissern müssen, aber ich … ich …« Er bricht ab, aber Heather weiß genau, was er sagen wollte. Er hat es nicht über sich gebracht. Und sie kann ihn nicht dafür verurteilen. Viele Jahre lang konnte sie es auch nicht über sich bringen. Das Haus sah zwar hübsch aus mit seinen eleganten Proportionen und hohen Decken, aber es verschlang Menschen und spie sie wieder aus.

»Ich hätte besser aufpassen müssen, Heather. Ich habe dich im Stich gelassen, als du mich am meisten gebraucht hast«, sagt er, und seine Stimme klingt ganz hohl. »Es tut mir so leid, Mäuschen. Kannst du mir jemals verzeihen?«

»Ach, Dad.« Heather kann es nicht ertragen, wenn seine Augen so verräterisch glänzen. Sie weiß, dass er das Enkelkind meint, das nicht sein sollte. »Natürlich verzeihe ich dir. Wir waren alle Opfer der Horterei. Sogar Mum.«

Sie schließt ihn in die Arme und hält ihn fest.

»Wir sollten vielleicht mal schauen, ob Shirley Hilfe braucht«, sagt Heather nach einer Weile.

Er lacht nur. »Viel Glück.«

Als sie ins Haus zurückkehren, sieht Heather zu ihrer Überraschung, dass Alice und Barney dabei sind, den Tisch zu decken. Sie sieht zu Faith hinüber, die die beiden mit einem Glas Prosecco in der Hand vom offenen Wohnbereich aus »überwacht«. »Sie hat kapituliert«, sagt Faith und prostet ihrer Schwester zu. »Die Kinder waren so aufgedreht, dass sie mich regelrecht angefleht hat, ihnen eine Beschäftigung zu geben.«

»Fertig!«, ruft Alice, als sie die letzte Gabel auf den Tisch knallt. »Können wir jetzt noch ein Geschenk aufmachen, Mummy? Bitte, bitte, *bitte*!«

»Also gut«, sagt Faith und deutet auf zwei kleine Päckchen, die neben dem Weihnachtsbaum für sie bereitliegen. Die beiden Kinder rennen hinüber und reißen das Papier in Fetzen.

Heather blickt auf den Tisch. Es ist ein einziges Durcheinander. Die Messer und Gabeln liegen kreuz und quer, die Teller stehen in ungleichmäßigen Abständen, und Alice' System, die Servietten »hübsch« hinzulegen, besteht darin, sie in die Mitte des Tisches zu werfen und wegzulaufen. Heather beginnt alles zurechtzurücken, wie Shirley es gerne hat. Faith hat recht. Sie hat ihr Leben lang darauf gewartet, dass ihre Schwester aufhört, sie mit Argusaugen zu beobachten und zu kritisieren, da ist es vielleicht an der Zeit, ihrerseits mal etwas Nachsicht zu üben.

Als ihre Stiefmutter mit zwei Schalen selbst gemachter Cranberrysoße aus der Küche kommt, ist sie so überrascht, dass sie sie beinahe fallen lässt. Der Tisch sieht perfekt aus. Mit gerunzelter Stirn blickt sie zwischen dem Tisch und den Kindern hin und her.

Heather tritt zu ihr, nimmt ihr die beiden Schalen ab und stellt sie an genau der richtigen Stelle auf den Tisch. Bevor Shirley in die Küche zurückgeht, beugt Heather sich zu ihr und gibt ihr einen Kuss auf die Wange.

»Danke, dass du das alles für uns tust«, sagt sie. »Wir freuen uns wirklich sehr darüber. Und ich weiß, wie anstrengend es sein kann, Gäste im Haus zu haben.«

58

Als sie am 28. Dezember nach England zurückfliegen, schlägt Faith Heather vor, noch ein paar Tage bei ihnen in Westerham zu bleiben, weil es doch ziemlich traurig wäre, Silvester ganz allein in ihrem winzigen Cottage zu hocken. Die Vorstellung, den letzten Abend des Jahres ganz in Ruhe zu verbringen, gefällt Heather eigentlich sehr gut – sie hat eine ganze Menge, wovon sie sich verabschieden will, bevor das neue Jahr beginnt –, aber sie hat über die Feiertage viel nachgedacht, und es gibt ein paar Dinge, die sie noch erledigen will, bevor sie nach Devon und in ihr neues Leben zurückkehrt, und so nimmt sie das Angebot ihrer Schwester an.

Am nächsten Morgen steht sie zeitig auf und fährt zu der Halle, wo ihre restlichen Sachen eingelagert sind. Sie öffnet das Rolltor ihres Lagerraums und betrachtet alles, was sich darin befindet. Sie hat Angst davor gehabt – tatsächlich hat sie es schon seit September vor sich hergeschoben –, aber als sie jetzt dort steht und auf die ganzen Kisten und Kartons blickt, empfindet sie gar nichts. Keine Panikattacken, keinen Drang zu flüchten. Vielleicht liegt es daran, dass die Sachen jetzt in einer neutralen Umgebung stehen, weder in der Hawksbury Road noch in ihrem gefürchteten Gästezimmer, aber sie hofft, dass das nicht der einzige Grund ist.

Sie verbringt den ganzen Tag damit, jeden einzelnen Behälter durchzugehen. Seltsamerweise scheinen all die Sachen gar nichts mehr mit ihr zu tun zu haben. Sie kann sie in die Hand nehmen, ansehen und einordnen, wie sie es tagtäglich mit den Dingen und Dokumenten bei ihrer Arbeit tut. Sie kann sie als das sehen, was sie sind, nicht mehr als das, wofür sie stehen.

Sie fährt zweimal zum städtischen Recyclinghof und dreimal zu verschiedenen Secondhandläden, dann kommt sie zurück, um sich die restlichen Kartons anzusehen. Ganz unten im letzten findet sie einen Umschlag. Sie will ihn schon zusammenknüllen und wegwerfen, aber etwas lässt sie innehalten.

Sie schaut hinein, und da liegt, matt und angelaufen, der Verlobungsring ihrer Mutter. Sie nimmt ihn heraus und betrachtet ihn. Sofort muss sie an die Geschichte denken, die ihre Mutter ihr und Faith so oft erzählt hat, weil sie sie immer wieder hören wollten, nämlich wie ihr Vater ihr den Heiratsantrag gemacht hat. Sie weiß noch, wie ihre Mutter bei dieser Geschichte immer gelächelt hat und dann feuchte Augen bekam und ihre beiden Mädchen ganz fest umarmt hat. Heather schiebt den Ring auf ihren Finger. Die Erinnerung, die damit verbunden ist, ist eine glückliche und eine wichtige, ganz gleich wie die Ehe ihrer Eltern geendet hat.

Danach drückt sie den letzten Karton platt, nimmt die eine Kiste mit den Dingen, die sie behalten will, schließt den Lagerraum wieder ab, gibt dem Mann am Eingang den Schlüssel und fährt davon.

Am Silvestermorgen wacht Heather merkwürdig energiegeladen auf. Sie beschließt, einen ausgiebigen Spaziergang in der frischen Landluft zu machen. Sie nimmt ihren Schal von der Garderobe neben der Tür und macht sich auf die Suche nach ihrem Handy. Sie könnte schwören, dass sie es gestern Abend zum Laden auf der Küchenarbeitsfläche gelassen hat, aber jetzt ist es nirgends zu sehen.

»Alice? Barney?«, ruft Heather, und Sekunden später kommen die zwei angelaufen. »Habt ihr mein Handy gesehen?« Barney schüttelt den Kopf. »Und du, Alice?«

»Ich glaube, ich hab Mummy damit gesehen«, sagt sie mit Unschuldsmiene.

Heather runzelt die Stirn. Alice ist dafür berüchtigt, Handys zu stibitzen und alle Spiele auszuprobieren, die sie darauf finden kann. »Meinst du nicht vielleicht eher: ›Ich hatte es, und Mummy hat es mir weggenommen‹?« Woraufhin ihre Nichte so empört schaut, dass Heather sich das Lachen verbeißen muss.

Sie macht sich auf die Suche nach Faith und findet sie im Bad, wo sie gerade die Toilette putzt. »Alice meinte, du hättest mein Handy?«

Faith hält inne, die Klobürste in der Hand. Sie richtet sich auf und dreht sich um. »Äh …«

»Kann es sein, dass du es vor ihr retten musstest?«

Auf Faiths Gesicht erscheint plötzlich ein breites Lächeln. »Ach ja! Stimmt!« Sie zieht es aus ihrer Gesäßtasche und gibt es Heather. »Du weißt ja, wie sie ist«, sagt sie, dann wendet sie sich rasch wieder der Toilette zu und schrubbt wie besessen drauflos.

Heather blickt auf ihr Handy und runzelt die Stirn. Dann sieht sie wieder zu ihrer Schwester. »Ich habe Lust auf einen Spaziergang, vielleicht nach Chartwell. Ich weiß, das Haus ist geschlossen, aber der Park ist offen. Hast du Lust mitzukommen?«

Faith richtet sich so abrupt auf, dass die Klobürste auf den frisch gewischten Boden tropft. »Oh!«, sagt sie, und dann noch mal: »Oh.«

»Was, ›oh‹?«

»Na ja, ich …« Sie deutet auf die Toilette. »Ich muss das hier fertig machen, und dann muss ich das Roastbeef für heute Mittag vorbereiten. Kannst du nicht bis heute Nachmittag warten? Wir könnten stattdessen über die Felder gehen. Ich habe immer Angst, dass Barney in dem wunderschönen Park irgendwas ausbuddelt, und dann verbannen sie uns auf Lebenszeit aus dem National Trust.«

Heather lacht. »Okay, aber ich brauche jetzt trotzdem ein bisschen frische Luft, und dann komme ich zurück und helfe dir mit dem Essen.« Draußen ist es noch grau und neblig, aber es sieht ganz so aus, als würde es ein prächtiger Wintertag mit blauem Himmel und milchig weißer Sonne, und sie kann es kaum erwarten rauszukommen. »Bis gleich!«, sagt sie, und dann läuft sie auch schon die Treppe hinunter, ohne Faiths Protest zu beachten.

Heather spaziert genüsslich eine halbe Stunde am Rand des Dorfes entlang, und als sie zum Haus ihrer Schwester zurückkehrt, freut sie sich auf eine riesige Tasse leckeren, heißen Tee. Sie hat mit ihrem Handy ein paar tolle Fotos von den mit Raureif überfrorenen Hecken gemacht, und sie sucht gerade die schönsten heraus, um mit ihren fotografischen Künsten anzugeben, als ihr das Herz stehen bleibt.

In der Einfahrt steht ein hochgewachsener Mann in Lederkluft neben einem Motorrad. Einer Harley. *Sei nicht albern*, ermahnt sie sich. *Du siehst nur, was du sehen willst.* Doch dann nimmt der Motorradfahrer den Helm ab, und er ist es wirklich. Jason.

Heather fällt das Handy herunter.

Während sie sich danach bückt, kommt er auf sie zu. Mit rotem Kopf kommt sie wieder hoch, das staubige Gerät in der Hand.

»Hi«, sagt er.

»Hi.« Sie starrt ihn an. Er ist es doch, oder hat sie Halluzinationen? »Was tust du hier?«

»Ich wollte dich sehen.«

Seine Worte klingen logisch, schließlich steht er vor ihr, aber zugleich ergeben sie überhaupt keinen Sinn. »W-warum?«

Er seufzt schwer. »Gestern Abend hatte ich ein Date. Es war ein Versuch, die Vergangenheit hinter mir zu lassen.«

Heather stutzt. Gestern Abend hatte er ein Date, und heute Morgen ist er hier, um sie zu sehen? Das ergibt auch keinen Sinn. Es ist, als hätte die Wirklichkeit einen leichten Schlag, seit sie Faiths Einfahrt betreten hat. »Tatsächlich?«

»Ja.« Jason blickt einen Moment in die Ferne, in Gedanken offensichtlich bei besagtem Date. Heather wird flau zumute. »Sie war nett«, sagt er müde. »Es war ein schöner Abend. Wir haben uns gut unterhalten, aber …«

»Aber?«

»Tja, heute Morgen habe ich mich auf mein Motorrad geschwungen und bin nach Westerham gefahren.«

Heather schüttelt den Kopf. Eben noch fühlte sie sich frisch und klar und voller Energie, doch jetzt ist alles voller Nebel und Spinnweben. »Aber woher wusstest du, dass ich …?« Sie verstummt, als sie das Gesicht ihrer Schwester am Wohnzimmerfenster bemerkt. Allmählich ergibt alles einen Sinn – das mit ihrem Handy und Faiths Verzögerungstaktik, als sie sagte, sie wolle spazieren gehen. »Faith«, murmelt sie.

Er nickt. »Sie meinte, wir hätten vielleicht noch was zu klären.«

»Und, haben wir das?«

Er seufzt und nickt erneut.

Heather kann sich die Frau vorstellen, mit der er sich gestern Abend getroffen hat. Sie kann sich vorstellen, wie sie in einem Restaurant sitzen, wie Jason sie anlächelt und wie die

Frau kokett zurücklächelt. Sie hat einen guten Job und eine Menge Freunde. Sie ist gut aussehend, witzig und selbstbewusst. »Ich verstehe es immer noch nicht«, sagt sie zu ihm. »Warum willst du lieber eine Verrückte wie mich als eine nette, normale Frau?«

Er lächelt schief. »Du bist nicht verrückt, Heather. Du bist nur jemand, der es verdammt schwer gehabt hat.« Er kommt einen Schritt näher. Heather kann den Blick nicht von ihm lösen. »Und wir haben alle unsere Macken. Niemand ist vollkommen. Aber es braucht Mut, um zu mir zu kommen und das zu sagen, was du mir gesagt hast. Ich habe tagelang darüber nachgedacht, bekam es einfach nicht aus dem Kopf.« Er hebt die Hand und berührt sanft ihr Gesicht, die Augen voller Mitgefühl. »Es tut mir so leid, was du durchgemacht hast …«

Heather weiß nicht, was sie darauf erwidern soll, also sagt sie gar nichts. Ihre Augen prickeln verräterisch. »Aber ich habe dich angelogen. Du hasst es, wenn dich jemand anlügt.«

»Ja, das habe ich mir eingeredet, aber …« Er zuckt die Achseln. »Aber dann ist mir klar geworden, dass es nicht nur darum geht, was man sagt oder nicht sagt. Manchmal bedeutet Ehrlichkeit auch, verletzlich zu sein und sich so zu zeigen, wie man ist – und das hast du an dem Morgen, als du bei mir warst, auf ziemlich beeindruckende Weise getan.«

Sosehr seine Worte Heather auch innerlich schweben lassen, in ihrem Kopf herrscht ein solches Durcheinander, dass sie sich die Stirn reibt. »Was bedeutet das? Was willst du damit sagen?« Ihr wird ein bisschen schwindelig.

Sanft löst er die Hand von ihrer Stirn und hält sie fest, ohne den Blick von ihr zu lösen. »Ich will damit sagen, ich wünsche mir, dass du mir noch eine Chance gibst. Ich glaube, wir würden gut zusammenpassen, Heather, trotz allem was passiert ist.« Und dann beugt er sich vor und küsst sie. Heather lässt ihren letzten Rest Unglauben los, schlingt die Arme um ihn und erwidert den Kuss.

Aus der Richtung des Wohnzimmerfensters ertönt ein leiser Jubelruf. Heather lächelt mitten im Kuss. Ach, ihre verflixte Schwester …

Jason lächelt ebenfalls, dann löst er sich von ihr. Er geht zu seinem Motorrad und öffnet den Koffer hinten am Sitz. Darin sind sein zweiter Helm und die Lederjacke. »Lust auf eine Tour?«

»Aber Faith kocht ein großes Mittagessen für uns.« Heather blickt zum Haus hinüber.

Faith hat das Fenster geöffnet und lehnt sich breit grinsend hinaus. »Scheiß auf das Mittagessen!«, ruft sie fröhlich, ohne sich darum zu scheren, dass die Kinder sie hören könnten.

Heather läuft lachend zum Fenster, drückt Faith ihren Mantel in die Arme, dann schlüpft sie rasch in die Lederjacke und setzt sich den Helm auf.

»Hast du schon gefrühstückt?«, fragt Jason, und da fällt Heather auf, dass sie vor lauter Spaziergehlust ganz vergessen hat, etwas zu essen. Sie schüttelt lächelnd den Kopf. »Wie wär's mit einem Würstchensandwich?«

Heather weiß nicht, ob sie lachen oder weinen soll. »Das klingt großartig.«

Als sie sich hinter ihm auf den Sitz geschwungen hat, blickt er sich zu ihr um. »Hast du alles, was du brauchst?«

Heather hat nicht mal ihr Handy dabei, denn das ist bei Faith in der Manteltasche, aber sie lehnt sich an ihn und schmiegt sich an das Leder seiner Jacke. »Ja.« Sie hat alles, was sie braucht. Hier und jetzt.

Dröhnend springt der Motor an. Sie hält sich fest und schließt die Augen.

59

Am Tag nach Neujahr macht Heather sich wieder auf den Weg nach Devon, aber bevor sie auf die Autobahn fährt, stehen noch zwei Dinge auf ihrer Liste. Als Erstes fahren sie und Faith zum Krematorium in Beckenham. Sie stellen ihre Autos auf dem Parkplatz ab und spazieren, beide mit einem Blumenstrauß in der Hand, durch den gepflegten Park. Der Regen, der seit dem Morgen gefallen ist, hat aufgehört, die asphaltierten Wege glänzen, und die ersten Blüten des Jahres verbreiten ihren zarten Duft.

»So, so ... du und Jason«, sagt Faith.

Heather lächelt. »Ja, ich und Jason«, bestätigt sie mit einem warmen Kribbeln im Bauch. Nach ihrem Frühstücksausflug am Silvestermorgen war er mit ihr zu Faith zurückgefahren, und ihre Schwester hatte darauf bestanden, dass er zum Roastbeef blieb. Sie hatte sogar das Mittagessen nach hinten verschoben, damit sie wieder ein bisschen Platz im Magen hatten. Und dann hatte sie ihnen nachgewunken, als sie erneut mit dem Motorrad davongefahren waren, um noch ein wenig für sich zu sein.

Sie waren zu Jason gefahren und hatten den Silvesterabend ganz in Ruhe miteinander verbracht, hatten es sich mit einem Glas Rotwein auf dem Sofa gemütlich gemacht und geredet. Und nicht geredet. Es war ein gutes Gefühl, ganz reinen Tisch zu machen, bevor die Glocken den Beginn des neuen Jahres verkündeten.

»Und wie geht's jetzt weiter?«, fragt Faith. »Ist es nicht ein bisschen schwierig, so eine Fernbeziehung zu führen?«

»Es sind ja nur fünf Stunden«, sagt Heather. »An einem

guten Tag nicht mal das.« Sie grinst. »Und er hat ja einen fahr-
baren Untersatz ...«

Faith grinst ebenfalls. »Allerdings.«

»Außerdem bin ich ja nur noch neun Monate dort. Ich
habe das Gefühl, es kann vielleicht nicht schaden, das Ganze
langsam angehen zu lassen, obwohl ich mir noch nie so sicher bei einem Mann war.«

»Ich freue mich für dich«, sagt Faith lächelnd.

»Ich freue mich auch für mich«, erwidert Heather und
hakt sich bei ihrer Schwester ein. »Komm. Ich glaube, ich
bin jetzt bereit für das, weswegen wir hier sind.« Die beiden
gehen zu der Stelle, wo die Asche ihrer Mutter begraben ist,
kenntlich gemacht durch einen kleinen Stein, und stehen
einige Minuten schweigend davor.

Faith legt ihre Blumen als Erste hin, einen Strauß weißer Lilien, und Heather geht ein paar Schritte bis zu einer Ei-
be. Sie sind zwar gemeinsam hergekommen, aber dieser Moment gehört jeder von ihnen allein. Sie hört, wie Faith leise
etwas sagt.

Während sie wartet, berührt Heather den Diamantring
an ihrer rechten Hand. Sie sucht nach einer Verbindung zu
seiner früheren Besitzerin, und sie findet sie. Als Faith sich erhebt, tritt Heather an ihre Stelle und legt einen Strauß leuchtend gelber Sonnenblumen vor den Stein – die Lieblings-
blumen ihrer Mutter. Sie streicht mit den Fingerspitzen über
den polierten Granit, fühlt die Konturen der Worte »Geliebte
Mutter«.

»Tut mir leid, dass es nicht anders war«, flüstert sie. »Für
uns alle. Ruhe in Frieden, Mum.«

60

Heather hat noch eine Aufgabe zu erledigen, nachdem sie und Faith sich mit einer Umarmung verabschiedet haben. Sie fährt zur Hawksbury Road und parkt gegenüber ihrem einstigen Haus.

Sie bleibt einen Moment sitzen, dann steigt sie aus, holt einen Korb aus dem Kofferraum – gefüllt mit gutem Tee und Kaffee, Shortbread und Schokoladenkeksen, einer Flasche Wein und ein paar Kerzen – und überquert die Straße.

Doch beim Näherkommen zögert sie. Sie hat nicht damit gerechnet, hier so kurz nach den Feiertagen jemanden anzutreffen, aber in der Einfahrt steht ein Umzugswagen. Eigentlich wollte sie den Korb nur vor der Haustür abstellen und wieder verschwinden. Andererseits ist so viel los, so viel Rein und Raus – vielleicht kann sie sich ja trotzdem unauffällig zum Eingang hin- und wieder davonschleichen.

Sie strafft die Schultern, bemüht sich so zu tun, als gehörte sie hierhin, und geht die Einfahrt hinauf. Sie ist schon fast an der Tür, als jemand sie bemerkt.

»Hallo. Kann ich Ihnen helfen?«, fragt eine Frau um die vierzig mit gepflegtem Haarschnitt.

Heather schluckt. »Ich wusste nicht, dass Sie heute einziehen. Ich wollte nur –«

In dem Moment drängen sich zwei blonde Mädchen im Grundschulalter an ihr vorbei, die laut darüber streiten, wer das größere Zimmer bekommt. Ihre Mutter ruft sie zur Ordnung, dann wendet sie sich wieder Heather zu.

»Entschuldigung, was wollten Sie sagen?«

Heather reicht ihr den Korb. »Es ist nur ein kleines Geschenk zum Einzug. Eine Art Willkommensgruß.«

Die Frau strahlt sie an. »Das ist ja nett! Sind Sie eine von unseren neuen Nachbarinnen?«

Heather lächelt. »So was Ähnliches. Ich wollte nur sagen, ich hoffe, Sie fühlen sich hier wohl. Es ist ein sehr schönes Haus. Ich habe immer gewusst, dass es mit ein bisschen Liebe und Zuwendung das perfekte Zuhause für eine Familie sein würde.«

»Wie liebenswürdig von Ihnen. Möchten Sie auf eine Tasse Tee hereinkommen? Es ist ein bisschen chaotisch, aber …«

Die Versuchung ist groß, denn Heather ist sehr neugierig, wie es innen jetzt aussieht, aber sie schüttelt den Kopf. »Danke, aber ich muss los.« Mit einem Lächeln wendet sie sich ab, geht die Einfahrt hinunter und zurück zu ihrem Auto, dann steigt sie ein und verlässt die Hawksbury Road zum allerletzten Mal.

DANK

Ein großes Dankeschön an meine Lektorin Anna Baggaley, die so begeistert war, als ich ihr die Idee für diese Geschichte präsentierte, dass ich kaum darüber nachdachte, wie anders sie im Vergleich zu einigen von meinen übrigen Büchern war, und einfach loslegte. Es brauchte ein paar Anläufe, um manche Elemente der Geschichte richtig hinzubekommen, aber sie hat mir mit ihrem Blick auf das große Ganze geholfen, wenn ich zu nah dran war, um erkennen zu können, welcher Weg der richtige war. Und noch ein großes Dankeschön an Lisa Milton und das wunderbare, dynamische Team bei HQ. Ich bin sehr froh, dass ich dort ein Zuhause habe, in dem ich die Geschichten schreiben kann, die mir wirklich Spaß machen.

Danke auch an Colin Gale, Archivar beim Bethlem Museum of the Mind, dafür, dass er sich die Zeit genommen hat, mit mir zu reden und alle meine Fragen zu seiner faszinierenden Arbeit zu beantworten, auch wenn viele Details letzten Endes herauslektoriert wurden.

Wie immer danke ich meinen Autorenfreundinnen, die mich durch den ganzen Schreibprozess begleitet haben: Donna Alward, Susan Wilson, Heidi Rice, Daisy Cummins und Iona Grey. Ohne euch würde ich das nie schaffen! Danke auch an meine Leser:innen, die mich wissen lassen, wie sehr ihnen meine Geschichten gefallen – ihr habt ja keine Ahnung, wie viel mir eure Tweets und Facebook-Messages und E-Mails bedeuten!

Ein großes Dankeschön an meinen Mann Andy, dafür, dass er seine Begeisterung für und sein Wissen über die Erbenermittlung mit mir geteilt hat, und an ihn und meine

Töchter Siân und Rose, dafür, dass sie im Zuge der Recherche zahllose Folgen von *Hoarders* mit mir geguckt und die Ausmistattacken ertragen haben, die mich während der Arbeit an diesem Buch plötzlich überkamen. Ich hatte keine Ahnung, wie sehr das Schreiben über den »Krempel« anderer Leute meine Einstellung zu meinen eigenen Besitztümern beeinflussen würde, und ich bin euch sehr dankbar für eure Hilfe und dafür, dass ihr mich nicht in die Besenkammer gesperrt habt, wenn ich zum hundertsten Mal fragte: »Aber brauchst du es *wirklich*?«

Und zum guten Schluss danke ich meinem Gott und Erlöser, der der größte Geschichtenerzähler ist. Ohne Deine Kraft, Liebe und Inspiration wäre ich heute nicht da, wo ich bin.

**Zwischen Familien- und Rezept-
geheimnissen – drei starke Frauen
im Herzen Frankreichs**

Nach dem Tod ihrer Mutter taucht Julia bei ihrer Familie im
Herzen der Touraine auf. Ihre Großmutter Suzette empfängt
die Enkelin mit offenen Armen, doch ihr Cousin Alex nimmt
Julia die jahrelange Funkstille übel. Suzette schlägt ihren En-
keln einen Pakt vor, um sie zu versöhnen: Wenn sie zusammen
in ihrem Haus wohnen und sich um ihre Sachen kümmern, er-
ben sie es nach Suzettes Tod. Insgeheim erhofft Suzette sich jedoch, dass sie die alte Familienkonditorei wieder aufbauen,
denn Julia ist eine leidenschaftliche Konditorin.
Und so wird Julia mitten in die Familienangelegenheiten ge-
schmissen, knüpft neue Bindungen und entdeckt alte Wunden,
als sie im Haus ihrer Großmutter Spuren ihrer Vorfahrin Eugé-
nie findet, die vor über hundert Jahren aus unerfindlichen
Gründen das Dorf verließ ...

»Ein Familienepos, das von außergewöhnlichen Frauen erzählt
wird.« *Biblioteca Magazine*
»Eine kraftvolle und berührende Geschichte.« *Viabooks*

Clarisse Sabard, Das Licht unserer Tage. Roman. Aus dem
Französischen von Claudia Feldmann und Sabine Schwenk. insel taschenbuch 4973. 543 Seiten. Auch als eBook erhältlich.

NF 593/1/11.23

Rachel Elliott

Bären
füttern
verboten

Roman

»Eine Romantherapie, die glücklich macht.« *emotion*

Als sie nach über dreißig Jahren an den Strand von St. Ives zurückkehrt, wird Sydney nicht nur mit dem schmerzhaftesten Moment aus ihrer Vergangenheit konfrontiert, sondern begegnet auch einer Reihe skurriler Menschen, deren Leben um keinen Deut weniger chaotisch ist als ihres: Zahntechnikerin Maria backt Muffins mit heilenden Kräften, Buchhändler Dexter ist mit der Liebe durch und trägt manchmal gerne Kleider, und Belle wohnt mit Ende zwanzig noch immer bei ihren Eltern und führt das Hängebauchschwein der Nachbarn aus. Ihre Schicksale verweben sich zu einer ermutigenden Geschichte darüber, wie man weitermachen kann, wenn die eigene Welt sich nicht mehr dreht.

Bären füttern verboten ist ein tröstlicher, hoffnungsvoller und zuweilen humorvoller Roman über Trauer, den Umgang damit – und über Neuanfänge.

»Ein Buch wie eine Kuscheldecke, wie ein warmer Tee, ein Seelenwärmebuch.« *WDR*

Rachel Elliott, Bären füttern verboten. Roman. Aus dem Englischen von Claudia Feldmann. insel taschenbuch 4907. 327 Seiten.